# NEW
# TOEIC

# 新多益單字大全
## 【實戰測驗更新版】

### VOCABULARY

30天激增300分的多益單字學習法！

我想先用一句話概括本書的目的：『讓大家透過多益學習正確的英文。』多益單字是多益測驗的根本，《NEW TOEIC 新多益單字大全》【實戰測驗更新版】著眼於如何有趣簡單地掌握單字。本書將多益常考的單字按主題分類再連貫起來，使人們記得快、記得久。它不僅將一個主題的單字詳細列出，還用關聯單字構成『單字小故事』，讓讀者可同時記住單字和故事內容。同時，還加入了與故事有關的逗趣插圖，可以輕鬆學習單字。《NEW TOEIC 新多益單字大全》【實戰測驗更新版】全方位的編輯方式，也讓多益初、中、高級學習者都可使用。初學者可以先從簡單的學習開始，而高級學習者則能一眼掃遍所有的單字。按照書裡的學習計畫，多益初學者就會自然而然地成為高級學習者了。

為了強化用聽的記住單字，本書亦設計了許多版本的 MP3 形式。例如，提供給初學者，只收錄單字和字義的 MP3 版本，還有同時收錄單字、字義及例句的 MP3 版本。學習者可以按照自己的需求來使用。

《NEW TOEIC 新多益單字大全》【實戰測驗更新版】的例句都是精選自多益考古題並經過改寫。在學習單字的過程中，可以自然地掌握多益閱讀測驗。而且，除了應試，對實際工作也有很大的幫助。

最後，與本書一起將多益學習變得更有趣、更有水準的 HACKERS 多益網（www.Hackers.co.kr）已是韓國最受歡迎的英文學習網站，它充分實現了『透過網路互動學習以達成夢想』的 HACKERS 哲學。（編注：本服務為韓國原書之服務，與本出版社無關。網站內容為韓文，懂韓文的閱讀者不妨至此網站蒐集資料。）

學習不是一個人的苦練。透過互動學習相互溝通，並藉由良性競爭，建立一互助的美好社會——這就是 HACKERS 的精神。在這種意義上，希望本書不只侷限於獲取高分，還能在每位學習者的心裡留下健康的學習觀念，建立更好的社會。

David Cho

# 目　錄

本書的特徵 6 ｜　　本書的構成 10 ｜　　新多益單字的出題傾向和學習方法 14 ｜
適合我現在級數的學習方法 16 ｜　　各級別的學習計畫 20 ｜
NEW TOEIC 新多益單字學習 TIPS 22 ｜

| DAY 01 | 擺脫無業遊民的生活 | 採用 | 24 |
| DAY 02 | 注意服裝 | 規則、法律 | 42 |
| DAY 03 | 有能力者擔當重要工作 | 一般工作（1） | 60 |
| DAY 04 | 眼明手快！辦公室的活寶！ | 一般工作（2） | 78 |
| DAY 05 | 工會可怕的威力 | 一般工作（3） | 96 |
| DAY 06 | 熱誠的員工搞活公司和國家的經濟 | 經濟 | 114 |
| DAY 07 | 休息日是供您休息的！ | 休閒、約會 | 130 |
| DAY 08 | 緊迫盯人行銷戰略的成功 | 行銷（1） | 148 |
| DAY 09 | 強勢行銷戰策的可行性 | 行銷（2） | 166 |
| DAY 10 | 線上購物揭開假貨的面紗！ | 購物 | 184 |
| | 全新實戰測驗 TEST 1 | | 202 |

DAY 11 ○ 大量生產的產業社會也是人主導的？ 生產 204

DAY 12 ○ 懷抱信念開發創新產品 產品開發 222

DAY 13 ○ 顧客是上帝，但我是我！ 顧客服務 238

DAY 14 ○ 旅遊購物，有什麼問題？ 旅遊、機場 254

DAY 15 ○ 不管怎樣簽定契約都 OK！ 契約 272

DAY 16 ○ 為了國家的貿易協商而獻身！ 商業 290

DAY 17 ○ 送貨時小心重要物品！ 貿易、送貨 308

DAY 18 ○ 飯店給的水不只是拿來喝的 住宿、飯店 324

DAY 19 ○ 人的效率真的能超過機器人嗎？ 收益 340

DAY 20 ○ 為了減少公司經費要善用資源 會計 358

● 全新實戰測驗 Test 2 375

DAY 21 ○ 我想在輕鬆的氛圍下工作 公司趨勢 378

DAY 22 ○ 去好地方，下雨也無所謂？ 環境 394

DAY 23 ○ 銀行存款餘額和孝敬成反比 銀行 410

DAY 24 ○ 傷害友誼的投資 投資 426

DAY 25 ○ 嚴重的交通堵塞也不影響約會 交通 440

DAY 26 ○ 開會也解決不了的熱門問題 會議 458

DAY 27 ○ 換個立場想一下的研討會 員工福利 476

DAY 28 ○ 晉升意味著你擁有了濫權的機會 人事變動 494

DAY 29 ○ 老房子與古典的房子，想法的差異 建築、住宅 510

DAY 30 ○ 健康和事業，站在選擇的歧路 健康 524

● 全新實戰測驗 Test 3 539

○ 正確答案和解析 543

# 本書的特徵 I

## 01　30 天完成多益單字學習

將多益所有單字分成 30 天的內容，使學習更有計畫。一個人學習的時候也能訂好目標、認真學習，30 天後就能發現單字能力有明顯的提升。

## 02　主題性構成的聯想學習

將比較難記的單字分為 30 個多益常考主題，搭配有趣的『單字小故事』一起收錄在裡面。透過這些主題性聯想學習法，可以輕鬆記住單字，還能同時記住單字在句子內的用法，加快背誦速度。

## 03　新多益單字完整收錄

有深度地分析了過去 7 年的考試題目和最新的新多益題目資料，收錄了出題頻率最高的 7200 多個單字和用法。包括第 5、6 部分出題頻率最高的核心單字，第 7 部分和聽力部分的主要單字。藉由本書，你可以對新多益單字做最充分的準備。

## 04　階段性學習

將一天的學習內容分為『常考單字』和『多益滿分單字』兩個部分，你可以由簡而難階段性地學習。在『常考單字』裡，還將出題類別和出題頻率以圓圈的填滿與否和星號區分，學習者可以根據自己的程度有順序地學習。

## 05　選擇性學習，專挑弱點強化

標注了單字的出題類別，可以掌握出題傾向，還可以選擇自己薄弱的部分學習。如果發現自己在特定考題上表現較差，可以針對此考題製定學習計畫，集中火力在相關單字，這也是一種有效的學習方法。

## 06　收錄實戰出題重點

將出題重點整理得一清二楚，能一眼掌握核心單字，尤其是常考單字的出題傾向。而且，收錄了準備單字時不可缺少的常考用法、易混淆單字和出題模式，能夠有效地準備單字題目。

# 本書的特徵 II

## 07　最接近多益考題的例句

分析了歷年的多益考題，製作、收錄了有關多益的文章，使單字學習更有深度。因此，可以透過學習多益常考單字和精選例句，自然地掌握在實際多益考試中可能出現的句子。

## 08　提供可反覆學習的精選試題和實戰模擬試題

每天測驗當日所學的單字對單字學習是必要的。因此，可以透過每章後面的練習題測試學習成果。另外，透過 10 天一次的實戰模擬試題，也可以鍛鍊實際考試的解題能力。

## 09　適合各種不同學習法的多版本 MP3

學習單字的時候，一再強調的就是反覆。而且，如果只是在書面上記住單字，往往會在聽力考試中因為沒聽懂單字的發音而吃虧。因此，我們製作了多版本的 MP3 內容，使學習者可以用聽的記單字。

## 10 掌握學習方向的 Self-Test

很多多益考生在學習單字的時候,會沒有方向地一拿到單字書就開始死記硬背,其實這是最沒有效率的做法。本書提供的 Self-Test 讓你可以迅速找到自己的級別,掌握最有效率的學習方向。

## 11 按照級別需求的高效率學習計畫

各級別有各級別的學習計畫需求,不能任意套用,否則會造成級數高者進步緩慢,級數低者因難度太高而無法吸收的遺憾。本書按照級別提供不同的學習計畫,讓你一步一步地達成預定目標,實現多益滿分的願望。

## 12 收錄了詳細的解題分析

本書的最後,收錄了實戰 Test 的正確答案和解析,讓讀者可以確認自己的答題狀況,並掌握做錯的題目。將錯誤的題目仔細思考複習後,將能大幅提高未來在考場的表現。

# 本書的構成 I

## 常考單字

收錄了過去 7 年經常在 Part 5（單句填空）、Part 6（短文填空）、Part 7（單 / 雙篇文章理解）出現的單字。這些都是出題頻率相當高的核心單字，優先記住才能獲致高分。

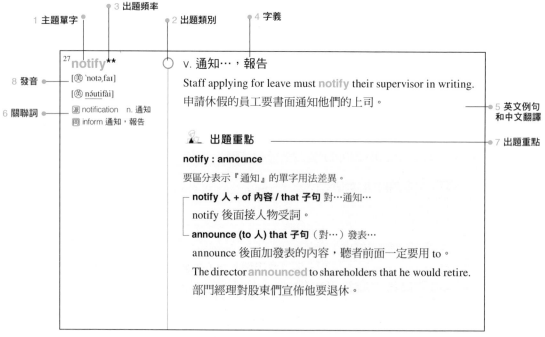

1 主題單字　3 出題頻率　2 出題類別　4 字義

8 發音　6 關聯詞　5 英文例句和中文翻譯　7 出題重點

27 **notify** ★★

[美] 'notə,faɪ]
[英] nóutifài]

派 notification　n. 通知
同 inform 通知，報告

v. 通知…，報告

Staff applying for leave must **notify** their supervisor in writing.
申請休假的員工要書面通知他們的上司。

### 出題重點

**notify : announce**

要區分表示『通知』的單字用法差異。

**notify 人 + of 內容 / that 子句** 對…通知…
notify 後面接人物受詞。

**announce (to 人) that 子句** （對…）發表…
announce 後面加發表的內容，聽者前面一定要用 to。

The director **announced** to shareholders that he would retire.
部門經理對股東們宣佈他要退休。

\* v. 動詞　n. 名詞　a. 形容詞　ad. 副詞　prep. 介系詞　phr. 片語　派 派生詞　同 同義詞　反 反義詞

**1　主題單字**

由 Part 5、Part 6、Part 7 中出題頻率最高、最重要的單字組成。

**2　出題類別**

可以按主題單字旁圓圈的填滿與否區分出題類別。圓圈有填滿的是 Part 5 及 Part 6，無填滿的是 Part 7。

**3　出題頻率**

Part 5、Part 6 的單字旁邊用星號標注了出題頻率，星號越多表示頻率越高。

**4　字義**

將主題單字以多益中常用的意思來呈現。

**5　英文例句和中文翻譯**

精選了最有可能在多益中出現的例句和此例句的中文翻譯。

**6　關聯詞**

在主題單字的下方整理了派生詞、同義詞、反義詞，可以同時記住多個單字。

**7　出題重點**

在這個部分可以知道單字在多益考試中以什麼樣的形式出題。包括常考句型、慣用語、易混淆的其他單字以及出題的核心重點，一定要記好！

**8　發音**

英式和美式發音不同的單字，將兩種發音都收錄了進去，以便為新多益聽力測驗做充分的準備，並將英式發音與美式發音不同的部分用底線標示，使學習者可以輕易識別。（編注：因國人學習習慣，美式發音已改為KK音標標示，然KK音標標示英式發音有其局限，故沿用原書音標）。

# 本書的構成 II

## 多益滿分單字

收錄了由聽力和 Part 7（單 / 雙篇文章理解）中出現的主要單字，與常考單字在同一個主題裡，可以在一個主題下一併學習。

## 其他要素

1　單字小故事

在學習之前可以先輕鬆閱讀使用了當天要學習的單字的小故事和插畫。

2　Daily Checkup

收錄了測驗試題，可以測試當天所學的核心單字。

3　實戰 Test

每 10 天可以透過實戰 Test 進行複習，提升應試即戰力。

4　正確答案與解析

提供實戰 Test 的正確答案和解析

# MP3 內容

本書按照各別需求特別設計了適合各種不同學習法的多版本 MP3。

**1　常考單字 1030（基本型）**

分 30 天學習的『常考單字 1030（基本型）』MP3，把常考單字按美式發音 ➡ 英式發音 ➡ 美式發音的順序各唸一次，再唸中文解釋。每天反覆聽兩次，記住多益最常考的核心單字只需 10 分鐘！

**2　常考單字 1030（深入型）**

簡單掌握了主題單字之後，就要瞭解它如何用在例句中。『常考單字 1030（深入型）』的設計是在 10 分鐘內，把主題單字用美式發音和英式發音各唸一次，再接其中文解釋。之後，再將主題單字的例句用美式發音和英式發音各唸一次。只要每天投資 10 分鐘，在一個月的時間內，就能有效地記住各種例句。

**3　考試前 10 分鐘的衝刺**

『考試前 10 分鐘的衝刺』讓你利用考試前的 10 分鐘放鬆心情，使你的單字量瞬間增加。此版本的設計是讓你在考試前能夠再次加強出題頻率最高的單字群。你可以將單字的美式發音和英式發音各聽一次，再聽它的解釋。這樣，既可以加強重要單字的印象，又可以練習聽力，達到一箭雙雕的效果。

**4　征服多益滿分單字**

如果已經征服了常考單字，請利用『多益滿分單字』試著加入高分行列吧。聽完美式發音 ➡ 英式發音後再聽中文，每天花 30 分鐘（3 章的份量），10 天後就能成為多益單字博士。

# 新多益單字的出題傾向和學習方法

## 1. 新多益的單字學習

單字在新多益考試中占的比例比以往還大。Part 5、Part 6 中增加了選擇單字的題目，Part 7 則增加了尋找同義字的題目。不僅如此，在聽力和 Part 7 閱讀題的準備，最基本的就是單字。不過，它的出題傾向以商務、日常生活中使用的單字為主，測驗考生能否正確使用單字的考試方向沒有很大的變化。因此，記單字的時候不能單純侷限於記住字義，透過例句記住單字的用法也是很重要的。

## 2. 單字題出題傾向

單字題一般按 Part 5 中 15 題，Part 6 中 6〜8 題，Part 7 中 2 題的形式出題。

### Part 5
根據句子的意思從四個選項中，選擇最恰當的答案填入空格以完成句子的題目。如果知道題目中的單字在什麼情況下跟哪個單字搭配使用，就能很快選出答案。因此，學習單字的時候記住例句和常用搭配也是很重要的。

The CEO will consider Mr. Carlisle's recent ------- for streamlining accounting procedures at the office during tomorrow's session.

(A) involvement          (B) efficiency

(C) suggestion          (D) attraction

四個選項中，從句意來看最恰當的是『建議』，所以答案是 (C) suggestion。(A) involvement 是『介入』，(B) efficiency 是『效率』，(C) attraction 是『魅力』的意思。

## Part 6

從四個選項中選出正確答案填入空格以完成句子的題目。這個部份不僅要看帶有空格的句子，還要理解前後的文章。所以解題的關鍵是提高快速的閱讀理解力。

---

Now you can travel ------- from the University of Chicago campus to

(A) economically

(B) immediately

(C) globally

(D) directly

O'Hare International Airport. Using the Omega Shuttle Bus instead of the railway means you can get to the airport for the same cost of $16, but without having to change trains at Union Station.

---

如果只看有空格的句子，economically（節省地）和 directly（直接地）都能成為答案。所以還要瞭解後文的內容。正確答案是 (D) directly。

## Part 7

從四個選項中選出與文章內出現的特定單字有著同樣意思的選項。文章中出現的單字都有兩種以上的意思。有很多情況，選項會與文章中的單字的某一種意思構成同義詞，但從整個文章的意思來看卻不能成為答案，很容易讓人混淆。因此，要正確理解文章的意思之後選擇答案。

---

The company has recently received quite a lot of attention from the press, including several positive reviews of its new heavy industry division

---

The word "press" in paragraph ~ line ~ is closest in meaning to

(A) push

(B) extract

(C) weight

(D) media

press 在文章中是『新聞媒體』而非『壓』的意思，所以答案是 (D) media（大眾媒體）而不能選 (A) push（推，壓）。

# 適合我現在級數的學習方法

## Self-Test

1. 你是否認識下面的單字？

agree　responsible　upcoming　capacity　detach

A. 都是不知道的單字。

B. 知道 1～2 個。

C. 知道 3～4 個。

D. 都是知道的單字。

2. 你覺得英語真的很難學？

A. 有點難。

B. 還可以。

C. 一般。

D. 簡單。

3. 你能否區分下面單字的詞性？

extensive　extend　extended　extension　extensively

A. 我不知道「詞性」是什麼。

B. 可以區分 1～2 個。

C. 可以區分 3～4 個。

D. 全部都可以區分。

4. 你曾經針對多益考試作過準備？

A. 一次也沒有。

B. 試過一兩次。

C. 正在準備中。

D. 已屆最後準備階段，且以高分為目標

5. 你知道下面兩個單字的關係嗎？

revenue : expenditure

A. 完全不知道兩個單字的意思。

B. 只知道其中一個單字的意思。

C. 大概知道兩個單字的意思，但不知道彼此有什麼關連。

D. 很清楚地知道兩個單字的關係。

6. 你對於已拿到的英語認證成績感到滿意嗎？

A. 不，很失望。

B. 還需要長期的努力。

C. 再努力一點就可以了。

D. 大致上滿意。

7. 你可以區分下面單字的用法？

speak : tell : talk

A. 不知道各個單字正確的意思。

B. 知道意思，但不知道用法。

C. 可以區分其中兩個單字的用法。

D. 可以明確區分三個單字的用法。

8. 你因為單字的認識不足而影響閱讀的理解能力嗎？

A. 總是這樣。

B. 常因為單字而覺得閱讀很困難。

C. 閱讀理解還可以，但很難掌握文章中單字正確的意思。

D. 在文章中除了幾個單字外都可以理解。

※答完題後按 A=0 分，B=2 分，C=2 分，D=3 分的標準計算分數。

總分：＿＿＿＿＿＿＿＿＿　　　　　　　　　　　☞ 翻頁看結果

## A

**0～9 分**
### 擺脫初級

**你是多益初學者嗎？是的話，跟著本書一起慢慢擺脫初級吧！**
剛開始你也許會覺得單字有點難，但只要一點一點地向前努力就會
發現目標離得並不遠。一開始的 30 天要快速瀏覽各章主要內容中用
填滿圓圈標注的 Part 5, 6 常考單字，只需要記住單字的意思即可。
第二次複習的時候要學習例句、出題重點和空白圓圈標注的 Part 7
常考單字，還可以利用 MP3 學習。現在開始，你再也不是多益初學
者了。

🎧 MP3

常考單字 1030（基本型）→常考單字 1030（深入型）→考前 10 分鐘衝刺
為了熟悉多益單字，在上、下課或者上、下班的時候要經常聽。如果連例
句也一起聽，對聽力也會有很大的幫助。這時，邊聽邊大聲地唸出來還能
加強背誦效果。

## B

**10～14 分**
### 打好基礎

**只要打好基礎，多益並不難！**
明明看過的單字，卻想不起來是什麼意思嗎？首先，最重要的是打
好單字的基礎。開始 30 天要學習各章主要內容中用填滿圓圈標注的
Part 5, 6 常考單字、例句和出題重點。第二次複習的時候，還要一
起學習用空白圓圈標注的 Part 7 常考單字。當然，如果還有時間，
可以在一天內完成 1 ～ 2 章的學習，將 60 天的學習日程縮減到 30
天。

🎧 MP3

常考單字 1030（深入型）→考前 10 分鐘的衝刺
『常考單字 1030（深入型）』是按照 30 天的學習日程構成。聽的時候請
注意聽例句！這時，記住單字在例句中的用法，學習效果也會加倍！

**C**

## 提高實力

**Level Up! 等級提升！我的成績提高了！**

不管怎樣學習也考不到滿意的分數嗎？那麼，你有必要確認一下自己是否真正知道單字的正確用法。首先，要學習常考單字的例句和出題重點，也要仔細看單字的用法，你可以先忽略『多益滿分單字』的單元。在一定程度上掌握了常考單字後，第二次學習時再與『多益滿分單字』一起記。還有時間的話，利用 MP3 複習，可以使背誦效果倍增。

🎧 MP3

常考單字 1030（深入型）→征服多益滿分單字→考前 10 分鐘的衝刺

先聽『常考單字 1030（深入型）』複習主題單字、出題重點和例句。完全記住後就聽『征服多益滿分單字』。這樣不僅對記單字有用，對閱讀，聽力也有很大的幫助。

**D**

## 成為實戰高手

**你是實力派！你的目標是高分！**

你已經擁有相當的實力，你的目標是考高分。以有難度的單字為重點，在目前實力的基礎上補充不足的地方。用 15 天的時間，以常考單字和出題重點為中心，每天學習兩章的內容，同時可以學習『多益滿分單字』中難度比較高的 Part 7 單字。利用餘暇時間聽 MP3 培養對多益單字的熟悉度，你可以把滿分定為目標。

🎧 MP3

考前 10 分鐘的衝刺→征服多益滿分單字

先聽『考前 10 分鐘的衝刺』瀏覽一遍出題率高的單字。之後，再集中背誦含有 Part 7 主要單字的『多益滿分單字』單元，同時反覆聆聽『征服多益滿分單字』MP3。這樣，你可以在短時間內熟悉更進階的多益常考單字。

# 各級別的學習計畫
**※請先在第 16 頁選擇適合自己現在級數的學習方法。**

## 60 天脫離初級的計畫

| 第一次學習<br>（第 1～30 天） | 教材 | 每天學習一章的內容！<br>常考單字 Part 5, 6（填滿圓圈）主題單字 + 字義 |
|---|---|---|
| | MP3 | 每天學習一章的內容！<br>常考單字 1030（基本型） |
| 第二次學習<br>（第 31～60 天） | 教材 | 每天學習一章的內容！<br>常考單字 Part 5, 6, 7（填滿圓圈 + 空白圓圈）主題單字 + 字義 + 例句 + 出題重點<br>Daily Checkup + 實戰 Test |
| | MP3 | 每天學習一章的內容！<br>常考單字 1030（深入型） |

## 30 天打好基礎的計畫

| 第一次學習<br>（第 1～15 天） | 教材 | 每天學習兩章的內容！<br>常考單字 Part 5, 6（填滿圓圈）主題單字 + 字義 + 例句 + 出題重點 |
|---|---|---|
| | MP3 | 每天學習兩章的內容！<br>常考單字 1030（深入型） |
| 第二次學習<br>（第 16～30 天） | 教材 | 每天學習兩章的內容！<br>常考單字 Part 5, 6, 7（填滿圓圈 + 空白圓圈）主題單字 + 字義 + 例句 + 出題重點<br>Daily Checkup + 實戰 Test |
| | MP3 | 每天學習兩章的內容！<br>常考單字 1030（深入型） |

## 30 天提高實力的計畫

| | | |
|---|---|---|
| **第一次學習**<br>（第 1 ~ 15 天） | 教材 | 每天學習兩章的內容！<br>常考單字 Part 5, 6（填滿圓圈）主題單字 + 字義 + 例句<br>+ 出題重點<br>實戰 Test |
| | MP3 | 每天學習兩章的內容！<br>常考單字 1030（深入型） |
| **第二次學習**<br>（第 16 ~ 30 天） | 教材 | 每天學習兩章的內容！<br>常考單字 Part 5, 6, 7（填滿圓圈 + 空白圓圈）主題單字<br>+ 字義 + 例句 + 出題重點<br>Daily Checkup + 多益滿分單字 + 實戰 Test |
| | MP3 | 每天學習兩章的內容！<br>常考單字 1030（深入型）+ 征服多益滿分單字 |

## 15 天成為實戰高手的計畫

| | | |
|---|---|---|
| **第一次學習**<br>（第 1 ~ 15 天） | 教材 | 每天學習兩章的內容！<br>常考單字 Part 5, 6, 7（填滿圓圈 + 空白圓圈）主題單字<br>+ 字義 + 例句 + 出題重點<br>Daily Checkup + 多益滿分單字 + 實戰 Test |
| | MP3 | 每天學習兩章的內容！<br>常考單字 1030（深入型）+ 征服多益滿分單字 |

# NEW TOEIC 新多益單字學習 TIPS

## 1

### 按照適合自己的學習法學習

利用 Self-Test 找到適合自己的學習法！

透過第 16 頁的 Self-Test 尋找適合自己的學習方法，並按照上面的學習法逐步學習。如果初學者一次硬記很多單字，很快就會厭煩了。所以，最為理想的方式就是按照提示的學習法和計畫學習。

## 2

### 個人學習 VS. 小組學習的選擇

推薦小組學習，但如果無法達成，就選擇個人學習。

#### 個人學習 tips

‧對個人學習的學習者來說，最重要的是自我管理。所以，要有毅力地每天按照適合自己的學習法和學習計畫學習。

‧學習每章的內容時，要在自己不懂的單字上做記號，還要透過例句確認單字在多益中的用法。

‧學完一天的內容後，一定要透過練習題測試學習效果。可利用經常更新的 HACKERS 多益的網站 www.Hackers.co.kr 或 www.ChampStudy.com 上的資料使單字學習更豐富多彩。（編注：本服務為韓國原書之服務，與本出版社無關，網站內容為韓文，懂韓文的閱讀者不妨至此網站蒐集資料。）

‧第二天，學習新內容之前先簡單地瀏覽前一天做過記號的單字。其實，提高單字力最好的方法就是每次都從第一天的內容開始累積式地學習。如果時間不容許，至少要複習前一天的內容。

### 小組學習 tips

- 這是很適合小組學習的一本書。可以根據小組的學習方式，嘗試各式各樣的學習法，既愉快又能高效率地學習單字。
- 小組學習的進度要比個人學習快一點，藉此不讓自己鬆懈下來。
- 建議小組成員互相測驗每天學過的內容。這種時候要定好嚴厲的懲罰，『罰款制度』是一個好方法。

## 3　其他學習 tips

當沒有辦法按照每天的計畫學習的時候，不要拘泥於前面的內容，要按照當天的學習計畫趕上進度。當然，最好是每天都按照計畫來學習，以掌握全書的內容。如果因為某些情況而沒能按照計畫進行，那麼最好跳過那些內容，直接從當天的內容開始。

## 擺脫無業遊民的生活
### 採用

青年失業人口 40 萬名，而我，就是其中一個。至今為止丟過的履歷表也有好幾百份，但我不怕挫折！聽說我夢想中的公司─H 公司有 opening，我就去 apply 了。休息室裡有很多 applicants，但是，因為我已經 meet 了 requirements，所以很有信心。面試人員讓我說一句最後想說的話。我為了要成為最 qualified 的 candidate，抱著 confidence 大聲說了一句。

我很想進入 K 公司！

H company

*apply* /ə`plaɪ/

1 **applicant**

[`æpləkənt]

派 apply　v. 申請，適用
application
n. 申請，申請書，適用
appliance　n. 器具

n. 申請人，求職者

Each applicant is required to submit a resumé.
每個求職人員必須提交一份履歷表。

📖 **出題重點**

1. ┌ **applicant** 申請者
   └ **application** 申請，申請書，適用
   要區分指人物的名詞 applicant 和抽象名詞 application。
   appliance 雖然字根一樣，但意思完全不同，要注意區分。

2. **complete / submit / receive + an application**
   完成 / 提交 / 收到申請書
   application 一般與 complete、submit、receive 等單字合用
   表示完成、提交、收到申請書之意。

2 **apprehensive***

[ˌæprɪ`hɛnsɪv]

同 concerned 擔心的

a. 擔心的，惴惴不安的

Most people feel apprehensive before an important job interview.
大多數求職者在重要的工作面試前會覺得很緊張。

3 **aptitude**

[美 `æptə,tjud]
[英 æptətjùːd]

n. 才能，資質

The applicant should demonstrate aptitude in the following areas.
求職者必須展示以下領域的才能。

4 **associate****

[美 ə`soʃɪ,et]
[英 əsóusièit]
n. 同事　a. 副的，次的
[美 ə`soʃɪət]
[英 əsóusiət]
派 association
n. 協會，聯合

v. 使有聯繫

Two of the applicants were associated with a rival firm.
求職者當中有兩個跟競爭公司有關係。

**be associated with** 與…有關

**in association with** 與…聯合

考試中經常出被動語態的 associated 和名詞 association，經常跟介系詞 with 一起使用。

---

5 **bilingual**
[baɪˈlɪŋgwəl]

a. 可說兩種語言的

Avid Pharmaceuticals is seeking a bilingual call center manager.
Avid 製藥公司正在尋求一個會雙語的客服中心經理。

---

6 **broad*** 
[美 brɔd]
[英 brɔːd]
派 broaden v. 放寬，擴大
  broadly ad. 寬廣地
反 limited, narrow 限定的

a. 寬廣的

a broad knowledge of marketing strategies
豐富的市場行銷戰略知識

---

7 **candidate***
[美 ˈkændɪˌdet]
[英 kǽndidət]
同 applicant 候選人

n. 應試者，候選人

Five candidates will be selected for final interview.
將選 5 名候選人參加最終面試。

---

8 **certification**
[美 ˌsɜtɪfɪˈkeʃən]
[英 sɔːtifikéiʃən]
派 certify v. 證明
  certified
  a. 被證明的，公認的
  certificate n. 證明書

n. 證明書，執照

accounting certification 會計執照

**出題重點**

professional certification 專業執照
a birthday certificate 出生證明

要區分有著同樣意思的 certification 和 certificate。
certification 主要用於證明專業能力的執照，而 certificate
（證明書）不只用於專業證明，也用於像 birth certificate
的一般證明書。

9 **commensurate** ○

[美 kəˈmɛnʃərɪt]

[英 kəménʃərət]

a. 成比例的，價值相應的

Wages will be commensurate with experience and qualifications.

工資將與經驗和資歷成正比。

### 🏋 出題重點

**be commensurate with** 與⋯成比例

commensurate 一般與介系詞 with 一起使用。

10 **confidence*** ○

[美 ˈkɑnfɪdəns]

[英 kɔ́ːnfidəns]

派 confident
    a. 確信的，有信心的

n. 確信，自信；信任

We have confidence that she can handle the position.

我們確信她能勝任這份職務。

The recommendations showed confidence in his abilities.

推薦信表明了對他的能力的信任。

### 🏋 出題重點

1. ┌ **confidence in** 對⋯確信，信任⋯

   └ **in confidence** 保守祕密

    經常會考 in 與 confidence 搭配的用法。根據 in 的位置會有不一樣的意思。因此，記的時候要特別注意。

2. 區分 **confidence**（n. 確信）和 **confident**（a. 確信的）的詞性。

11 **consultant** ●

[kənˈsʌltənt]

派 consult   v. 商議，諮詢

n. 顧問，商議者

Emma currently works in London as an interior design consultant.

Emma 目前在倫敦擔任室內設計顧問。

### 👨‍🏫 出題重點

1. ┌ **consultant** 顧問
   └ **consultation**（與專家）磋商，諮詢會議
   一般以區分人稱名詞 consultant 和抽象名詞 consultation
   的形式出題。

2. ┌ **consult ＋專家** 向⋯諮詢
   └ **consult with ＋對等的人** 與⋯磋商
   向 doctor 等專家諮詢的時候 consult 不加介系詞，但像
   friend 一樣與對等的人商議的時候要加介系詞 with。

[12] **degree**
[dɪˈgri]

**n. 學位**
a bachelor's degree 學士學位
a master's degree 碩士學位

[13] **eligible**＊＊
[ˈɛlɪdʒəbl]

派 eligibility n. 合格，適任
反 ineligible 沒資格的

**a. 有資格的，符合條件的**
The part-time workers are also eligible for paid holidays.
兼職員工也有資格享有帶薪休假。

### 👨‍🏫 出題重點

1. **be eligible for + membership / compensation / position**
   有資格成為會員／得到補償／得到職位
   **be eligible to do** 有資格做⋯
   eligible 一般與介系詞 for 或不定詞 to 一起使用。介系詞
   for 的後面一般接 membership、compensation、position 等
   表示待遇或職位的名詞。

2. **eligible : allowable**
   要區分表示『允許的』意思的單字用法差異。
   ┌ **eligible** 有資格做⋯　用於因某人滿足特定條件而擁有資格。
   └ **allowable** 可允許的，可承認的　用於允許特定的行為。
   Business dinners are included as allowable expenses.
   工作上的應酬屬於允許的開支。

3. 區分 **eligibility**（n. 適任）和 **eligible**（a. 符合條件的）的詞性。

**14 employment** ○ n. 雇用
[ɪmˈplɔɪmənt]

The company announced employment opportunities in its accounts department.
該公司宣稱會計部門可提供就業機會。

派 employ v. 雇用
( = hire
↔ lay off, dismiss, fire )
employee n. 雇員
employer n. 雇主
反 unemployment 失業

🏋 **出題重點**

**long-term employment** 長期雇用
**employment agency** 職業介紹所
要記住與 employment 有關的複合名詞。

**15 entitle*** ○ v. 使有資格
[ɪnˈtaɪtl]

Executive-level staff are entitled to additional benefits.
行政人員有權得到額外的利益。

🏋 **出題重點**

**be entitled to ＋名詞** 給予了…的資格
**be entitled to do** 有資格做…
entitle 一般與介系詞 to 或 to 不定詞一起使用，主要以被動語態的形式出題。

**16 get through** ** ○ phr. 通過（考試等），完成…
同 pass 通過（考試）

Twelve people got through the first round of interviews.
12 個人通過了第一階段的面試。

**17 highly** ** ○ ad. 很，非常
[ˈhaɪlɪ]

highly qualified candidates 非常符合資格的應試者

🏋 **出題重點**

**highly + qualified / competitive / profitable**
很有資格的 / 競爭力的 / 利潤的
highly 跟 very 一樣是強調功能的副詞，一般以修飾形容詞或過去分詞的形式出題。

## [18] increment
[`ɪnkrəmənt]

n. 增加，增值

Employees with good records will receive wage increments as an incentive.

業績好的員工將獲得加薪以作為一種獎勵。

### 出題重點

**increment : improvement**

要區分表示『增加』意思的單字用法差異。

- **increment** 增加　表示量的增多
- **improvement** 改進，進步　表示質的增加

The improvement in working conditions led to greater productivity.

工作條件的改善促進了生產力。

## [19] lag*
[læg]

v. 落後

Wage increases lag considerably behind current inflation rates.

工資的成長明顯落後於現在的通貨膨脹率。

### 出題重點

**lag behind** （速度等）落後於…

lag 一般與介系詞 behind（…後）搭配使用。

## [20] managerial
[ˌmænəˈdʒɪrɪəl]

派 manage
　v. 經營，管理
同 supervisory 管理的，
　監督的

a. 管理的

I am seeking a managerial position in the accounting field.

我在尋找會計領域的管理職位。

**21 match\***

[mætʃ]

n. 比賽，對手

○ v. 和⋯相配，相稱

The candidate's qualifications match the job description.
候選人的條件符合這個職位要求。

**22 meet\*\***

[mit]

同 satisfy, fulfill
　　滿足（要求、條件）

○ v. 滿足（需要、要求等）

Applicants must meet all the requirements for the job.
求職者必須滿足這個工作的所有條件。

🏋 **出題重點**

**meet one's needs** 滿足某人的需求

**meet requirements** 滿足要求的條件

**meet customer demand** 滿足消費者的需要

多益經常考 meet，除了『見面』之外，另外一個意思就是
『滿足』。

**23 minimum\***

[ˋmɪnɪməm]

a. 最少的
反 maximum 最大的

○ n. 最低限度

a minimum of three years' experience
最少 3 年的經歷

**24 occupation**

[美 ˌɑkjəˋpeʃən]

[英 ˌɔkjupéiʃən]

派 occupy
　　v. 占領（場所、職位等）
　　occupational
　　a. 職業上的
　　occupant
　　n. 占有者，居住者
同 job, vocation 職業

○ n. 職業

Journalism is an interesting and challenging occupation.
新聞業是一種既有趣又具有挑戰性的職業。

🏋 **出題重點**

**occupation** 職業

**occupant** （住宅的）居住者，（土地的）占有者

一般以區分抽象名詞 occupation 和人物名詞 occupant 的
形式出題。

**25 opening**

[美 ˈopənɪŋ]

[英 ˈəupənɪŋ]

同 vacancy 空缺，空席

n. 空缺，空席；開張，開業

job openings 職務空缺

the opening of a new branch 新分店的開業

### 出題重點

**an opening** 空席（可數名詞）

opening 表示『空缺，空席』時是可數名詞，要加不定冠詞 an 或者用複數。

---

**26 otherwise\*\***

[美 ˈʌðəˌwaɪz]

[英 ˈʌðəwaiz]

ad. 其它地，別的方式地；否則

Applicants must apply in person unless otherwise indicated.

申請人必須本人申請，除非另有說明。

Applications must be turned in before the deadline; otherwise they won't be processed in time.

申請書必須在截止日期之前繳交，否則不會被及時處理。

---

**27 paycheck**

[ˈpeˌtʃɛk]

n. 薪水，付薪水的支票

Paychecks are mailed out each month.

薪水每月用郵寄的方式發放。

---

**28 payroll**

[美 ˈpeˌrol]

[英 ˈpéirðul]

n. 薪水帳冊，發薪名單

Fifteen new employees were added to the payroll last month.

上個月薪水帳冊上添加了 15 名的新員工。

### 出題重點

**on the payroll** 被雇用

這是從『名字在薪水名冊裡』的意思演化而來的。

<sup>29</sup> **pension**
[ˈpɛnʃən]

n. 養老金，退休金
All new employees must sign up for the national pension plan.
所有新員工必須簽名加入國家老人年金計畫。

<sup>30</sup> **probationary**
[🇬🇧 proˈbeʃənˌɛrɪ]
[🇺🇸 prəubéiʃənèri]

a. 實習中的，審查中的
The company will offer contracts on completion of a probationary period.
試用期結束後公司會提供契約。

<sup>31</sup> **professional**
[prəˈfɛʃnḷ]

派 profession n. 職業
professionally
ad. 專業地

a. 職業的，專業的
Compliance with the principles of professional ethics is mandatory.
遵守職業道德的原則是義務的。

n. 專家
Merseyside Hospital is looking to hire a certified health professional.
Merseyside 醫院正在招聘擁有資格認證的保健專家。

⚖️ **出題重點**

**professional achievement** 職業上的成就
**professional financial advisors** 專業的金融顧問
**professionals of the academic community** 學界的專家們
要熟記 professional 的多益出題形式，professional 既是形容詞，也是名詞，要根據文章脈絡區分它的意思。

<sup>32</sup> **proficiency**
[prəˈfɪʃənsɪ]

派 proficient
a. 精通的，熟練的

n. 精通，熟練
proof of proficiency in a second language
精通第二種語言的證明

**33 prospective\***
[prəˋspɛktɪv]

派 prospect
　　n. 展望，預想

a. 預期的，預料的
prospective employees 預期的員工

**34 qualified\*\***
[美 ˋkwɑləˌfaɪd]
[英 kwɔ́:lifàɪd]

派 qualify　v. 取得資格
　　qualification　n. 資格

a. 有資格的，適合的
qualified applicants 符合條件的求職者

🏛 **出題重點**

**be qualified for** 有…資格
**qualifications for** 對…的資格
qualified 和名詞 qualification 經常跟介系詞 for 搭配使用。

**35 recruit**
[rɪˋkrut]

n. 新員工
派 recruitment
　　n. 招募新血

v. 招聘（新員工等）
The firm recruits promising graduates on a yearly basis.
該公司每年固定招聘優秀的應屆畢業生。

**36 reference\*\***
[ˋrɛfərəns]

派 refer　v. 參照

n. 推薦函；參考
Philippa asked her ex-boss to write a reference for her.
Philippa 請求她以前的老闆為她寫一份推薦函。
This database contains reference material on all aspects of labor law.
這個資料庫包含著勞動法各個方面的參考材料。

**37 regardless of\*\***

phr. 不管
All applicants will be considered regardless of age, gender, or race.
所有的求職者不管年齡、性別或人種都會在考慮範圍內。

[38] **requirement**

[美] rɪˋkwaɪrmənt]

[英] rikwáiəmənt]

n. 必要條件

Frequent travel is a requirement of this position.
經常出差是這個職位的必要條件。

[39] **resumé**

[美] ˌrɛjuˋme]

[英] rézjumèi]

n. 履歷表

Fax your resumé and cover letter to the above address.
請將您的履歷表及求職說明信傳真到上面的地址。

[40] **wage***

[wedʒ]

n. 工資，薪水

Uncertified workers earn lower wage than certified staff.
沒有執照的員工比有執照的員工賺取更低的工資。

🏺 **出題重點**

**wage : salary : compensation**

要區分表示『薪水』意思的單字用法差異。

— **wage** 薪水

主要表示藍領階層的薪水，帶有時間制或月薪的意思。

— **salary** 薪水

主要用於白領階層的薪水，帶有年薪的意思。

— **compensation** 補償，彌補

salary 或 wage 表示對工作本身的報酬，而 compensation
則用於其他的補償。例如：injury compensation（工作傷
害補償）。

請在右邊欄位內找出相對應的意思並用線條連接。

01  eligible
02  proficiency
03  probationary
04  increment
05  pension

ⓐ  實習中的
ⓑ  養老金
ⓒ  確信
ⓓ  增加
ⓔ  有資格的
ⓕ  熟練

請選擇恰當的單字填空。

06  Preference will be given to _____ possessing experience in retail.
07  Mr. Darcy provided _____ letters with his resumé.
08  Being _____ before giving a speech is natural.
09  Promotional materials were sent to _____ clients.

ⓐ apprehensive  ⓑ reference  ⓒ confidence  ⓓ prospective  ⓔ candidates

10  As national production rises, _____ levels increase.
11  The _____ wage was increased last year to ＄10.50 per hour.
12  _____ applicants were interviewed for the internship.
13  A consultant has a _____ knowledge of his field.

ⓐ qualified  ⓑ employment  ⓒ managerial  ⓓ minimum  ⓔ broad

Answer  1.ⓔ 2.ⓕ 3.ⓐ 4.ⓓ 5.ⓑ 6.ⓔ 7.ⓑ 8.ⓐ 9.ⓓ 10.ⓑ 11.ⓓ 12.ⓐ 13.ⓔ

# 多益滿分單字

## LC

| | | |
|---|---|---|
| achieve one's goal | phr. | 達成某人的目標 |
| achievement | n. | 成果,成就 |
| by the hour | phr. | 按小時計算 |
| career | n. | 職業,經驗 |
| cover letter | phr. | 附信,說明信件 |
| devoted | a. | 奮不顧身的 |
| dress formally | phr. | 穿著正式地 |
| dressed in suit | phr. | 穿著西裝 |
| fair | a. | 公正的 |
| figure out | phr. | 想出… |
| first-hand | a. | 第一手的 |
| full-time work | phr. | 全職工作 |
| give a warm welcome | phr. | 熱烈歡迎 |
| give notice to | phr. | 給予…通知 |
| hire | v. | 雇用 |
| human resources | phr. | 人力資源 |
| in fact | phr. | 事實上 |
| job offer | phr. | 工作機會 |
| job search | phr. | 求職 |
| job seeker | phr. | 求職者 |
| letter of recommendation | phr. | 推薦函 |
| list | n. / v. | 目錄,名單 / 加入名單 |
| more than welcome | phr. | 非常受歡迎的 |
| nervous | a. | 緊張的,焦慮的 |
| newcomer | n. | 新來的人,新員工 |
| no matter what | phr. | 無論如何,在任何情況下 |
| not to mention | phr. | 更不用說 |

| on occasion | phr. | 有時 |
|---|---|---|
| on the occasion of | phr. | 在…之際 |
| overqualified | a. | 資歷過高的 |
| panel | n. | 評審團 |
| pick out | phr. | 選出，區分 |
| practical experience | phr. | 實際經驗 |
| profile | n. | 個人簡介 |
| reapply | v. | 再申請 |
| secretary | n. | 祕書 |
| send in | phr. | 提交 |
| send off to | phr. | 寄出給… |
| site supervisor | phr. | 現場指導員 |
| staff orientation | phr. | 員工職前訓練 |
| support staff | phr. | 輔助人員 |
| take an examination | phr. | 參加考試 |
| tidy | a. | 端正的，乾淨的 |
| trainee | n. | 實習生 |
| training | n. | 練習，訓練 |
| training center | phr. | 訓練中心 |
| training course | phr. | 訓練課程，培訓課程 |
| training supervisor | phr. | 訓練指導員 |
| under consideration | phr. | 考慮中的 |
| waiting room | phr. | 等候室 |
| well-educated | a. | 受過良好教育的，有教養的 |
| workforce | n. | 勞動力，員工數 |
| zealous | a. | 熱衷的，熱誠的 |

## Part 7

| a history of work | phr. | 工作經歷 |
|---|---|---|
| a letter of credit | phr. | 信用狀 |
| address the audience | phr. | 在大眾面前演說 |
| adept | a. | 熟練的 |
| against all odds | phr. | 不計成敗 |

| appeal | v. / n. | 懇求，號召 |
|---|---|---|
| bachelor's degree | phr. | 學士學位 |
| be admitted to | phr. | 取得…資格 |
| be advised to do | phr. | 被建議做… |
| be influenced by appearance | phr. | 被外表所影響 |
| be required to do | phr. | 被要求做… |
| computer literate | phr. | 懂電腦的 |
| condition | n. | 條件，狀態 |
| credentials | n. | 委任書，資格證 |
| curriculum vitae | phr. | 履歷表 |
| diploma | n. | 畢業證書 |
| doctor's degree | phr. | 博士學位 |
| eagerness | n. | 熱心 |
| endurance | n. | 耐力 |
| energetic | a. | 精力充沛的 |
| excel | v. | 勝過 |
| excellent | a. | 傑出的 |
| exclude | v. | 除外，排除 |
| external | a. | 外部的 |
| familiarize oneself with | phr. | 使自己瞭解、熟悉… |
| fluency | n. | 流暢 |
| fluent in | phr. | 精通於… |
| fluently | ad. | 流暢地 |
| format | n. | 形式，（書籍的）版式、尺寸 |
| gather together in a circle | phr. | 集合起來圍成一圈 |
| gender | n. | 性，性別 |
| help wanted | phr. | 招人廣告 |
| identify | v. | 確認，證明 |
| improperly | ad. | 不適當地 |
| in a positive manner | phr. | 積極的 |
| in the field of | phr. | 在…領域 |
| inexperience | n. | 無經驗，不熟練 |
| insufficient | a. | 不充分的 |
| interpersonal skills | phr. | 人際關係能力 |
| knowledgeable about | phr. | 精通於… |

| | | |
|---|---|---|
| lack | n. / v. | 不足 / 沒有，缺乏 |
| lack confidence | phr. | 缺乏自信心 |
| make A a regular habit | phr. | 養成 A 的習慣 |
| make a commitment to | phr. | 奮不顧身地做… |
| make a point of V-ing | phr. | 一定要做… |
| make quick money | phr. | 賺取快速入手的錢 |
| manpower | n. | 人力 |
| master's degree | phr. | 碩士學位 |
| mindful | a. | 留心的 |
| novice | n. | 新手，初學者 |
| on the waiting list | phr. | 在等候名單上 |
| part-time | a. | 臨時的，非全天的 |
| preeminent | a. | 優秀的，卓越的 |
| preliminary | a. | 預備的 |
| prerequisite | n. / a. | 必須條件 / 必須的 |
| probationer | n. | 實習生 |
| relevant | a. | 關聯的 |
| screening | n. | 審查 |
| self-motivation | phr. | 自我激勵 |
| send a notification | phr. | 寄通知書 |
| sign up for | phr. | 登記參加… |
| sign up in advance | phr. | 事先登記 |
| specialize in | phr. | 專攻… |
| sternly | ad. | 嚴厲地，堅決地 |
| unless otherwise noted | phr. | 除非有其它的通知 |
| vacancy | n. | 空缺，缺席 |
| visiting | n. | 訪問 |
| wanted | a. | 徵求…的，招集…的 |

## 注意服裝
### 規則、法律

我的上司也許是嫉妒我前衛的時尚感，總是 concern 我的 attire 不符合 dress code。甚至，昨天走到我面前說「在勳，我已經提醒過多次了，還沒有 comply 公司的 policy 嗎？公司的 regulation 是沒有 exception 的！拜託你 adhere 規則！」因為上司說的太 severe，今天穿的更 restrained 一點……大家會不會被我迷倒呢。

我真是有品味！

¹ abolish
[美 ə'bɑlɪʃ]
[英 əbɔ́:lɪʃ]
派 abolition　n. 廢止

**v. 廢除（制度、法律等）**

Congress decided to abolish taxes on imported fruit.
國會決定廢除對進口水果的稅金。

² access**
['æksɛs]
派 accessible　a. 可接近
　的，可利用的
　accessibility
　n. 易接近，易受影響

**n. 使用許可權，接近；通道**

Only authorized personnel may request access to client files.
只有經授權的員工才能申請顧客資料的使用許可權。

Our new office has direct access to the subway.
我們的新辦公室有一個直接通往地鐵的通道。

**v. 接近，到達…**

Click on the link to access the detailed job description.
要閱覽詳細的職務內容請點擊連結。

🔺 **出題重點**

1. **have access to** 擁有接近…的許可權

　**access the documents** 閱覽檔案

　名詞 access 經常與介系詞 to 搭配使用。但是，要記住
　access 是及物動詞，後面不能接介系詞 to。

2. **access : approach**

　要區分表示『接近』意思的用法差異。

　┌ **access** 使用許可權，接近
　│　不可數名詞，不需加冠詞。
　└ **approach** （對學問等的）接近、瞭解並處理的方法
　　可數名詞，要加冠詞 an。
　　a new approach to web design
　　對網頁設計的新的處理方法

³ accordance**
[美 ə'kɔrdəns]
[英 əkɔ́:dəns]

**n. 一致，和諧**

We strive to operate in accordance with local customs.
我們努力按照地方習俗經營。

### 🏋 出題重點

**in accordance with** 與…一致，依照

要記住 accordance 是以 in accordance with 的形式使用。
with 後接『要遵守的規則』或『希望事項』。

4 **according to** ⬤ phr. 根據…

All transactions must be handled **according** to the guidelines.
所有交易必須按照這個方針進行。

5 **accuse** ○ v. 指控，指責
[ə'kjuz]
派 accusation
    n. 指責，控告

The director **accused** his secretary of leaking classified information.
部門經理指控他的祕書洩露祕密資訊。

### 🏋 出題重點

**accuse A of B** 指責 A 的 B

要記住與 accuse 一起使用的介系詞 of

6 **adhere** ○ v. 遵守，堅持
[美 æd'hɪə]
[英 ədhíə]
派 adherence
    n. 堅持，忠誠

It is difficult to **adhere** to all the policies.
遵守所有規定是困難的。

### 🏋 出題重點

**adhere to + policies / rules / standards**

遵守政策 / 規則 / 基準

adhere 表示『遵守，堅持』時是不及物動詞，要與介系詞
to 一起使用。

NEW TOEIC Vocabulary

7 **approval**
[ə'pruvl]
派 approve v. 承認
（↔ reject, turn down）
同 permission 許可，認可

● n. 批准，認可

Please obtain the supervisor's approval before purchasing supplies.
採購供應商品前請獲得管理人員的批准。

8 **at all times**＊

● phr. 一直，總是

Employees must have security cards at all times.
員工要隨時攜帶保全卡。

9 **attire**＊
[美 ə'taɪr]
[英 ətáɪə]

● n. 服裝，著裝

Professional business attire is required from all presentation participants.
所有參加發表會的人必須穿著正式服裝。

10 **attorney**
[美 ə'tɜnɪ]
[英 ətɔ́:ni]

○ n. 律師

The attorney advised his client to remain silent.
律師勸告他的顧客保持沉默。

11 **authorize**＊＊
[美 'ɔθə,raɪz]
[英 ɔ́:θəràɪz]
派 authorized
a. 公認的，經授權的
authorization n. 許可
authority
n. 授權書；當局

● v. 認可…，授權…

Allocations of funds must be authorized by management.
資金分配額必須經過經營團隊的認可。

🏋 **出題重點**

**an authorized service center** 公家授權的服務中心
**unauthorized reproduction** 未經授權複製
要一起記住 authorize 的分詞形 authorized（公認的，經授權的）和 unauthorized（未經授權的）。

## 12 circumscribe

[美] 'sɜkəm,skraɪb]
[英] só:kəmskràib]
同 limit 限制

○ v. 限制

The new legislation will circumscribe the use of animal in product testing.

新的法令將限制利用動物進行產品試驗。

## 13 code

[美] 'kod]
[英] kóud]

○ n. 規範，慣例；暗號，代號

dress code 服裝規範

employee code 員工代號

## 14 comply**

[kəm'plaɪ]
派 compliance　n. 遵守

● v. 順從，遵守

Employees must comply with the regulations governing computer use.

員工必須遵守電腦使用管制的規定。

### 🗣 出題重點

**comply : obey : observe**

要區分表示『遵守』意思的單字的用法差異。

**comply with** 遵守（規則，要求等）

comply 是不及物動詞，要接介系詞 with。

**observe** 遵守（規則等…）；觀察

是及物動詞，不加介系詞，直接接受詞。

All oprerators of machinery must observe the safety guidelines.

所有機器設備的操作人員必須遵守安全規則。

**obey** 服從（人），順從（指示）

及物動詞，帶有服從別人的意思。

Refusal to obey the manager's instructions could result in dismissal.

拒絕服從經理的指示可能導致被解雇的結果。

15 **concern**\*

[美 kən'sɜn]

[英 kənsɔ́:n]

v. 使擔心…，與…有關

派 concerning
  prep. 關於…
  concerned
  a. 擔心的，關聯的

n. 關心，憂慮

Employees voiced concerns about safety at the meeting.
會議上，員工提出關於安全的憂慮。

🏋 **出題重點**

1. **concern about / over** 憂慮，擔心…

   要記住與 concern 一起使用的介系詞 about 和 over。

2. **questions concerning** 關於…的問題

   一般會考與 question 搭配使用的介系詞 concerning（關於…）。concerning 和 about、regarding 是同樣的意思。

16 **custody**

['kʌstədɪ]

n. 監禁，拘留

The suspect was kept in custody for three days.
嫌犯被拘留了 3 天。

17 **effect**\*\*

[ɪ'fɛkt]

派 effective   a. 有效果的
  effectively   ad. 有效地

n. 效果，影響，（法律等的）效力

The tardiness policy will be in effect starting next week.
遲到規定將於下週開始生效。

v. 造成…結果

He effected a sudden change in the company's direction.
他使公司的發展方向突然改變了。

🏋 **出題重點**

1. **in effect** 實施的，（法律等）有效力的

   **come into effect** 實施，生效

   **have an effect on** 對…有影響

   **secondary effect** 二次效應

   effect 經常以它的慣用形式出題。

2. 注意區分 **effect**（n. 效果，影響）和 **effective**（a. 有效的）的詞性。

[18]**enforce**

[美] ɪnˋfors]

[英] infɔ́ːs]

派 enforcement
　　n. 施行，執行

○ v. 施行，執行（法律）

All departments must enforce the no smoking policy.
所有部門都必須執行禁煙規定。

[19]**exception**

[ɪkˋsɛpʃən]

派 exceptional　a. 例外的
　　exceptionally
　　ad. 例外地，
　　　非常出眾地
　　except　prep. 除了…

● n. 例外

Management decided not to make exceptions to the rules.
管理階層決定不對這些規定增加任何例外條例。

🔬 **出題重點**

**with the exception of** 除了…

**with very few exceptions** 幾乎沒有例外

經常會考介系詞 with。

[20]**form** **

[美] fɔrm]

[英] fɔːm]

v. 塑造，形成…

派 formal
　　a. 正式的，形式的
　　formation　n. 形成

● n. 類型，樣式

Visitors are required to present a form of identification to security guards.
訪客需向保全人員出示一種身份證明。

🔬 **出題重點**

1. **a form of identification** 身份證明的一種
　美國沒有國家發行的居民身份證，而是用駕照等各種 form（樣式）的 identification（身份證明）。因此，說到身份證明的時候會說成 a form of identification（一種身份證明）。

2. **evaluation form** 評估表
　**registration form** 登記表
　要記住多益常考的 form 的複合名詞。

21 **fraud**

[美 frɔd]

[英 frɔːd]

派 fraudulent
　a. 欺詐的，不正的

○ n. 欺騙

The company's owners will be charged with tax fraud.
那個公司的老闆將被控告逃漏稅。

22 **habit***

[ˋhæbɪt]

派 habitual　a. 習慣性的

● n. 習慣，習性

Setting goals should be a regular habit.
制定目標應該成為一種規律的習慣。

🔖 **出題重點**

**habit : convention**

要區分表示『習性』的單字用法差異。

　┌ **habit** 個人習慣

　└ **convention** 社會習慣

Wearing a tie is a traditional corporate convention.
繫上領帶是傳統的共同習慣。

23 **immediately***\*

[ɪˋmidɪɪtlɪ]

派 immediate　a. 立即的

● ad. 立即，馬上

Effective immediately, pension installments will be automatically deducted from each paycheck.
退休金將從每次的薪資裡自動扣除，此規定立即生效。

🔖 **出題重點**

**immediately after** …之後立即…

**immediately upon arriving** 到達後立即…

immediately 經常與 after 或 upon arriving 等表示時間的單字一起使用。

24 **infringement**

[ɪnˋfrɪndʒmənt]

派 infringe　v. 違反

○ n. 侵害

An infringement of copyright led to the cancellation of production.
版權的侵害導致生產的取消。

## 25 legislation
[ˌlɛdʒɪsˈleʃən]

派 legislate　v. 制定法律
legislator
n. 立法人，立法委員

n. 法律，法規

The committee unanimously voted for the new export limitation legislation.
委員會全數投票通過了新的出口限制法令。

## 26 legitimate
[lɪˈdʒɪtəmɪt]

反 illegal, illegitimate
非法的

a. 合法的，正當的

All legitimate business expenses will be reimbursed.
所有合法的工作經費會被償還。

## 27 litigation
[ˈlɪtəˈɡeʃən]

派 litigate　v. 訴訟
同 lawsuit 訴訟

n. 訴訟

We will pursue litigation against all delinquent debtors.
我們將起訴所有未還債務者。

## 28 observance **
[美 əbˈzɝvəns]
[英 əbzɔːvəns]

派 observe　v. 遵守

n. 遵守；慶祝

We will close tomorrow in observance of the national holiday.
為了慶祝國慶日，我們明天停止營業。

### 🖋 出題重點

**in observance of** 遵守…；慶祝…
記住 observance 經常以 in observance of 的形式出題。

## 29 petition
[pəˈtɪʃən]

n. 請願書，請願

Employees circulated a petition to ban smoking in the building.
員工寫了請願書要求禁止在建築物內吸煙。

## 30 policy *
[美 ˈpɑləsɪ]
[英 pɔːləsi]

n. 規定，政策；保險單

the company policy regarding absenteeism
公司關於無故缺勤的規定
a life insurance policy 壽險單

## 31 procedure

[美 prəˋsidʒə]

[英 prəsíːdʒə]

派 proceed v. 進展
procedural
a. 程序上的

**n. 手續，程序**

The **procedure** for patent applications is outlined on the APTO website.

APTO 網站上簡單介紹了關於申請專利的手續。

### 出題重點

要區分 **procedure**（n. 程序）和 **procedural**（a. 程序上的）的詞性。

## 32 prohibit**

[prəˋhɪbɪt]

派 prohibition n. 禁止
同 forbid 禁止

**v. 禁止**

The museum **prohibits** visitors from taking pictures.

博物館禁止參觀遊客拍照。

### 出題重點

**prohibit A from V-ing** 禁止 A 做…

**forbid A to do** 禁止 A 做…

prohibit 和 forbid 同樣表示『禁止』，但它們的使用方式不一樣。prohibit 在受詞的後面加 from V-ing，forbid 後面則是加 to 不定詞的句子。

## 33 prosecute

[美 ˋprɑsɪ͵kjut]

[英 prɔ́sikjùːt]

派 prosecution n. 起訴
prosecutor
n. 檢察官，起訴人

**v. 起訴，告發**

The government may **prosecute** journalists for publishing classified information.

政府可能起訴出版機密情報的新聞記者。

## 34 refrain*

[rɪˋfren]

**v. 克制，抑制**

Guards should **refrain** from talking on shift.

警衛應避免在換班時間閒談。

### 出題重點

**refrain from** 克制…

refrain 是不及物動詞，要有介系詞 from 才能接受詞。

## 35 regulation*

[ˌrɛgjəˈleʃən]

派 regulate　v. 管理，控制（=control）

**n. 規定**

Regulations regarding lunch breaks were established.
關於午休時間的管理規定已經建立。

### 出題重點

**safety regulations** 安全規定

**customs regulations** 關稅規定

『規定』一般是由好幾項規則組成的，因此要用複數形態 regulations。

## 36 restrict*

[rɪˈstrɪkt]

派 restriction　n. 限制
　 restrictive　a. 限制的

**v. 限制，限定**

Access is restricted to authorized personnel.
僅限經授權的人員通行。（閒雜人等勿進。）

### 出題重點

**restrict A to B** 將 A 限制於 B

這是把權限設定在一定範圍時使用的表達方式。

## 37 severely*

[美 səˈvɪrlɪ]

[澳 siˈvíəli]

派 severe
　 a. 嚴厲的，嚴格的
同 sternly 嚴格地
反 leniently 寬大地

**ad. 激烈地，嚴格地**

Those who share company data with outside parties will be severely reprimanded.
與外部人士共用公司資料的人將被嚴懲。

## 38 standard*

[美 ˈstændəd]

[澳 stǽndəd]

a. 標準的
派 standardize
　 v. 使標準化

**n. 基準，標準**

safety standards 安全標準

national standards 國家標準

## <sup>39</sup>thoroughly*

[美 'θɝolɪ]

[美 θʌrəli]

派 thorough
a. 徹底的，完全的

● ad. 徹底地

Please read the user manual thoroughly before installing this software.

安裝此軟體之前請仔細閱讀使用手冊。

## <sup>40</sup>violate*

['vaɪəˌlet]

派 violation　n. 違反
同 break, infringe 違反
反 comply with, observe, follow, obey
　遵守，順從

● v. 違反

The content of the website may violate copyright laws.

那個網站的內容有可能違反著作權法。

請在右邊欄位內找出相對應的意思並用線條連接。

01 exception            ⓐ  指控，指責
02 approval             ⓑ  廢除
03 abolish              ⓒ  授權書
04 accuse              ⓓ  著作者
05 authority            ⓔ  批准，認可
                                    ⓕ  例外

請選擇恰當的單字填空。

06 Access to the R&D lab was _____ restricted.
07 Any policy _____ will be appropriately handled.
08 Candidates must read the application form _____.
09 Changes were made to comply with the new _____.

> ⓐ severely    ⓑ fraud    ⓒ violation    ⓓ thoroughly    ⓔ regulations

10 The new cigarette tax comes into _____ tomorrow.
11 Management must _____ all additional expenditures.
12 The warehouse maintains rigorous safety _____.
13 Privacy laws _____ the release of personal information.

> ⓐ authorize    ⓑ effect    ⓒ observance    ⓓ prohibit    ⓔ standards

Answer    1.ⓕ 2.ⓔ 3.ⓑ 4.ⓐ 5.ⓒ 6.ⓐ 7.ⓒ 8.ⓓ 9.ⓔ 10.ⓑ 11.ⓐ 12.ⓔ 13.ⓓ

# 多益滿分單字

## LC

| | | |
|---|---|---|
| against the law | phr. | 違法的 |
| burglar | n. | 強盜 |
| by all means | phr. | 一定要，無論如何 |
| by mistake | phr. | 錯誤地 |
| by oneself | phr. | 單獨 |
| come to an end | phr. | 結束 |
| commonplace | n. / a. | 常事，老生常談 / 平凡的，常有的 |
| company regulations | phr. | 公司規定 |
| constant | a. | 持續的 |
| copyright permission | phr. | 版權許可 |
| courtroom | n. | 法庭 |
| get organized | phr. | 變得組織化 |
| get used to | phr. | 習慣於 |
| give directions | phr. | 指路，指引方向 |
| if I'm not mistaken | phr. | 如果我沒記錯 |
| if it's OK with you | phr. | 只要你不介意 |
| in case of | phr. | 萬一… |
| in progress | phr. | 進行中的 |
| keep in mind | phr. | 記住 |
| legal | a. | 法律的，合法的 |
| legal counsel | phr. | 法律顧問 |
| let go | phr. | 放走 |
| let in | phr. | 放進 |
| self-defense | phr. | 自我防禦，正當防衛 |
| sentence | v. | 判決 |
| shoplift | v. | （在店裡）偷東西 |
| smuggle | v. | 走私 |

| sue | v. | 起訴 |
|---|---|---|
| suspect | n. / v. | 嫌疑人 / 懷疑 |
| take one's advice | phr. | 聽某人的勸告 |
| testimony | phr. | 證言 |
| to one's advantage | phr. | 對…有利 |
| under control | phr. | 在管理下 |
| under the supervision of | phr. | 在…監督下 |
| verdict | n. | （法庭的）判決 |

## Part 7

| abuse | n. / v. | 濫用 / 濫用 |
|---|---|---|
| accomplice | n. | 共犯 |
| alert | v. / a. | 警告 / 警覺的 |
| amnesty | n. | 特赦，大赦 |
| assess | v. | 評價 |
| assessment | n. | 評價 |
| at the discretion of court | phr. | 按法庭裁定 |
| be absent from | phr. | 從…缺席 |
| be allowed to do | phr. | 被允許做… |
| bill | n. | 法案 |
| bound | a. | 有義務的，非做不可的 |
| by way of | phr. | 用…方法，根據… |
| clause | n. | 條約、法律的條款 |
| compel | v. | 強迫 |
| constitution | n. | 憲法 |
| convict A of B | phr. | 將 A 判 B 的罪 |
| crucial | a. | 重要的，關鍵的 |
| curriculum | n. | 課程 |
| death penalty | phr. | 死刑 |
| defendant | n. | 被告 |
| denounce | v. | 揭發，告發，彈劾 |
| depiction | n. | 描寫，敘述 |
| detention | n. | 滯留，拘留 |

| | | |
|---|---|---|
| disclaimer | n. | 免責聲明 |
| embezzle | v. | 盜用，侵占 |
| embezzlement | n. | （委託金等的）盜用，挪用 |
| enable | v. | 使能夠，賦予…能力，使成為可能 |
| enactment | n. | 立法；法令 |
| equity | n. | 公平，公正 |
| felony | n. | 重罪 |
| from this day onward | phr. | 從今天起 |
| have a problem (in) V-ing | phr. | 有做…的問題 |
| have permission to do | phr. | 得到許可做… |
| homicide | n. | 殺人；殺人犯 |
| illegal | a. | 非法的 |
| impeccable | a. | 沒有缺點的 |
| in a strict way (=strictly) | phr. | 嚴格地 |
| indict | v. | 起訴 |
| invoke | v. | 訴諸（法律等），引起（感情） |
| judicial | a. | 司法的，裁判的 |
| jurisdiction | n. | 司法（裁判）權 |
| juror | n. | 陪審員 |
| jury | n. | 陪審團 |
| kidnap | v. | 誘拐，綁架 |
| law firm | phr. | 律師事務所 |
| lawful | a. | 合法的 |
| lawsuit | n. | 訴訟 |
| loot | n. | 贓款，贓物 |
| make clear | phr. | 表明 |
| menace | n. | 強迫，威脅 |
| ministry | n. | （政府的）內閣 |
| morning edition | phr. | 早報 |
| newly-established | a. | 新設立的 |
| obey | v. | 服從 |
| off-limits | a. | 禁止進入的 |
| on-site | a. | 現場的，當地的 |
| opposition candidate | phr. | 反對黨候選人 |
| ordinance | n. | 法令，條令 |

| out-of-court settlement | phr. | 庭外和解，解決紛爭 |
|---|---|---|
| penalty | n. | 罰金 |
| pickpocket | n. | 扒手 |
| plaintiff | n. | 原告，起訴人 |
| plead guilty | phr. | 承認有罪 |
| plead not guilty | phr. | 主張無罪 |
| precious | a. | 貴重的 |
| principle | n. | 原理，原則 |
| punctual for | phr. | 對…守時間的 |
| punctuality | n. | 嚴守時間 |
| punishment | n. | 懲罰，處罰 |
| recrimination | n. | 反控告，互相指責 |
| reprimand | v. | 責難，指責 |
| resolution | n. | 決議（案），決定 |
| substantiate | v. | 證實，舉例證明 |
| suppress | v. | 抑制，禁止 |
| the accused | phr. | 被告人，嫌疑人 |
| theft | n. | 盜竊 |
| trespass | v. | 侵入（別人的土地） |
| unauthorized | a. | 未經授權的 |
| warn | v. | 警告 |
| warranty | n. | 產品保固書 |
| when it comes to | phr. | 關於… |
| win a lawsuit | phr. | 勝訴 |
| without respect to | phr. | 不論…，不顧… |
| with respect to | phr. | 關於… |
| with the aims of V-ing | phr. | 作為…的目的 |
| witness | n. | 目擊者，證人 |

## 有能力者擔當重要工作
### 一般工作(1)

進入公司一個星期後，女朋友敏兒問我是不是已經 **accustomed** 公司的工作了。「敏兒，你也知道，在 **conglomerate** 工作有多麼 **demanding** 吧。不知道大家是怎麼知道我的實力的。不僅是 **colleague**，只要有什麼事，我們 **division** 的課長一定要在那麼多的 **subordinates** 裡 **request** 我去解決，真的很累！都是因為我太有能力，不管什麼事都能 **efficiently manage**。」

¹ accustomed
[əˈkʌstəmd]

a. 習慣了⋯的

All our employees are accustomed to using accounting software.
我們的所有員工對於會計軟體的使用都習慣了。

### 🏋 出題重點

**be accustomed to V-ing** 習慣於做⋯
accustomed 與介系詞 to 搭配使用。要注意 to 後面不加動詞原形而是加動名詞。

² acquaint*
[əˈkwent]

派 acquaintance n. 熟人

v. 使⋯熟知，使⋯瞭解

The training program acquaints new employees with company procedures.
教育訓練計畫讓新進員工瞭解公司的工作流程。

### 🏋 出題重點

**acquaint A with B** 使 A 瞭解 B（=familiarize A with B）
一般會考與 acquaint 搭配使用的介系詞 with。

³ affiliate
[əˈfɪlɪˌet]

v. 使發生聯繫

n. 附屬機構，分公司

The company owns affiliates in several markets.
那家公司在好幾個市場擁有分公司。

⁴ attendance
[əˈtɛndəns]

派 attend v. 出席，參加
attendant
n. 出席者，參加者

n. 出席

Staff with outstanding attendance records were awarded bonuses.
出勤率高的員工拿到了獎金。

### 🏋 出題重點

**attendance records** 出席記錄
**a certificate of attendance** 結業證明，修業證明
attendance 與 records 形成複合名詞。這時候需注意 records 要用複數。

## 5 check*

[tʃɛk]

n. 檢查

派 inspect, examine 檢查

**v. 檢查，調查**

IT staff **check** all computers regularly for disk errors.

IT 員工定期檢查所有電腦以確認磁碟是否錯誤。

Click this link to **check** for the latest updates.

點擊此連結，以檢查最近的更新。

### 出題重點

**check A for B** 檢查 A 以確認 B

**check for A** 檢查 A

check 經常以 check A for B 的形式出題。這時，check 後面加 computers 等的受檢查物件，for 後面加 disk errors 等的檢查目的。題目中，會在受檢查的物件前加 for 使人混淆，所以對介系詞 for 要特別注意，像 check for A 中，check 是不及物動詞，for 後面也要加檢查目的。

## 6 colleague

[美 ˈkɑlig]

[英 kɔ́liːg]

同 associate, coworker, peer 同事

**n.（職業上的）同事**

Training programs can help increase the rapport between **colleagues**.

培訓計畫可以幫助增進同事之間的融洽。

## 7 concentrate**

[美 ˈkɑnsɛn͵tret]

[英 kɔ́ːnsəntrèit]

派 concentration

n. 集中注意

concentrated

a.（精神，努力等）集中的

**v. 集中精神，集中能力**

The sales team **concentrated** on developing new strategies.

銷售團隊集中精力開發新的戰略。

### 出題重點

**concentrate on** 集中於…

**concentrate A on B** 把 A 集中於 B

concentrate 是不及物動詞的時候用 concentrate on，是及物動詞的時候用 concentrate A on B 的形式，經常考介系詞 on。

8 **condense***

[kənˋdɛns]

v. 摘要，縮短

The writer condensed the report into a brief summary.

作者把報告縮短為簡單的摘要。

### 出題重點

1. **condense A into B** 把 A 縮短為 B

condense 與介系詞 into 搭配使用。

2. **condense : decrease : contract**

要區分表示『縮短』意思的單字用法差異。

― **condense** 減縮

縮短表述或陳述時使用。

― **decrease** 減少

減少數量或強度時使用。

We need to decrease the amount of paper wasted.

我們需要減少廢紙的量。

― **contract** 收縮

用於因某種因素而縮小變形的情況。

Metal contracts in cold weather.

金屬在寒冷的天氣裡會收縮。

9 **conglomerate**

[㊍ kənˋglɑmərɪt]

[㊎ kənglɔ́mərət]

n. 企業集團

The company developed into a global conglomerate.

這家公司發展成全球性的企業集團。

10 **convey***

[kənˋve]

派 conveyor

　n. 運送人，傳達者

v. 傳達（事情）

The secretary urgently conveyed the message to the director.

祕書急著把消息傳達給了部門經理。

### 出題重點

**convey A to B** 將 A 傳達給 B

要記住與 convey 一起使用的介系詞 to。

## <sup>11</sup>corporation

[美 ˌkɔrpəˈreʃən]

[英 kɔːpəréiʃən]

派 corporate
a. 法人的，公司的

**n. 股份（有限）公司，法人**

a multinational telecommunications corporation
跨國通信公司

### 🏋 出題重點

要區分 **corporation**（n. 法人）和 **corporate**（a. 法人的）的詞性。
注意不要在名詞 corporation 的位置誤用成 corporate。

## <sup>12</sup>delegate*

v. [ˈdɛləgɪt]

n. [dˈɛlɪgət]

派 delegation
n. 代表團；
（許可權的）委任

**v. 委任（許可權等）**

Managers must be skilled in delegating responsibilities to subordinates.
管理者要有能力把工作責任委任給下面的員工。

**n. 代表**

Discussions with the delegate are going better than planned.
和那個代表的討論比原定計畫進行的還要順利。

### 🏋 出題重點

**delegate** 一名代表
**delegation**（集合性）代表團

注意不要混淆表示一名代表的 delegate 和表示代表團的 delegation。

## <sup>13</sup>demanding*

[美 dɪˈmændɪŋ]

[英 dimáːndiŋ]

派 demand v. 要求

**a. 要求多的，要求高的**

a demanding supervisor
要求多的主管

## 14 directly **

[美 dəˈrɛktlɪ]

[英 dairéktli]

派 direct　v. 指導
　　a. 直接的
　　direction　n. 方向

ad. 直接地

All regional branches report **directly** to our head office in Washington.

所有地區分公司直接報告到我們在華盛頓的總公司。

### 🔺 出題重點

**report / contact / call + directly** 直接報告 / 聯絡 / 打電話

directly 經常與 report、contact 等表示報告或聯絡的單字搭配使用。

## 15 division **

[dəˈvɪʒən]

派 divide　v. 分配

n. 部門

The technician will transfer to the automobile **division** after training.

技術員經過訓練後會轉到汽車部門。

### 🔺 出題重點

**division : category : faction**

要注意區分表示『區分類別』的單字用法差異。

- **division** 部門

　公司或政府的部門。

- **category** 種類，項目

　相似的東西合在一起組成的種類、項目。

　The manual is divided into several **categories**.

　手冊分為好幾種項目。

- **faction** 派別，派系

　組織內持有其他意見的團體

　A **faction** representing the union expressed their concerns.

　代表工會的一派表明了他們的顧慮。

## 16 efficiently **

[ɪˈfɪʃəntlɪ]

派 efficient　a. 有效率的
　　efficiency　n. 效率

ad. 有效率地

The software helps employees work more **efficiently**.

那套軟體幫助員工更有效率地工作。

**17 electronically**

[美 ɪ,lɛkˈtrɑnɪk!ɪ]

[英 ilektrónikəli]

派 electronic　a. 電子的

ad. 以電子傳輸方式地，透過電腦網路地

Sending invoices electronically saves time and resources.
以電子傳輸方式發送送貨單可以節約時間和資源。

---

**18 extension\***

[ɪkˈstɛnʃən]

派 extend　v. 延長，加長
　　extensive　a. 廣泛的

n. 延長，延期；（電話的）分機

The manager granted an extension on the deadline.
經理同意了截止時間的延長。

extension number 分機號碼

**出題重點**

要區分 **extend**（v. 延長）和 **extension**（n. 延長）的詞性。

---

**19 follow up on\***

phr. 持續執行…，持續追蹤…

He followed up on the manager's suggestion.
他採取了執行經理的建議持續行動。

---

**20 impending**

[ɪmˈpɛndɪŋ]

同 imminent 逼近的

a. 逼近的，迫切的

The deadline for the report is impending.
報告的截止日期快要到了。

---

**21 in one's absence\***

phr. …不在時

A replacement will work in her absence.
她不在的時候會有人替她的班。

---

**22 in writing\*\***

phr. 書面的

Please describe the problem in writing.
請用書面的形式描述這個問題。

<sup>23</sup>**instruct**

[ɪnˋstrʌkt]

派 instruction　n. 指示
　instructor　n. 講師

v. 教導，指示

The organizers **instructed** participants to pre-read the conference materials.
主辦者指示參加者事先閱讀會議資料。

<sup>24</sup>**involved\***

[美 ɪnˋvɑlvd]

[英 ɪnˋvɔlvd]

派 involve　v. 使產生關係
　involvement　n. 連累

a. 有關的，牽扯在內的

Dr. Mair was personally **involved** in the decision-making process.
Mair 博士親自參與了決策過程。

🧑‍🍳　**出題重點**

**be involved in** 參與…
一般會考與 involved 一起使用的介系詞 in。

<sup>25</sup>**manage**

[ˋmænɪdʒ]

派 management
　n. 經營，經營團隊
　manageable
　a. 可管理的

v. 經營…；設法…

The boss decided Colleen could **manage** the new store.
上司決定 Colleen 可以經營新的店面。

They **managed** to do the assigned work in time.
他們設法按時做完了交付的工作。

🧑‍🍳　**出題重點**

1. **manage to do** 設法做…，想辦法做…

　**under the new management** 在新的經營團隊下

　manage 與不定詞 to 搭配，作為慣用語使用。要注意，名詞形式的 management 除了『經營』的意思外，它還指『經營團隊』。

2. 區分 **manage**（v. 經營）和 **manageable**（a. 可管理的）詞性。

<sup>26</sup>**memorandum**

[ˏmɛməˋrændəm]

n. 摘要

Many companies circulate a weekly **memorandum** summarizing business transactions.
很多公司會傳閱每週的商務交易總結摘要。

<sup>27</sup>**notify**\*\*

[美] `ˈnotəˌfaɪ`

[英] nɔ́utifài

派 notification　n. 通知
同 inform 通知，報告

v. 通知…，報告

Staff applying for leave must **notify** their supervisor in writing.
申請休假的員工要書面通知他們的上司。

### 🏋 出題重點

**notify : announce**

要區分表示『通知』的單字用法差異。

**notify 人 + of 內容 / that 子句** 對…通知…

notify 後面接人物受詞。

**announce (to 人) that 子句**（對…）發表…

announce 後面加發表的內容，聽者前面一定要用 to。

The director **announced** to shareholders that he would retire.
部門經理對股東們宣佈他要退休。

<sup>28</sup>**on one's own**\*

phr. 自己，靠自己的力量

Operating factory machinery **on one's own** is dangerous.
一個人操縱工廠機器是危險的。

<sup>29</sup>**oversee**\*

[美] `ˈovəˌsi`

[英] ɔ̀uvəsíː

同 supervise 監督

v. 監督

An expert consultant will **oversee** the installation process.
一位專業顧問將會監督安裝過程。

<sup>30</sup>**proprietor**

[美] prəˈpraɪətə

[英] prəpráiətə

同 owner 所有者

n.（商店、土地等的）所有者

Hiring decisions are made by the factory's **proprietor**.
聘用與否是由工廠所有者決定的。

<sup>31</sup>**quarterly**

[美] `ˈkwɔrtəlɪ`

[英] kwɔ́ːtəli

派 quarter
　 n. 四分之一，一季

a. 季度的

a **quarterly** report 每季報告

³²**release\***
[rɪ`lis]

v. 公開，發表
The company **released** its annual report.
那家公司發表了年度報告。

n. 發行
The new line of jackets will be ready for **release** by early next year.
明年年初之前新系列的夾克會做好上市準備。

³³**remind\***
[rɪ`maɪnd]

派 reminder
　　n. 提醒人，提醒物

v. 提醒，使想起
The secretary **reminded** the director of his lunch meeting.
祕書提醒主任他的午餐會議。

🧑‍🏫　**出題重點**

**remind 人 + of 內容 / that 子句** 給…提醒…。
**remind 人 to do** 提醒某人做某事
**be reminded to do** 被提醒不要忘記做某事
remind 主要與介系詞 of、that 子句或 to 不定詞一起使用。
被動語態形式也經常出現在考試中，這些都要記住哦。

³⁴**request\*\***
[rɪ`kwɛst]

n. 請求
Factory tours are available upon **request**.
申請後可以參觀工廠。

v. 請求，要求
Mike **requested** a leave of absence for one week.
Mike 請了一個星期的假。

**upon request** 經要求後

**request for** 請求…

**request that + 主詞 + 動詞原形** 請求某人做某事

**be requested to do** 被要求做某事

名詞 request 經常與介系詞 for 一起用，但動詞 request 是及物動詞，因此不加介系詞，直接加受詞。要記住，動詞 request 後面接 that 子句的時候，that 子句要用動詞原形。

---

[35] **revision*** 　　　n. 修正，改正

[rɪ`vɪʒən]

派 revise　v. 改正
　　revised　a. 改正的

The team manager will make **revisions** on the proposal.
團隊經理會修正這個企畫案。

**出題重點**

**make a revision** 修正

**revised edition** 修訂版

**revised policy** 修訂的政策

revision 與 make 搭配出題。而過去分詞 revised，則與 edition、policy 等名詞一起使用。

---

[36] **submit**** 　　　v. 提交

[səb`mɪt]

派 submission
　　n. 提交，提交物
同 turn in, hand in 提交

Applicants should **submit** a resumé to the personnel manager.
申請者要提交履歷表給人事經理。

**出題重點**

**submit A to B** 提交 A 給 B。

submit 和介系詞 to 都會在考試中出題。

### 37 subordinate

[美 sə`bɔrdṇɪt]
[英 səbɔ́:dniət]
a. 附屬的
v. 使服從
[美 sə`bɔrdṇˌet]
[英 səbɔ́:dineit]

◯ n. 部下，下屬

He requested the aid of a few subordinates.
他請求幾個下屬的幫忙。

### 38 subsidiary

[美 səb`sɪdɪˌɛrɪ]
[英 səbsídəri]
a. 子公司的

◯ n. 子公司

The acting vice president oversees the subsidiary.
代理副總經理監督子公司。

### 39 supervision

[美 ˌsupə`vɪʒən]
[英 sùːpəvíʒən]
派 supervise　v. 監督
　　supervisor
　　n. 督導員，上司

◐ n. 監督

Close supervision ensures quality.
密切監督可確保品質。

🧑‍🏫 **出題重點**

┌ **supervision** 監督
└ **supervisor** 督導員，上司

考試會出區分抽象名詞 supervision 和人物名詞 supervisor
的題目。

### 40 translation

[træns`leʃən]
派 translate　v. 翻譯
　　translator　n. 翻譯家

◐ n. 翻譯

The company ordered a translation of the contract into Icelandic.
那家公司要求一份翻譯成冰島語的契約書。

🧑‍🏫 **出題重點**

**translation** 翻譯
**translator** 翻譯家
要區分抽象名詞 translation 和人物名詞 translator。

請在右邊欄位內找出相對應的意思並用線條連接。

01  supervision        ⓐ   監督
02  conglomerate      ⓑ   分公司
03  proprietor          ⓒ   企業集團
04  delegate           ⓓ   委任
05  affiliate            ⓔ   傳達
                             ⓕ   所有者

請選擇恰當的單字填空。

06  A foreman was hired to _____ the production.
07  Our editors will make any necessary _____.
08  _____ the speech into a brief statement.
09  We requested a three-week _____ to the lease.

> ⓐ revisions    ⓑ condense    ⓒ extension    ⓓ oversee    ⓔ subsidiary

10  All employees in the sales _____ will be available to work on weekends.
11  Graphs effectively _____ the information to viewers.
12  You can _____ a copy of the free brochure.
13  The HR Department is ready to _____ the employee satisfaction survey results.

> ⓐ request    ⓑ convey    ⓒ release    ⓓ division    ⓔ notification

Answer   1.ⓐ 2.ⓒ 3.ⓕ 4.ⓓ 5.ⓑ 6.ⓓ 7.ⓐ 8.ⓑ 9.ⓒ 10.ⓓ 11.ⓑ 12.ⓐ 13.ⓒ

# 多益滿分單字

## LC

| | | |
|---|---|---|
| adjust the microscope | phr. | 調整顯微鏡 |
| adjust the mirror | phr. | 調整鏡子 |
| advance reservation | phr. | 事前預約 |
| arrange an appointment | phr. | 安排會議 |
| arrange some items on the shelf | phr. | 把一些商品陳列在貨架上 |
| a sheet of | phr. | 一張… |
| behind schedule | phr. | 進度落後 |
| boardroom | n. | 會議室 |
| bulletin board | phr. | 公告欄 |
| business card | phr. | 名片 |
| calendar | n. | 日曆 |
| call back | phr. | 回電話 |
| call in sick | phr. | 打電話請病假 |
| cartridge | n. | （印表機的）墨水匣 |
| computer lab | phr. | 電腦室 |
| confused | a. | 混亂的，困惑的 |
| cover one's shift | phr. | 代替某人的班 |
| daily | a. | 每天的 |
| date | n. | 日期 |
| day-to-day operation | phr. | 日常運作 |
| deadline | n. | 截止日期，截止時間 |
| deserve | v. | 應有，應得 |
| diagram | n. | 圖表，圖示 |
| do justice to | phr. | 公正的評價… |
| erase | v. | 抹去，擦掉 |
| errand | n. | 差事，任務 |
| gain access to | phr. | 得到接近…的機會，得到取得…的途徑 |

| | | |
|---|---|---|
| get a permit | phr. | 得到許可 |
| get off | phr. | 下班 |
| go into retirement | phr. | 退休 |
| guidelines | n. | 指導方針 |
| hand in | phr. | 提交 |
| have a day off | phr. | 休息一天 |
| have a long day | phr. | 忙一整天 |
| headquarters | n. | 總部 |
| I'd like the number of | phr. | 我想知道⋯的電話號碼 |
| in a hurry | phr. | 急忙，匆忙 |
| in alphabetical order | phr. | 按字母順序 |
| in line with | phr. | 與⋯⋯一致 |
| in luck | phr. | 幸運 |
| in order to do | phr. | 為了做⋯ |
| in person | phr. | 親自，親身 |
| in use | phr. | 使用中的 |
| item | n. | 項目，品名 |
| laptop | n. | 筆記型電腦 |
| leave A up to B | phr. | 把 A 留給 B |
| leave A with B | phr. | 把 A 留給 B |
| letterhead | n. | 各機關將資訊印在信封上方的特殊信頭 |
| listing | n. | 目錄 |
| main feature | phr. | 主要特徵 |
| make a call | phr. | 打電話 |
| make a correction | phr. | 更正，修正 |
| make a final change | phr. | 經過最後修正 |
| make an impression | phr. | 留下印象，感動 |
| make a note of | phr. | 記下⋯的提醒便條 |
| move ahead with | phr. | 使⋯順利進行 |
| name tag | phr. | （營業員、服務員掛在胸前的）名牌 |
| officiate | v. | 執行職務，主持儀式 |
| on a business trip | phr. | 出差中的 |
| on a part-time basis | phr. | 採兼職工作制 |
| on a weekly basis | phr. | 按週工作制 |
| on business | phr. | 為了工作 |

| | | |
|---|---|---|
| on duty | phr. | 值班 |
| on hold | phr. | 保留中的，等待通話的 |
| on time | phr. | 按時 |
| on vacation | phr. | 休假中的 |
| overseas | n. | 海外的 |
| paper jam | phr. | （影印機）卡紙 |
| paper recycling | phr. | 廢紙回收 |
| paper shredder | phr. | 碎紙機 |
| paperweight | n. | 紙壓，書鎮 |
| paperwork | n. | 文書工作 |
| pick up the phone | phr. | 接電話 |
| proofread | v. | 校對，校稿 |
| return one's call | phr. | 給某人回電話 |
| run an errand | phr. | 跑腿 |
| rush hour | phr. | （上下班時）尖峰時間 |
| seal | n. / v. | 印章，封條 / 密封 |
| section | n. | 部分，區域 |
| set down to work | phr. | 動手做事 |
| sit next to each other | phr. | 一個接一個地坐 |
| speak into the microphone | phr. | 對著麥克風說話 |
| speak on the phone | phr. | 通話中 |
| stand in a line | phr. | 排隊 |
| stay awake | phr. | 醒著 |
| take a message | phr. | 幫忙留言 |
| take A out of B | phr. | 從 B 中把 A 帶出來 |
| take the place of | phr. | 取代⋯，代替⋯ |
| take turns | phr. | 輪流 |
| telephone line | phr. | 電話線 |
| trash bin | phr. | 垃圾筒 |
| type up | phr. | 打字 |
| workmanship | n. | 手藝，工藝，做工 |
| workshop | n. | 工廠，研討會 |

| | | |
|---|---|---|
| a roll of stamps | phr. | 一卷郵票 |
| adapt | v. | 適應 |
| administer | v. | 經營，管理 |
| administration | n. | 經營，管理 |
| administrative | a. | 管理的，行政上的 |
| administrative task | phr. | 行政工作 |
| administrator | n. | 行政官 |
| be affiliated with | phr. | 與…結合，與…有關係 |
| be aware of | phr. | 知道…，知覺… |
| clerical experience | phr. | 辦公經驗 |
| default | n. | 怠慢，不履行 |
| delete | v. | 刪除 |
| edit | v. | 編輯，修訂，剪接 |
| editor | n. | 編輯人員，修訂者 |
| familiarize | v. | 使熟練 |
| file | n. / v. | 資料 / 歸檔 |
| interoffice | a. | 辦公室間的 |
| office complex | phr. | 辦公大樓 |
| panic | n. / v. | 恐慌 / 驚慌 |
| past due | phr. | 拖欠的，未付的 |
| proponent | n. | 支持者，擁護者 |
| safety deposit box | phr. | 貴重品保管箱 |
| secretarial | a. | 祕書的 |
| sheet | n. | 床單；紙 |
| site inspection | phr. | 實地視察 |
| take charge of | phr. | 擔當…的責任 |
| take off one's glasses | phr. | 摘下某人的眼鏡 |
| take on responsibility | phr. | 負責任 |
| take on the coordination of | phr. | 協調… |
| throw one's effort into | phr. | 用盡某人的心思做… |

## 眼明手快！辦公室的活寶！
### 一般工作(2)

課長總是輕視我的同事——成勳，說他 lax，老是 procrastinating。有一天，成勳問我，能跟課長很好地 get along with 的祕訣是什麼。我告訴他：「這其實不難。draw on 自己 combined 的經驗，正確的 accomplish 工作，就能得到課長的喜歡。看看我，就算沒人說也能 voluntary 去 undertake 處理工作，誰能不喜歡呢？」

1 **accomplish**

[美] [əˈkɑmplɪʃ]

[英] [əkʌ́mplɪʃ]

派 accomplishment
　　n. 成就

同 achieve, fulfill 達成

○ v. 實現

Careful planning is essential for **accomplishing** goals.
精心的計畫對達成目標是必不可少的。

2 **adjust**

[əˈdʒʌst]

派 adjustment
　　n. 適應，調整

同 adapt 適應

○ v. 適應

The employees quickly **adjusted** to their new responsibilities.
員工們很快適應了他們的新職責。

🏆 **出題重點**

**adjust to** 適應⋯

**adjust A to B** 使 A 適應 B

adjust 經常與介系詞 to 一起使用

3 **agree**\*\*

[əˈgri]

派 agreement　n. 同意

◉ v. 同意

The team **agreed** on the recommendations of the advisor.
這個團隊同意了顧問的建議。

🏆 **出題重點**

**agree on + 意見** 同意（意見）

**agree to + 提案、條件** 贊成（提案、條件）

**agree with + 人** 同意（人）

一般會考與 agree 搭配使用的介系詞 on、to、with 的用法。

4 **aspiration**

[ˌæspəˈreʃən]

派 aspire　v. 渴望

同 ambition 野心，渴望

○ n. 抱負，渴望

Steve has **aspirations** to become a partner in the firm.
Steve 有成為這家公司合作夥伴的抱負。

## 5 assign
[ə'saɪn]

派 assignment
   n. 課題（= task）

v. 指派，分派，分配

HR **assigned** a unique security ID to all incoming recruits.
人力資源部分配給所有的新進員工特殊的安全識別證。

## 6 assist*
[ə'sɪst]

派 assistant
   n. 助手，幫手
   assistance
   n. 幫助，援助

v. 幫助，援助

A consultant **assisted** with preparing for the conference.
一位顧問幫忙安排了會議。

### 出題重點

**assist with** 幫忙…
考試一般會考與 assist 搭配使用的介系詞 with。

## 7 assume*
[美] ə'sjum]
[英] əsjúːm]

派 assumption   n. 假設
同 presume 假定

v.（雖沒有證據）認為是事實；承擔（責任、角色）

The management **assumes** employees are satisfied.
管理人員以為員工是滿意的。
The marketing department will **assume** responsibility for the project.
行銷部將承擔該企畫案的責任。

## 8 combined*
[kəm'baɪnd]

派 combine   v. 結合
   combination   n. 結合
同 joint 聯合的，共同的

a. 聯合的，結合的

Our **combined** experience has produced great sales results.
我們結合的經驗產生了巨大的銷售業績。

### 出題重點

**combined experience** 相結合的經驗
**combined efforts** 結合的努力
combined 主要和 experience、efforts 等這種結合起來後可以增加效果的名詞一起使用。

9 **conduct**★★

[kən`dʌkt]

n.（任務的）指揮，執行

[美 `kɑndʌkt, 英 kɔ́ndʌkt]

同 carry out 執行，實行

v. 指揮，帶領，執行（任務）

IJMR Ltd. will **conduct** the research study.
IJMR 有限公司會指揮這項調查研究。

### 🗣️ 出題重點

**conduct inspections** 執行檢查

**conduct the research study** 指揮調查研究

conduct 經常和 inspection、study、survey 等表示調查、研究的單字一起在考試中出題。

10 **confidential**

[美 ˌkɑnfə`dɛnʃəl]

[英 kɔːnfidénʃəl]

派 confidentiality　n. 機密性
　　confidentially　ad. 祕密地

同 classified, secret 機密的

a. 機密的，祕密的

Her assignment was highly **confidential**.
她的任務是高度機密的。

11 **contrary**

[美 `kɑntrɛrɪ]

[英 kɔ́ntrəri]

ad. 相反的

Techworld is in financial trouble, despite claims to the **contrary**.
Techworld 公司處於財務困難，儘管他們聲稱事實剛好相反。

### 🗣️ 出題重點

**evidence to the contrary** 與其相反的證據

to the contrary 在後面修飾名詞，表示「與其相反」的意思。

12 **coordinate**★★

[美 ko`ɔrdn̩et]

[英 kəuɔ́ːdmèit]

派 coordination　n. 協調

v. 協調

The Chicago office **coordinated** the planning process.
芝加哥辦公室協調了計畫過程。

13 **count on**

同 rely on 依靠…

phr. 依靠…，指望…

We provide outsourcing services that clients can **count on**.
我們提供顧客可以信賴的外包服務。

## 14 creditable
['krɛdɪtəb!]

派 credit　n. 評判，名譽
　　creditably　ad. 優秀地

a. 令人稱道的，值得稱讚的

Our Beijing office has established a creditable reputation in China.

在中國，我們的北京辦公室建立了令人稱道的商譽。

## 15 direct
[美 də'rɛkt]

[英 dairékt]

a. 直接的

派 direction
　　n. 方向，指示，指導
　　director
　　n. 指導者，導演
　　directly
　　ad. 直接地，立即

v. 引導，指路

The receptionist directs customers to the product display area.

接待員把顧客引導到產品展示區。

### 🍳 出題重點

**direct A to B** 把 A 帶領到 B

要記住與 direct 一起用的介系詞 to。

## 16 disturbing
[美 dɪ'stɜbɪŋ]

[英 distə́:biŋ]

派 disturb　v. 打擾
　　disturbance
　　n. 打擾，騷亂

a. 打擾的

Listening to loud music in the office could be disturbing to coworkers.

在辦公室聽吵雜的音樂會打擾其他同事。

### 🍳 出題重點

要區分 **disturbing**（a. 打擾的）和 **disturbance**（n. 打擾）的詞性。

## 17 draw on*

phr. 利用…，依靠…

In her new position, Sheila had to draw on her experience from past jobs.

在她的新職位上，Sheila 必須依靠她以前的工作經驗。

## 18 duplicate
[美 'djupləkɪt]

[英 djú:plikət]

同 copy 副本

反 original 原物

n. 副本

Head office ordered a duplicate of the contract.

總公司要求了一份合約書的副本。

**出題重點**

**in duplicate** 一式兩份的

**make duplicates of** 做…的副本

duplicate 經常以 in duplicate 的慣用形式出題。

[19]**eminent**

[ˈɛmɪnənt]

派 eminence　n. 名聲
同 prominent
　著名的，卓越的

a. 著名的，卓越的

The consultant was an **eminent** researcher.

那位顧問是有名的研究者。

[20]**endeavor**

[美 ɪnˈdɛvə]
[英 indévə]

n. 努力

v. 努力，盡力

We will **endeavor** to finish the project by Friday.

我們會盡力在星期五之前把計畫完成。

[21]**engage***

[ɪnˈgedʒ]

派 engagement　n. 約定
　（= appointment）

v. 參加，從事

Each worker was **engaged** in at least two projects.

每個員工至少參加了兩項計畫。

**出題重點**

**engage in** 從事…

**be engaged in** 從事…，參加…

engage 當不及物動詞時會以 engage in 的形式出題，當及物
動詞（使某人從事某事）時則多以被動語態 be engaged in
的形式出題。

[22]**execute**

[ˈɛksɪˌkjut]

派 execution
　n. 執行，實行；處決
同 perform 執行

v. 執行，實行

Assigned tasks must be **executed** promptly and efficiently.

被分配的任務必須要迅速、有效率地執行。

## <sup>23</sup>foster*

[美] [ˋfɑstə]

[英] [fóstə]

v. 促進，培養

Staff dinners helped foster better work relations.

員工聚餐有助於促進更好的工作關係。

**出題重點**

**foster : enlarge**

要注意區分表示『增進』的單字用法差異。

- **foster** 促進，培養

  表示培養時間和關係，是『促進』的意思。

- **enlarge** 擴大，放大

  一般用於擴大事物大小的場合。

  The company will enlarge the parking lot.

  公司將擴大停車場。

## <sup>24</sup>friction

[ˋfrɪkʃən]

派 frictional　a. 摩擦的

n. 不和，摩擦

Competition for performance bonuses caused friction amongst employees.

業績獎金的競爭造成了員工之間的摩擦。

## <sup>25</sup>get along with

phr. 和…相處得好

The CEO gets along with his new advisor very well.

總裁跟他新的顧問相處得融洽。

## <sup>26</sup>hardly*

[美] [ˋhɑrdlɪ]

[英] [hɑ́ːdli]

ad. 幾乎不…

She was hardly ever late for her shift.

她上班幾乎從不遲到。

**出題重點**

1.**hardly ever** 幾乎從不…

　　hardly 經常與表示強調的 ever 搭配使用。

2. ┌ **hardly** 幾乎不⋯
   └ **hard** 認真地，努力地
   要區分兩個形態類似的單字的意思。
   The staff worked hard to meet the deadline.
   員工努力工作以趕上最後期限。

²⁷**insubordinate** ○ a. 反抗的，不服從的

[美 ˌɪnsəˈbɔrdn̩ɪt]

[美 ɪnsəbɔ́ːdinət]

同 disobedient 不順從的

反 obedient 順從的

The intern was dismissed on charges of insubordinate behavior.
那位實習生因為不服從的態度而被解雇。

²⁸**intention**★ ● n. 意圖，意向，打算

[ɪnˈtɛnʃən]

派 intend　v. 打算
　 intentional　a. 故意的

She had every intention of attending the conference, but couldn't.
她本來有參加會議的打算，但是沒能參加。

🔒　**出題重點**

**have every intention of V-ing** 有做某事的打算
考試中會出 intention 的選擇題。要注意，表示『目的』的
purpose 或 objective 不能用於這種表達形式。

²⁹**lax**★ ◐ a.（行動等）鬆懈的，不嚴格的

[læks]

同 negligent
　 怠慢的，疏忽的

As of late, the staff has been rather lax in turning in reports.
最近，員工在提交報告的表現上相當鬆懈。

³⁰**malign** ○ v. 誹謗，中傷

[məˈlaɪn]

a. 有惡意的，有害的

派 malignant　a. 有惡意的
　 malignity
　 n. 惡意，怨恨

The company accused union activists of maligning its integrity.
公司控訴工會積極分子誹謗它的誠信。

## 31 neutrality

[美] njuˈtrælətɪ]

[英] njuːˈtræləti]

派 neutral　a. 中立的
　　n. 中立狀態；
　　（汽車）空檔
　　neutrally　ad. 中立地

**n. 中立，中立性**

His **neutrality** was called into question.

他的中立性遭到了質疑。

### 🏋 出題重點

**neutrality** 中立

**neutral** 中立的；空檔；中立國

neutral 一般作為形容詞表示『中立的』，但它作為名詞時還表示『汽車的空檔』、『中立國』。要注意不要與 neutrality 混同。

## 32 occasionally

[əˈkeʒənlɪ]

派 occasion
　　n. 場合，時機
　　occasional　a. 偶然的

**ad. 偶爾，間或**

She **occasionally** failed to perform critical tasks.

她有時未能履行重要任務。

### 🏋 出題重點

區分 **occasionally**（ad. 偶爾）和 **occasional**（a. 偶然的）詞性。

## 33 personnel

[美] pɜsnˈɛl]

[英] pɔ̀ːsənel]

**n. 人員，員工**

We often use an agency to find reliable temporary **personnel**.

我們經常利用仲介機構來尋找可靠的臨時員工。

## 34 procrastinate*

[美] proˈkræstə͵net]

[英] prɔukrǽstinèit]

派 procrastination
　　n. 延遲
反 hurry, hasten 加快

**v. 拖延**

The director accused his assistant of **procrastinating**.

課長指責了他的助手耽擱時間。

## 35 respectful

[rɪsˈpɛktfəl]

派 respect　v. 尊重
　　n. 尊重
　　respectfully　ad. 鄭重地

**a. 鄭重的，尊重的**

Salesmen are reminded to be **respectful** to all clients.

推銷人員被提醒要尊重所有的客戶。

### 出題重點

**respect for** 尊敬（當 respect 為動詞時）

**with respect** 尊敬地（當 respect 為名詞時）

respect 經常與介系詞 for、with 一起使用。

³⁶**respective***

[rɪsˈpɛktɪv]

派 respectively
   ad. 個別的

同 individual, own
   各個的，獨自的

**a. 分別的，各自的**

The disputing parties explained their respective positions.
起爭執的當事者們說明了他們各自的立場。

³⁷**responsible****

[美 rɪˈspɑnsəbḷ]

[英 rispɔ́nsəbl]

派 responsibility   n. 責任

**a. 有責任的，該負責任的**

Employees are responsible for their own safety at work.
員工在工作時需對各自的安全負責。

### 出題重點

1. **be responsible for** 對…有責任

   responsible 和 for 都會在考試中出題。

2. ┌ **responsible** 有責任的
   └ **responsive** 反應快的，很快回答的

   考試中會出區分兩個形態相似單字的題目。要記住
   responsive 經常以 responsive to（對…反應很快）的形
   式出題。

   Sales personnel need to be responsive to shoppers' needs.
   銷售人員必須對客戶的需求快速回應。

3. 區分 **responsible**（a. 有責任的）和 **responsibility**（n. 責任）的
   詞性。

³⁸**routinely***

[ruˈtinlɪ]

派 routine   n. 日常慣例
   a. 日常的

**ad. 定期地，日常地**

Government workers are routinely required to get health checkups.
公務員被要求須定期地接受健康檢查。

## 39 subsequent
['sʌbsɪ,kwənt]

○ a. 後來的

The strategy was so successful that it was used for all **subsequent** projects.

該策略非常成功，被隨後的所有計畫採用。

## 40 transform
[美 træns`fɔrm]
[英 trænsfɔ́:m]
派 transformation
　　n. 變化，變形

○ v. 改變，變貌

Eastel Networks helps **transform** your business models in innovative ways.

Eastel Networks 公司以創新的方式幫助您改變經營模式。

## 41 undertake
[美 ,ʌndə`tek]
[英 ʌndə́téik]

○ v. 擔任

She had to **undertake** the task at short notice.

接到臨時通知後，她必須立即擔任此任務。

## 42 voluntarily*
[美 `vɑlən,tɛrəlɪ]
[英 vɔ́lèntèrili]
派 voluntary　a. 自願的
　　volunteer　n. 自願者
反 grudgingly
　　勉強地，不情願地

● ad. 自願地，主動地

He **voluntarily** took on the arduous task to gain experience.

為了累積經驗，他主動地接受了這項艱鉅的任務。

### 🍳 出題重點

區分 **voluntarily**（ad. 自願地），**voluntary**（a. 自願的）和 **volunteer**（n. 自願者）的詞性。

## 43 widely*
['waɪdlɪ]
派 wide　a. 寬的
　　width　n. 寬度
　　widen　v. 加寬

● ad. 廣泛地

a **widely** admired business leader

廣泛地被推崇的企業領袖

### 出題重點

1. **be widely advertised** 廣泛地被宣傳

   **widely admired** 廣受推崇的

   widely 一般與 admired 等表示『受到認可和關心』的單字一起使用。

2. **a wide range of** 種類廣泛的…

   形容詞 wide 以 a wide range of 的形式出題。要注意不能用 high 代替 wide。

請在右邊欄位內找出相對應的意思並用線條連接。

01　count on

02　undertake

03　duplicate

04　friction

05　assign

ⓐ　適應

ⓑ　依靠…

ⓒ　分配

ⓓ　擔任

ⓔ　副本

ⓕ　摩擦

請選擇恰當的單字填空。

06　The state has no _____ of banning alcohol advertising.

07　The activities were planned to _____ communication skills.

08　The meeting is concerned with how to _____ efforts of volunteers effectively.

09　A competent manager is a critical factor in the success of any _____.

> ⓐ foster　ⓑ endeavor　ⓒ intention　ⓓ friction　ⓔ coordinate

10　With their _____ experience, success is guaranteed.

11　_____ a survey to get feedback from a target group.

12　Speaking on a cell phone can be _____ to other patrons of the library.

13　Never _____ anything about customers based on their appearance.

> ⓐ lax　ⓑ assume　ⓒ conduct　ⓓ combined　ⓔ disturbing

Answer　1.ⓑ 2.ⓓ 3.ⓔ 4.ⓕ 5.ⓒ 6.ⓒ 7.ⓐ 8.ⓔ 9.ⓑ 10.ⓓ 11.ⓒ 12.ⓔ 13.ⓑ

# 多益滿分單字

1 2 3 4 5 6 7 8 9 10

NEW TOEIC Vocabulary

## LC

| be paid for | phr. | 得到…的報酬 |
|---|---|---|
| be qualified for | phr. | 有…的資格 |
| be satisfied with | phr. | 對…滿意 |
| be seated | phr. | 坐，坐著 |
| be subject to | phr. | 容易被…影響，取決於… |
| be surrounded by | phr. | 被…包圍 |
| bookcase | n. | 書架，書櫃 |
| bookkeeping | n. | 簿記 |
| bookshelf | n. | 書架 |
| case | n. | 狀況，案件 |
| casual clothes | phr. | 休閒服裝 |
| catch up with | phr. | 跟上…，趕上… |
| central office | phr. | 總公司 |
| chairperson | n. | 主席 |
| copy machine | phr. | 影印機 |
| co-worker | phr. | 同事，協助者 |
| cruising altitude | phr. | 巡航高度 |
| definitely | ad. | 明確地 |
| fax | n. | 傳真 |
| file drawer | phr. | 檔案櫃 |
| file folder | phr. | 檔案夾 |
| get one's approval | phr. | 得到某人的認可 |
| greet | v. | 致敬，歡迎 |
| halfway | ad./a. | 中間地 / 中間的 |
| hand over | phr | 遞給… |
| have one's hands full | phr. | 非常忙碌 |
| hold button | phr. | （通話時）電話保留按鈕 |

| | | |
|---|---|---|
| It could have been worse. | phr. | 幸好情況沒有再壞下去。 |
| keypad | n. | （電話，電腦等的）鍵盤 |
| literacy | n. | 讀寫能力 |
| litter | n. / v. | 垃圾 / 亂丟，弄亂 |
| log on to | phr. | （電腦的）登入… |
| make a copy | phr. | 複印 |
| make a selection | phr. | 選定 |
| make an outside call | phr. | 打外線電話 |
| make a business contact | phr. | 做商務洽談 |
| make it | phr. | 成就（事情）；參加（活動） |
| make room for | phr. | 為…準備空間 |
| newest edition | phr. | 最新版 |
| newly listed | phr. | 新列入的 |
| on schedule | phr. | 按預定時間 |
| on the line | phr. | 正在接電話的 |
| on-line | n. / a. | 線上 / 在線上的 |
| out of paper | phr. | 缺紙 |
| photocopier | n. | 影印機 |
| photocopy | n. / v. | 影印 / 影印 |
| prefer a window seat | phr. | 喜好靠窗的位子 |
| print out | phr. | （用印表機）列印出來 |
| raise one's hand | phr. | 舉起某人的手 |
| right away | phr. | 馬上，立刻 |
| rigid | a. | 嚴格的，頑固的 |
| sit in a circle | phr. | 環坐成一圈 |
| sit in alternate seats | phr. | 隔著一個位子坐 |
| sort | n. / v. | 種類 / 分類 |
| spell | v. | 拼寫，拼字母 |
| stationery | n. | 文具類 |
| take another look | phr. | 再看一遍 |
| take out | phr. | 拿出 |
| typewriter | n. | 打字機 |
| workforce | n. | 員工總數，人力 |
| work overtime | phr. | 超時工作 |
| work with a tool | phr. | 利用工具做事 |

| wrap | v. | 包裝，捲收 |
| writing pad | phr. | 筆記本 |
| written authorization | phr. | 書面授權 |
| written consent | phr. | 書面同意 |

## Part 7

| acting | a. | 代理的 |
| against the backdrop of | phr. | 以…為背景 |
| ambiance | phr. | （場所的）氛圍 |
| as directed | phr. | 按照指示 |
| be full of | phr. | 滿是… |
| convert A to B | phr. | 把 A 轉換成 B |
| coordinate | v. | 協調 |
| create a chart of | phr. | 做…的圖表 |
| digital copier | phr. | 數位影印機 |
| dimension | n. | 規模，大小 |
| directory | a. | 通訊錄 |
| discerning | a. | 有鑑賞力的，有洞察力的 |
| do one's best | phr. | 盡某人最大的努力 |
| entrust A with B | phr. | 賦予 A B 的責任 |
| expectant | a. | 期待的 |
| fold | v. | 折疊 |
| folding | a. | 可以折疊的 |
| gain confidence | phr. | 得到自信心 |
| go down the steps | phr. | 下樓梯 |
| hardware | n. | 硬體 |
| in light of | phr. | 鑑於…，考慮到…之後 |
| instrument | n. | 器材，道具；樂器 |
| key to success | phr. | 成功的關鍵 |
| liaison | n. | 交涉，聯絡 |
| lose one's temper | phr. | 發火，發脾氣 |
| make a complaint | phr. | 表達不滿 |
| obsess about | phr. | 對…執著 |

| | | |
|---|---|---|
| on edge | a. | 興奮，緊張不安 |
| on-the-job | phr. | 在職的，在忙的 |
| opt to do | phr. | 選擇做… |
| personal effects | phr. | 個人所持物，個人所有物 |
| post | v. | 公告；委派 |
| practical advice | phr. | 實用的忠告 |
| press the button | phr. | 按按鈕 |
| propel | v. | 推進，驅使 |
| questionnaire | n. | 問卷調查 |
| reach one's full potential | phr. | 發揮某人最大的潛能 |
| recline | v. | 靠，躺，斜倚 |
| repository | n. | 貯藏處 |
| reunion | phr. | 同學會，（再見面的）聚會 |
| sex discrimination | phr. | 性別歧視 |
| slack | a. | 鬆弛的，怠慢的 |
| spontaneously | ad. | 自發地，自然發生地 |
| submit A to B | phr. | 向 B 提出 A |
| succeed in V-ing | phr. | 在…方面成功 |
| task | n. | 工作，職務，任務 |
| team spirit | phr. | 團隊精神，團結心 |
| ticket stub | phr. | 票根 |
| time-consuming | a. | 費時間的 |
| time management | phr. | 時間管理 |

## 工會可怕的威力！
### 一般工作(3)

我們公司因為沒有 **sophisticated** 機械，對工作 **timely** 的處理 **realistically** 有問題。工會大聲呼籲：要提高效率，要 **promptly** 購入新機器。公司一開始說沒有 **accessible** 資金，沒有立即做出 **feedback**。在協商中工會拿出了『祕密武器』，公司馬上答應 **implement** 工會的要求。讓公司不得不退讓的祕密武器就是…

## 1 accessible*
[æk`sɛsəbḷ]

派 access
　　n. 進入的權利，接近
　　v. 接近…
　　accessibility
　　n. 接近（可能性）

**a. 可出入的；可利用的**

The 18th floor is only **accessible** to executive-level staff.
第 18 層樓只允許幹部級的員工出入。

Please make the manual **accessible** to all employees.
請讓這本手冊能被所有的員工利用。

## 2 accidentally*
[͵æksə`dɛntḷɪ]

派 accident　n. 事故
　　accidental　a. 偶然的
反 deliberately 故意地

**ad. 偶然地，意外地**

Alison **accidentally** made some errors in the financial statements.
艾利森在做財務報表時意外地犯了一些錯誤。

## 3 advisable
[əd`vaɪzəbḷ]

派 advise　v. 勸告
　　advice　n. 忠告

**a. 可取的，適當的**

It is **advisable** to update IT equipment regularly.
定期的升級 IT 設備是好的。

### 🕵 出題重點

區分 **advisable**（a. 可取的）和 **advice**（n. 忠告）的詞性。
注意不要在填 advisable 的空格裡填 advice 。

## 4 aggravate
[`ægrə͵vet]

**v. 使惡化**

Tensions were **aggravated** by the recent staff layoffs.
最近的裁員加劇了緊張的局勢。

## 5 announcement*
[ə`naʊnsmənt]

派 announce　v. 發表

**n. 公告，發表**

Mr. Dane posted an **announcement** about the general meeting.
Dane 先生張貼了關於全員會議的公告。

## 6 apparently*
[ə`pærəntlɪ]

同 seemingly 表面上

**ad. 看來，從表面的跡像可見**

**Apparently**, Mr. Jones wasn't aware of today's meeting.
看來 Jones 先生不知道今天的會議。

**7 aspect**
['æspɛkt]

n. 觀點，方面
The problem must be considered from every aspect.
問題應該從各個方面來考量。

**8 aware\***
[美 ə'wɛr]
[英 əwéər]
派 awareness
　n. 自覺，認識

a. 知道的，注意到的
Workers should be made aware of safety procedures.
必須讓工人知道安全程序。

### 出題重點
**be aware + of / that 子句** 知道…
aware 經常與介系詞 of 或 that 子句搭配出題。

**9 compliance\***
[kəm'plaɪəns]
派 comply　v. 遵守

n. 遵守（命令、法規）
Government officials will inspect the plant's compliance with safety guidelines.
政府官員將視察工廠是否遵守安全規定。

### 出題重點
**in compliance with** 遵守…
compliance 經常以 in compliance with 的片語在考試中出現。

**10 concerned**
[美 kən'sɝnd]
[英 kənsɔ́:nd]
派 concern　n. 擔心
　v. 使擔心，與…有關係

a. 關心的，憂慮的；關聯的
Management is concerned about security.
經營團隊在擔心安全問題。
The manual is concerned with the vacation policy.
那本手冊是關於休假規定的。

### 出題重點
**be concerned about** 憂慮…，擔心…
**be concerned with** 與…有關係，對…關心
要記住 concerned 根據接的介系詞 about、with 不同，表示的意思也不同。

## 11 contingency

[kən'tɪndʒənsɪ]

同 eventuality 意外事故

n. 意外事故，偶然的事

Our team is prepared for all contingencies.
我們小組對所有的意外事故都做好了準備。

## 12 demonstrate*

['dɛmən,stret]

派 demonstration n. 證明
同 prove 證明
    explain 說明

v. 證明；（用模型、試驗等）說明

Sales figures demonstrate that the advertising campaign was successful.
銷售額證明這個廣告活動是成功的。

Our representative will demonstrate how to use the instrument.
我們的代表將會說明如何使用這台機具。

### 出題重點

**demonstrate : display**

要區分表示『展示』的單字。

┌ **demonstrate** 說明

  邊展示某東西的機能邊說明。

└ **display** 展示，陳列

  把某東西陳列給別人看。

We will display several machines at next month's Canada Trade Show.
我們在下個月的加拿大貿易展中將展示幾台機械。

## 13 divide*

[də'vaɪd]

派 division
    n. 部門，分割
    dividend n. 紅利

v. 分配

Required overtime will be divided equally amongst employees.
必要的加班時間將被平均分配給員工們。

### 出題重點

1. **divide A into B** 把 A 分成 B

   **be divided into** 被分成…

   divide 經常和介系詞 into 搭配在考試中出現。

2. **divide : cut**

   要區分表示『分割』的單字用法差異。

```
┌─ divide 分發
│   用於把某一種東西分成幾個部分的場合。
└─ cut 削減
    用於把某東西裁切下來的場合。
```

The firm decided to **cut** 80 full-time positions.
公司決定削減 80 個全職工作。

---

<sup>14</sup>**embrace**
[ɪmˈbres]
派 embracement　n. 答應

v. 接受，包容；擁抱

The company **embraced** the new technology.
公司接受了這項新技術。

---

<sup>15</sup>**evacuate**
[ɪˈvækjuˌet]
派 evacuation
　　n. 避難，撤離

v. 撤離

Occupants were told to **evacuate** the building immediately.
住戶被告知立即從這棟建築撤離。

---

<sup>16</sup>**expertise***
[美 ˌɛkspɚˈtiz]
[英 èkspətíːz]
派 expert　n. 專家

n. 專業技術

This kind of project falls outside our area of **expertise**.
這類方案在我們專業技術的範圍之外。

🏫 **出題重點**

┌─ **expertise** 專業技術
└─ **expert** 專家
　　要區分抽象名詞 expertise 和人物名詞 expert。

---

<sup>17</sup>**extended***
[ɪkˈstɛndɪd]
派 extend　v. 延長，伸展
extension
　　n. 延長，擴展

a. 延長（期間）的，長時間的

Overtime is available for those willing to work **extended** hours.
願意延長上班時間的人可以加班。

## <sup>18</sup>face★★

[fes]

n. 表面，外觀

同 confront 面對，對抗

**v. 面對（問題）**

Businesses are **faced** with the challenge of foreign competition.
企業面臨著國外競爭的挑戰。

### 出題重點

**be faced with** 面臨…問題
考試會出選擇與 faced 搭配的介系詞 with 的題目。

## <sup>19</sup>failure★

[美] ˈfeljə]

[英] féiljə]

派 fail　v. 失敗

**n.（機械的）故障，損壞**

A technician is on call to correct system **failures**.
技術員隨時待命修理系統故障問題。

### 出題重點

**system failures** 系統故障

**power failure** 停電

failure 除了表示『失敗』外，『故障』也是多益常考的意思。

## <sup>20</sup>feedback★

[ˈfidˌbæk]

**n. 意見，反映**

**Feedback** from one's colleagues can be of great assistance.
同事們的意見可以有很大的幫助。

## <sup>21</sup>follow★

[美] ˈfɑlo]

[英] fɔ́lou]

派 following　prep. …之後
　　a. 隨後的

**v. 跟著…**

The delegates **followed** the guide into the exhibition hall.
代表們跟著導覽員進入了展示廳。

### 出題重點

1. **follow A to B** 跟著 A 到 B
   考試會出選擇與 follow 一起使用的介系詞 to 的題目。

2. **follow : precede**
   要區分與『跟隨』、『領先』有關的單字用法差異。

─ **follow** 跟隨⋯

表示在位置上跟隨某人走。

─ **precede** 領先

表示在時間上比別的事情先發生。

A series of emergency consultations preceded the decision to sell the company.

決定出售公司之前進行了一系列的緊急磋商。

<sup>22</sup>**implement**<sup>*</sup>

[`ɪmpləˌmɛnt]

派 implementation
　　n. 實行
同 carry out, execute 實行

V. 實行，實施

Board members voted to implement an innovative marketing campaign.

董事會成員投票決定實施一項創新的行銷活動。

<sup>23</sup>**inform**<sup>**</sup>

[美 ɪnˋfɔrm]

[英 ɪnˈfɔːm]

派 information
　　n. 消息，資訊
　　informative　a. 提供消息的，有利的

V. 通知⋯

Please inform the director that the meeting is cancelled.

請通知部門經理會議取消了。

### 🏛 出題重點

1. **inform : explain**

要區分表示『通知』的單字的用法差異。

─ **inform 人 + of 內容 / that 子句** 給⋯通知⋯

inform 後面要加人物受詞。

─ **explain (to 人) that 子句**（給⋯）說明⋯

explain 後要加說明的內容，接人物時前面一定要加 to。

The CEO explained to the board that the company was in trouble.

總裁向董事會說明公司陷入了困境。

2. 區分 **inform**（v. 通知）和 **information**（n. 消息）的詞性。

### [24] instead of *
同 in lieu of 代替…

phr. 代替…

Management offered employees stock options instead of wage increases.
經營團隊提供員工認股以代替加薪。

### [25] interruption *
[ˌɪntəˈrʌpʃən]
派 interrupt　v. 打斷

n. 中斷，妨害

The blackout caused a brief interruption in Internet access.
停電造成了網路連線的短暫中斷。

### [26] make sure
同 ascertain 確認

phr. 確認

Tech support makes sure that the network is functioning.
技術支援部確認網路正常運行。

### [27] matter *
[美 ˈmætə]
[英 mǽtə]
v. 重要

n. 問題

Please deal with personal matters outside the office.
個人問題請在公司外處理。

### [28] outstanding *
[ˈautˈstændɪŋ]
同 exceptional
　優秀的，出色的

a. 優秀的；未付的

an outstanding business plan 優秀的商業計畫
outstanding debts 未付債務

### [29] privilege
[ˈprɪvl̩ɪdʒ]

n. 特權，特別恩典

Experienced staff may be offered management-level privileges.
有經驗的員工可能得到幹部級的特權。

[30] **promptly****

[美] [ˈprɑmptlɪ]

[英] [prɔ́mptli]

派 prompt a. 立即的

同 immediately, instantly
　及時

**ad. 迅速地；整點**

It is company policy to respond **promptly** to all inquiries.

迅速回應所有顧客的詢問是公司的政策。

The train will leave **promptly** at 4.

火車將在 4 點整出發。

**📋 出題重點**

1. **promptly : abruptly**

要區分表示『立即』、『突然』的單字用法差異。

　**promptly** 立即

　用於不拖延、迅速做某事的時候。

　**abruptly** 突然

　用於發生了意料之外的狀況的場合。

　The paper mill's owner **abruptly** declared bankruptcy today.

　那家造紙工廠的所有人今天突然宣布破產了。

2. 區分 **promptly**（ad. 及時）和 **prompt**（a. 迅速的）的詞性。

[31] **realistically**

[ˌrɪəˈlɪstɪk!ɪ]

派 realistic a. 現實的
　realism n. 現實主義

**ad. 現實地**

We cannot **realistically** expect to have the presentation ready on time.

現實上我們不能期待發表會能及時準備好。

**📋 出題重點**

**cannot realistically expect that** 現實上無法期待…

**realistic + expectation / goal / alternative / chance**

現實的期待 / 目標 / 對策 / 機會

realistically 主要與動詞 expect 一起使用，而 realistic 與 goal 等表示期待事物的名詞一起使用。注意不要在用副詞 realistically 的位置上用 realistic。

## 32 remainder*

[美 rɪˋmendə]

[英 riméində]

派 remain　v. 剩下，存留

**n. 剩餘物**

Audits will continue throughout the **remainder** of the month.

這個月剩下的期間裡審計會一直持續下去。

### 🏃 出題重點

1. **throughout the remainder of + 期間**

就像 throughout the remainder of the month（這個月剩下的期間）的用法一樣，remainder 表示在一定期間中剩下的時間，多益考試中經常出現。

2. ┌ **remainder** 剩餘物
   └ **reminder** 提醒物

要區分形態相似的兩個單字的意思。

Management issued a **reminder** to submit monthly reports by Friday.

經營團隊發出公告提醒星期五之前提交月報告。

## 33 rush*

[rʌʃ]

n. 急促，混雜

**v. 急忙**

Crews **rushed** to finish construction ahead of schedule.

工作人員急著在預定進度前完成建造工程。

## 34 sign out*

反 sign in
簽名記錄上班時間

**phr. 簽名記錄外出**

All employees must **sign out** for all breaks.

所有員工必須為全部的休息時間做外出紀錄。

## 35 sophisticated

[səˋfɪstɪˌketɪd]

派 sophistication　n. 精巧
同 complex 複雜的
　　refined 雅緻的

**a.（機器）精確的，複雜的；優雅的**

A **sophisticated** security system was installed.

安裝了精密的保全系統。

The decorator exhibited a **sophisticated** taste in art.

這位室內裝潢師展現了對藝術的優雅品味。

區分 **sophisticated**（a. 精確的）和 **sophistication**（n. 精巧）的詞性。

36**speak**　v. 講話，說話

[spik]

Mr. Brooke spoke to his clients about a new venture.

Brooke 先生對他的客戶們講了一個新的投資計畫。

**出題重點**

**speak : tell : say**

要區分表示『說』的單字用法差異。

─ **speak to 人 about 內容** 對…說…

　**speak + 語言** 講（語言）

　speak 一般作為不及物動詞表示『說』，這時聽的人前面
　要加 to。但也作為及物動詞使用，像 speak English 『講
　英文』一樣。

─ **tell 人 that 子句** 對…說…

　tell 後面經常接人物受詞和 that 子句。

　Mr. Bennett told reporters that he would retire soon.

　Bennett 先生告訴記者們他很快會退休。

─ **say ( to 人) that 子句**（對…）說

　say 的受詞一般接 that 子句。聽的人前面一定要加 to。

　The customer said to her that he was happy with the purchase.

　顧客和她說他對購買的物品非常滿意。

37**take on**　phr. 擔任（角色、事）

同 undertake 擔任

BMI Construction Ltd. regularly takes on large-scale projects.

BMI 建設公司定期地承建大規模的建案。

## 38 **timely** ★
[ˈtaɪmlɪ]

a. 適時的，恰好時機的

The report was completed in a timely manner.

那個報告適時完成了。

### 出題重點

**in a timely manner** 適時地，儘快地

考試會出選擇 timely 或 in 的題目。

## 39 **trigger**
[美 ˈtrɪgə]
[英 trígə]

n. 契機，動機

v. 引發，引起

The reduction in breaks triggered employee complaints.

休息時間的縮短引發了員工的不滿。

## 40 **violation** ★
[ˌvaɪəˈleʃən]

派 violate　v. 違反

n. 違反，違背

Violation of safety codes may result in dismissal.

違反安全規定可能會導致解僱。

請在右邊欄位內找出相對應的意思並用線條連接。

01 evacuate            ⓐ   撤離

02 aggravate           ⓑ   引發

03 trigger              ⓒ   突發狀況

04 contingency         ⓓ   使惡化

05 feedback           ⓔ   特權

                                      ⓕ   反映

請選擇恰當的單字填空。

06 Our store hours will be _____ during the holidays.

07 The panel awarded prizes for _____ contributions.

08 The company spent the _____ of the profits on staff bonuses.

09 Clients will benefit from our investment _____.

> ⓐ extended    ⓑ expertise    ⓒ remainder    ⓓ outstanding    ⓔ access

10 The intranet is only _____ to current employees.

11 Receptionists must _____ effective communication skills.

12 The committee will _____ new policies shortly.

13 You are responsible for ensuring _____ payment of all bills.

> ⓐ timely    ⓑ accessible    ⓒ sophisticated    ⓓ demonstrate    ⓔ implement

Answer   1.ⓐ 2.ⓓ 3.ⓑ 4.ⓒ 5.ⓕ 6.ⓐ 7.ⓑ 8.ⓒ 9.ⓓ 10.ⓑ 11.ⓓ 12.ⓔ 13.ⓐ

# 多益滿分單字

## LC

| after business hours | phr. | 營業時間過後 |
|---|---|---|
| archive | n. | 檔案保管處，資料庫 |
| astute | a. | 機敏的 |
| be through | phr. | 完成…，經歷過… |
| be tied up with | phr. | 因…而忙碌 |
| be unwilling to do | phr. | 不願意做… |
| be up late | phr. | 晚睡 |
| beat around the bush | phr. | 拐著彎說，旁敲側擊的詢問 |
| blackout | n. | 停電 |
| blank | a. / n. | 空白的 / 空白 |
| board meeting | phr. | 董事會議 |
| board of directors | phr. | 董事會 |
| break down | phr. | 故障 |
| briefcase | n. | 公事包 |
| bring along | phr. | 帶走，拿走 |
| chart | n. | 圖表 |
| come over | phr. | 從遠處來，順道拜訪 |
| compartment | n. | 劃分，隔間 |
| counter | n. / a. | 櫃檯 / 反對的 |
| cross one's arms | phr. | 交叉手臂 |
| department | n. | （組織，機構的）部門 |
| depressing | a. | 沮喪的，憂鬱的 |
| drag | v. | 拖，拉 |
| explain | v. | 說明，解釋 |
| filing cabinet | phr. | 檔案櫃 |
| flavor | n. | 味道，風味 |
| fold in half | phr. | 折成一半 |

| fold up | phr. | 折起來 |
|---|---|---|
| folder | n. | 檔案夾 |
| frighten | v. | 使…驚嚇 |
| get ready for | phr. | 做好…的準備 |
| give A a call | phr. | 打電話給 A |
| give a reason | phr. | 說明理由 |
| give way to | phr. | 對…讓步 |
| hall | phr. | 大廳 |
| hangover | n. | 宿醉 |
| headache | n. | 頭痛 |
| it is unlikely that | phr. | 好像不會… |
| logical ability | phr. | 邏輯思考能力 |
| long-range plan | phr. | 長期計畫 |
| long-term | a. | 長期的 |
| look up the address | phr. | 尋找住址 |
| look up to | phr. | 尊敬…，向…看齊 |
| lunch break | phr. | 午餐時間 |
| make an error | phr. | 犯錯 |
| make a presentation | phr. | 發表演說，上台報告 |
| make a revision | phr. | 修正 |
| make out | phr. | 填寫，填滿（檔案） |
| make up the time | phr. | 補足欠缺的工時 |
| meet the deadline | phr. | 趕上最後期限 |
| meet the requirements | phr. | 符合要求 |
| mess up | phr. | 弄亂（計畫） |
| My schedule doesn't permit it. | phr. | 不在我的行程允許內。 |
| nuisance | n. | 麻煩事 |
| obvious | a. | 明白的，明顯的 |
| on the way back | phr. | 回來的路上 |
| on the way out | phr. | 出去的路上 |
| outline | n. / v. | 概要 / 描述要點 |
| overnight | ad. | 通宵，整夜 |
| overwork | n. / v. | 過勞 / 過勞 |
| papers | n. | 檔案，論文 |
| pull out | phr. | 抽出，拿出 |

| put A in order | phr. | 整理 A |
|---|---|---|
| put back | phr. | 放回原位；延遲 |
| put down | phr. | 放下；寫下 |
| racket | n. | 球拍 |
| reach the solution | phr. | 解決 |
| rearrange | v. | 調整（日程），再安排 |
| recharge | v. | 再充電 |
| recondition | v. | 修理 |
| redo | v. | 重新做 |
| rehearse | v. | 彩排 |
| rest one's chin on one's hand | phr. | 用手頂著下巴 |
| spreadsheet | phr. | 電子試算表 |
| stool | n. | 凳子 |
| table lamp | phr. | 檯燈 |
| thanks to | phr. | 幸虧…，多虧… |
| timecard | n. | 工作時間紀錄卡 |
| timetable | n. | 行程表 |
| wipe | v. | 擦 |

## Part 7

| answering machine | phr. | 電話答錄機 |
|---|---|---|
| bibliography | n. | 參考書目 |
| building expansion | phr. | 建築物擴建 |
| clarify | v. | 說明，澄清 |
| conceal | v. | 隱藏 |
| concisely | ad. | 簡潔地 |
| customary | a. | 習慣的 |
| cut-off date | phr. | 截止日期 |
| disapproval | n. | 反對 |
| disapprove | v. | 反對 |
| discourage | v. | 使…氣餒 |
| do A a favor | phr. | 幫 A 一個忙 |
| do a good job | phr. | 做得很好 |

工會可怕的威力！ 1 2 3 4 5 6 7 8 9 10

NEW TOEIC Vocabulary

| draw a distinction between A and B | phr. | 區分 A 和 B |
|---|---|---|
| draw the line at | phr. | 拒絕做…，拒絕接受… |
| draw up | phr. | 起草（檔案） |
| drawing table | phr. | 製圖桌 |
| exposed | a. | 露出的，暴露的 |
| fulfill | v. | 履行（義務）；滿足（條件） |
| in commemoration of | phr. | 紀念… |
| in lieu of | phr. | 以…替代 |
| intensive | a. | 集中的，密集的 |
| intern | n. | 實習生 |
| internship | n. | 實習生身份，實習生期間 |
| mission | n. | 任務 |
| on leave | phr. | 休假中，得到休假 |
| on probation | phr. | 見習中 |
| overestimate | v. | （數量的）估計過高；評價過高 |
| overlook | v. | 忽略 |
| overhaul | v. | 分解檢查，翻修 |
| overview | n. | 概觀，概要 |
| project coordinator | phr. | 專案負責人 |
| project management | phr. | 專案管理 |
| related field | phr. | 相關領域 |
| restructure | v. | 重新構造 |
| seating capacity | phr. | 座位數，座位容量 |
| segregate A from B | phr. | 把 A 從 B 分離出來 |
| take care of | phr. | 照顧…，負責… |
| tremendous | a. | 巨大的 |
| under the new management | phr. | 在新的經營團隊管理下 |
| with reference to | prh. | 關於… |

## 熱誠的員工搞活公司和國家的經濟！
### 經濟

雖然經濟在整體情況下處於 **adversity**，消費者也出現了 **stagnant** 反應，但在『罐裝咖啡』的市場，我們公司的銷售量在 **dramatically** 增加著，顯示出了 **brisk** 動向。總經理問：「在經濟這麼 **unstable** 狀況下能夠 **rapidly soar** 銷售量的戰略是什麼？」課長很自豪地 **assert**：「行銷部的員工為了罐裝咖啡的銷售量奮不顧身的工作，**boost** 是預料中的。」

<sup>1</sup> **abate** *

[ə'bet]

v. 緩和，減弱，減少

The recent economic crisis will not **abate** soon.
最近的經濟危機將不會很快消退。

<sup>2</sup> **adversity**

[美 æd'vɜsəti]

[英 ədvə́:səti]

派 adverse
a. 不利的，不幸的

n. 逆境，不幸

The middle class faces the most **adversity** during depressions.
經濟蕭條時中產階級面臨最大的困難。

<sup>3</sup> **ailing**

['elɪŋ]

派 ailment
n. 病

a. 生病的，痛苦的

An **ailing** economy has forced the unemployment rates to increase considerably.
衰弱的經濟已迫使失業率顯著增加。

<sup>4</sup> **assert** *

[美 ə'sɜt]

[英 əsə́:t]

v. 斷言，主張

The report **asserts** that economic growth will continue.
那篇報告斷言經濟成長會持續下去。

<sup>5</sup> **boost**

[bust]

n.（價格）提升

v. 推動（景氣），促進

The real estate industry has helped **boost** the economy.
房地產業幫助推動了經濟發展。

<sup>6</sup> **brisk**

[brɪsk]

a. 興隆的，活潑的

A **brisk** market is developing in online shopping.
網路購物產業現在正處於興旺期。

**7 collapse**
[kəˈlæps]
v. 崩潰
同 breakdown
崩潰，瓦解

n. 崩潰
To prevent an economic **collapse**, the President froze prices.
為了防止經濟崩潰，總統凍結了物價。

**8 commerce***
[美 ˈkɑmɝs]
[英 kɔ́məːs]

n. 商業，貿易
The organization promotes international **commerce**.
那個機構在促進國際貿易。

**9 consequence**
[美 ˈkɑnsəˌkwɛns]
[英 kɔ́nsikwɔns]
派 consequential
a. 因其而生的

n. 結果
Profits grew as a **consequence** of increased business.
營業額的增長帶來了利潤的提高。

**10 depression**
[ˌdɪˈprɛʃən]
同 slump, recession
不景氣

n. 不景氣
The entire industry is going through an economic **depression**.
整個產業正經歷經濟衰退期。

**11 deteriorate**
[dɪˈtɪrɪəˌret]
派 deterioration
n. 惡化，下降
反 improve 好轉

v. 惡化，退化
Forecasters warned that the economy would **deteriorate**.
預測人員警告經濟會惡化。

**12 dramatically****
[drəˈmætɪklɪ]
派 dramatic   a. 戲劇性的

ad. 戲劇性地
Interest rates climbed **dramatically**.
利率大幅攀升。

### 🏛 出題重點

**1. increase / grow / climb + dramatically**

大幅增加 / 成長 / 上升

dramatically 經常與 increase 等表示『增加』的單字搭配出題。

**2. dramatically : numerously**

要區分表示『多』的單字用法差異。

┌ **dramatically** 戲劇性地
│ 用於有急劇變化或增減的場合。
└ **numerously** 無數地
 表示數量之多。

Tourism in Alaska has been **numerously** awarded for exceptional service.
阿拉斯加的旅遊業因優質服務得到了很多好評。

---

¹³**dwindle**

[ˈdwɪndl̩]

同 diminish 減少

v. 減少，縮小

The company's economic fortunes **dwindled** in the 1990s.
1990 年代這間公司的資產減少了。

---

¹⁴**economical**

[美 ˌikəˈnɑmɪkl̩]

[英 ˌèkənɔ́mikəl]

派 economy
 n. 經濟，節約
 economics
 n. 經濟學
 economist
 n. 經濟學者

反 extravagant 浪費的

a. 經濟的，節約的

Companies are searching for **economical** ways to utilize energy.
企業正在尋求使用能源的經濟作法。

### 🏛 出題重點

**1.** ┌ **economical** 經濟的，節約的
 └ **economic** 經濟上的，與經濟有關的
 要區分字根相同、意思不同的兩個單字。

The latest **economic** indicators are available on the Internet.
可以在網上瞭解最新經濟指標。

**2. economics** 經濟學（單數，不加冠詞）
 要注意，雖然 economics 是複數形式，但要用單數用法，不加冠詞。

## 15 entail
[ɛnˋtel]

同 involve 牽涉…

○ v. 牽涉，需要

Trade restrictions may **entail** economic costs.

貿易限制可能需承擔經濟成本。

## 16 fairly*
[美] ˋfɛrlɪ

[英] féəli

派 fair
　a. 相當的，挺多的

● ad. 相當地，頗為

Concerns over the bankruptcy are **fairly** widespread.

對破產的擔心相當普遍。

## 17 fall
[美] fɔl

[英] fɔːl

○ v.（數值）下降

The rate of unemployment has **fallen** steadily this quarter.

這一季失業率穩定地在下降。

## 18 flourish
[美] ˋflɜɪʃ

[英] flʌriʃ

○ v. 繁盛，興隆

The newly-merged firm is **flourishing** despite organizational weaknesses.

儘管組織上還有不足，但合併後的新公司業務卻蒸蒸日上。

## 19 impede
[ɪmˋpid]

派 impediment
　n. 妨礙，妨礙物
反 facilitate 促進

○ v. 妨礙，阻礙

Natural calamities in the summer will **impede** national growth.

夏天的自然災害會阻礙國家的成長。

## 20 implication
[ˌɪmplɪˋkeʃən]

派 implicate
　v. 牽連，連累

● n. 影響，密切的關係

The Supreme Court ruling has **implications** for small businesses.

最高法院的裁定會給小型企業帶來影響。

### 出題重點

1. **have implications for** 對…產生影響

   implication 表示一種結果對未來產生的影響，經常以 have implications for 的形式出題。

2. 區分 **implication**（n. 影響）和 **implicate**（v. 連累）的詞性。

---

**21 indicator**

[美 ˋɪndəˌketə]

[英 índikèitə]

派 indicate v. 顯示
indication
n. 徵兆，跡象

**n. 指標，指數**

Current economic indicators show admirable growth in mining.
當前的經濟指標顯示採礦業有著驚人的發展。

---

**22 industrial**

[ɪnˋdʌstrɪəl]

派 industry n. 工業，產業
industrious a. 勤勉的

**a. 工業的，產業的**

an industrial exhibition　工業展覽

### 出題重點

1.┌ **industrial** 產業的
 └ **industrious** 勤勉的

   要區分字根相同，意思不同的兩個單字。

   an industrious worker 勤勞的員工

2. 區分 **industrial**（a. 產業的）和 **industry**（n. 產業）的詞性。

---

**23 lead**

[lid]

同 diminish 減少

**v. 引導，指揮；導致（某種結果）**

She helped lead the company to success.
她幫助領導公司走向成功。

Growing oil markets will lead to economic improvement.
石油市場的成長壯大將會帶來經濟的進步。

### 出題重點

**lead to** 導致（結果）
考試會考與 lead 搭配使用的 to。

## 24 likely *

[ˈlaɪklɪ]

ad. 也許

派 likelihood
　n. 可能，可能性
同 unlikely 不太可能的

---

a. 可能的

The new CEO is likely to confront major challenges.
新總裁很有可能將面臨巨大挑戰。

### 出題重點

1. **be likely to do** 可能要⋯

likely 經常與不定詞 to 搭配出題，要一起記住。

2. **likely：possible**

要區分表示『可能』的單字用法差異。

- **likely** 可能的

用於某件事很有可能會發生的場合，主詞可以接人。

- **possible** 可做的，可能的

用於可以施行某件事的場合，主詞不能接人。

It is not possible to process your request at the moment.
現在無法處理您的要求事項。

3. 區分 **likely**（a. 可能的）和 **likelihood**（n. 可能，可能性）的詞性。

---

## 25 overall *

[美 ˈovəˌɔl]
[英 ðuvəróːl]
ad. 全面地

---

a. 全面的，整體的

Overall profitability was impacted by the lagging economy.
整體收益受到了經濟蕭條的影響。

---

## 26 promising *

[美 ˈprɑmɪsɪŋ]
[英 prɔ́misiŋ]

---

a. 有望的，有希望的

a promising global economic outlook
充滿希望的全球經濟前景

---

## 27 prospect

[美 ˈprɑspɛkt]
[英 prɔ́spɛkt]

v. 探勘，尋找
[美 ˈprɑspɛkt，英 prəspékt]
派 prospective
　a. 預期的，未來的

---

n. 展望，預期發生的事

Weak industries are facing prospects of inflated interest rates.
沒落的行業正面臨著利率可能上升的狀況。

### 出題重點

區分 **prospect**（n. 展望）和 **prospective**（a. 預期的）的詞性。

## 28 prosperity
[美 prɑsˋperətɪ]
[英 prɔːspériti]
派 prosper　v. 繁榮
　　prosperous　a. 繁榮的

n. 繁榮

Strong economic growth is a prerequisite for national **prosperity**.
強大的經濟成長是國家繁榮的必要條件。

### 出題重點

1. **in times of prosperity** 繁榮期
　考試中會出介系詞 of。

2. 區分 **prosperity**（n. 繁榮）和 **prosperous**（a. 繁榮的）詞性。

## 29 rapidly**
[ˋræpɪdlɪ]
派 rapid　a. 迅速的
　　rapidity　n. 急速，迅速

ad. 急速地，很快地

Energy demand increased **rapidly**.
能源需求急劇增加。

## 30 ratio
[美 ˋreʃo]
[英 réiʃiəu]

n. 比例

The bank calculated the debt **ratio** of the company.
銀行計算了公司的負債比率。

## 31 remain*
[rɪˋmen]
派 remainder　n. 剩餘物

v. 保持…；還要…

The cost of living should **remain** stable over the next decade.
生活費用在未來十年內應該會保持穩定。

It **remains** to be seen whether or not the tax cut will be passed.
減稅案是否通過還要再看看。

**出題重點**

**ramain + steady / harmonious / the same**
維持穩定的 / 和諧的 / 同樣的狀態
remain 一般要加形容詞或名詞補語。

---

³²**skyrocket**
[美 ˈskaɪˌrɑkɪt]
[英 skáɪrɔ̀kit]

v.（價格）飛漲
Production costs are expected to skyrocket.
生產成本預計會猛漲。

---

³³**slowdown** *
[美 ˈsloˌdaʊn]
[英 slóudàun]

n. 衰退
Experts predict a gradual slowdown in the nation's economy.
專家預測國家經濟會逐漸衰退。

---

³⁴**soar**
[美 sor]
[英 sɔː]
反 plummet 下跌

v.（物價）暴漲，劇增
Rates have soared due to inflation.
由於通貨膨脹，物價迅速攀升。

---

³⁵**stagnant**
[ˈstæɡnənt]
派 stagnate　v. 停滯
同 sluggish 緩慢的

a. 停滯的，不景氣的
the stagnant steel industry
不景氣的鋼鐵產業

---

³⁶**supplement** *
[ˈsʌpləmɛnt]
n. 增補，補充，附錄
派 supplementary
　a. 補充的
同 complement
　增補，互補

v. 補充，增補
Increased export production will supplement weak domestic sales.
出口產品的增加會彌補薄弱的國內銷售額。

³⁷**thrive**

[θraɪv]

同 prosper, flourish
繁榮，昌盛

○ v. 繁榮，成功

The delivery service industry is thriving.
快遞服務行業正在蓬勃發展。

³⁸**unstable***

[ʌnˈstebḷ]

反 stable 穩定的

◉ a. 不穩定的，易變的

Gas prices have been unstable in recent years.
汽油價格近幾年很不穩定。

³⁹**volatile**

[美 ˈvɑlət̬ḷ]

[英 vɔ́lətail]

同 unstable 不穩定的
changeable 易變的

○ a.（價格等）變動大的

volatile stock markets
多變的股市

⁴⁰**wane**

[wen]

v. 減少

○ n. 減少，衰退

Consumer spending is on the wane.
消費者支出正逐漸衰退。

🔺 **出題重點**

**on the wane** 正在減少的，正在衰退的（＝on the decline）
考試會出選擇與 wane 搭配使用的介系詞 on 的題目。

請在右邊欄位內找出相對應的意思並用線條連接。

01 ratio
02 wane
03 stagnant
04 prosperity
05 ailing

ⓐ 痛苦的
ⓑ 繁榮
ⓒ 衰退
ⓓ 停滯的
ⓔ 比例
ⓕ 前景

請選擇恰當的單字填空。

06 Due to the drought, the food shortage will further _____ .
07 Experts _____ that fiscal restraint is necessary.
08 The new operating system is _____ complex.
09 China's software industry is _____ growing.

> ⓐ deteriorate  ⓑ rapidly  ⓒ thrive  ⓓ fairly  ⓔ assert

10 Most communities object to new factories over concerns of _____ waste.
11 Some employees have part-time jobs to _____ their income.
12 The most _____ interns are given full-time positions.
13 Remodeling will _____ less work than reconstruction.

> ⓐ promising  ⓑ industrial  ⓒ supplement  ⓓ entail  ⓔ overall

Answer 1.ⓔ 2.ⓒ 3.ⓓ 4.ⓑ 5.ⓐ 6.ⓐ 7.ⓔ 8.ⓓ 9.ⓑ 10.ⓑ 11.ⓒ 12.ⓐ 13.ⓓ

# 多益滿分單字

## LC

| | | |
|---|---|---|
| blueprint | n. | 藍圖，計畫 |
| business deal | phr. | 業務交易 |
| business hours | phr. | 營業時間 |
| business trip | phr. | 出差，商務旅行 |
| CEO（chief executive officer） | n. | 最高經營者，執行長 |
| director | n. | 管理者，部門經理 |
| enterprise | n. | 企業，事業 |
| family-run | a. | 家庭經營的 |
| firm | n. | 公司 |
| first degree | phr. | 第一級的 |
| fluctuation | n. | 變動，波動 |
| for business | phr. | 因工作 |
| foreign trade | phr. | 海外貿易 |
| franchise | n. | 加盟，專利權 |
| go into business | phr. | 從事商業 |
| go out of business | phr. | 停業 |
| go up | phr. | 上漲，上升 |
| government grant | phr. | 政府補助金 |
| market value | phr. | 市值 |
| move slowly | phr. | 緩慢地變動 |
| mutual | a. | 相互的 |
| nationwide | a. | 全國性的 |
| need monitoring | phr. | 需要觀察 |
| neighboring | a. | 鄰近的，鄰接的 |
| nice-looking | a. | 漂亮的 |
| political perspective | phr. | 政治觀點 |
| pull down | phr. | 拉下，使降低 |

| | | |
|---|---|---|
| recession | n. | 經濟衰退 |
| relieve pain | phr. | 減輕痛苦 |
| role model | phr. | 模範 |
| session | n. | （特定活動的）期間 |
| speed up | phr. | 加速 |
| trading | n. | 交易 |
| upscale | a. | 高消費階層的 |

## Part 7

| | | |
|---|---|---|
| accelerate | v. | 使…加速 |
| arrange a personal appointment | phr. | 安排私人會面 |
| be related to | phr. | 關係到… |
| beginning | n. / a. | 開始 / 初期的 |
| boom | n. | 激增，暴漲 |
| bring in | phr. | 引進（系統）；賺（錢） |
| brokerage | n. | 仲介，仲介費 |
| bull market | phr. | 行情看漲的市場 |
| business management | phr. | 經營（學） |
| business practice | phr. | 商業習慣 |
| business sector | phr. | 商務部門 |
| business terms | phr. | 商業用語 |
| businessman | n. | 商人 |
| company | n. | 公司 |
| convention center | phr. | 會議中心 |
| cope with | phr. | 對付… |
| cost-effective | phr. | 有成本效益的，划算的 |
| costly | a. | 貴的 |
| cut back on cost | phr. | 削減成本 |
| descending | n. | 下降的，下行的 |
| despite | prep. | 儘管 |
| dominate | v. | 支配，高聳於 |
| downturn | n. | （經濟）低迷時期 |
| emporium | n. | 商業中心，大百貨店 |

| exchange rate | phr. | 匯率 |
|---|---|---|
| finance department | phr. | 財務部門 |
| financial statement | phr. | 財務報表 |
| foreign exchange holdings | phr. | 外匯持有額 |
| for large purchases | phr. | 對於大量購買 |
| for minimal outlay | phr. | 用最少的費用 |
| for the benefit of | phr. | 為了…的利益 |
| foremost | a. | 最先的，最佳的 |
| forerunner | n. | 先驅 |
| from around the globe | phr. | 在全世界 |
| have a monopoly on | phr. | 擁有…的獨占權 |
| holding company | phr. | 控股公司 |
| in demand | phr. | 有需要的 |
| in the coming decade | phr. | 在未來十年 |
| in the near future | phr. | 在不久的將來 |
| incorporate | v. | 組成公司，合併 |
| incorporated（=Inc.） | a. | 組成公司的，組成社團的 |
| infrastructure | n. | 公共建設，基礎建設 |
| keep abreast of | phr. | 與…齊頭並進 |
| limited | a. | 限定的，限制的 |
| long-established | a. | 成立許久的 |
| M & A（Mergers and Acquisitions） | n. | 企業收購合併 |
| macroeconomic activity | phr. | 總體經濟活動 |
| macroeconomy | phr. | 總體經濟 |
| marketability | n. | 市場性 |
| marketable | n. | 有市場性的 |
| multilateral | a. | 多國的 |
| multinational corporation | phr. | 跨國企業 |
| multi-regional | a. | 跨地域的 |
| nationality | n. | 國籍 |
| net income | phr. | 淨利 |
| network of business contacts | phr. | 企業聯繫網路 |
| niche market | phr. | 市場區隔，利基市場 |
| nontransferable | a. | 不可讓渡的 |
| parent company | phr. | 母公司 |

| penalize | v. | 處罰 |
|---|---|---|
| potential | a. / n. | 潛在的 / 可能性，潛力 |
| private | a. | 私人的 |
| privatization | n. | 民營化 |
| rebound | n. / v. | 回復 / 重振 |
| remarkable | a. | 值得注意的，驚人的 |
| rise | v. | 上漲，升起 |
| roughly | ad. | 大略，粗略地 |
| runner-up | n. | 第二名，亞軍 |
| secondary effect | phr. | 二次影響 |
| securities | n. | 有價證券 |
| situation | n. | 狀況 |
| sluggish | a. | 緩慢的，不景氣的，蕭條的 |
| specialize | v. | 專業化 |
| splinter | v. | 劈開，粉碎 |
| stagnation | n. | 停滯，不景氣 |
| start-up | a. / n. | 開始階段的 / 新運作的公司 |
| surge | v. | （物價）急升 |
| synergy | n. | 協同效果 |
| synthesis | n. | 綜合，統合 |
| tactics | n. | 戰術，策略 |
| tycoon | n. | 企業大亨 |
| unemployment | n. | 失業 |
| up-and-down | a. | 上上下下的，有起伏的 |
| variable | a. | 易變的，不定的 |
| vicious cycle | phr. | 惡性循環 |
| without a doubt | phr. | 毫無疑問的 |

## 休息日是供您休息的！
### 休閒、約會

公司繁忙的工作影響了我和敏兒的週末約會。「親愛的，怎麼這麼無精打采呢？說好了要去世界郵票 collection exhibition，還要去我喜歡的 celebrity『裴勇俊』improvise 的 live 公演的嘛。那場公演真的是 must-see！聽說公演的收入都用於 donation。對了，晚上還有 alumni 聚會，要把你介紹給朋友呢。怎麼樣？行程有點趕，快點起來吧！」

哎…
睡吧…
睡是唯一的辦法…

1 **admission**

[æd`mɪʃən]

派 admit
　v. 允許入場；承認

◯ n. 入場

Those wishing to visit the exhibit will be charged an extra admission fee.

那些希望參觀這場展覽的顧客要繳交額外的入場費。

2 **advocate**

[`ædvəkɪt]

v. 擁護 [`ædvə,ket]

◯ n. 擁護者

The writer is an advocate of public education.

那位作家是公共教育的擁護者。

🍳 **出題重點**

**an advocate of** …的擁護者

要記住與 advocate 搭配的介系詞 of。

3 **alumni**

[ə`lʌmnaɪ]

◯ n. 校友，同窗

St. John's University alumni were invited to the graduation ceremony.

St. John's 大學的校友受邀參加畢業典禮。

4 **anonymous**

[美 ə`nɑnəməs]

[英 ənɔ́niməs]

◯ a. 佚名的，不知道名字的

The orphanage received $6,000 from an anonymous donor.

那家孤兒院從不知名捐贈者那裡收到了 6 千美元。

5 **appear**

[美 ə`pɪr]

[英 əpíə]

派 appearance　n. 外觀
反 disappear 消失

◯ v. 顯示，出現

The novelist appeared at the bookstore to sign autographs.

那位小說家現身在這家書店裡簽名。

🍳 **出題重點**

**it appears that** 好像…

**appear in court** 出庭

要記住 appear 上面兩種的出題形式。

## 6 beneficial**

[ˌbɛnəˈfɪʃəl]

派 benefit　n. 利益
反 harmful 有害的

○ a. 有利的，有益的

The organization's work is beneficial to the community.
該組織的工作有利於整個社區。

### 🔍 出題重點

**be beneficial to** 對…有利

要一起記住與 beneficial 搭配使用的介系詞 to。

## 7 care for

○ phr. 照顧

He wondered whether he'd have time to care for a pet.
他懷疑自己是否有時間照顧寵物。

## 8 celebrity

[sɪˈlɛbrətɪ]

○ n. 知名人士，名人

Many celebrities attended the city's summer park festival.
很多知名人士參加了這個城市的夏季公園慶典。

## 9 censorship

[美 ˈsɛnsəˌʃɪp]
[英 sénsəʃip]

○ n. （電影、電視、書籍等）審查制度

The Actors Guild protested the censorship of politically controversial films.
演藝公會抗議政治爭議性電影的審查制度。

## 10 collection

[kəˈlɛkʃən]

派 collect　v. 收集
　collector　n. 收集家

○ n. 收集物，收藏品；徵收，收錢

The museum has a unique collection of stamps.
那個博物館擁有很獨特的郵票收藏品。

Toll collection operates by means of an electronic system.
通行費的徵收是依靠電子系統來運作的。

👨‍🏫 **出題重點**

1. **ceramic tiles collection** 瓷磚收藏品

   **toll collection** 通行費徵收

   要記住 collection 在多益中的出題形式。

2. **collect A from B** 從 B 收集 A

   要記住與動詞 collect 搭配使用的介系詞 from 。

---

¹¹**come in + 序數** ●　phr. 競賽的獲獎順序

Amateur pianist Andrew Ward **came in third**.

業餘鋼琴家 Andrew Ward 獲得了第 3 名。

---

¹²**contestant**　　○　n. 參賽者，競爭者

[kənˋtɛstənt]

派 contest
　　n. 競爭，競賽

同 competitor 競爭者

One of the **contestants** won an around-the-world ticket.

其中一名參賽者贏得了環遊世界的機票。

---

¹³**contributor**＊　　●　n. 投稿人，貢獻者，捐贈者

[美 kənˋtrɪbjutə]

[英 kəntríbjutə]

派 contribute　v. 貢獻
　　contribution
　　n. 投稿，貢獻，捐贈

The doctor is a regular **contributor** to the newspaper.

那位醫生是這份報紙的定期投稿人。

👨‍🏫 **出題重點**

1. **contributor to** 對…的投稿人

   要記住 contributor 經常與介系詞 to 搭配出題。

2. ┌ **contributor** 捐贈者

   └ **contribution** 捐贈

   要區分人物名詞 contributor 和抽象名詞 contribution。

## 14 current*

[美] ˈkɝənt]
[英] kʌ́rənt]
派 currently   ad. 現在

**a. 目前的，現在的**

**Current** subscribers to the magazine will receive a free supplement.

這本雜誌現在的訂閱者將收到免費的別冊。

## 15 defy*

[drˈfaɪ]
派 defiance   n. 抵抗

**v. 反抗，牴觸**

The documentary series **defies** conventional wisdom about fitness.

那個系列紀錄片與健康的傳統知識相牴觸。

The play **defied** all description.

那個戲劇完美得無法用語言形容。（與所有的描述相牴觸。）

### 出題重點

**defy description** 無法形容

defy description 用於不能描述或很讓人吃驚的場合，是多益常考的用法。

## 16 donation

[美] doˈneʃən]
[英] dəunéiʃən]
派 donate   v. 捐贈
    donor
    n. 捐贈者，捐助人
同 contribution 捐贈

**n. 捐獻，捐贈**

The library is accepting **donations** of children's books.

那家圖書館接受兒童圖書的捐贈。

### 出題重點

1. **donation** 捐贈
   **donor** 捐贈者

   要區分抽象名詞 **donation** 和人物名詞 **donor**。

## 17 edition

[rˈdɪʃən]

**n.（書籍刊物的）版次**

A revised **edition** of ASU will be published soon.

ASU 的修訂版很快就會出版。

## 18 enlightening*
[ɪn'laɪtənɪŋ]

派 enlighten　v. 啟蒙

a. 具啟蒙性的，具教化性的

The editorial is enlightening.

那篇社論深具啟發性。

## 19 enthusiastically*
[ɪn,θjuzɪ'æstɪk̩lɪ]

派 enthusiastic
　a. 熱烈的
　enthusiasm
　n. 熱情，熱心

ad. 熱烈地，熱情地

The press enthusiastically applauded the persuasive speech.

媒體記者熱情地為這場極具說服力的演講鼓掌。

### 🔧 出題重點

efficiency and enthusiasm 能力和熱情

with enthusiasm 熱情地（＝ enthusiastically ）

名詞形式的 enthusiasm 也經常在考試中出現，要記好。

## 20 exhibition
[,ɛksə'bɪʃən]

派 exhibit
　v. 展示　n. 展示

n. 展覽會

The gallery hosted an exhibition of urban scenic photographs.

那間畫廊開辦了一場城市風景的攝影展。

## 21 fascinating*
['fæsn̩,etɪŋ]

派 fascinate　v. 魅惑
　fascination　n. 魅惑

a. 醉人的，迷人的

Many fascinating pieces of art were on display.

許多迷人的美術作品正在展覽中。

### 🔧 出題重點

fascinating 迷人的

fascinated 著迷的

fascinating 用於人或某事物迷人的時候，fascinated 用於人因某東西著迷的時候，注意不要用混。

## 22 have yet to do

phr. 還沒有做…，還要做…

The performance schedule of the jazz festival has yet to be decided.

爵士樂慶典的公演日程還沒有決定下來。

## <sup>23</sup>improvise

[ˈɪmprəvaɪz]

派 improvisation
n. 即興演奏，即席演講

○ v. 即興演奏，即興創作，即席演講

The performers improvised a jazz melody.
演奏者們即興演奏了一首爵士樂曲。


## <sup>24</sup>informative**

[㊤ ɪnˈfɔrmətɪv]

[㊦ ɪnfɔ́:mətɪv]

派 inform v. 通知，告訴
informed
a. 根據情報的，知情的
information
n. 情報，資訊

● a. 知性的，提供有用情報的

The documentary was informative and interesting.
那部紀錄片既知性又有趣。

### 🔺 出題重點

**informative + brochure / booklet** 提供有用情報的小冊子

informative 經常以修飾 brochure、booklet 等印刷媒體的形式出題。


## <sup>25</sup>issue

[ˈɪʃju]

v. 發行

○ n.（出版物的）第…號；問題，爭議

the April issue of a magazine　四月號雜誌

There are many perspectives on the issue of global warming.
關於地球暖化的問題有各式各樣的觀點。


## <sup>26</sup>lend**

[lɛnd]

● v. 借給

The library lends a variety of audio-visual materials.
那間圖書館向外借出很多視聽教材。

🧑‍🏫 **出題重點**

**lend: borrow: rent**

要區分表示『借』、『借給』的單字用法差異。

┌ **lend** 借給

　用於免費借給東西的場合。

├ **borrow** 借

　用於免費借東西的時候。

　**We borrowed umbrellas from the front desk.**

　我們在櫃台借了雨傘。

└ **rent** 租…

　用於花錢租東西的時候。

　**Mark rent a car for the journey.**

　Mark 為了旅行租了一部車。

---

²⁷**live**

[laɪv]

v. 居住，住 [lɪv]

● a.（廣播、電視）直播的，現場的

**a live** broadcast 　直播

**live** performance 　現場表演

🧑‍🏫 **出題重點**

┌ **live** 直播的

└ **alive** 活著的

　live 是用於修飾名詞的限定用法，而 alive 只能做補語。

　要注意這一點。

　The bird is sill **alive**. 那隻鳥還活著。

---

²⁸**local**

[美] ˈlokḷ]

[澳] lóukəl]

派 locality

　n. 場所，所在

　locally　ad. 局部性地

● a. 地方的，局部的

The tournament will be held at the **local** high school.

錦標賽在當地的高中舉行。

**出題重點**

**local high school** 當地的高中

high school 是複合名詞，因此 high 前面要加形容詞 local，不能加副詞 locally。

---

[29] **matinée**
[英] ˌmætən'e]
[美] mætinéi]

○ n.（戲劇、音樂會等）午場

Ticket for the matinée cost a third of the price of a regular showing.
午場票價是平時票價的 3 分之 1。

---

[30] **memoirs**
[英] 'mɛmwɑrz]
[美] mémwɑːz]
同 autobiography 自傳

○ n. 回憶錄，傳記

The memoirs of the financial guru are already a hit.
那位財經專家的自傳已經很暢銷。

---

[31] **municipal**
[mjuˈnɪsəpl]
派 municipalize
v. 收歸市有

○ a. 市的，市政的，地方自治的

Municipal elections will be held in two weeks.
兩週後會舉行地方選舉。

---

[32] **must-see**
[ˈmʌstˌsi]

○ n. 非看不可的作品、物品等

The play showing at the downtown theater is a must-see.
在市內劇場上演的戲劇是非看不可的。

---

[33] **note**
[英] not]
[美] nóut]
n. 筆記

● v. 注意

Please note the intricate details of the architecture.
請注意這棟建築錯綜複雜的細部設計。

³⁴**out of print**\*
　囗 in print 未絕版的

○ phr. 已絕版的

The old editions are out of print.
舊版已經絕版了。

³⁵**periodical**
　[美] ˌpɪrɪˈɑdɪk!]
　[英] pɪərióːdikəl]
　派 period　n. 期間
　　periodically
　　ad. 定期地

○ n. 期刊

The periodical highlights the most recent developments in IT.
那本期刊重點刊載最新資訊技術的發展。

³⁶**popular**\*\*
　[美] ˈpɑpjələ]
　[英] pɔ́ːpjulə]
　派 popularity
　　n. 人氣，流行

○ a. 有人氣的，受歡迎的

The outdoor movie screenings were very popular.
露天電影的播放很受大家歡迎。

### 🔍 出題重點

**popular : likable : preferred : favorite**
要區分表示『喜歡』的單字用法差異。

┌ **popular** 有人氣的
　用於很多人喜歡的時候。

├ **likable** 令人有好感的
　用於令人有好感的人或事物。
　Likable managers receive greater respect from staff.
　令人有好感的經理們得到員工更多的尊重。

├ **preferred** 更喜歡的
　表示比其他的事物更加喜歡。
　Please select your preferred means of transportation below.
　請在下面選擇您較喜歡的交通工具。

└ **favorite** 最喜歡的
　用於在很多事物中選擇自己最喜歡的東西的場合。
　His favorite pastime is fishing.
　他最喜歡的消遣是釣魚。

## 37 present*

v. [prɪˈzɛnt]
a. [ˈprɛznt]
n. 禮物 [ˈprɛznt]
派 presentation
　n. 發表，演出

**v. 出示，提供**

Please **present** valid tickets at the door.
請在門口出示有效的門票。

**a. 現在的；出席的**

The present owner of the resort intends to renovate it.
這塊度假勝地現在的擁有者打算重新整修它。

Yankees star Matt London was present at the game.
洋基隊的球星 Matt London 參加了那場比賽。

### 🔍 出題重點

1. 區分 **present**（v. 出示）和 **presently**（ad. 現在地）的詞性。
2. **present A with B** 給 A 提供 B

　**present B to A** 提供 B 給 A

　介系詞 with 後加提供的事物，to 後加接受提供的人物。

## 38 publication

[ˌpʌblɪˈkeʃən]
派 publish　v. 出版

**n. 發行物，出版物**

A new editorial section will be included in the **publication**.
一個新的社論專欄會被收入在此出版物中。

## 39 showing

[美 ˈʃoɪŋ]
[英 ˈʃəʊɪŋ]

**n.（電影、戲劇的）上映**

We attended the premiere **showing** of the Julie Garner movie.
我們參加了 Julie Garner 的電影首映會。

### 🔍 出題重點

**showing of** …的上映
考試會考與 showing 搭配使用的介系詞 of。

## 40 subscription

[səbˈskrɪpʃən]
派 subscribe　v. 訂閱

**n.（定期刊物的）訂閱**

I want to get a **subscription** to the Weekly Herald.
我想訂閱 Weekly Herald。

41 **transferable**

[træns`fɝəbl]

派 transfer　v. 轉讓，轉移
反 non-transferable
　　不可轉讓的

a. 可轉讓的

The ticket is not **transferable**.
這張票是不可轉讓的。

42 **upcoming**

[`ʌp͵kʌmɪŋ]

同 forthcoming
　　即將到來的

a. 即將到來的

A reporter spoke to a candidate in the **upcoming** election.
記者跟即將到來的選舉的候選人講話。

### 🪨 出題重點

**upcoming school year** 下一個學年
**upcoming mayoral election** 即將到來的市長選舉
upcoming 經常和 year 或 election 一起出題。

43 **variety**

[və`raɪətɪ]

派 various　a. 多樣的
　　vary　v. 改變，變化

n. 多樣性，變化

The newsstand has a **variety** of magazines and newspapers.
那個報攤擺有各種雜誌和報紙。

### 🪨 出題重點

**a (large / wide) variety of**（非常）多樣的…
variety 以 a variety of 的形式出題，並且經常與 large 或 wide
搭配使用。

請在右邊欄位內找出相對應的意思並用線條連接。

| | | | | |
|---|---|---|---|---|
| 01 | anonymous | ⓐ | 期刊 |
| 02 | censorship | ⓑ | 佚名的 |
| 03 | periodical | ⓒ | 回憶錄 |
| 04 | defiance | ⓓ | 地方自治的 |
| 05 | municipal | ⓔ | 抵抗 |
| | | ⓕ | （電影、電視、書籍等）審查制度 |

請選擇恰當的單字填空。

06 A yearly _____ is cost-effective and convenient.

07 The newsletter keeps employees informed about the company's _____ plans.

08 That hotel is _____ with business travelers.

09 Each month's _____ contains insightful articles and advice.

ⓐ collection   ⓑ popular   ⓒ issue   ⓓ subscription   ⓔ current

10 Employees are excited about the _____ holiday.

11 Participants are encouraged to _____ their ideas during workshops.

12 The _____ speech convinced the investors.

13 The marketing campaign will have a _____ impact on sales.

ⓐ note   ⓑ present   ⓒ beneficial   ⓓ upcoming   ⓔ fascinating

# 多益滿分單字

| LC | | |
|---|---|---|
| amusement park | phr. | 遊樂園 |
| anniversary | n. | 週年紀念，紀念日 |
| antique | a. / n. | 古董的 / 古董品 |
| aquarium | n. | 水族館 |
| artifact | n. | 工藝品 |
| audience | n. | 觀眾 |
| auditorium | n. | 禮堂 |
| backpack | n. | 背包 |
| ball game（＝baseball game） | phr. | 棒球比賽 |
| be booked up | phr. | 客滿，訂完 |
| be in line | phr. | 排隊 |
| be wearing a helmet | phr. | 戴著安全帽 |
| blanket | n. | 毛毯 |
| box office | phr. | 售票處，票房 |
| cabin | n. | 機艙；小木屋 |
| ceramic | a. | 陶瓷的 |
| cheerful | a. | 快活的，明朗的 |
| choir | n. | 合唱團 |
| climb a mountain | phr. | 爬山 |
| entertain | v. | 娛樂；招待，款待 |
| film festival | phr. | 電影節 |
| fishing | n. | 釣魚 |
| flower arrangement | phr. | 插花，花藝 |
| flowerbed | n. | 花床 |
| for a change | phr. | 轉換心情 |
| front row | phr. | 前排 |
| gallery | n. | 畫廊 |

| | | |
|---|---|---|
| go to a film | phr. | 去看電影 |
| have a race | phr. | 來場競速比賽 |
| invitation | n. | 招待，邀請卡 |
| jog along the street | phr. | 沿著街道慢跑 |
| laugh at a joke | phr. | 聽完笑話而笑 |
| laughter | n. | 笑，笑聲 |
| lie on a bench | phr. | 躺在長凳上 |
| musical instrument | phr. | 樂器 |
| oil painting | phr. | 油畫 |
| paddle | v. | 划船 |
| painting | n. | 畫，繪畫 |
| pass the time | phr. | 消磨時間 |
| pet | n. | 寵物 |
| play cards | phr. | 玩牌 |
| public library | phr. | 公共圖書館 |
| race | n. / v. | 競速比賽 / 競速 |
| reading | n. | 讀書 |
| recreation | n. | 娛樂；休養 |
| recreational activity | phr. | 娛樂活動 |
| resort | n. | 休閒度假地 |
| right | n. | 權利 |
| running time | phr. | （電影）上映時間 |
| sail a boat | phr. | 坐船航海 |
| slide down | phr. | 滑下 |
| splash | v. | 濺（水） |
| sporting event | phr. | 體育競賽 |
| stadium | n. | 大型運動場 |
| stay overnight | phr. | 通宵 |
| stay tuned | phr. | 鎖定頻道 |
| stay up | phr. | 熬夜 |
| stroll | v. | 閒逛，散步 |
| sunbathe | v. | 做日光浴 |
| surprise party | phr. | 驚喜派對 |
| take a break | phr. | 休息一會兒 |
| take A for a walk | phr. | 帶 A 去散步 |

| take a photograph | phr. | 照相 |
|---|---|---|
| take a walk | phr. | 散步 |
| take great pleasure | phr. | 尋找快樂 |
| take one's time | phr. | 從容進行，不著急 |
| theater | n. | 劇場；電影院 |
| touch up a photograph | phr. | 稍微修正照片 |
| tune in | phr. | 調（頻道） |
| vacate | v. | 空出（房子） |
| vacation package | phr. | 套裝渡假行程，套裝旅行 |
| wait for seats | phr. | 等待席位 |
| wait in line | phr. | 排隊等候 |
| watch a film | phr. | 看電影 |
| water the plants | phr. | 給植物澆水 |

## Part 7

| accompany | v. | 陪同 |
|---|---|---|
| adventure | n. | 冒險 |
| anchor | n. | 錨 |
| anthem | n. | 聖歌，讚美詩 |
| appreciative | a. | 感謝的；懂得欣賞的 |
| art museum | phr. | 美術館 |
| artistic | a. | 藝術的 |
| author | n. | 作者 |
| banquet | n. | 宴會 |
| be in the mood for V-ing | phr. | 有做…的心情 |
| botanical garden | phr. | 植物園 |
| casually | ad. | 休閒地，悠閒地 |
| concert | n. | 演唱會；演奏會 |
| delight | n. | 高興 |
| do good | phr. | 有好的影響 |
| do hair | phr. | 做頭髮 |
| excursion | n. | 遠足，遠征 |
| festivity | n. | 歡宴；（-ties）歡慶 |

| | | |
|---|---|---|
| free admission | phr. | 免費入場 |
| free from | phr. | 不含…，不具… |
| grandeur | n. | 壯觀，宏偉 |
| group performance | phr. | 團體演出 |
| group rate | phr. | 團體費用 |
| head for | phr. | 向…前進 |
| intermission | n. | （戲劇、電影的）休息時間，間歇 |
| lawn | n. | 草坪，草地 |
| leg room | phr. | （車內）腿部的活動空間 |
| leisure | n. | 閒暇 |
| on the edge of one's seat | phr. | 著迷於（電影、故事等） |
| outdoor | a. | 戶外的 |
| outdoor activity | phr. | 戶外活動 |
| overseas | a. | 海外的 |
| playing field | phr. | 運動場 |
| pleasant | a. | 令人愉快的 |
| poetry | n. | 詩 |
| portrait | n. | 肖像畫 |
| rejuvenate | v. | 使年輕，使恢復精神 |
| ridiculous | a. | 可笑的，荒謬的 |
| roam around | phr. | 到處逛 |
| sculpture | n. | 雕像，雕刻 |
| show up | phr. | 顯示，凸顯 |
| sightseeing | n. | 觀光 |
| symphony | n. | 交響曲 |
| take a tour | phr. | 旅行，遊覽 |
| throw a party | phr. | 開派對 |
| ticket for admission | phr. | 入場券 |
| unsanitary | a. | 不衛生的 |
| zoom in | phr. | 拉近（攝影機、照像機等） |

## 緊迫盯人行銷戰略的成功
### 行銷(1)

根據最近舉行的 **survey** 的結果 **analysis**，**respondents** 的 80% 以上喜歡我們行銷部負責宣傳的『YY 速食麵』，連續 5 年都保持高於其他競爭產品銷售量的紀錄。我們公司的『YY 速食麵』能夠 **monopolize** 食品市場是理所當然的事！在現在這種極度 **competitive** 市場環境下，能夠如此 **consistently** 維持銷售量是因為我們為了擴大 **demand**，每時每刻都在 **do our utmost**！

1 **affect**\*\*

[ə'fɛkt]

同 influence 影響

### v. 影響，對⋯起不好的作用

The frozen food industry can **affect** the canned goods market.
冷凍食品業可能對罐裝食品業造成影響。

🏋 **出題重點**

affect 對⋯產生影響

effect 效果，效力

要區分形態相似、意思不同的兩個單字。

The new tax came into **effect** on Monday despite protests.
無視於眾人的反對，新的稅制還是從星期一開始生效。

2 **analysis**\*

[ə'næləsɪs]

派 analyze v. 分析
analyst n. 分析家

### n. 分析

The latest market **analysis** shows an increase in used car
purchases.
最近的市場分析顯示出二手車購買量的增加。

🏋 **出題重點**

1. analysis 分析

analyst 分析家

要區分抽象名詞的 analysis 和人物名詞 analyst。

2. reliable analysis 值得信賴的分析

market analysis 市場分析

記住 analysis 的出題形式。

3 **claim**

[klem]

v. 主張，要求

### n.（事實、所有權的）主張

Macrochips denied **claims** of copying a competitor's design.
Macrochips 公司否認模仿競爭者的設計。

4 **closely**\*

[美] ['kloslɪ]

[英] klə́usli]

派 close

　　a. 近的　ad. 接近地

ad. 細心地，嚴密地

Marketing departments watch the latest trends closely.

行銷部門細心地觀察著最近的動向。

🖼 **出題重點**

1. **closely + watch / examine** 仔細觀察 / 調查

　**close the deal** 完成交易

　closely 經常與 watch、examine 等表示『調查』的動詞搭配出題。動詞 close 接受詞 deal，用於表示完成交易的意思。

2. **come close to + 名詞** 接近⋯，靠近⋯

　副詞 close 表示『（空間的）接近』，以 come close to 的形式出題。不要與表示『仔細地』closely 混同。

5 **comparison**

[kəm'pærəsn̩]

派 compare　v. 比較

　comparable

　　a. 匹敵的，可比較的

n. 比較

Online advertising is cheaper in comparison with television.

網路廣告比電視廣告要便宜。

🖼 **出題重點**

**in comparison with** 與⋯比較

要記住 comparison 經常以 in comparison with 的形式出題。

6 **competition**\*

[美] [ˌkɑmpə'tɪʃən]

[英] [kɔːmpətíʃə]

派 compete　v. 競爭

　（= contend）

　competitive

　　a. 競爭的，有競爭力的

　competitor　n. 競爭者

　（= rival）

n. 競爭

Competition in the game software market has increased.

遊戲軟體市場的競爭變激烈了。

### 出題重點

1. **compete for** 為…競爭

   要記住與動詞 compete 搭配使用的介系詞 for。

2. **highly competitive market** 競爭激烈的市場

   **at competitive prices** 有競爭力的價格

   記住 competitive 在 competitive market 中表示『競爭的』，而在 at competitive prices 中表示的是『有競爭力的』。

---

7 **consecutive**\*

[kənˈsɛkjutɪv]

派 consecutively
　ad. 連續地

同 successive 連續的

a. 連續的

The Barkley Company achieved high sales growth for the third consecutive year.

Barkley 公司達成了連續 3 年的高銷售成長。

### 出題重點

**for the third consecutive year** 連續三年的

**for three consecutive years** 連續三年的

『序數＋consecutive』的時候 year 用單數，『基數＋consecutive』的時候 year 要用複數。

---

8 **consistently**\*\*

[kənˈsɪstəntlɪ]

派 consistent
　a. 始終一貫的

ad. 總是，一貫地

The factory has consistently provided the highest grade products.

那個工廠一直提供最高級的產品。

### 出題重點

1. **consistently + produce / provide** 一貫地生產／提供

   consistently 與 produce、provide 等與生產、提供有關的動詞搭配出題。

2. **be consistent in** 對…始終一貫

   要記住與形容詞 consistent 一起用的介系詞 in。

9 **consolidate***

[美 kənˈsɑləˌdet]

[英 kənsɔ́ːlidèit]

派 consolidation　n. 強化

v. 強化，鞏固（權利、地位等）

Wyman's new products have **consolidated** its market position.

Wyman 公司的新產品鞏固了它在市場中的地位。

---

10 **contend***

[kənˈtɛnd]

派 contention
　 n. 爭論，競爭
　 contender　n. 競爭者

v. 競爭；對付；聲稱

The managers met to **contend** with customer appeals.

管理人員為了處理顧客訴求聚在了一起。

🍳 **出題重點**

**contend with** 對付…

記住與 contend 搭配使用的介系詞 with。

---

11 **demand***

[美 dɪˈmænd]

[英 dimáːnd]

派 demanding
　 a. 要求過高的

同 supply 供給

n. 需求；要求

The company could not meet the increased **demand** for cell phones.

那家公司無法滿足手機增長的需求。

v. 要求

Mr. Hawkesby **demanded** that the clause be crossed out.

Hawkesby 先生要求刪除那項條款。

🍳 **出題重點**

1. **demand for** 對…的需求，要求

　 名詞 demand 經常與介系詞 for 一起出題。

2. **demand that + 主詞（+ should）+ 動詞原形**

　 注意動詞 demand 接 that 子句為受詞時，that 子句的動詞
　 要用原形。

---

12 **do one's utmost***

同 do one's best
　 盡最大的努力

phr. 竭盡全力

Sun Manufacturing **does its utmost** to ensure the quality of its products.

Sun Manufacturing 公司為確保產品品質而竭盡全力。

## [13]effective**

[ɪˋfɛktɪv]

派 effectively　ad. 有效地
同 efficient 有效率的
　　valid 有效的

a. 有效的；（法律等）生效的

an **effective** advertising campaign
有效的廣告宣傳

Increased tax deductions will be **effective** as of June 1.
增加的減稅額將從 6 月 1 日起開始生效。

### 🧑‍🏫 出題重點

**run effectively** 有效地運行

副詞 effectively 經常與 run 等表示『運行』的單字一起使用。

## [14]especially*

[əˋspɛʃəlɪ]

ad. 尤其，特別地

Big car manufacturers are facing an **especially** difficult year for sales.
大型車的製造商在銷售上正面臨著特別困難的一年。

## [15]examine*

[ɪgˋzæmɪn]

派 examination
　　n. 調查；考試
同 investigate 調查

v. 調查，檢查

R&D will **examine** food consumption trends in foreign markets.
研發部門會調查海外市場的食品消費傾向。

## [16]expand*

[ɪkˋspænd]

派 expansion
　　n. 擴張，膨脹
　　expansive　a. 廣泛的

v. 擴張，擴大

Brahe Optics has **expanded** its manufacturing division.
Brahe Optics 公司擴大了製造部門。

### 🧑‍🏫 出題重點

**expand + the market / the division** 擴張市場 / 部門

expand 一般與 market、division 等名詞搭配出題。

## [17] expectation

[ˌɛkspɛkˈteʃən]

派 expect　v. 預想，期待

同 anticipation
　　預想，期待

**n. 預想，期待，預期**

The **expectation** is that costs will be cut.
預期費用會減少。

### 🏆 出題重點

**above / beyond + one's expectations** 在某人的期待之上
考試會考與 expectation 搭配使用的介系詞 above、beyond。

## [18] extremely*

[ɪkˈstrimlɪ]

派 extreme
　　a. 極度的，偏激的
　　n. 極端

**ad. 極度地，非常地**

Internet service providers struggle to survive in today's **extremely** competitive market.
網路服務提供業者努力地在今日極度競爭的市場中求生存。

### 🏆 出題重點

**extremely : exclusively**
區分表示『極度地』、『獨占地』意思的單字用法差異。

- **extremely** 極度地
  用於強調嚴重的程度。
- **exclusively** 獨占地，限定地
  用於以特定範圍限定使用權限的時候。
  The upper deck is used **exclusively** for Pacific Class passengers.
  上層的甲板只提供給 Pacific Class 的乘客使用。

## [19] focus*

[美] ˈfokəs]

[英] fóukəs]

n. 焦點

**v. 使集中，集中**

Management decided to **focus** resources on expansion.
管理部門決定將資源集中用於擴張事業。

**出題重點**

**focus A on B** 把 A 集中於 B

focus 和介系詞 on 都會在考試中出現。

[20]**gap***
[gæp]

n. 差距

a huge gap between exports and imports
出口與進口的巨大差距

**出題重點**

1. **gap between A and B** A 與 B 的差距

  **generation gap** 代溝

  記住與 gap 搭配使用的介系詞 between。

2. **gap : hole**

  區分表示『間隔』的單字用法差異。

  ┌ **gap** 差距

  　用於兩個以上的事物在水準上有差距。

  └ **hole** 洞穴

  　用於事物出現了漏洞。

  　There was a large hole in the floor under the sofa.
  　沙發下面的地板上有一個大洞。

[21]**gauge***
[gedʒ]

v. 測量

The survey will gauge consumer reaction to utility price increases.
這項調查將評估消費者對公共事業費用上漲的反映。

[22]**impact***
[`ɪmpækt]
v. 強烈衝擊 [ɪm`pækt]
⑥ influence 影響

n. 衝擊，影響

Price fluctuations had a major impact on the market.
價格的波動對市場造成了很大的影響。

**have an impact on** 對…產生影響，給…影響
impact 經常以它的慣用形式出題。

23**intervention**
[美] [ˌɪntəˈvɛnʃən]
[英] [ìntəvénʃən]
派 intervene　v. 介入

○ n. 干涉
Government **intervention** in the market causes problems.
政府干預市場引起了問題。

24**jeopardize**
[美] [ˈdʒɛpədˌaɪz]
[英] [dʒépədàiz]
同 endanger 危及

○ v. 使陷入危險，危害到
A bad marketing plan could **jeopardize** our reputation.
不良的行銷計畫可能危害到我們的聲譽。

25**modestly**
[美] [ˈmɑdɪstlɪ]
[英] [mɔ́distli]
派 modest　a. 謙虛的
　　modesty　n. 謙虛

○ ad. 謙虛地
Sunshine Media **modestly** accepted the Best Advertisement Award.
Sunshine Media 公司謙虛地接受了最佳廣告獎。

26**momentum** *
[moˈmɛntəm]

● n. 動力，衝力
The accessories market is gaining **momentum**.
飾品市場得到了發展動力。

27**monopoly** *
[美] [məˈnɑplɪ]
[英] [mənɔ́pəli]
派 monopolize　v. 獨占

● n.（商品的）專利，獨占
Panatronic has a virtual **monopoly** on the manufacture of digital recorders.
Panatronic 公司事實上獨占著數位錄音機的製造。

### 出題重點

**have a monopoly on** 擁有對…的獨占

這是多益常考的慣用形式，要記住。

²⁸**mounting** *
[`mauntɪŋ]
派 mount v. 增加，增長

a. 增加的，上升的

There is **mounting** pressure from management to increase productivity.

管理部門為了讓生產力提高施加壓力。

### 出題重點

**mounting pressure** 增加壓力
**mounting tension** 日益緊張

mounting 經常與 pressure、tension 等名詞搭配著出題。

²⁹**perception** *
[美 pə`sɛpʃən]
[英 pəsépʃən]
派 perceive v. 察覺，領悟
perceptive a. 知覺的

n. 認知，看法，印象

Public **perception** of the product affects sales.

大眾對產品的印象會影響銷售量。

³⁰**persistent**
[美 pə`sɪstənt]
[英 pəsístənt]
派 persist v. 持續

a. 堅持的，持續的

**Persistent** trade problems in Asia have weakened the global economy.

在亞洲持續的貿易問題惡化了全球經濟。

³¹**probable**
[美 `prɑbəbl]
[英 próbəbl]
派 probably ad. 也許

a. 有望的，很有希望的

A promotion campaign aimed at **probable** investors began last week.

一個針對有望投資的人們所舉辦的促銷活動從上星期開始了。

### 出題重點

區分 **probable**（a. 有望的）和 **probably**（ad. 也許）的詞性。

## 32 raise*

[rez]

n. 加薪

○ v. 提高，增加；提出（疑問）

We used mass mailing methods to raise awareness of our brand.
為了提高對我們品牌的認識，我們使用了大量發送郵件的方法。

The president raised questions about the quality of the new product.
總裁對新產品的品質提出了疑問。

### 🏋 出題重點

1. **raise : lift**

要區分表示『提高』的單字用法差異。

┌ **raise** 提高；提出（疑問）
  用於提升價格或提出疑問的場合。
└ **lift** 抬起
  表示抬起重的東西。
  He lifted the stone high. 他把石頭抬得很高。

2. ┌ **raise** 提升
   └ **rise** 升高

不要混淆形態相似、意思不同的兩個單字。raise 是及物動詞，後面要接受詞，而 rise 是不及物動詞，後面不接受詞。

## 33 randomly*

[ˋrændəmlɪ]

派 random a. 隨機的
random ize v. 隨機化

○ ad. 任意地，隨機地

Participants for the study were chosen randomly from a list of volunteers.
參加研究的人員是從自願者名單中隨機選出的。

## 34 reflective*

[rɪˋflɛktɪv]

派 reflect v. 反映
reflection n. 反映

○ a. 反映的

Dwindling sales are reflective of the current state of the company.
減少的銷售量反映了公司的現狀。

### 出題重點

**be reflective of** 反映…
記住與 reflective 搭配使用的介系詞 of。

[35] **respondent**
[美 rɪ`spɑndənt]
[英 rispɔ́ndənt]
派 respond v. 回答

**n. 回覆者，回答者**
85% of the survey **respondents** evaluated the product highly.
85% 的問卷回覆者給予產品很高的評價。

[36] **seasonal**
[`siznəl]
派 season n. 季節

**a. 季節的，季節性的**
The sugarcane industry is vulnerable to **seasonal** variations.
甘蔗產業易受季節變化所影響。

### 出題重點

**seasonal + variations / demands / changes**
季節的變動 / 需要 / 變化
**seasoned traveler** 經驗豐富的旅行家
要區分形態類似的 seasonal（季節的）和 seasoned（經驗豐富的）的用法差異。

[37] **segment**
[`sɛgmənt]
派 segmentation n. 分割
同 portion, section 部分

**n. 部分，碎片**
Advertising needs to target a particular **segment** of the market.
廣告需要鎖定市場的特定部分。

[38] **survey** *
[美 sə`ve]
[英 sɔ́:vei]
v.（問卷）調查
[sə`ve]

**n. 問卷調查**
Product **surveys** help to improve quality.
產品的問卷調查幫助改善品質。

[39] **tool** *
[tul]

**n. 工具**
Questionnaires are useful **tools** for product marketing.
問卷對產品行銷來說是有用的工具。

請在右邊欄位內找出相對應的意思並用線條連接。

01 comparison       ⓐ 競爭

02 persistent       ⓑ 調查

03 competition       ⓒ 干涉

04 intervention       ⓓ 比較

05 effective       ⓔ 持續的

                                      ⓕ 有效的

請選擇恰當的單字填空。

06 The order of the interviews has been _____ selected.

07 Ashford served three _____ terms in office.

08 Acquiring more stock proved _____ lucrative.

09 This year's budget is _____ of the company's expansion plans.

> ⓐ extremely    ⓑ reflective    ⓒ consecutive    ⓓ responsive    ⓔ randomly

10 Having a _____ gives a company significant control over pricing.

11 Pre-orders help us _____ demand for certain items.

12 Arcer _____ its control by purchasing a 60% share of Invent Electronics.

13 The _____ of the company was on quality.

> ⓐ gauge    ⓑ expectation    ⓒ focus    ⓓ consolidate    ⓔ monopoly

Answer    1. ⓓ 2. ⓔ 3. ⓐ 4. ⓒ 5. ⓕ 6. ⓔ 7. ⓒ 8. ⓐ 9. ⓑ 10. ⓔ 11. ⓐ 12. ⓓ 13. ⓒ

# 多益滿分單字

## LC

| | | |
|---|---|---|
| a wealth of | phr. | 豐富的… |
| after all | phr. | 最終，終究，畢竟 |
| alike | a./ad. | 差不多的 / 一樣地 |
| all the way | phr. | 整個途中，全部時間 |
| all walks of life | phr. | 各行各業的人 |
| all-out | a. | 用盡全力的 |
| answer the phone | phr. | 接聽電話 |
| appealing | a. | 懇求的，有魅力的 |
| as it is | phr. | 看樣子，照這樣看來 |
| at a stretch | phr. | 連續地 |
| at once | phr. | 立即；同時 |
| back out at the last minute | phr. | 在最後關鍵退出 |
| back up | phr. | 支持；證明；交通堵塞 |
| be based on | phr. | 根據… |
| conflict with | phr. | 與…相爭鬥，與…相衝突 |
| be disappointed with | phr. | 對於…失望 |
| be familiar with | phr. | 熟悉… |
| concrete | a. | 具體的 |
| confidential document | phr. | 祕密檔案 |
| definite | a. | 分明的，明確的 |
| distinguish | v. | 區分 |
| extraordinary | a. | 非凡的，優秀的 |
| good for | phr. | 對…有用，對…有好處 |
| hang a sign | phr. | 掛牌 |
| hold A responsible for B | phr. | 因 B 指責 A |
| in bloom | phr. | （花、市場）盛開，繁盛 |
| in reference to | phr. | 關於…，有關… |

| | | |
|---|---|---|
| on the safe side | phr. | 安全地，慎重起見 |
| marketing campaign | phr. | 行銷活動 |
| marketing survey | phr. | 市場調查 |
| mean | v. / n. | 表示…意思 / 方法 |
| mechanism | n. | 機械，機構 |
| metropolitan area | phr. | 大都會地區 |
| misleading | a. | 誤導的，使人誤解的 |
| national holiday | phr. | 國慶日 |
| on schedule | phr. | 按照行程，根據安排 |
| over the Internet | phr. | 通過網際網路 |
| place a coin in a machine | phr. | 把硬幣放進機器 |
| remote control | phr. | 遙控器 |
| run a campaign | phr. | 舉行廣告活動 |
| serve a customer | phr. | 招待顧客 |
| spouse | n. | 配偶 |
| upside down | phr. | 顛倒，倒置 |
| vending machine | phr. | 自動販賣機 |

## Part 7

| | | |
|---|---|---|
| a complete line of | phr. | …的所有產品 |
| a wide variety of | phr. | 多樣的… |
| accept the offer | phr. | 接受提議 |
| additional | a. | 附加的 |
| adverse economic conditions | phr. | 不利的經濟條件 |
| advertising agency | phr. | 廣告公司 |
| almanac | n. | 年曆，年鑑 |
| appreciate | v. | 欣賞；感激 |
| around the world | phr. | 全世界 |
| array | n. | 陳列，排列 |
| astonishingly | ad. | 令人驚訝地 |
| attempt | v. / n. | 試圖 / 試圖 |
| audiovisual | a. | 視聽的 |
| be accompanied by | phr. | 伴隨著… |

| be noted for | phr. | 以…出名 |
| catchy slogan | phr. | 搶眼的廣告標語 |
| classified ad | phr. | 分類廣告 |
| compilation | n. | 選輯，編著 |
| comprehensible | a. | 可以理解的，易懂的 |
| confiscation | n. | 沒收，收押，充公 |
| constitute | v. | 構成 |
| criticize | v. | 批評，責難 |
| drive up | phr. | 使…上升 |
| dumping | n. | 傾銷 |
| feasibility study | phr. | 可行性研究 |
| find out | phr. | 找出 |
| first priority | phr. | 第一優先 |
| fixed price | phr. | 定價 |
| handbill | n. | 傳單，廣告單 |
| have control over | phr. | 能控制… |
| have little chance of V-ing | phr. | 做…的機率很低 |
| in a different way | phr. | 用不同的方式 |
| in favor of | phr. | 贊成…，有利於… |
| irretrievable | a. | 不能恢復的，無法挽回的 |
| keep A informed of B | phr. | 持續告知 A 有關於 B 的事情 |
| known for | phr. | 以…聞名 |
| legible | a. | （手寫、印刷等字體外觀）容易閱讀的 |
| lose ground | phr. | 後退，失利 |
| make an assessment | phr. | 做出評價 |
| marketing department | phr. | 行銷部門 |
| marketplace | n. | 市場 |
| massive building project | phr. | 大規模的建設計畫 |
| mediate | v. | 調停，斡旋 |
| minimize the risk of | phr. | 把…的風險最小化 |
| modernize | v. | 現代化 |
| molecular | a. | 分子的 |
| monotone | a. / n. | 單調的 / 單調 |
| pamphlet | n. | 小冊子 |
| practice | n. | 練習，慣例，實作 |

| | | |
|---|---|---|
| public relations (PR) department | phr. | 公關部門 |
| public relations director | phr. | 公關部經理 |
| publicity | n. | 消息經宣傳、曝光後所受到的注目 |
| publicize | v. | 廣告，發表，宣傳 |
| recognizable | a. | 可辨認的 |
| reputable | a. | 評價高的 |
| setback | n. | 妨礙；退步；挫折 |
| set forth | phr. | 動身（旅行）；提出 |
| set out | phr. | 動身（旅行）；開始 |
| similar | a. | 類似的 |
| stay competitive | phr. | 保持有競爭力的 |
| striking difference | phr. | 顯著的差異 |
| take a long time | phr. | 耗費時間 |
| take a stand against | phr. | 反對…，對抗… |
| take action | phr. | 採取行動 |
| target | n. / v. | 目標 / 鎖定目標 |
| trademark | n. | 商標 |
| turn to | phr. | 轉向…；求助於… |
| typical | a. | 典型的，代表性的 |
| unacceptable | a. | 不能接受的 |
| underlying | a. | 根本的，潛在的 |
| vacant | a. | 空的，空虛的 |
| vanish | v. | 消失，不見 |
| verify | v. | 證明，證實 |
| with the exception of | phr. | 除了…之外 |
| without notice | phr. | 沒有預先通知地 |

## 強勢行銷策略的可行性
### 行銷(2)

有人說過，世界上沒有永遠的贏家。上次推出的新產品『啊！真甜！』即使我們做了大大的 advertisement，最後還是只得到了極其 marginal customers 的好評，給公司的銷售量造成了不好的 influence，導致了最差的結果。課長很生氣地說：「一定要帶著 instant mind 進行 aggressive marketing」。我對課長說：「我要成為一個 aim 全世界，具有嶄新的 strategy 的 mastermind」，並提出了一個很好的提案。

1 **adopt***

[美] [ə'dɑpt]

[英] [ədɔ́pt]

派 adoption
　　n. 採納；認養

○ v. 採納；認養

Plenty of research must be done before adopting a particular marketing strategy.
採納特定的行銷策略之前必須完成充分的調查。

2 **advantage*****

[美] [əd'væntɪdʒ]

[英] [ədvɑ́:ntidʒ]

派 advantageous
　　a. 有利的

反 disadvantage 壞處

○ n. 優點，優勢

One advantage of consumer testing is the development of marketing insight.
消費者測試的優點之一是可以培養市場洞察力。

### 出題重點

1. **take advantage of** 利用…，從…得到好處

　　advantage 經常以 take advantage of 的形式出題。

2. **advantage : benefit**

　　要區分『優點』和『好處』的用法差異。

　　┌ **advantage** 優勢，優點
　　│ 表示比別人有利的方面。
　　└ **benefit** 受惠
　　　 表示一種事物或狀況所給的好處。
　　　 VIP Club members receive a range of benefits.
　　　 VIP Club 的會員得到多種好處。

3 **advertisement**

[美] [ˌædvə'taɪzmənt]

[英] [ədvə́tismənt]

派 advertise　v. 廣告

○ n. 廣告

Sales have been propelled by the new advertisement.
產品銷售因新的廣告而有增進。

4 **advise***

[æd'vaɪz]

派 advice　n. 忠告，勸告
　　advisor　n. 勸告人
　　advisory　a. 勸告的

○ v. 忠告，勸告，建議

Coburn & Johnson Ltd. advises clients on intellectual property matters.
Coburn & Johnson 有限公司給予客戶智慧財產權事務的建議。

**advise A to do** 建議 A 做⋯
**advise A on B** 對 A 提出關於 B 的建議、忠告
考試中會出 advise 的受詞後加 to 的題目。

---

⁵ **aggressively**
[əˈɡrɛsɪvlɪ]
派 aggressive a. 積極的
反 passively 被動地

ad. 積極地
The best company representatives aggressively seek out potential clients.
最優秀的公司銷售員會積極地尋找潛在客群。

---

⁶ **aim**\*\*
[em]

v. 瞄準，針對
Sport Apparel developed athletic gear aimed at teenagers.
Sport Apparel 公司開發了針對青少年的運動器具。

n. 目標，目的
The division head will outline the aims of the marketing strategy.
部門負責人將簡述行銷策略的目標。

🏆 **出題重點**
**aim to do** 以做某事為目標
**產品 + aimed at** 針對⋯的產品
動詞 aim 與不定詞 to 搭配使用，並以 aimed at 的形式修飾名詞。

---

⁷ **attract**\*
[əˈtrækt]
派 attractive a. 有魅力的

v. 吸引，引起
The automaker is making an effort to attract younger buyers.
汽車製造商正努力吸引較年輕的買家。

8 **await*** 
[ə`wet]

○ v. 等候

Customers eagerly **await** the opening of the technology showroom.
顧客們熱切地等候著科技展覽會的開幕。

9 **cater**
[美 `ketə]
[英 kéitə]

○ v. 滿足要求，迎合

The brand now **caters** to the middle class.
該產品目前迎合著中產階級的要求。

### 👨‍🍳 出題重點

**cater to** 滿足要求，迎合
cater 與介系詞 to 搭配使用。

10 **confront**
[kən`frʌnt]
派 confrontation
　n. 對抗，對峙
同 face 面對

○ v. 面臨

Business must be resourceful when **confronted** with crises.
當企業面臨危機的時候必須要隨機應變。

11 **consumer**
[美 kən`sumə]
[英 kənsjúːmə]
派 consume　v. 消費
　consumption　n. 消費

● n. 消費者

The company is working to gain **consumer**'s trust.
那家公司正在努力得到消費者的信任。

### 👨‍🍳 出題重點

┌ **consumer** 消費者
└ **consumption** 消費

　要區分人物名詞 consumer 和抽象名詞 consumption。

12 **creative**
[krɪ`etɪv]
派 create　v. 創造
　creation　n. 創造
　creativity　n. 創造性

● a. 創造性的，獨創的，有創意的

He came up with a **creative** idea.
他想出了一個有創意的點子。

<sup>13</sup>**customer**
[美 ˈkʌstəmə]
[英 kʌ́stəmə]
同 patron 常客，顧客

○ n. 顧客

Telephone representatives should make the needs of customers their priority.
電話業務員應該將客戶的需求當作他們最優先處理的事。

<sup>14</sup>**deliberate**
[dɪˈlɪbərɪt]
v. 熟慮 [dɪlɪbər͵et]

○ a. 故意的，蓄意的

The remark was a deliberate attempt to harm the competition.
那個發言是為了傷害競爭對手的蓄意行動。

<sup>15</sup>**diversify**★
[美 daɪˈvɝsə͵faɪ]
[英 daivə́ːsifài]
派 diversified　a. 多樣的
　　diversification
　　n. 多樣化

◉ v. 使多樣化

We can strengthen product appeal by diversifying packaging designs.
我們可以藉由包裝設計多樣化來增加產品的魅力。

<sup>16</sup>**effort**★
[美 ˈɛfət]
[英 éfət]
同 endeavor 努力，試圖

◉ n. 努力

Advertisements were run in an effort to broaden consumer awareness of new brands.
廣告的運用在於努力擴大消費者對新品牌的關注。

**出題重點**

**in an effort to do** 努力做…

**make an effort** 努力

注意不要忘了 in an effort to do 中的 an。

<sup>17</sup>**endorse**
[美 ɪnˈdɔrs]
[英 indɔ́ːs]
派 endorsement
　　n. 代言；背書

○ v.（有名人士）代言，支持；背書

The product was endorsed by a famous actor.
那個商品由一位有名的演員代言。

<sup>18</sup>**experiment***

[ɪkˋspɛrəmənt]

n. 實驗 [ɪkˋspɛrəmənt]

派 experimental
  a. 實驗的，實驗性的

v. 實驗，試驗

The marketing team **experimented** with new promotional techniques.

行銷團隊試驗了新的促銷方法。

🏋 **出題重點**

**experiment with** 實驗…，試驗…

記住與 experiment 搭配使用的介系詞 with。

<sup>19</sup>**favorably**

[ˋfevərəblɪ]

派 favor  n. 喜愛，偏愛
  favorable
  a. 令人有好感的
  favored  a. 被偏好的

ad. 令人有好感地；順利地

The product demonstration was **favorably** received by consumers.

產品展示得到了消費者的好評。

Earnings continue to develop **favorably**.

收入持續在順利地增長。

<sup>20</sup>**feasible**

[ˋfizəbḷ]

派 feasibility
  n. 可行性

同 viable, practicable
  可實行的，可實現的

a. 可實行的，可實現的

Management wanted to know whether it was **feasible** to increase production.

經營團隊想知道增加產量是否可行。

<sup>21</sup>**fortify**

[美 ˋfɔrtəˌfaɪ]

[英 ˋfɔːtifài]

派 fortification
  n. 強化，防禦工事

v. 強化，鞏固

The TX-100 will **fortify** MacTech's position in the industry.

TX-100 機型將強化 MacTech 公司在這個產業中的地位。

<sup>22</sup>**forward***

[美 ˋfɔrwəd]

[英 ˋfɔːwəd]

ad. 向前，前進

Our company's research program has moved **forward** substantially.

我們公司的研究計畫有了相當的進步。

1. **a huge step forward** 一個階段的大進展

   記住 forward 的出題形式。這裡的 step 指的是『（向著目標的）一步，進展』。

2. **look forward to V-ing** 盼望

   考試會出在 look forward to 後接動名詞的題目。

---

[23] incentive

[ɪnˋsɛntɪv]

n. 優惠，獎勵金，激勵

Financial **incentives** such as coupons may encourage additional purchases.

像優惠券這樣經濟上的優惠可以促進更多消費。

### 🎯 出題重點

1. **financial incentives** 經濟上的特惠

   **extra incentives** 額外獎勵金

   要記住與 incentive 有關的慣用表現形式。

2. **incentive : budget : earning**

   區分與『金錢』有關的單字用法差異。

   ─ **incentive** 獎勵金

   是獎勵某事時額外給的錢。

   ─ **budget** 預算

   是做某事時所需的費用。

   The project was completed on time and within **budget**.

   工程按時完成而且沒有超支。

   ─ **earning** 所得，收益

   是做某件事所得到的收入。

   Business **earnings** are up 53% since last year.

   企業收入從去年以來增加了 53%。

**24 indicate\*\***

[`ɪndə,ket]

派 indicative　a. 顯示的
　　indication　n. 徵兆
　　indicator　n. 指標
同 show 顯示，表現

v. 顯示，指出

Studies **indicate** that consumers prefer attractively packaged products.
研究結果顯示消費者偏好包裝精美的商品。

**25 influence\*\***

[`ɪnfluəns]

派 influential
　　a. 有影響力的
同 affect 對…產生影響

v. 影響

The status of the real estate market **influences** pricing of housing units.
房地產市場的狀況會對房屋標價產生影響。

n. 影響

Product reviews have a profound **influence** on sales.
對產品的評價會在銷售上產生很大的影響。

🍳 **出題重點**

**have an influence on** 對…產生影響
influence 經常與介系詞 on 搭配使用。

**26 instantly**

[`ɪnstəntlɪ]

派 instant　a. 立即的

ad. 立即地，即時

The brand logo should be **instantly** recognizable.
商標應該要立即可辨認。

🍳 **出題重點**

**instantly : urgently : hastily**
要區分表示『立即』的單字用法差異。

― **instantly** 即時
　用於某件事立即發生的場合。

― **urgently** 緊急地
　用於需要緊急處理某種狀況的場合。
　Action is **urgently** needed to avoid financial crisis.
　需要緊急地採取行動以預防金融危機。

― **hastily** 急速地，慌忙地

用於不經慎重的考慮，慌忙做某事的場合。

The boss acted too **hastily** in accepting Mr. Binny's resignation.

上司過於匆忙同意 Binny 先生的辭職了。

## 27 introduce*

[(美) ˌɪntrəˈdjus]
[(英) ìntrədʲúːs]
(派) introduction
  n. 介紹，導入
  introductory
  a. 介紹的，入門的

v. 介紹，發表（新產品）

Electro Life **introduced** a new line of vacuum cleaners.

Electro Life 公司發表了新款的吸塵器。

## 28 largely*

[(美) ˈlɑrdʒlɪ]
[(英) lɑ́ːdʒli]

ad. 主要，大部分地

Public favor **largely** determines our success.

我們的成功大部分取決於大眾的喜好。

### 🖋 出題重點

**largely : amply**

區分表示『程度大地』的單字用法差異。

┌ **largely** 主要
│ 表示幾乎全部或大部分。
└ **amply** 充分地
  表示數量充分或過剩。

Branch supervisors ensure that each store is **amply** supplied.

分店的管理人員檢查是否充分地供給了各店的物品。

## 29 less

[lɛs]

a. 較少的，不及

**Less** competition among insurance companies led to higher premiums.

保險公司之間較少的競爭導致了更高的保險費。

### 出題重點

┌ **less** 較少的

└ **lesser** 次要的

less 用於程度或數量較少的時候，lesser 用於重要度或價值較低的時候，注意不要混淆。

Comments in blue indicate topics of lesser importance.
藍色字的評論指出了較不重要的主題。

---

³⁰**majority***

[məˈdʒɔrətɪ]

派 major
　　a. 大多數的，主要的
　　n. 主修，（陸軍）少校

n. 大部分，大多數

The majority of registered clients pay their dues regularly.
登錄的顧客中大多數定期繳納費用。

### 出題重點

**majority : most**

要區分表示『大多數』的單字用法差異。

┌ **the majority of** …的大多數

│ majority 前要加定冠詞 the。

└ **most of the** …的大多數

　most 前不加冠詞。

Most of the advertising budget is spent on television commercials.
廣告預算的大部分用於電視廣告。

---

³¹**marginal***

[美 ˈmɑrdʒɪnl]

[英 mɑ́ːdʒinəl]

派 margin
　　n. 頁邊留白；利潤幅度

a. 若干的，很少的；邊際的

Customers showed only marginal interest in the new product.
消費者對新產品只表現出了一點興趣。

### 出題重點

**marginal : petty**

要區分表示『小的』的單字用法差異。

┌ **marginal** 若干的

表示量少或重要度低。

└ **petty** 瑣碎的

表示事情的重要度低而瑣碎。

The new staff members waste time discussing **petty** issues.

新進員工把時間浪費在討論瑣碎的事情上。

[32] **mastermind**

[美] [ˈmæstə,maɪnd]

[英] [mɑːstərmàind]

○ n. （計畫等的）策畫者，指導者

Mr. Dane is the **mastermind** behind the innovative design.

Dane 先生是那個創新設計背後的策畫者。

### 出題重點

**mastermind behind** …的幕後策畫者，指導者

考試中會出選擇與 mastermind 搭配的介系詞 behind。

[33] **means**\*

[minz]

○ n. 方法，手段

Direct surveys are one **means** of gathering consumer feedback.

直接調查是收集消費者意見的一種方法。

### 出題重點

1. **by means of** 根據…，由…

means 經常以 by means of 的形式在考題中出現。

2. **means : instrument**

要區分表示『手段』的單字用法差異。

┌ **means of** 對…的手段、方法

means 表示『手段』，與介系詞 of 一起使用。

└ **instrument for** 為…的工具

instrument 表示『工具』，與介系詞 for 一起使用。

The Internet is an invaluable **instrument** for conducting research.

網際網路是進行研究的重要工具。

## 34 necessarily
[ˌnɛsəˈsɛrɪlɪ]

派 necessary　a. 必要的
　　necessitate　v. 需要
　　necessity　n. 必要性

ad. 必須地，必定地

Increased production does not **necessarily** lead to greater revenues.

產量的增加並不一定導致更多的收益。

### 🎯 出題重點

**not necessarity + 動詞** 並不一定⋯

necessarily 會與 not 一起使用，做部分否定在考題中出現。

## 35 need**
[nid]

派 needly　a. 很窮的

n. 需要；需求，要求

The company is in **need** of an untapped market.
那家公司需要未開發的市場。

The product was designed to meet the **needs** of customers.
這產品被設計出來以迎合顧客的需求。

v. 有必要做⋯

We **need** to scrutinize each transaction for potential errors.
我們有必要查看每筆交易是否有潛在的錯誤。

### 🎯 出題重點

**need to do** 有必要做⋯

要記住，need 在否定句或條件句中做助動詞，以 need not do 的形式使用。但在很多時候做一般動詞，而這時候要加不定詞 to。

## 36 repeatedly*
[rɪˈpitɪdlɪ]

派 repeat　v. 重複
　　repeated　a. 重複的

ad. 重複地，再三地

Customers have **repeatedly** requested the new product catalog.
顧客們再三地要求了新的產品目錄。

## 37 strategy*
[ˈstrætədʒɪ]

派 strategic　a. 戰略的
　　strategically
　　ad. 戰略性地
　　strategist　n. 戰略家

n. 戰略，策略

Management's **strategy** for expansion has been successful.
經營團隊的擴張策略非常成功。

請在右邊欄位內找出相對應的意思並用線條連接。

| | | | |
|---|---|---|---|
| 01 | strategically | ⓐ | 可實行的 |
| 02 | marginal | ⓑ | 戰略性地 |
| 03 | feasible | ⓒ | 故意的 |
| 04 | deliberate | ⓓ | 若干的 |
| 05 | aggressively | ⓔ | 創造的 |
| | | ⓕ | 積極地 |

請選擇恰當的單字填空。

06 The factory walls were _____ with steel rods.

07 A local celebrity _____ our new line of digital cameras.

08 The Mini Scan's success is _____ due to its compact size.

09 The PanAsia Foods' label is _____ recognizable to consumers.

ⓐ awaited ⓑ largely ⓒ endorsed ⓓ instantly ⓔ fortified

10 New products must be _____ tested for possible defects.

11 Effective _____ of reducing energy costs are increasingly needed.

12 We're delighted that our product compares _____ with others on the market.

13 Berton has significant _____ on his employees.

ⓐ means ⓑ favorably ⓒ need ⓓ repeatedly ⓔ influence

Answer　1. ⓑ 2. ⓓ 3. ⓐ 4. ⓒ 5. ⓕ 6. ⓔ 7. ⓒ 8. ⓑ 9. ⓓ 10. ⓓ 11. ⓐ 12. ⓑ 13. ⓔ

# 多益滿分單字

## LC

| | | |
|---|---|---|
| be anxious to do | phr. | 很想做…，急於做… |
| bother to do | phr. | 為做…操心 |
| bring on | phr. | 帶來…，引起… |
| celebration | n. | 祝賀，慶祝 |
| chase | v. | 追求；追趕 |
| come along | phr. | 一起走，一起來 |
| come loose | phr. | 揭開；變鬆 |
| conditional | a. | 有條件的 |
| contemporary | a. | 同一時期的，當代的 |
| curious | a. | 好奇的 |
| date back to | phr. | 追溯到（時期） |
| depict | v. | 描寫 |
| despair | n. | 絕望 |
| destruction | n. | 破壞 |
| detect | v. | 偵查，發覺 |
| discipline | n. | 訓練，紀律 |
| disconnected | a. | 切斷連接的 |
| dissatisfied | a. | 不滿的 |
| drop by | phr. | 順道拜訪 |
| enter into | phr. | 參加… |
| findings | n. | 調查結果 |
| first step | phr. | 第一步 |
| for now | phr. | 現在 |
| frankly | ad. | 坦白地 |
| frustrated | a. | 挫折的 |
| gather | v. | 聚集 |
| get back to | phr. | 回消息給… |

| | | |
|---|---|---|
| get down to | phr. | 著手… |
| get together | phr. | 聚集 |
| go along with | phr. | 同意… |
| go around | phr. | 四處走動 |
| gradual | a. | 逐漸的，漸增的 |
| hands-on | a. | 實作的，親手下去做的 |
| happen | v. | 發生（事件） |
| hilarious | a. | 狂歡的，熱鬧的 |
| in the meantime | phr. | 在…期間，同時 |
| in total | phr. | 總共，全部 |
| in use | phr. | 使用上 |
| inactive | a. | 不活潑的，不活躍的 |
| intercultural | a. | 不同文化間的 |
| invalid | a. | 無效的 |
| lean against | phr. | 倚靠在… |
| make up one's mind | phr. | 下定某人的決心 |
| meaningful | a. | 意義深重的，重要的 |
| meanwhile | ad. | 在此同時，在此期間 |
| mobility | n. | 可動性，機動性 |
| obviously | ad. | 明白地，明顯地 |
| on the ropes | phr. | 處境岌岌可危 |
| point out | phr. | 指出 |
| practical | a. | 實用性的 |
| put a rush | phr. | 匆忙 |
| put a strain on | phr. | 給…增加負擔、壓力 |
| put up with | phr. | 忍受…，容忍… |
| reach for | phr. | 伸手去拿… |
| resolve | v. | 決心；解決 |
| run after | phr. | 追趕… |
| stay ahead of | phr. | 領先於… |
| steadily | ad. | 穩固地 |
| work toward | phr. | 致力於… |

| | | |
|---|---|---|
| A as well as B | phr. | 不只 A 還有 B |
| a great deal | phr. | 相當大量 |
| a range of | phr. | 一系列的… |
| abruptly | ad. | 突然地 |
| absorbing | a. | 令人興致勃勃的 |
| admiringly | ad. | 令人讚歎地 |
| alluring | a. | 誘人的，迷人的 |
| assimilate | v. | 吸收，同化 |
| at all costs | phr. | 不惜任何代價，非要 |
| at large | phr. | 大體上 |
| attend to a client | phr. | 招待客戶 |
| be for sale | phr. | 特賣中，販售中 |
| be open for business | phr. | 營業中 |
| be sensitive to | phr. | 對…敏感 |
| call off | phr. | 取消 |
| captivate | v. | 使人著迷 |
| carry out market studies | phr. | 進行市場調查 |
| come across | phr. | 偶然遇見 |
| confront | v. | 面對，挑戰 |
| contrive to do | phr. | 設法做… |
| counterpart | n. | 對應的人、事、物 |
| culminate in | phr. | 以…告終 |
| currency market | phr. | 貨幣市場 |
| defeat | v. / n. | 打敗 / 失敗 |
| defiance | n. | 反抗 |
| discount rate | phr. | 折現率 |
| discredit | v. | 敗壞名聲 |
| disinterested | a. | 公平無私的 |
| disregard | v. / n. | 漠視 / 漠視 |
| dissipate | v. | 浪費；消散 |
| dominant | a. | 支配的，占優勢的 |
| draft proposal | phr. | 決議草案 |

| | | |
|---|---|---|
| driving force | phr. | 推進力 |
| dynamic | a. | 動態的，有動力的 |
| elapse | v. | （時間）經過 |
| elicit | v. | 引出 |
| enormous | a. | 巨大的 |
| fabulous | a. | 非常好的，驚人的 |
| fall behind | phr. | 落後… |
| falsify | v. | 偽造，竄改 |
| for the first time | phr. | 第一次 |
| forwarding address | phr. | （郵寄物）寄送地址 |
| fundamental | a. | 基本的；必須的 |
| get over | phr. | 克服… |
| gorgeous | a. | 華美的，帥的 |
| have a tendency to do | phr. | 有做…的傾向 |
| have an opportunity to do | phr. | 得到做…機會 |
| have something to do with | phr. | 與…有關 |
| imminent | a. | 迫切的 |
| in a timely fashion | phr. | 適時地 |
| in turn | phr. | 按順序，輪流 |
| inadequate | a. | 不恰當的，無法勝任的 |
| make no exception | phr. | 沒有例外 |
| massive | a. | 大量的，大規模的 |
| mingle | v. | 使…混合 |
| mitigate | v. | 使…緩和，使…鎮靜 |
| overwhelming | a. | 壓倒性的 |

## 線上購物揭開假貨的面紗！
### 購物

我的女朋友敏兒雖說很 **thrifty**，但還是想要一個名牌包。敏兒的生日快要到了。我決定給敏兒 **purchase** 一個她喜歡的包包。不過就我現在的經濟狀況來看，即使用 **installment** 的方式購買名牌包，昂貴的價格也不是我能 **affordable**。我抱著絕望的心情在網上流連的時候，在 **auction** 發現了和最新流行的名牌包 **exactly** 一樣的山寨包。咦，還挺 **exquisite** 嘛！而且價格只有 **authentic** 包的十分之一！

哇！

和真的一模一樣呢！
敏兒應該會喜歡吧？

PAMA

## 1 affordable*

[美 əˈfɔrdəbl]
[英 əfɔ́ːdəbl]
派 afford v. 足以負擔…
同 reasonable（價格）
　 不貴的；合理的
反 expensive 貴的

### a.（價格）合適的，負擔得起的

Toyama launched an affordable mid-range sedan.
Toyama 公司上市了一款價格合理的中型轎車。

### 🗿 出題重點

**at an affordable + rate / price** 以合適的價格
affordable 經常與 rate、price 等表示價格的名詞搭配使用。

## 2 alter*

[美 ˈɔltə]
[英 ɔ́ːltə]
派 alteration
　 n. 變更，改造
同 change 改變

### v. 改變，變換（性質、形象）

The customer asked that the length of his pants be altered.
顧客要求修改褲子的長度。

## 3 apparel*

[əˈpærəl]
同 clothing（總稱）衣服

### n. 衣服，服裝

Men's apparel is located on the second floor.
男裝位於 2 樓。

## 4 apply*

[əˈplaɪ]
派 application
　 n. 適用，申請
　 applicant n. 申請者
　 appliance n. 家電
　 applicable
　 a. 可適用的，合適的

### v. 適用，應用；申請

The cashier applied the discount to all the items.
收銀員把這個折扣應用在所有的品項上了。
Those wishing to apply for the position must be familiar with our products.
那些想要申請這個職位的人必須熟悉我們的產品。

### 🗿 出題重點

1. **apply A to B** 將 A 適用於 B
   **apply to** 適用於…
   **apply for** 申請…
   apply 表示『適用』，『被適用』的時候接介系詞 to，表示『申請』的時候接介系詞 for。
2. **applicable taxes** 適用稅金
   **if applicable** 若可以
   要記住 applicable 的出題形式。

<sup>5</sup> **area\***
[`ɛrɪə]

n. 區域

There are excellent retail stores in this **area**.
這個地區有很好的零售店。

🏛 **出題重點**

**area : site**

要區分表示『場所』的單字用法差異。

┌ **area** 區域
　表示國家、城市的一部分地區。
└ **site**（建築用）工地，預定地
　表示為了特定目的使用的土地。

the **site** for the new department store
新百貨公司的預定地

<sup>6</sup> **auction**
[美 `ɔkʃən]
[英 `ɔːkʃən]

n. 拍賣

A number of antique pieces will be sold at the **auction**.
很多件古董都將在這次的拍賣中出售。

<sup>7</sup> **authentic**
[美 ɔ`θɛntɪk]
[英 ɔː`θéntik]
同 genuine 真的，真品的
反 fake 假的

a. 真的，真品的

**Authentic** Spanish olives are only sold in gourmet grocery stores.
真正的西班牙橄欖只在高級食品店出售。

<sup>8</sup> **benefit\*\***
[`bɛnə,fɪt]
派 beneficial
　a. 有益的，有利的
　beneficiary
　n. 受惠者，受益人
反 disadvantage 不利

n. 利益，優惠

The Shoppers Club offers many **benefits** to its members.
Shoppers 俱樂部提供很多優惠給會員。

v. 得益，受惠

NBC Mart shoppers **benefit** from exclusive coupons and special offers.
NBC Mart 的顧客們受惠於獨家優惠券和特價銷售。

### 出題重點

**benefit from** 受惠於…

考試中會考與 benefit 搭配使用的介系詞 from。

---

**9** **carefully** *

[美] ˋkɛrfəlɪ

[英] kéəfəli

派 care　n. 注意，關心
　　careful　a. 小心的

反 carelessly 不注意地

**ad. 小心謹慎地，慎重地**

Please follow the installation directions **carefully**.
請仔細遵守安裝說明書上的規定。

### 出題重點

區分 **carefully**（ad. 小心地）和 **careful**（a. 小心的）的詞性。

---

**10** **charge** **

[美] ˋtʃɑrdʒ

[英] tʃáːdʒ

**n. 費用，索價；責任，義務**

The price includes handling and shipping **charges**.
價格包括處理和海運費用。

Ms. Long is in **charge** of product returns.
Long 太太負責處理產品退貨。

**v. 索價；賒賬**

They **charged** high fees for their services.
他們的服務要價很高。

She **charged** the fee to her credit card.
她把費用記到信用卡上。

### 出題重點

1. **free of charge** 免費的
　考試中會出 charge 的慣用形式。要注意，與『費用』有
　關的 rate、price、fare 不能用於這種場合。

2. **in charge of** 負責，總管
　charge 經常以 in charge of 的形式出題。

3. **charge A to B** 把 A 記到 B 的帳上
　考試會考與 charge 搭配使用的介系詞 to。

## 11 delivery **
[dɪ'lɪvərɪ]

派 deliver　v. 遞送

**n. 遞送**

We guarantee delivery within three days.

我們保證 3 天之內送貨上門。

## 12 description **
[dɪ'skrɪpʃən]

派 describe　v. 說明

**n.（產品等的）說明，解釋**

Call customer service for a more extensive description of any of the products.

想瞭解這些產品更進一步的說明請電洽客服中心。

### 出題重點

1. **job description** 職務說明

   表示對職務（job）的說明（description），經常在招聘廣告中可以看到。

2. **description : information**

   要區分表示『說明』的單字用法差異。

   ┌ **description**（產品等的）說明，解釋

   　表示『書面或口頭上的說明』，是可數名詞。

   └ **information** 情報，資訊

   　不可數名詞，不能加不定冠詞 a。

   Please contact my office for more information about our special offer.

   請聯絡我的辦公室以獲得更多關於我們特別優惠的情報。

## 13 dilute
[daɪ'lut]

派 dilution　n. 稀釋

**v. 稀釋**

Dilute the bleach with water prior to use.

使用漂白劑前請用水稀釋。

### 出題重點

**dilute A with B** 將 A 用 B 稀釋

記住與 dilute 搭配使用的介系詞 with。

## <sup>14</sup>equivalent

[ɪˈkwɪvələnt]

n. 相當的數量、價值

派 equivalence
　　n. 同等，同價

a. 相等的，相當的

Purchases can only be exchanged for equivalent merchandise.
購買物品只能與等值的商品對換。

## <sup>15</sup>exactly

[ɪgˈzæktlɪ]

派 exact　a. 正確的
同 precisely
　　正確地，嚴格地

ad. 正確地，準確地

Our sales representatives can help you decide exactly what style fits you best.
我們的銷售員會幫助您準確地選擇最適合您的款式。

## <sup>16</sup>exclusively ★

[ɪkˈsklusɪvlɪ]

派 exclusive　a. 獨占的
　　exclude　v. 排除
同 solely 單獨地，只有

ad. 獨占地，只有

A 10% discount is available exclusively to Premium Club members.
只有 Premium 俱樂部的會員才能享受到 9 折優惠。

### 📖 出題重點

區分 **exclusively**（a. 獨占地）和 **exclusive**（a. 獨占的）的詞性。

## <sup>17</sup>exquisite

[ɪkˈskwɪzɪt]

同 delicate
　　細膩的，優雅的

a. 精緻的，優雅的

Our Persian carpets feature exquisite handcrafted designs.
我們的波斯地毯以它精緻的手工設計為特點。

## <sup>18</sup>fit ★

[fɪt]

a. 適當的，適合的
同 suit 適合…

v.（大小）合適，適合

The hats are made to fit all sizes.
這款帽子設計成能適合所有尺碼。

## <sup>19</sup>installment

[美 ɪnˈstɔlmənt]

[英 instɔ́ːlmənt]

n. 分期付款

The store allows you to pay for furniture in monthly installments.
那家店允許以每月分期付款的方式來購買傢俱。

**20 lately**

['letlɪ]

同 recently 最近

ad. 最近

Cheap, low quality jeans have flooded the market lately.

最近，市場氾濫著便宜而劣質的牛仔褲。

**21 merchandise**

[美 'mɝtʃən,daɪz]

[英 mɔ́:tʃəndàiz]

派 merchandiser　n. 商人

　　merchandising　n. 銷售

同 goods, commodity 商品

n. 商品

All merchandise is marked down 10%.

所有商品的價格都下降了 10%。

**22 method\***

['mɛθəd]

n. 方法，方式

Checks are a popular method of payment.

支票是普遍採用的支付方式。

🔨 **出題重點**

**a method of payment** 支付方式

在英美地區有信用卡（credit card）、現金（cash）、支票（check）、匯票（money order）等支付方式。

**23 notice\*\***

[美 'notɪs]

[英 nɔ́utis]

v. 注意到，察覺到

派 notify　v. 通知，通報

　　notification

　　n. 通知，通知書

　　noticeable a.顯眼的

n. 通知

The prices listed in the catalog are effective until further notice.

在另行通知之前，目錄中的價格是有效的。

🔨 **出題重點**

**until further notice** 直到另行通知

**give two weeks' notice** 在兩週前通報

要記住 notice 的慣用表現形式。

## <sup>24</sup>offer*

[美] ['ɔfɚ]

[英] ɔ́:fər]

同 provide 提供

**v. 提供**

Z-Mart **offers** customers an additional discount on cash payments.

Z-Mart 提供支付現金的顧客額外的折扣。

**n. 提供物**

The supermarket lures customers with promotional **offers**.

那家超市用促銷商品吸引顧客。

### 🏃 出題重點

1. **offer A B = offer B to A** 提供 B 給 A

offer 一般以 offer A B 的形式使用，但也可用 offer B to A 這樣的形式。

2. **promotional offers** 促銷商品

名詞 offer 經常與 promotional 搭配使用。

## <sup>25</sup>officially*

[ə'fɪʃəlɪ]

派 official  a. 正式的

同 formally

公務地，正式地

**ad. 正式地**

The online store will **officially** open next month.

這個線上商店會在下個月正式開張。

### 🏃 出題重點

**officially open** 正式開張

officially 經常與表示『開張』的 open 一起使用。

## <sup>26</sup>price

[praɪs]

v. 給…定價

**n. 價格**

The new color printer has a retail **price** of only $150.99.

新的彩色印表機售價只有 150.99 美元。

### 🏃 出題重點

**a reduced price** 折扣價

**a retail price** 零售價（a wholesale price）

price 是可數名詞，做單數的時候一定要加冠詞 a。

## 27 purchase*

[美] `pɜtʃəs]
[英] pə́ːtʃəs]
同 buy 購買，買

**v. 購買**

The customer **purchased** a laptop computer.
那位顧客購買了一台筆記型電腦。

**n. 購買**

Proof of **purchase** is required for refunds.
若要退貨需購買的憑證。

### 🏆 出題重點

**within ... days of purchase** 購買之日起…天內
考試中會出選擇介系詞 within 的題目。

## 28 readily*

[`rɛdɪlɪ]
同 promptly 立即，馬上

**ad. 立即地，容易地**

Our staff is **readily** available to help you.
我們的工作人員會隨時為您服務。

## 29 receipt

[rɪ`sit]
派 receive
　　v. 收到，收取

**n. 收據**

The original **receipt** is required for all refunds.
所有退貨均需原始的收據。

## 30 redeemable

[rɪ`diməbl]
派 redeem
　　v. 贖回，（用禮券）
　　兌換商品

**a. 可償還的，可兌換的**

Store gift vouchers are **redeemable** at any branch.
在任何一家分店都能兌換禮券。

## 31 refund*

[`rifʌnd]
v. 退還 [rɪ`fʌnd]
派 refundable
　　a. 可退還的

**n. 退貨，退款**

You can get a **refund** for a defective product.
對於有缺陷的產品，你可以得到退款。

### 🏆 出題重點

**a full refund** 全額退款

**provide a refund** 提供退貨服務

refund 是可數名詞，做單數的時候一定要加冠詞 a。

## 32 relatively*

['rɛlətɪvlɪ]

派 relative　a. 相對的

ad. 相對地

a relatively lenient return policy
相對寬大的退貨規定

### 🔧 出題重點

**relatively + lenient / low** 相對寬大的 / 低的
relatively 經常與形容詞 low、lenient 等搭配出題。

## 33 scent*

[sɛnt]

n. 香味，氣味

The new perfume has a light apple scent.
新的香水有著淡淡的蘋果香味。

### 🔧 出題重點

**scent : odor**
要區分表示『氣味』的單字用法差異。

- **scent** 香氣，氣味
  表示有香的氣味。
- **odor** 氣味
  用於所有種類的氣味。
  a strong odor of leather 很強的皮革味

## 34 sturdy

[美 'stɜdɪ]

[英 stɔ́:di]

同 solid 結實的，堅固的

a. 結實的

This sturdy suitcase is ideal for business trips.
這款堅固的手提箱非常適合出差時使用。

## 35 tax

[tæks]

n. 稅金

Taxes are included in the sale price.
售價中包括了稅金。

**tax on** …的稅金

考試中會考與 tax 搭配使用的介系詞 on。

## [36]thrifty

['θrɪftɪ]

派 thrive　v. 繁榮，興盛
　　thrift　n. 節約，節儉
同 economical 節約的

a. 簡樸的，節儉的

Discount coupons are popular with **thrifty** shoppers.

優惠券很受節儉消費者的歡迎。

## [37]valid*

['vælɪd]

同 effective 有效的
反 invalid 無效的

a. 有效的

A **valid** receipt must be presented!

必須出示有效的收據！

出題重點

**be valid for + 期間** …期間有效

**valid receipts** 有效的收據

要記住 valid 的多益常考形式。

## [38]value**

['vælju]

v. 評價（高）
派 valuable　a. 貴重的
　　invaluable
　　a. 非常貴重的，無價的

n. 價值；價格；（與錢）等價物

The company's assets have fallen in **value**.

公司的資產價值下降了。

Items can be exchanged for another of the same **value**.

購買的物品可以交換其它的等值商品。

Foodtown offers good **value** for your money.

Foodtown 公司提供您值得買商品。

## [39]voucher

[美] ['vautʃə]

[英] váutʃər]

同 coupon
　　商品交換券，折價券

n. （代替現金的）禮券

The complaining customer was offered a credit **voucher**.

那位投訴的顧客得到了商品禮券。

[40]**warranty**\*

['wɔrəntɪ]

n.（品質等的）保固，保證書

The computer is under warranty for two years.

電腦保固期為兩年。

### 出題重點

**under warranty**（商品）在保固期內

要一起記住與 warranty 搭配使用的介系詞 under。

請在右邊欄位內找出相對應的意思並用線條連接。

01  charge

02  redeemable

03  thrifty

04  auction

05  sturdy

ⓐ  拍賣

ⓑ  節儉的

ⓒ  可兌換的

ⓓ  改造

ⓔ  責任

ⓕ  結實的

請選擇恰當的單字填空。

06  The café on the corner offers a very _____ menu.

07  Staff are encouraged to _____ examine the employee handbook.

08  Jenny performs her duties with _____ technique.

09  The website was _____ launched last week.

| ⓐ exquisite   ⓑ officially   ⓒ affordable   ⓓ relatively   ⓔ carefully |

10  _____ will be handed out in lieu of actual products.

11  Customers are urged to keep their receipts for _____ purposes.

12  The airline requires advance _____ of special dietary requests.

13  The e-book can be paid in three easy _____ of $99.

| ⓐ description   ⓑ installments   ⓒ vouchers   ⓓ notice   ⓔ warranty |

Answer   1.ⓔ 2.ⓒ 3.ⓑ 4.ⓐ 5.ⓕ 6.ⓒ 7.ⓔ 8.ⓐ 9.ⓑ 10.ⓒ 11.ⓔ 12.ⓓ 13.ⓑ

# 多益滿分單字

線上購物揭開假貨的面紗！ 1 2 3 4 5 6 7 8 9 10 NEW TOEIC Vocabulary

## LC

| at no cost | phr. | 免費的 |
| at the moment | phr. | 此時 |
| binoculars | n. | 雙筒望遠鏡 |
| celebrate | v. | 慶祝 |
| cellular phone | phr. | 手機 |
| clothing | n. | 衣服 |
| costume | n. | 服裝，衣服 |
| exchange money | phr. | 換錢 |
| experienced | a. | 有經驗的，熟練的 |
| freezer | n. | 冷凍庫 |
| garment | n. | 衣服 |
| gift shop | phr. | 禮物店 |
| headset | n. | 耳機麥克風 |
| label | n. | 標籤，品牌 |
| leather | n. | 皮革 |
| look different | phr. | 看起來不一樣 |
| look everywhere for | phr. | 到處尋找… |
| make a purchase | phr. | 購買 |
| make no difference | phr. | 沒有關係，不重要 |
| make payment | phr. | 支付 |
| microphone | n. | 麥克風 |
| multimedia equipment | phr. | 多媒體裝置 |
| necklace | n. | 項鍊 |
| not quite | phr. | 不完全地 |
| Not that I'm aware of. | phr. | 據我所知不是。 |
| out of town | phr. | 不在市區，出門在外 |
| overcoat | n. | 外套 |

| | | |
|---|---|---|
| pay for the purchases | phr. | 付錢 |
| pay in cash | phr. | 用現金支付 |
| perfume | n. | 香水 |
| pottery | n. | 陶器類 |
| put out for display | phr. | 對外展示，對外陳列 |
| ride up an escalator | phr. | 搭電扶梯上樓 |
| running shoes | phr. | 慢跑鞋 |
| shampoo | n. | 洗髮精 |
| shoelace | n. | 鞋帶 |
| shopkeeper | n. | 店主 |
| shopper | n. | 顧客，消費者 |
| size | n. | 大小，尺碼 |
| sleeve | n. | 袖子 |
| souvenir | n. | 紀念品 |
| spare | v. / a. | 節省／多餘的，備用的 |
| stack | n. / v. | 堆／堆積 |
| store | n. / v. | 商店／儲藏 |
| striped shirt | phr. | 條紋襯衫 |
| stylish | a. | 時髦的，有型的 |
| sunglasses | n. | 太陽眼鏡 |
| sunscreen | n. | 防曬油，防曬霜 |
| supermarket | n. | 超級市場 |
| tag | n. | 標籤 |
| tailor | n. / v. | 裁縫，訂做 |
| take ten percent off | phr. | 9 折優惠 |
| take the order | phr. | （服務生）接受點菜 |
| ventilation | n. | 通風，換氣 |
| water cooler | phr. | 冷水器 |
| water heater | phr. | 熱水器 |
| water purification system | phr. | 淨水裝置 |
| window-shopping | n. | 只看不買，乾逛，逛櫥窗 |

## Part 7

| | | |
|---|---|---|
| at a discounted price | phr. | 按折扣價 |
| at a substantial discount | phr. | 大打折扣 |
| at minimal additional cost | phr. | 用最少的額外費用 |
| bargain over prices | phr. | 討價還價 |
| brand | n. | 商標，品牌 |
| button | n. | 鈕扣 |
| by check | phr. | 以支票付款 |
| by credit card | phr. | 以信用卡付款 |
| by no means | phr. | 並沒有，一點也不 |
| candlestick | n. | 燭臺 |
| cardholder | n. | 持卡人 |
| competition prize | phr. | （競賽）獎品 |
| consumer goods | phr. | 消費品 |
| display | v. / n. | 展示，陳列 / 展示，陳列 |
| easy-to-follow style | phr. | 容易模仿的風格 |
| embellish | v. | 裝飾，修飾，美化 |
| embroider | v. | 刺繡 |
| exorbitant price | phr. | 過高的價格 |
| exposition | n. | 博覽會，展覽會 |
| extra charge | phr. | 額外費用 |
| extravagance | n. | 奢侈品；浪費 |
| fashion | n. | 流行，時裝 |
| gift certificate | phr. | 禮券 |
| give a discount | phr. | 打折 |
| give away | phr. | 贈送，分發 |
| glove | n. | 手套 |
| grocery | n. | 食品店，雜貨店 |
| high-end | a. | 最高級的，高檔的 |
| in cash | phr. | 以現金付款 |
| inexpensive | a. | 不貴的 |
| jewelry | n. | 珠寶 |
| latest | a. | 最新的 |

| | | |
|---|---|---|
| lavish | a. | 奢侈的，鋪張的，非常慷慨的 |
| luxury | n. / a. | 奢侈，奢侈品 / 昂貴的 |
| microwave oven | phr. | 微波爐 |
| net price | phr. | （不含折扣、傭金等的）淨價 |
| no later than | phr. | 不得晚於… |
| observably | ad. | 顯眼地 |
| ornament | n. | 裝飾品 |
| outerwear | n. | 外衣，外套 |
| outlet | n. | 公司、工廠直營店，暢貨中心 |
| pattern | n. | 花樣，圖案 |
| pearl | n. | 珍珠 |
| portable | a. | 可攜式的 |
| ready-to-wear clothes | phr. | 成衣 |
| rebate | n. | 退款；回扣 |
| recommend | v. | 推薦 |
| secondhand | a. | 二手的，間接的 |
| shop | n. / v. | 商店 / 買 |
| showcase | n. | 玻璃陳列櫃；公開活動 |
| slacks | n. | 垮褲 |
| slash | v. | 大幅下降 |
| textile | n. | 紡織品，紡織原料 |
| texture | n. | 質感 |
| trendsetter | n. | 領導流行的人 |
| trousers | n. | 褲子 |
| under warranty | phr. | 在保固期內 |
| undercharge | v. | 索價過低 |
| valid for | phr. | 在…期間有效 |
| windshield | n. | 汽車擋風玻璃 |
| wrap a present | phr. | 包裝禮物 |
| wristwatch | n. | 腕錶 |

01  People living near Rockaway Park will greatly _____ from the city council's plan to improve it.

(A) improvise        (B) benefit          (C) thrive            (D) transform

02  The staff members were able to work more _____ than before thanks to a new groundbreaking scheduling system.

(A) efficiently        (B) fluently         (C) abruptly          (D) immediately

03  The new company policy requires employees to _____ on work progress report how much time it took them to complete a task.

(A) compel           (B) demand          (C) recruit           (D) indicate

04  Many of the college students who attended talks at the recently concluded career fair in Portland found them highly _____.

(A) respectful        (B) informative      (C) equivalent        (D) respective

05  The technical staff member tried a _____ of methods for fixing the office network before he finally discovered a solution.

(A) consequence   (B) prospect         (C) segment          (D) variety

06  The _____ of lowering taxes for industries is that it promotes economic growth by attracting more companies to the state.

(A) admission        (B) method          (C) advantage        (D) privatization

07  The director was not _____ that his appointment had been canceled until he showed up for the meeting and found the room empty.

(A) legible           (B) remarkable      (C) aware            (D) conditional

08  Experts place the _____ of the painting at about $2 million, but believe it will sell for much more than that when it is offered at the auction.

(A) aspect            (B) degree          (C) value            (D) privilege

Questions 09-11 refer to the following e-mail.

To: Lester Grand <l.grand@realprop.com>
From: Sharon Bailey <s.bailey@realprop.com>
Subject: Your request
Date: September 9

Dear Mr. Grand,

I received your request this morning for information about one of our clients. Unfortunately, the file you are asking for has been marked confidential. Therefore, we will need official authorization first to gain _____.

09 (A) majority     (B) momentum
   (C) access      (D) impact

Can you obtain a signed letter of permission from your supervisor? When you do, please _____ the original document to me directly. I will have to

10 (A) submit     (B) expand
   (C) apply      (D) lend

keep it on file for our records. If you are unable to drop it off, please make arrangements to have it sent to our office.

Once I have the authorization, I can deal with the matter _____. It should

11 (A) occasionally     (B) consistently
   (C) promptly      (D) voluntarily

take no more than a few minutes to fulfill your request. Until then, there is little more I can do. I hope you understand. Thank you.
Sincerely,
Sharon Bailey

答案&解析 P.544

## 大量生產的產業社會也是人主導的？
### 生產

公司大量購買了最新的 equipment，終於可以參觀這種被完全
automate 的工廠了。監督人員 properly 熟悉了 specification，
遵守著 safety precautions，注視著 operate 中的機械。『原來
機械可以毫無故障地 process，生產 capacity 能夠提高，都是我
們 assembly 線的監督人員極力地 utilize 設備的功勞啊。』我
evidently 認識到，機械化社會中人的重要性。

## 1 assemble

[ə'sɛmbl]

派 assembly
　n. 組裝，配件；集會
反 disassemble 分解

v. 裝配

Components are produced abroad and assembled domestically.
零件在海外生產，而在國內組裝。

### 出題重點

**assembly line** 裝配線

**assembly plant** 裝配廠

名詞 assembly 經常以複合名詞的形式出題。

## 2 attribute*

[ə'trɪbjut]

同 ascribe
　（把原因）歸於…

v.（原因）歸於…，歸功於…

He attributed high production levels to efficient management.
他把高生產水準歸功於有效率的經營。

### 出題重點

**attribute A to B** 把 A 歸功於 B

**A is attributed to B** A 是 B 的功勞

記住與 attribute 搭配使用的介系詞 to。

## 3 automate**

[美 'ɔtə,met]
[英 ɔ́ːtəmèit]

派 automation　n. 自動化
　automatic　a. 自動的

v. 自動化

The assembly line will be fully automated by next year.
組裝線明年前會完全自動化。

## 4 capable**

['kepəbl]

派 capability　n. 能力

a. 可以做的，有能力的

We are capable of processing all kinds of metals.
我們有能力對所有金屬進行加工。

### 出題重點

**be capable of V-ing** 可以做…，有能力做…

**be able to do** 能夠做…

要區分表示『能夠』的 capable 和 able 的差異。記住 capable 後面接『of＋動名詞』，而 able 接不定詞 to。

**5 capacity**\*\*

[kəˈpæsətɪ]

派 capacious
  a. 容量大的

○ n. 容量，容積

The warehouse's **capacity** will double after the renovation.
改建後倉庫的容量會增為兩倍。

🔧 **出題重點**

**be filled to capacity** 裝滿
**expand the capacity** 擴大容量
**limited capacity** 有限容量
**storage capacity** 儲存容量
記住 capacity 的多益出題形式。

**6 carelessly**\*

[美 ˈkɛrlɪslɪ]

[英 kéəlisli]

派 careless  a. 粗心的
同 neglectfully
  忽略地，冷漠地

○ ad. 粗心大意地

Inexperienced workers handled the materials **carelessly**.
缺乏經驗的員工粗心地處理了原料。

**7 chemical**

[ˈkɛmɪkl]

a. 化學的
派 chemist  n. 化學家
  chemistry  n. 化學

○ n. 化學藥品

Special gear is needed when working with dangerous **chemicals**.
使用危險的化學藥品時需要有特殊裝備。

🔧 **出題重點**

┌ **chemical** 化學品
└ **chemist** 化學家

  要區分物質名詞 chemical 和人物名詞 chemist。

**8 coming**

[ˈkʌmɪŋ]

n. 到達，到來
同 upcoming 來臨的

○ a. 來臨的

Factory output will double in the **coming** year.
明年工廠的生產量會增加一倍。

🔧 **出題重點**

**in the coming year and beyond** 將來的一年及往後

coming 和 beyond 都會在考試中出現。

9 **comparable**

[美 'kɑmpərəbl]

[英 kɔmpǽrəbl]

派 compare　v. 比較
　　comparison　n. 比較

**a. 匹敵的，比得上的**

The product's quality is **comparable** to industry standards.
那個產品的品質符合產業標準。

### 🎯 出題重點

**be comparable to** 與…匹敵，比得上…
考試會出與 comparable 搭配使用的介系詞 to。

10 **damaged**★★

['dæmɪdʒd]

派 damage　n. 損傷
　　v. 損壞

**a. 損壞的，受損的**

The conveyor belts were **damaged** from excessive use.
這條傳送帶因過度使用而受損。

### 🎯 出題重點

**demaged : impaired : injured**
要區分表示『損傷的』的單字用法差異。

— **damaged** 損壞的
　用於事物破碎或受損的時候。
— **impaired** 損傷的
　用於人的某個技能受損的場合。
　Special safety precautions for the hearing **impaired** will be implemented.
　給聽力受損者的特殊安全措施即將施行。
— **injured** 受傷的
　用於因事故受傷的場合。
　The company insurance plan will compensate **injured** workers.
　公司保險計畫將會補償受傷的員工。

11 **device**

[dɪ'vaɪs]

派 devise　v. 策畫
同 gadget 裝置

**n. 裝置**

The new **device** was tested for possible defects.
為了檢查可能的缺陷，新裝置已測試過。

## 12 discontinue*

[ˌdɪskənˈtɪnju]

同 interrupt 中斷，妨礙

v. 中斷

The company **discontinued** manufacturing the outdated clothing line.

公司停止生產過季服裝。

### 出題重點

**discontinue V-ing** 停止做⋯

考試會出 discontinue 後填動名詞的題目。

## 13 efficiency*

[ɪˈfɪʃənsɪ]

派 efficient a. 有效率的
efficiently ad. 有效率地
同 effectiveness 效果
反 inefficiency 無效率

n. 效率，效能

The consultant introduced measures to improve energy **efficiency**.

顧問介紹了改善能源效率的措施。

### 出題重點

1. **office efficiency** 辦公效率
   **energy efficiency** 能源效率
   efficiency 經常以符合名詞的形式出題。
2. 區分 **efficiency**（n. 效率）和 **efficient**（a. 有效率的）詞性。

## 14 equipment

[ɪˈkwɪpmənt]

派 equip v. 配備

n. 裝備，設備

The company uses special **equipment** to load machinery onto freight trucks.

公司使用特殊裝備將機械搬到貨運卡車上。

### 出題重點

**office equipment** 辦公設備

equipment 是不可數名詞，不能加冠詞 an。

<sup>15</sup>**evidently**

[`ɛvədəntlɪ]

派 evident
a. 明確的，分明的
evidence n. 證據

ad. 明確地，顯然

The technical glitches had **evidently** been fixed.
機器的故障顯然已被修復。

<sup>16</sup>**fabricate**

[`fæbrɪˌket]

同 manufacture 工廠製造

v. 製造

Skilled factory workers **fabricate** production molds and cast parts.
技術熟練的工人製造生產模具和零件。

<sup>17</sup>**facility**

[美 fə`sɪlətɪ]

[英 fəsíliti]

派 facilitate
v. 使容易，促進

n. 設施

A new production **facility** was opened on Vermont.
Vermont 開設了新的生產設施。

<sup>18</sup>**fill\***

[fɪl]

反 empty 清空

v. 裝滿

The machine **fills** container with paint.
那個機器用油漆裝滿容器。

🏭 **出題重點**

1. **fill A with B** 用 B 裝滿 A
記住與 fill 搭配使用的介系詞 with。

2. **fill an order** 供應訂貨
**fill the position** 填補空缺
fill 不僅表示填滿空間，還與 order、position 等搭配使用，表示『供應訂貨』、『填補空缺』。

<sup>19</sup>**finished\*\***

[`fɪnɪʃt]

派 finish v. 完成，結束

a. 完成的

The **finished** product will be unveiled next month.
完成品將於下月公開。

🏭 **出題重點**

**finished product** 完成品
finished 經常與 product 搭配使用。

<sup>20</sup>**halt**
[美 hɔlt]
[英 hɔ́ːlt]
v. 停止

**n. 中斷，停止**

The blackout immediately brought production to a **halt**.
停電導致生產立即停止。

🏆 **出題重點**

**bring ... to a halt** 中斷⋯

halt 經常以 bring ... to a halt 的形式在考試中出現。

<sup>21</sup>**launch**
[美 lɔntʃ]
[英 lɔ́ːntʃ]
n. 開始，開辦
同 introduce
介紹，發表（新產品）

**v.（新產品）上市**

Computer programmers fix technical glitches before **launching** any software.
電腦程式人員在上市任何軟體前會修復技術缺陷。

<sup>22</sup>**material***
[美 məˈtɪrɪəl]
[英 mətíəriəl]
同 substance 物質

**n. 原料，物質**

The designers selected the **material** for its durability.
設計師因為耐久性而選了那個原料。

🏆 **出題重點**

**material : ingredient**

要區分表示『原料』的單字用法差異。

**material** 原料，物質
表示製作物品的原料。

**ingredient**（食品）原料，（混合物的）成分
主要表示食品原料。

The special **ingredient** of the cake is lemon zest.
那個蛋糕的特殊原料是檸檬的外皮。

<sup>23</sup>**operate**
[美 ˈɑpəˌret]
[英 ɔ́pərèit]
派 operation n. 操作，駕駛
operational a. 運作的

**v.（機器）啟動，運作**

The assembly line **operates** round the clock.
那個裝配線 24 小時運作。

<sup>24</sup>**operational**★★

[美 ˌɑpəˈreʃənḷ]

[英 ɔpəréiʃənəl]

同 running 運作中的

○ a. 運作的，可運作的

The production line has become fully operational.

生產線已全面運作。

<sup>25</sup>**place**★

[ples]

n. 場所

派 placement n. 安排

同 leave
　　使…處於某種狀態

○ v. 處於…狀態；下（訂單）

The factory supervisor has placed production operations on standby.

工廠管理者已使生產處於待命狀態。

We have to place an order for additional materials immediately.

我們必須立即下訂單訂購補充材料。

**出題重點**

**place ... on standby** 使…處於待命狀態

place 經常以 place ... on standby 的形式出題。

<sup>26</sup>**power**

[美 ˈpauə]

[英 páuə]

派 powerful a. 強力的
　　empower v. 授權

同 electricity 電

○ n. 電力，電

The plant was closed for half a business day due to a power outage.

工廠由於停電歇業了半天。

**出題重點**

1. **power supply** 供電

 **power plant** 發電廠

 power 一般表示『力』，但多益主要考的是『電力』的意思。

2. **a powerful engine** 強力的引擎

 形容詞 powerful 也是常考的內容。

## 27 precaution**

[美 prɪˈkɔʃən]
[英 prikɔ́ːʃən]

派 precautious a. 小心的
同 safeguard 預防措施

n. 預防措施，預防

After the accident, the company introduced stricter safety **precautions**.

事故發生後，公司推出了更加嚴格的安全防範措施。

### 出題重點

**safety precautions** 安全防範措施

預防措施一般是由幾項措施組成的，所以 precautions 要用複數形式。

## 28 prevent**

[prɪˈvɛnt]

派 prevention n. 預防
　　preventive a. 預防的
同 avoid 避免，預防
反 allow 允許…

v. 防止…，預防…

Employees are expected to observe safety guidelines to **prevent** injuries.

員工要遵守安全指示以防止受傷。

### 出題重點

1. **prevent A from V-ing** 防止 A 做…

　　prevent 經常以 prevent A from V-ing 的形式使用。

2. **prevent : hinder**

　　要區分表示『防止』的單字用法差異。

　　┌ **prevent** 防止，預防

　　　表示預防某件事情的發生。

　　└ **hinder** 阻礙

　　　表示阻礙別人做某事。

　　They tried to **hinder** customers' access to rival websites.
　　他們試圖阻礙顧客進入競爭者的網站。

## 29 processing

[美 ˈprɑsɛsɪŋ]
[英 próusesiŋ]

派 process v. 加工處理
　　n. 步驟，工程

n. 處理，加工

Food **processing** requires a clean environment.
食品加工需要清潔的環境。

### 🏭 出題重點

- **processing** 處理，加工
- **process** 步驟，工程

要區分表示整個處理過程的 processing 和表示單一步驟的 process。

The new refining **process** will be implemented tomorrow.
新的精煉工程將於明日實行。

---

30 **procurement**
[美 proˈkjurmənt]
[英 prəkjúəmənt]
派 procure v. 取得，獲得

n.（必需品的）採購，取得

The main office handles the **procurement** of raw materials.
總公司處理原物料的採購。

---

31 **produce***
[美 prəˈdjus]
[英 prədjúːs]
派 product  n. 產品
production
n. 生產，生產量
productivity  n. 生產力

v. 生產

The new machinery **produces** 1,000 units per hour.
新機器每小時生產 1,000 個產品。

---

32 **properly***
[美 ˈprɑpəlɪ]
[英 próːpəli]
派 proper
a. 正確的，恰當的

ad. 正確地，恰當地，正常地

Machinery must be well maintained to operate **properly**.
機器必須好好地維修以正常運作。

### 🏭 出題重點

**operate properly** 正常地運作

properly 經常與 operate 等表示運作的單字搭配使用。

---

33 **protective**
[prəˈtɛktɪv]
派 protect  v. 保護
protection  n. 保護

a. 保護的

**Protective** gear must be worn at all times.
保護裝備必須要全程穿戴。

**protective gear** 保護裝備

注意不要在用 protective 的空格裡填 protecting。

---

[34]**quota**
[美 ˈkwotə]
[英 kwɔ́utə]

n. 定量，配額

Each work team meets a daily **quota** of 480 assembled units.

每個工作小組每天完成 480 個組裝定量。

---

[35]**safety***
[ˈsɛftɪ]

派 safe　a. 安全的
　　safely　ad. 安全地

n. 安全

Factory supervisors prioritize **safety** over production.

工廠管理者對於安全比生產量更加重視。

---

[36]**separately****
[ˈsɛpərɪtlɪ]

派 separate
　　a. 分離的，分割的
　　separation　n. 分離
同 individually 個別地

ad. 個別地，分別地

The cushioning pads are made **separately** as each shoe is slightly different.

因為每只鞋都略有不同，緩衝墊要個別地製作。

**be made separately** 個別製作

**be ordered separately** 分別訂做

separately 經常與 make、order 等動詞搭配使用。

---

[37]**specification**
[ˌspɛsəfəˈkeʃən]

派 specify　v. 明確說明
　　specific
　　a. 明確的，具體的
同 manual 說明書

n. 明細表，（產品規格的）詳細說明書

The quality control team checks if all items meet product **specifications**.

品質管制組檢查是否所有的產品跟規格說明書一致。

<sup>38</sup>**stage***

[stedʒ]

同 step 階段

n. 階段

The product is in the final **stage** of development.
該產品現正處於開發的最後階段。

<sup>39</sup>**tolerance**

[美 ˈtɑlərəns]

[英 tɔ́lərəns]

派 tolerant　a. 寬大的
反 intolerance 偏狹

n. 寬容

The production team has a very low **tolerance** for careless mistakes.
生產小組不會對不經意的失誤寬容對待。

<sup>40</sup>**utilize***

[美 ˈjutl̩ˌaɪz]

[英 júːtilàɪz]

派 utilization　n. 利用
同 use 利用

v. 利用，活用

The technicians **utilized** computer technology to improve process.
技術人員利用電腦技術改善工程。

請在右邊欄位內找出相對應的意思並用線條連接。

01  attribute          ⓐ   採購
02  procurement        ⓑ   明確地
03  properly           ⓒ   停止
04  halt               ⓓ   歸功於
05  evidently          ⓔ   使具備
                       ⓕ   正確地

請選擇恰當的單字填空。

06  Instructions for how to _____ the product are included.

07  Technical _____ are available at the company's website.

08  The management team finds it necessary to _____ support for products to be terminated.

09  The company lacks the _____ to fill all the orders.

> ⓐ capacity   ⓑ discontinue   ⓒ specifications   ⓓ assemble   ⓔ launch

10  The Chinese factory should be _____ by May.

11  Workers should wear safety glasses when working with _____.

12  All computers are shipped in _____ containers.

13  All investors must have some _____ for risk.

> ⓐ protective   ⓑ operational   ⓒ materials   ⓓ chemicals   ⓔ tolerance

Answer    1.ⓓ 2.ⓐ 3.ⓕ 4.ⓒ 5.ⓑ 6.ⓓ 7.ⓒ 8.ⓑ 9.ⓐ 10.ⓑ 11.ⓓ 12.ⓐ 13.ⓔ

# 多益滿分單字

## LC

| | | |
|---|---|---|
| burn out | phr. | 燒焦 |
| burst | v. | 爆炸 |
| come apart | phr. | 破碎 |
| component | n. | 構成要素 |
| craft | n. | 工藝，手藝 |
| crop | n. | 農作物，產量 |
| curved | a. | 彎曲的，曲線狀的 |
| cut through | phr. | 刺穿 |
| denim jacket | phr. | 丹寧夾克 |
| fasten the strap | phr. | 繫緊繩子 |
| firewood | n. | 木柴，柴火 |
| flexible | a. | 柔軟的，靈活的 |
| flow chart | phr. | 流程圖 |
| give a hand | phr. | 幫忙 |
| give a reason | phr. | 闡明理由 |
| give rise to | phr. | 引起… |
| go on V-ing | phr. | 繼續做… |
| go out of production | phr. | 停止生產 |
| have gloves on | phr. | 戴著手套 |
| in a moment | phr. | 立刻，即將 |
| machinery | n. | 機器，機器裝備 |
| main plant | phr. | 主要生產工廠 |
| more importantly | phr. | 更重要地 |
| much to one's surprise | phr. | 令某人非常驚訝地 |
| not at all | phr. | 一點也不；絕不 |
| not far from | phr. | 離…不遠 |
| not only A but also B | phr. | 不但 A，而且 B |

| parts plant | phr. | 零件工廠 |
|---|---|---|
| petrochemical | n. | 石油化學產品 |
| plant | n. / v. | 工廠／種植 |
| quite | ad. | 相當，很 |
| remarkably | ad. | 突出地 |
| reprint | v. | 再版 |
| scratch | v. | 刮 |
| squeaking sound | phr. | 吱吱作響的聲音 |
| stuff | n. | 東西，材料 |
| tie up | phr. | 繫好；結束（事情） |
| trim | v. | 修剪 |

## Part 7

| adversely | ad. | 不利地 |
|---|---|---|
| agricultural | a. | 農業的 |
| agriculture | n. | 農業 |
| arable | a. | 適合耕種的 |
| artificial | a. | 人工的 |
| be composed of | phr. | 以⋯構成 |
| be filled with | phr. | 用⋯裝滿 |
| be irrelevant to | phr. | 與⋯無關 |
| be made up of | phr. | 以⋯構成 |
| crude | a. | 天然的，未加工的，未提煉的 |
| crude oil | phr. | 原油 |
| disassemble | v. | 分解，拆開 |
| downsize | v. | 縮小（人力、規模） |
| excavation | n. | 發掘，挖掘 |
| fertilizer | n. | 肥料 |
| gadget | n. | 小工具，小物件 |
| gem | n. | 寶石 |
| generator | n. | 發電機 |
| gravitational | a. | 重力的 |
| grease | n. | 潤滑油 |

| | | |
|---|---|---|
| heating equipment | phr. | 加熱器 |
| identically | ad. | 一模一樣地 |
| incredible | a. | 驚人的，難以置信的 |
| individually tailored | phr. | 量身訂做的 |
| inflate | v. | 抬高（物價） |
| integration | n. | 整合 |
| in the event of | phr. | 在…場合 |
| in the process of | phr. | 在…過程中 |
| involuntarily | ad. | 無意地，非自願地 |
| line | n. | 生產線；商品種類 |
| line worker | phr. | 生產線的工人 |
| liquidity | n. | 流動性 |
| made-to-order | a. | 接單生產的 |
| make an arrangement | phr. | 做安排 |
| make an exception | phr. | 作為例外 |
| make public | phr. | 發表 |
| market awareness | phr. | 市場知名度 |
| modification | n. | 變更，修正 |
| natural resources | phr. | 天然資源 |
| neatly | ad. | 乾淨地，端正地 |
| nimble | a. | 敏捷的，機智的 |
| obfuscate | v. | 使模糊，使混亂 |
| on call | phr. | 隨傳隨到的，待命的 |
| on the edge of | phr. | 正要…的時候 |
| on the spot | phr. | 當場，及時 |
| outlast | v. | 比…長久 |
| output | n. | 生產量 |
| pertinent | a. | 關聯的 |
| perturbed | a. | 擔心的 |
| pragmatic | a. | 實用的，務實的 |
| precede | v. | 領先，比…重要 |
| prevail | v. | 普及；戰勝 |
| provoke | v. | 激怒；誘發 |
| put in place | phr. | 放在原位 |
| query | n. | 疑問 |

| | | |
|---|---|---|
| rank | n. / v. | 階級，地位 / 分等級 |
| raw material | phr. | 原物料 |
| ready-made | a. | 已製成的 |
| reassemble | v. | 重新組合，重新集合 |
| recede | v. | （價值、品質）下降 |
| refine | v. | 提煉；改善 |
| reform | n. / v. | 改革 / 改革 |
| renovate | v. | 翻修（建築物） |
| reproduction | n. | 複製品；再生 |
| sector | n. | 部門；區域 |
| settle on | phr. | 決定… |
| shortage | n. | 短缺，不足 |
| superintendent | n. | 監督人 |
| synthetic | a. | 合成的 |
| synthetic material | phr. | 合成物質 |
| tailor-made | a. | 特製的；合適的 |
| ultrasound | n. | 超音波 |
| underground | a. | 地下的；祕密的 |
| unfailingly | ad. | 不變地，可靠地 |
| unmet | a. | （要求等）未滿足的 |
| upon V-ing | phr. | 剛做… |
| wear and tear | phr. | 磨損，損耗 |
| wind power | phr. | 風力 |

## 懷抱信念開發創新產品
### 產品開發

在今天的新產品開發會議中，我發表了經過長時間 **research** 的 **revolutionary** 野心之作！老總似乎對我 **innovative** 想法很滿意，使得我在說明產品 **features** 的時候一直闔不上嘴。哈哈…這當然是我預想得到的反應。我 **sufficiently** 說明了是如何得到產品開發的 **inspiration**。開會期間我一直 **envision** 自己開發的產品得到 **patent**，而我超快速升遷的畫面。

## 1 absolute*

[ˈæbsəˌlut]

派 absolutely　ad. 完全地
同 complete, utter 完全的

**a. 完全的，絕對的**

The latest technology keeps production costs to an **absolute** minimum.

最新的科技使生產成本維持最低。

### 🎓 出題重點

**to an absolute minimum** 絕對極小

主要用於表示費用或噪音維持最小值的時候。

## 2 accurate*

[ˈækjərɪt]

派 accuracy　n. 正確性
　　accurately　ad. 正確地
反 inaccurate 不正確的

**a. 正確的**

The new accounting software is **accurate** and precise.

新的會計軟體既正確又精密。

## 3 advance**

[美 ədˈvæns]

[英 ədváːns]

v. 提升，促進

派 advancement　n. 進步
　　advanced　a. 進步的
反 setback 退步；挫折

**n. 進步，前進，發展**

The R&D Department researches **advances** in computer technology.

研發部究研關於電腦科技的進展。

### 🎓 出題重點

**in advance** 事先

**advance in** …的進步、發展

advance 與介系詞 in 一起使用。要注意根據 in 的位置不同，片語表達的意思也不同。

## 4 allow**

[əˈlaʊ]

派 allowable　a. 可允許的
　　allowance
　　n. 允許額，分配額

**v. 使，讓，允許**

The program's new feature **allows** users to conduct advanced searches.

這個程式的新功能讓使用者可以進行進階搜尋。

5 **appearance***

[ə'pɪrəns]

派 appear v. 出現

同 outlook 外觀

**n. 外觀，外表**

The design team completely modernized the product's **appearance**.
設計小組使產品的外觀完全現代化。

6 **bewildering**

[bɪ'wɪldəɪŋ]

派 bewilder v. 使困惑
bewilderment n. 昏亂

同 perplexing 使人困惑的

**a. 使人困惑的**

The laboratory results were **bewildering** to scientists.
研究結果使科學家們很困惑。

7 **breakthrough**

['brek,θru]

**n. (科學等的) 突破性發展**

Agris Automotive announced a **breakthrough** in its air bag design.
Agris 汽車宣佈其在安全氣囊設計上有突破性的發展。

8 **broaden****

[美 'brɔdn̩]

[英 brɔ́ːdən]

派 broad a. 寬廣的
breadth n. 寬度，幅度

同 widen, expand 擴張

**v. 擴大**

The new CEO is **broadening** the scope of the company's research.
新任總裁正在擴大公司的研究範圍。

🗿 **出題重點**

**broaden : multiply**

區分表示『擴大』、『增加』的單字用法差異。

**broaden** 擴大
表示擴大研究範圍或經驗等抽象的領域。

**multiply** 增加
表示增加數或量。

The firm **multiplied** its fortunes by investing wisely.
該公司用明智地投資增加了資產。

<sup>9</sup> **compatible\***

[kəm`pætəbḷ]

派 compatibility
　 n. 相容性

a. 相容的，可並立的

The remote control is **compatible** with all models.
這款遙控器與所有型號皆相容。

　🧑‍🍳 **出題重點**

**be compatible with** 與…相容
記住與 compatible 搭配使用的介系詞 with。

<sup>10</sup> **complement**

[美 `kɑmplə‚mɛnt]

[英 kɔ́mplimènt]

n. 補足物，補充物

[美 `kɑmpləmənt]

[英 kɔ́mplimənt]

派 complementary
　 a. 互補的

v. 補足，輔助

The new laptop will **complement** our existing desktop computers.
新的筆記型電腦將輔助我們現有的桌上型電腦。

<sup>11</sup> **concurrently**

[美 kən`kɝəntlɪ]

[英 kənkʌ́ːrəntli]

派 concurrent
　 a. 同時發生的

同 simultaneously 同時地

ad. 同時地

Staff members are developing several new product designs **concurrently**.
員工正同時開發幾款新的產品設計。

<sup>12</sup> **control\***

[美 kən`trol]

[英 kəntrɔ́ul]

n. 管理，控制

v. 管理，控制

Health inspections are performed to **control** the quality of processed foods.
落實健康檢查以管理加工食品的品質。

<sup>13</sup> **corrosion\*\***

[美 kə`roʒən]

[英 kərɔ́uʒən]

派 corrode　v. 腐蝕

n. 腐蝕

The new elevators are resistant to **corrosion**.
新電梯可抗腐蝕。

### 出題重點

**corrosion : erosion**

區分表示『腐蝕』、『侵蝕』的單字用法差異。

**corrosion** 腐蝕
表示金屬銹蝕的現象。

**erosion** 侵蝕
表示自然現象中石頭或土壤遭受侵蝕的現象。

Erosion of the coastal environment is a serious problem.
海岸環境的侵蝕是個嚴重的問題。

---

[14]**development**★★

[dɪˋvɛləpmənt]

派 develop　v. 發展
developer　n. 開發者
developed a. 已開發的
developing
a. 開發中的

n. 開發；發展

The project is in the final stage of development.
企畫案到了最後的開發階段。

developments in wireless technology
無線技術的發展

### 出題重點

**under development** 開發中的

**development in** …的發展

要一起記住與 development 搭配使用的介系詞 under、in。

---

[15]**devise**★

[dɪˋvaɪz]

派 device　n. 裝置
同 contrive 策畫
invent 發明

v. 策畫，發明

The firm devised a more efficient network system.
公司策畫了一個更有效率的網路系統。

---

[16]**disruption**

[dɪsˋrʌpʃən]

派 disrupt　v. 使…中斷
disruptive　a. 中斷的
同 interruption 中斷
disturbance 混亂

n. 中斷，瓦解

Financial limitations caused a disruption in development.
財務的限制導致了開發的中斷。

<sup>17</sup>**durable\***
[美 `djʊrəbl]
[英 djúərəbl]
派 durability　n. 耐久性

a. 耐用的，持久的
Silicone is known as a durable material.
矽膠是有名的耐用材料。

<sup>18</sup>**envision**
[ɪn`vɪʒən]

v. 想像，計畫（將來的事）
The development plan was different from what management envisioned.
開發計畫跟管理人員想像的並不一樣。

<sup>19</sup>**feature**
[美 `fitʃə]
[英 fíːtʃə]
v. 以⋯為特色，由⋯主演
同 characteristic 特徵

n. 特徵，特色
The latest dryer has several new features.
最新款的吹風機有幾個新的特徵。

<sup>20</sup>**following\***
[美 `fɑləwɪŋ]
[英 fɔ́louiŋ]

prep. ⋯之後
The software was launched following months of research.
那個軟體經過幾個月的研究後終於上市了。

a. 下面的，隨後的
Product brochures are available in the following languages.
產品手冊提供了下列語言版本。

<sup>21</sup>**grant**
[美 grænt]
[英 graːnt]
同 allowance 津貼

v.（承認後正式）給予，授予
The patent for the handheld computer was granted on April 27th.
手提電腦的專利已於 4 月 27 日核發。

n. 補助金（研究費，獎學金等）
The company will receive a government grant of up to $4,000.
那家公司會拿到最多 4,000 美元的政府補助金。

**take ... for granted** 把⋯認為理所當然

表示不經思考、理所當然地接受某物，或者把自己擁有的
東西認為是理所當然的，因而不去照料。

²²**hold**＊

[美 hold]

[英 hóuld]

同 contain 包含

○ v. 包含，收容

The washing machine holds up to 3kg of laundry.
那台洗衣機可容納高達 3 公斤的衣物。

²³**improve**＊

[ɪmˋpruv]

派 improvement
　　n. 改善，提高
同 upgrade 升級

○ v. 改善，提高

A variety of incentives can improve staff productivity.
多樣的獎勵可以提高員工的生產力。

²⁴**increasingly**＊＊

[ɪnˋkrisɪŋli]

派 increase　v. 增加
　　increasing　a. 增加的

○ ad. 漸增地，越來越

Technology is becoming an increasingly important factor in the
nation's economy.
科技在這個國家的經濟裡成為越來越重要的因素。

²⁵**indication**＊＊

[ˌɪndəˋkeʃən]

派 indicate　v. 顯示
　　indicative　a. 象徵的

○ n. 徵兆，預兆

Uneven printing is an indication of a technical fault.
不平整的列印是技術缺陷的徵兆。

**indication : show**

要區分表示『顯示』的單字用法差異。

┌ **indication** 徵兆

　表示事件、狀態、行動等的徵兆。

└ **show** 表示

　用於顯露感情或主張的時候。

Excessive show of affection should be avoided.
過度的情感表現應該避免。

## 26 innovative**
[美] [ˋɪnoˏvetɪv]
[英] [ínəvtiv]
派 innovate v. 革新
innovation n. 革新

### a. 革新的，創新的
We provide clients with innovative solutions to their needs.
我們提供顧客創新的解決方案以滿足他們的需求。

## 27 inspect**
[ɪnˋspɛkt]
派 inspection
n. 調查，檢查
inspector
n. 檢查者，調查員

### v. 調查，檢查
The factory overseer thoroughly inspects manufacturing facilities every month.
工廠監督人員每個月仔細地檢查生產設備。

## 28 inspiration
[ˏɪnspəˋreʃən]
派 inspire v. 給予靈感
inspirational
a. 有靈感的，具啟發的

### n. 靈感
Our new fashion designer draws her inspiration from traditional attire.
我們新的時裝設計師從傳統服飾得到她的靈感。

## 29 interpretation
[美] [ɪnˏtɝprɪˋteʃən]
[英] [ìntə̀:prítéiʃən]
派 interpret v. 闡釋；口譯
interpreter
n. 口譯員，說明人員

### n. 解釋，說明
This report outlines our department's interpretation of the data.
這篇報告簡述了我們部門對那份資料的說明。

## 30 manufacturer
[美] [ˏmænjəˋfæktʃərə]
[英] [mænjufǽktʃərə]
派 manufacture n. 製造
v. 製造

### n. 製造公司，製造業者
This product is unconditionally guaranteed by the manufacturer.
這項產品由製造公司無條件保固。

## 31 obsolete
[美] [ˋɑbsəˏlit]
[英] [ɔ̀bsəlíːt]
同 outdated, old-fashioned
過時的，舊式的

### a. 過時的，舊式的
After careful evaluation, the company withdrew obsolete products from the market.
經過審慎評估後，那家公司從市場中撤回了過時的產品。

## [32] patent
[美 ˈpætn̩t]
[英 péitənt]
v. 得到…專利

n 專利權，專利品

The firm's lawyers submitted the paperwork for a **patent** application.

公司的律師提交了申請專利的文件。

## [33] patronize*
[ˈpetrənˌaɪz]
派 patron　n. 顧客

v. 惠顧，與…交易

Discerning customers **patronize** stores with excellent reputations.

有眼光的顧客惠顧聲譽好的店家。

## [34] quality
[美 ˈkwɑlətɪ]
[英 kwɔ́liti]
a. 高級的，優秀的

n. 品質

**quality** control division

品質管理部門

## [35] reliable*
[rɪˈlaɪəbl̩]
派 rely　v. 依靠，信賴
　　reliability　n. 可信度
同 trustworthy, dependable
　可信賴的

a. 可信賴的，可靠的

Tests showed that our products are **reliable** and efficient.

測試證明了我們的產品值得信賴而且具有效率。

### 🔔 出題重點

- **reliable** 可靠的，可信賴的
- **reliant** 依靠的，依賴的

要區分字根相同、意思不同的兩個單字。

The firm's management system is not **reliant** on any single person.

公司的經營系統不會依靠任何一個人。

## [36] research
[美 ˈrisɝtʃ]
[英 ríːsɔ̀ːtʃ]
v. 研究，調查 [rɪˈsɝtʃ]
派 researcher　n. 研究者
同 study 研究

n. 研究，調查

**research** and development department 研究開發部

**research** program 研究計畫

### 出題重點

**research on** 對…的研究
要記住與 research 搭配使用的介系詞 on。

---

[37]**revolutionary**
[ˌrɛvəˈluʃənˌɛrɪ]
派 revolution　n. 革命

a. 革命性的
The car's **revolutionary** new engine outstrips the competition.
那輛車革命性的新引擎超越了競爭對手。

### 出題重點

區分 **revolutionary**（a. 革命性的）和 **revolution**（n. 革命）的詞性。

---

[38]**sleek**
[slik]

a. 時尚的
The camera features a new **sleek** design.
那款相機呈現新的時尚設計。

---

[39]**state-of-the-art**
[ˈstetəvðɪˈɑrt]

a. 最新款的
The Hi-Tech Company introduced a **state-of-the-art** microwave.
Hi-Tech 公司推出了最新款的微波爐。

---

[40]**streamline**
[ˈstrimˌlaɪn]

v. 使有效率，使合理化
The latest feature in Xpress software **streamlines** invoicing procedures.
Xpress 軟體的最新功能使發票開立程序更有效率。

---

[41]**sufficiently**
[səˈfɪʃəntlɪ]
派 sufficient　a. 充分的
　　sufficiency　n. 充足
反 deficiently 不充分地

ad. 充分地
The containers are **sufficiently** strong enough to resist breakage.
這種容器的強韌足以抵抗損壞。

<sup>42</sup>**superior***

[sə'pɪrɪə]

派 superiority
　　n. 優越，優等
同 excellent 優秀的
反 inferior 劣等的

● a. 優秀的，上級的

The company's latest TV is **superior** to those on the market today.

那家公司最新型的電視比現今市場上賣的那些還要優秀。

### 🏋 出題重點

1.**be superior to** 比…優秀

要記住跟 superior 搭配使用的介系詞 to。注意，表示『比…優秀』的時候不能用 than 代替 to。

2.**superior : incomparable**

要區分表示『出色的』的單字用法差異。

┌ **superior** 優秀的

　表示人或事物的能力、價值等優秀。

└ **incomparable** 無比的

　表示優秀得無法跟其他事物比較。

　Tourists praise London's **incomparable** museums.

　遊客們讚揚著倫敦無與倫比的博物館。

<sup>43</sup>**technical***

['tɛknɪk!]

派 technique　n. 技術
　　technician　n. 技術人員

● a. 技術上的

If you experience **technical** problems with the lawnmower, contact the help center.

如果您遭遇到本割草機的技術問題，請與服務中心聯繫。

<sup>44</sup>**vulnerable***

['vʌlnərəb!]

同 weak 衰弱的

● a. 有弱點的，脆弱的

Older Internet security programs are **vulnerable** to hacking.

落後的電腦防護系統容易遭駭。

### 🏋 出題重點

**vulnerable to** 有…的弱點，容易遭受…

要記住與 vulnerable 搭配使用的介系詞 to。

# ● 12th Day Daily Checkup

請在右邊欄位內找出相對應的意思並用線條連接。

01 patent

02 compatible

03 state-of-the-art

04 absolute

05 corrosion

ⓐ 最新款的

ⓑ 腐蝕

ⓒ 徵兆

ⓓ 專利權

ⓔ 相容的

ⓕ 完全的

請選擇恰當的單字填空。

06 The TR-1010's _____ style was widely imitated by competitors.

07 It has become _____ common to outsource programming work.

08 The figures weren't _____ because not all the data was inputted.

09 The convention is running _____ with a design exhibition.

> ⓐ increasingly  ⓑ sleek  ⓒ sufficiently  ⓓ concurrently  ⓔ accurate

10 The increased cost of plastics is hurting many _____.

11 Online auctions enable sellers to _____ their market of potential buyers.

12 The company added many _____ that customers had been asking for.

13 _____ all visitors' bags upon arrival.

> ⓐ features  ⓑ inspect  ⓒ interpret  ⓓ manufacturers  ⓔ broaden

# 多益滿分單字

## LC

| | | |
|---|---|---|
| a series of | phr. | 一系列的 |
| be stacked on top of each other | phr. | 一點一點堆積 |
| brand new | phr. | 最新的 |
| break down | phr. | 故障 |
| check the manual | phr. | 參照使用說明書 |
| coastal | a. | 海岸的 |
| do research | phr. | 進行研究 |
| exhausting | a. | 疲憊的 |
| give a demonstration of | phr. | 給…一個示範 |
| go straight to | phr. | 直行到… |
| handmade | a. | 手工的 |
| hectic | a. | 非常忙碌的 |
| hold up | phr. | 支撐，忍耐 |
| in a row | phr. | 一個接一個地 |
| intently | ad. | 專注地 |
| know-how | n. | 訣竅，技術 |
| last until | phr. | 持續到… |
| latest work | phr. | 最新作品 |
| manual | n. / a. | 手冊 / 用手的，手動的 |
| match | v. | 和…相稱；匹敵 |
| operation manual | phr. | 操作手冊 |
| out of date | phr. | 過時的，舊式的 |
| out of order | phr. | 故障的 |
| specimen | n. | 標本，樣本 |
| spectrometer | n. | 光譜儀 |
| switch off | phr | 關掉 |
| take apart | phr. | 分解（東西） |

| tell apart | phr. | 區分 |
| --- | --- | --- |
| trial period | phr. | 試用期間 |
| try out | phr. | 試驗 |
| turbine | n. | 渦輪（利用液體或氣體旋轉葉片的發動機） |
| turn off | phr. | 關掉（開關） |
| turn on | phr. | 打開（開關） |
| unplug the equipment | phr. | 拔掉裝備的插頭 |
| update | v. | 更新最新資訊 |
| upgrade | n. / v. | 升級 / 升級 |
| up-to-date | a. | 最新的 |
| user's guide | phr. | 使用者說明書 |
| vacuum | n. | 真空 |
| waterproof | a. | 防水的 |
| well-prepared | a. | 準備好的 |
| with the lights on | phr. | 開著燈的 |

## Part 7

| apparatus | n. | 裝置，器具 |
| --- | --- | --- |
| aside from | phr. | 除⋯之外 |
| assembly line | phr. | 裝配線 |
| be carried out | phr. | 實施，實行 |
| be cognizant of | phr. | 知道⋯ |
| be designed to do | phr. | 設計來做⋯ |
| be geared to | phr. | 適合於⋯ |
| be made of | phr. | 由⋯做成 |
| bring out | phr. | （產品）上市，引出（能力） |
| certified | a. | 公認的，得到許可的 |
| circuit board | phr. | 電路板 |
| circuitry | n. | 電路 |
| civic | a. | 市的，市民的 |
| close down | phr. | 封閉，停業 |
| composition | n. | 構成；作文 |
| concession | n. | 讓步；特許 |

| | | |
|---|---|---|
| configuration | n. | 配置 |
| consist of | phr. | 由…構成 |
| copyright | n. | 著作權 |
| custom-built | a. | 客製的 |
| cutting-edge | a. | 最前端的 |
| discovery | n. | 發現 |
| distill | v. | 蒸餾 |
| domestic | a. | 國內的；家庭的 |
| dysfunction | n. | 機能不良，機能障礙 |
| electrical appliance | phr. | 家電產品 |
| embedded | a. | 插入的，包含的 |
| energy efficiency | phr. | 能源效率 |
| energy efficient | phr. | 能源效率高的 |
| energy source | phr. | 能源 |
| except for | phr. | 除了…之外 |
| expand into | phr. | 擴大至… |
| exploration | n. | 探索，探究 |
| explore | v. | 探索，探究 |
| flammable | a. | 易燃的 |
| fuel consumption | phr. | 燃料消耗 |
| guidance | n. | 引導，指導 |
| historic | a. | 歷史上著名的 |
| historical | a. | 歷史（上）的 |
| ignition | n. | 點火，點火裝置 |
| implant | v. | 移植；灌輸（思想） |
| invention | n. | 發明，發明物 |
| keep one's eye on | phr. | 注視…，監視… |
| license | n. | 許可證，執照 |
| licensed | a. | 許可的，有執照的 |
| limited edtion | phr. | 限量版 |
| long-lasting | a. | 持久的 |
| mechanical | a. | 機械性的，用機械操作的 |
| numerical code | phr. | 數字代碼 |
| nutrition supplement | phr. | 營養補充品 |
| outsourcing | n. | 外包 |

| | | |
|---|---|---|
| overhead cost | phr. | 間接成本（數個產品生產中的共同費用） |
| petroleum products | phr. | 石油產品 |
| plenty of | phr. | 許多的… |
| prefabricated building | phr. | 以預鑄工法搭建的建築物 |
| prototype | n. | 原型，模範 |
| quality control division | phr. | 品質管制部門 |
| quality control standards | phr. | 品質管制標準 |
| quantity | n. | 數量 |
| refinery | n. | 提煉廠 |
| remnant | n. | 剩餘 |
| resurface | v. | 重鋪路面 |
| retroactive | a. | 有追溯效力的 |
| rights to intellectual property | phr. | 智慧財產權 |
| sample merchandise | phr. | 樣品 |
| screen | n. / v. | 螢幕／審查 |
| sensor | n. | 感應器 |
| serial number | phr. | 編號，序號 |
| smoke detector | phr. | 煙霧探測器 |
| software piracy | phr. | 軟體盜版 |
| staple | n. | 主要產品；主食 |
| steer | v. | 操縱 |
| suspend | v. | 中止 |
| take the edge off | phr. | 使…變鈍 |
| tangle | v. | 糾結 |
| technique | n. | 技術 |
| test | n. / v. | 檢查／測驗 |
| top-of-the-line | a. | 同類商品中最昂貴的 |
| transparent | a. | 透明的 |

## 顧客是上帝，但我是我！
### 顧客服務

**Deal with** 顧客的 **complaints** 也是我的工作之一。只要有技巧應對 **argumentative** 顧客並 **appropriately respond**，不管是多麼刁難的顧客也能適當地應付。有時，顧客粗魯的態度會 **infuriate** 我，但我努力用 **courteous** 態度來實現『顧客優先』的理念。顧客總能感到 **satisfaction**，也許是因為我會幫顧客解決讓他們感到 **inconvenience** 的問題。

『味道最佳』麵包真是太難吃了。怎麼能做成這種味道？

小姐，您評價我們『味道最佳』麵包是最好的，我也覺得很高興。

1 **apologize\***

[美] [əˈpɑləˌdʒaɪz]

[英] [əpɔ́ːlədʒàiz]

派 apology　n. 道歉

v. 道歉

We **apologize** for the defective mechanical equipment.
我們對有缺陷的機械設備深表歉意。

👷 **出題重點**

**apologize for + 原因** 為…而道歉

**apologize to + 人** 向…道歉

考試中會考與 apologize 搭配使用的介系詞 for、to。

2 **appropriately\***

[美] [əˈproprɪˌetlɪ]

[英] [əpróupriətli]

派 appropriate　a. 適當的

同 suitably
　適當地，適宜地

反 inappropriately
　不適當地

ad. 適當地

Telephone representatives should know how to handle customer
complaints **appropriately**.
電話專員應該知道如何適當地處理客戶的抱怨。

3 **argumentative**

[美] [ˌɑrgjəˈmɛntətɪv]

[英] [àːgjuméntətiv]

派 argue　v. 爭論
　argument　n. 爭論

a. 爭辯的，好爭論的

Service personnel must avoid becoming **argumentative** with
upset customers.
客服人員必須避免跟生氣的顧客爭論。

👷 **出題重點**

┌ **argumentative** 好爭論的
└ **arguable** 有爭論餘地的

要區分字根相同、意思不同的兩個單字。argumentative
表示發言或某人具有挑起爭論的傾向，而 arguable 則表
示某事還有爭論的餘地。

It is **arguable** who is responsible for the lost order.
訂單遺失的責任歸屬還在爭論之中。

4 **blemish**

[ˈblɛmɪʃ]

n. 瑕疵，缺點

The customer claimed the product has a slight **blemish**.
顧客聲稱產品上有一點瑕疵。

## 5 cause*

[美] [kɔz]
[英] [kɔːz]

v. 導致，引起，成為⋯的原因

The defect in the light was **caused** by improper wiring.
電燈失靈是由於不當的線路配置所引起。

n. 原因

Researchers tried to find the **cause** of the error.
研究人員努力尋找失誤的原因。

### 出題重點

**cause + damage / malfunction / delay** 導致損害 / 故障 / 延遲
動詞 cause 經常與 damage 等與損害有關的名詞搭配使用。

## 6 commitment*

[kəˈmɪtmənt]
派 commit v. 專注
committed a. 專注的
（= devoted）

n. 奮鬥，專注，承諾

a long-standing **commitment** to top quality service
以一流服務為目標的長期承諾

### 出題重點

**commitment to** 為⋯而奮鬥，專注於⋯
**be committed to** 專注於⋯
commitment 和形容詞 committed 經常與介系詞 to 搭配出題。

## 7 complaint**

[kəmˈplent]
派 complain v. 抱怨
同 grumble 抱怨
反 praise, compliment 稱讚

n. 抱怨

Customers can register **complaints** at the customer service center or online.
顧客可以向客服中心或線上投訴。

### 出題重點

**make complaints against** 抱怨⋯，挑剔⋯
**file a complaint with** 投訴⋯
complaint 與動詞 make、file 配對使用。

8 **complete**\*\*

[kəm`plit]

派 completion
　n. 結束，完成
　completely　ad. 完全地
反 incomplete 未完成的

v. 結束，完成

The paperwork must be **completed** within one month.
那份文件一定要在一個月內完成。

a. 結束的，完成的

The address change will not be **complete** until you press the star button.
直到按下星形按鈕才算完成位址變更。

🍳 **出題重點**

**complete + a survey / an application** 填寫調查表 / 申請書
動詞 complete 與 survey、application 等與表格有關的名詞
一起使用。

9 **compliment**

[美 `kɑmpləmənt]
[英 kɔ́mplimənt]
v. 稱讚

n. 稱讚

Salespeople tend to give many **compliments**.
銷售人員往往會給予很多恭維。

10 **confident**\*

[美 `kɑnfədənt]
[英 kɔ́nfidənt]
派 confidence
　n. 自信，確信

a. 有自信的

Enthusiasm and a **confident** manner are essential for this sales position.
這個銷售職位需要的是熱情和有自信的態度。

🍳 **出題重點**

**with a confident manner** 以有自信的態度
confident 在考試中會以修飾 manner 的形式出題。

11 **courteous**

[美 `kɝtjəs]
[英 kɔ́ːtiəs]
派 courteously ad. 有禮貌地
　courtesy　n. 禮貌

a. 有禮貌的

All complaints must be handled in a **courteous** manner.
應該以有禮貌的態度處理所有投訴。

區分 **courteous**（a. 有禮貌的）和 **courtesy**（n. 禮貌）的詞性。

## [12]critical*
[ˋkrɪtɪk!]

派 criticize　v. 批評
　　critic　n. 批評家

a. 批評的

Many customers were **critical** of the new services.
很多顧客對新的服務有所批評。

📖 出題重點

1. **be critical of** 對…有所批評
　要一起記住與 critical 搭配使用的介系詞 of。
2. 區分 **critical**（a. 批評的）和 **cirtic**（n. 批評家）的詞性。
　名詞 critic 的字尾是 -tic，因此很容易錯認為是形容詞，
　要多加注意。

## [13]deal*
[dil]

同 handle 操縱，處理

v. 處理；交易；分配

The problem will be **dealt** with immediately.
那個問題會立即處理。

Our business **deals** in used cars and automotive accessories.
我們公司經營二手車和車輛零件的買賣。

The government will **deal** out debt relief grants for the poor.
政府會分發債務減免資金給貧困者。

n. 交易

EuroCar offers good **deals** on imported vehicles.
EuroCar 對進口車輛提供有利的交易條件。

📖 出題重點

1. **deal with** 處理（問題等）
　deal 表示『處理』的時候是不及物動詞，一定要與介系
　詞 with 一起使用。考試經常以被動語態 be dealt with 的
　形式出題。要注意不能忘掉 with。

2.**a good deal** 有利的交易

記住名詞 deal 的出題形式。deal 的名詞和動詞形態是一樣的，所以要理解文章，根據句子的意思區分詞性。

---

[14]**defective**

[dɪ`fɛktɪv]

派 defect　n. 缺點，缺陷
　　defectively
　　ad. 有缺陷地
同 faulty 有缺陷的

**a. 有缺陷的**

The buyer requested a refund for the **defective** hair dryer.
購買者要求瑕疵吹風機的退款。

### 🔧 出題重點

區分 **defect**（n. 缺陷）和 **defective**（a. 有缺陷的）的詞性。

---

[15]**disclose***

[美 dɪs`kloz]
[英 disklóuz]

派 disclosure
　　n. 暴露，揭露
同 reveal 透露
　　expose 顯露
反 conceal 隱藏

**v. 公開，顯露**

Most customers are hesitant to **disclose** private details when ordering online.
大部分消費者在網上購物時不願意公開個人資訊。

### 🔧 出題重點

**disclose + 受詞** 公開⋯
要注意 disclose 是及物動詞，後面不能接介系詞。
disclose about 是不正確的表達形式。

---

[16]**escort***

[美 `ɛskɔrt]
[英 iskóːt]

**v. 送（人去⋯），護送**

A sales clerk **escorted** the customer to the menswear department.
一位銷售員送顧客去男裝部門。

### 🔧 出題重點

**escort A to B** 送 A 到 B
要記住與 escort 搭配使用的介系詞 to。

## 17 evaluation*

[ɪˌvæljʊˈeʃən]

派 evaluate　v. 評價
　　 evaluator　n. 評價者

n. 評價

Please fill out the evaluation form.

請填寫評價表。

### 出題重點

1. evaluation 評價
　evaluator 評價者
　　要區分抽象名詞 evaluation 和人物名詞 evaluator。
2. performance evaluation 職務表現評價
　course evaluation 授課評價
　　evaluation 經常以複合名詞的形態出現，要記住出題形式。

## 18 fix

[fɪks]

v. 修理，修復

The technician fixed the glitch in the computer program.

技術人員修復了電腦程式裡的錯誤。

## 19 for free*

同 at no charge 免費地

phr. 免費地

Products under warranty are repaired for free.

產品在保固期間維修免費。

## 20 further*

[美 ˈfɝðə]
[英 fɔːðə]
同 more 更多的

a. 之外的，更多的

Call our information line for further details.

撥打我們的資訊專線以了解更多詳情。

## 21 genuine

[ˈdʒɛnjʊɪn]

a. 純種的；真品的；原廠的

The manufacturer recommends using genuine replacement parts.

製造商建議使用原廠更換零件。

## 22 guarantee

[ˌgærənˈti]

n. 保證，保證書
同 assure 保證，保障

### v. 保證

Customer satisfaction is **guaranteed**.
保證讓顧客滿意。

### n. 保障

There is no **guarantee** of a refund in the event of cancellation.
如果取消則沒有退款保證。

### 🔔 出題重點

**guarantee of** 對…的保障
考試會考與名詞 guarantee 搭配使用的介系詞 of。

## 23 hesitate*

[ˈhɛzəˌtet]

派 hesitation　n. 躊躇
　　hesitative　a. 猶豫的

### v. 猶豫

Do not **hesitate** to ask for assistance.
需要幫助時請別客氣。

## 24 inconvenience*

[ˌɪnkənˈvinjəns]

派 inconvenient
　　a. 不便的
反 convenience 方便

### n. 不便

We apologize for the **inconvenience** during construction.
我們為施工期間帶來的不便深感抱歉。

## 25 infuriate

[ɪnˈfjʊrɪˌet]

派 infuriating
　　a. 令人大怒的

### v. 激怒，使生氣

The clerk's ineptitude **infuriated** the customer.
接待員不稱職的表現惹惱了顧客。

## 26 inquire

[美 ˌɪnˈkwaɪr]

[英 ɪnkwáiə]

派 inquiry　n. 提問，質詢
反 reply 回答

### v. 詢問

Several people called in to **inquire** about the store's latest promotions.
好幾個人打電話來詢問店裡面最新的促銷商品。

## 27 insert*
[美 ɪnˋsɝt]
[英 insɔ́ːt]

v. 插入

Please read all the instructions before inserting the CD.
插入 CD 之前請仔細閱讀所有的說明。

### 出題重點
**insert A into B** 把 A 插進 B
記住與 insert 搭配使用的介系詞 into。

## 28 mistakenly
[mɪˋstekənlɪ]
派 mistake
　　n. 失誤，錯誤
　　mistaken　a. 錯誤的

ad. 不正確地，錯誤地

The package was mistakenly delivered to Staten Island.
包裹被錯誤地寄到了史坦頓島。

## 29 notification*
[美 ͵notəfəˋkeʃən]
[英 nɔ̀utifikéiʃən]
派 notify　v. 通知

n. 通知

We require written notification of any order cancellations.
我們要求任何訂單取消要有書面通知。

### 出題重點
**notification of** 對…的通知
要記住與 notification 搭配使用的介系詞 of。

## 30 politely**
[pəˋlaɪtlɪ]
派 polite
　　a. 客氣的，有禮貌的
　　politeness　n. 客氣
反 impolitely 無禮地

ad. 有禮貌地，客氣地

Store personnel must always speak to customers politely.
商店員工永遠必須有禮貌地對客人說話。

### 出題重點
區分 **politely**（ad. 客氣地）和 **polite**（a. 客氣的）的詞性。

## 31 rebate
[ˋribet]

v. 退還，退款

The manufacturer will rebate the full sales tax on your purchase.
製造商會退還您購買商品的全部營業稅。

[32]**replace**\*\*

[rɪˋples]

派 replacement
　　n. 替換品，代替者

v. 替換，代替

The mechanic **replaced** the generator's motor with a new one.
修理人員換了一個新的發電機馬達。

### 🏭 出題重點

**replace : substitute**

區分表示『替代』的單字用法差異。

┌ **replace A with B** 用 B 代替 A

　replace 表示『代替…』，因此受詞是被交替的事物。

└ **substitute B for A** 用 B 代替 A

　substitute 表示『把…作為替代品』，受詞是替代品。

You may **substitute** margarine for butter in this recipe.
這道食譜內你可以用乳瑪琳代替奶油。

[33]**respond**\*\*

[美 rɪˋspɑnd]

[英 rispɔ́nd]

派 response　n. 反應
　　responsive
　　a. 反應快的

v. 應答，回覆

Sales clerks should **respond** promptly to questions from customers.
銷售員要及時回應顧客的提問。

### 🏭 出題重點

**respond : answer**

區分表示『應答』的單字用法差異。

┌ **respond to** 應答…

　respond 用於回應諮詢、號召等的時候。因為是不及物動
　詞，要與介系詞 to 一起使用。

└ **answer** 回答

　answer 用於回答問題、命令、呼叫的時候。因為是及物動
　詞，可以直接接受詞。

She was unable to **answer** the question in a satisfactory manner.
她無法以令人滿意的態度回答這個問題。

## 34 return**

[美 rɪˈtɜn]

[英 rɪtɔ́ːn]

n. 返還，利潤

● v. 返還，歸還

Merchandise can be **returned** at the counter.

商品可以在櫃台退還。

## 35 satisfaction

[ˌsætɪsˈfækʃən]

派 satisfy　v. 使人滿意
　　satisfactory
　　a. 使人滿意的

同 content 滿足

反 dissatisfaction 不滿意

● n. 滿足，滿意

We hope our service was to your **satisfaction**.

我們希望服務能達到您的滿意。

### 🔖 出題重點

**to one's satisfaction** 達到某人的滿意

**customer satisfaction** 顧客滿意度

**satisfaction survey** 滿意度調查

記住經常以 satisfaction 的慣用表達形式出題。

## 36 seriously*

[ˈsɪrɪəslɪ]

派 serious　a. 認真的

● ad. 認真地，謹慎地

The manager takes customer feedback very **seriously**.

經理認真對待顧客的回饋意見。

### 🔖 出題重點

**take ... seriously** 認真對待（反義為 take ... lightly）

記住 seriously 經常以 take ... seriously 的形式出題。

## 37 specific*

[spɪˈsɪfɪk]

派 specify　v. 指明，詳述
　　specifically ad. 具體地
　　specification　n. 詳述

● a. 具體的，明確的

When seeking help online, customers must be very **specific** in describing problems.

尋求線上協助時，顧客一定要具體說出問題所在。

## 38 unwavering*

[ˌʌnˈwevərɪŋ]

同 unswerving
　　堅定的，不變的

● a. 堅定的，不動搖的

an **unwavering** commitment to quality

對品質的堅定信念

# 13th Day Daily Checkup

請在右邊欄位內找出相對應的意思並用線條連接。

01  commitment

02  compliment

03  respond

04  courteous

05  confident

ⓐ  有自信的

ⓑ  稱讚

ⓒ  有禮貌的

ⓓ  處理

ⓔ  承諾

ⓕ  應答

請選擇恰當的單字填空。

06  adjust the schedule depending on the _____ needs of each project

07  The employee was fired for _____ sensitive internal documents.

08  The CEO had the _____ support of the board of directors.

09  Many customers prefer _____ old computers instead of upgrading.

| ⓐ disclosing  ⓑ specific  ⓒ unwavering  ⓓ replacing  ⓔ inquiring |
| --- |

10  Water will _____ the camera to malfunction.

11  An employee may be dismissed after two unsatisfactory _____.

12  Customers can _____ any product as long as they have a receipt.

13  The surfaces should be free of scratches and other serious _____.

| ⓐ evaluations  ⓑ blemishes  ⓒ complain  ⓓ cause  ⓔ return |
| --- |

Answer    1.ⓔ 2.ⓑ 3.ⓕ 4.ⓒ 5.ⓐ 6.ⓑ 7.ⓐ 8.ⓒ 9.ⓓ 10.ⓓ 11.ⓐ 12.ⓔ 13.ⓑ

# 多益滿分單字

## LC

| | | |
|---|---|---|
| a couple of | phr. | 兩個…；若干個… |
| affair | n. | 事，事件 |
| a loaf of | phr. | 一塊… |
| aisle | n. | （座位、陳列櫃旁的）通道 |
| annoy | v. | 使人討厭 |
| applaud | v. | 拍手 |
| at no charge | phr. | 免費地 |
| at no extra charge | phr. | 不加額外費用地 |
| athlete | n. | 運動員 |
| athletic shoes | phr. | 運動鞋 |
| attitude | n. | 態度 |
| bare | a. | 裸的，空的 |
| be on another call | phr. | 接聽別的電話 |
| biography | n. | 傳記 |
| button up | phr. | 扣上 |
| call for | phr. | 需要…，去拿（某物），去接（某人） |
| caller | n. | 來電者，訪客 |
| cart | n. | 購物車 |
| carve | v. | 雕刻，刻 |
| casualty | n. | 死傷者，受難者 |
| ceremonial | a. | 儀式的，正式的 |
| computer instructions | phr. | 電腦使用說明書 |
| customer service representative | phr. | 客服人員 |
| deputy | n. | 代理人 |
| dust mask | phr. | 防塵口罩 |
| fitness center | phr. | 健身中心 |
| flute | n. | 長笛 |

| for more details | phr. | 欲知更多詳細資訊 |
| for your own safety | phr. | 為了各位自身的安全 |
| get a phone call | phr. | 接電話 |
| get a replacement | phr. | 得到更換 |
| give a call | phr. | 打電話 |
| handheld | a. | 手持的 |
| handwash | v. | 手洗 |
| have one's hair cut | phr. | 剪頭髮 |
| head toward | phr. | 前往… |
| hold the line | phr. | 不掛斷電話 |
| just to make sure | phr. | 為了確保 |
| just for a minute | phr. | 請稍等 |
| laundry service | phr. | 洗衣服務 |
| lean over | phr. | 傾身 |
| leftover | a. / n. | 剩下的 /（-s）剩飯 |
| look through the manual | phr. | 看一遍使用說明書 |
| mend | v. | 修改 |
| on delivery | phr. | 送貨時 |
| overheat | v. | 過熱；使過熱 |
| pay very well | phr. | 報酬優渥 |
| positive | a. | 正面的，積極的 |
| public telephone | phr. | 公用電話 |
| race course | phr. | 跑道 |
| raincoat | n. | 雨衣 |
| recall | v. / n. | 回收（瑕疵品）/ 回收 |
| recreational footwear | phr. | 休閒鞋 |
| ridiculously | ad. | 荒謬地 |
| rinse | v. | 沖洗，潤絲 |
| soap opera | phr. | 連續劇，肥皂劇 |
| stay asleep | phr. | 睡著 |
| take back | phr. | 退還 |
| voice mail | phr. | 語音信件 |
| wardrobe | n. | 衣櫃 |
| wear out | phr. | 磨損，穿破 |

| | | |
|---|---|---|
| adverse | a. | 不利的 |
| after-sale service | phr. | 售後服務 |
| at one's request | phr. | 在某人的請求下 |
| at the urging of | phr. | 在…的勸誘下 |
| breakage | n. | 破壞，破損量 |
| brutal | a. | 殘酷的，殘忍的 |
| censure | n. / v. | 責難 / 責難 |
| chiropractor | n. | 脊椎按摩師 |
| compelling | a. | 有吸引力的，有說服力的 |
| counsel | v. / n. | 商議 / 商議 |
| counselor | n. | 顧問 |
| cut back | phr. | 減少，削減 |
| decisive | a. | 決定性的；堅決的 |
| discouraging | a. | 使人氣餒的 |
| distress | n. / v. | 沮喪，悲痛 / 使人沮喪、悲痛 |
| expertise and advice | phr. | 專業知識和建議 |
| exterior | a. / n. | 外部的 / 外觀 |
| factually | ad. | 真實地，確實地 |
| faulty | a. | 有缺陷的 |
| fleetingly | ad. | 短暫地 |
| fondness | n. | 愛好 |
| general population | phr. | 一般大眾 |
| hazard | n. | 危險 |
| inflame | v. | 激怒（感情），惡化（情況） |
| interact | v. | 相互作用，互動 |
| intercept | v. | 截斷 |
| make a complaint | phr. | 抱怨 |
| make a request | phr. | 請求 |
| make a response | phr. | 回應 |
| meet the standards | phr. | 滿足標準 |
| never-ending | a. | 無止境的 |
| nourish | v. | 滋養；獎勵 |

| option | n. | 選擇 |
|---|---|---|
| people of all ages | phr. | 所有年齡層的人 |
| pharmacist | n. | 藥劑師 |
| post a notice on | phr. | 貼出公告 |
| prophet | n. | 預言者；先驅 |
| reinforcement | n. | 補強，強化 |
| retrospective | a. | 回顧的，懷舊的 |
| rural community | phr. | 農村 |
| salient | a. | 值得注目的，顯著的 |
| service depot | phr. | 服務站 |
| site | n. | 場所 |
| slip one's mind | phr. | 忘記 |
| smoothly | ad. | 順利地 |
| soak up | phr. | 吸收（液體） |
| sparsely | ad. | 稀疏地 |
| stain | n. | 污點 |
| swiftly | ad. | 迅速地，快地 |
| trace | v. | 追蹤 |
| tripod | n. | 三腳架 |
| tutor | n. | 家庭教師 |
| unlike | prep. | 與…不同 |
| vibrant | a. | 充滿活力的 |
| vivid | a. | 生動的，鮮明的 |
| without charge | phr. | 免費的 |
| without further delay | phr. | 沒有再拖延 |
| wonder | v. / n. | 想知道 / 驚訝 |

## 旅遊購物，有什麼問題？
### 旅遊、機場

進公司後的第一次 international 出差準備。我把去熱帶地區的 attraction 和買紀念品的時間都算進 itinerary，心裡充滿著期待。「這次出差要去海濱飯店附近的紀念品店，要 diverse 地買 unique 又 exotic 東西。肯定會成為一次 superb 旅遊！」但是，回來的那天，機場工作人員檢查完我的 baggage 後說了一句話，使我很受打擊。為什麼花自己的錢買東西也不可以呢？

## 1 accumulate

[əˈkjumjəˌlet]

派 accumulation　n. 積累

### v. 累積

SkyAlliance members can **accumulate** mileage on all our partner airlines.

SkyAlliance 會員可以在我們所有合作的航空公司累積哩程數。

## 2 allowance*

[əˈlaʊəns]

派 allow　v. 允許，承認
　　allowable　a. 可允許的

### n. 允許額；顧及，特別優待

The baggage **allowance** for flight passengers is 20 kilograms.

飛機乘客的行李重量限制是 20 公斤。

The airline makes **allowances** for passengers' dietary requirements.

那家航空公司顧及了乘客餐飲的要求。

### 出題重點

**baggage allowance** 行李重量限制

**make allowances for** 顧及⋯

allowance 一般以慣用表達形式出題。

## 3 approximately*

[美 əˈprɑksəmɪtlɪ]

[英 əˈprɔksimətli]

派 approximate
　　a. 大概的

### ad. 大概

A nonstop flight takes **approximately** thirteen hours.

直飛大概需要 13 個小時。

## 4 attraction

[əˈtrækʃən]

派 attract　v. 吸引，引誘
　　attractive　a. 誘人的

### n. 景點，吸引人的地方

the city's best tourist attractions

市裡最好的旅遊景點

## 5 away**

[əˈwe]

### ad. 在遠處，離⋯遠

Historic City Hall is located about fifteen miles **away** from the convention center.

Historic City Hall 位於離會議中心約 15 英哩遠的地方。

**away : far**

要區分表示『離去』的單字用法差異。

> **away** 離…遠
>
> away 前面可以加距離單位。
>
> **far** 離得遠
>
> far 前面不能接距離單位，twenty kilometers far from the airport 是錯誤的表達。
>
> The subway station is located **far** from the domestic airport.
> 地鐵站離國內機場很遠。

6 **baggage**
[ˈbægɪdʒ]
派 luggage 行李

n. 行李

Stow **baggage** under the seat in front of you.
請將行李放在前面的座椅下方。

出題重點

**baggage claim**（機場）行李領取處

baggage 和 luggage 一樣都是不可數名詞，不能加不定冠詞（a baggage），也不能用複數形態（baggages）。

7 **beforehand***
[美 bɪˈforˌhænd]
[英 bɪfɔːˈhænd]
同 ahead 事先

ad. 預先，事先

Reservations should be made three weeks **beforehand**.
預約應於三週之前。

8 **board**
[美 bord]
[英 bɔːd]

v. 乘坐

Business class passengers were invited to **board** the plane.
商務艙的乘客受邀登機了。

n. 董事會

Tourism Scotland's **board** of directors approved the budget proposal.

Tourism Scotland 公司的董事會批准了這項預算提案。

### 🏃 出題重點

**a board member** 董事

**a board of directors** 董事會

board 一般在聽力測驗傾向考『乘坐』的意思，在閱讀測驗則傾向考『董事會』的意思。

---

⁹ **brochure\***

[美 broˈʃʊr]

[英 bróuʃə]

n.（宣傳用）手冊，冊子

Pick up a tourist brochure at the information center.

請在資訊中心拿取旅遊小冊。

### 🏃 出題重點

**brochure : catalog : guideline**

要區分表示『手冊』、『指南』的單字用法差異。

— **brochure**（宣傳用）手冊，小冊子

圖畫加說明的宣傳用手冊。

— **catalog**（物品、書等）目錄，編目

商品目錄或圖書館書籍目錄

a catalog of duty-free items on sale

促銷中免稅物品的目錄

— **guideline** 指南

關於政策等的指南

health and safety guidelines for travelers

旅客衛生與安全指南

---

¹⁰ **customs**

[ˈkʌstəmz]

n. 海關

Hundreds of passengers go through customs every hour.

每小時有數百名乘客通過海關。

**出題重點**

**customs regulations** 海關規定
**customs clearance** 通關手續，清關文件
**go through customs** 通過海關
customs 經常以慣用表達形式出題。

[11] **declare**
[美] dɪˋklɛr]
[英] dikléɜ]
[派] declaration
　 n. (海關) 申報，宣言

v. (在海關) 申報
Goods subject to customs duties must be declared.
需要繳納關稅的物品必須申報。

[12] **depart**
[美] dɪˋpɑrt]
[英] dipáːt]
[派] departure　n. 出發

v. 出發，起飛
Flight QF302 to Sydney departs from London Heathrow Airport at 10:45 p.m.
QF302 飛往雪梨的班機在晚上 10 點 45 分從倫敦 Heathrow 機場起飛。

[13] **destination**
[ˌdɛstəˋneʃən]

n. 目的地
Travel agents can provide information about a travel destination.
旅行社人員可以提供有關旅遊目的地的資訊。

[14] **diverse** ★★
[美] daɪˋvɜs]
[英] daivóːs]
[派] diversify　v. 使多樣化
　 diversity　n. 多樣性
[同] varied 多樣的

a. 多樣的
the diverse attractions of the city
城市多樣的旅遊景點

**出題重點**

區分 **diverse** (a. 多樣的) 和 **diversity** (n. 多樣性) 的詞性。

## 15 dramatic*

[drə`mætɪk]

派 dramatically
　　ad. 戲劇性地

○ a. 戲劇性的，引人注目的

This tour includes the country's most **dramatic** scenery.
這次旅行包括了這個國家最引人注目的風景。

### 🧑‍🏫 出題重點

**dramatic scenery** 引人注目的風景

**dramatic + increase / rise / fall** 急劇的增加 / 上升 / 下降

dramatic 除了表示『戲劇性的』、『引人注目的』，還有『急劇的』的意思，這時與 increase、rise 等表示增減的名詞搭配使用。

## 16 duty

[美 `djutɪ]

[英 djúːti]

同 tax 稅金

○ n. 關稅，稅；義務

Passengers must pay **duty** on goods worth more than \$500.
乘客必須對 500 美元以上的貨物支付關稅。

Security personnel are on **duty** at the airport around the clock.
機場保全人員 24 小時都在值勤。

## 17 embassy

[`ɛmbəsɪ]

派 ambassador　n. 大使

○ n. 大使館

Visa information can be obtained at the nearest **embassy**.
簽證資訊可於最近的大使館取得。

## 18 emergency

[美 ɪ`mɝdʒənsɪ]

[英 imə́ːdʒənsi]

○ n. 緊急

In case of **emergency**, oxygen masks will automatically drop from above.
萬一有緊急情況，氧氣面罩會自動從上面落下。

## 19 exotic

[美 ɛg`zɑtɪk]

[英 igzɔ́tik]

○ a. 異國的；魅惑的

Our website contains information on the world's most **exotic** vacation spots.
我們網站包含世界最具異國風情的渡假勝地資訊。

## <sup>20</sup>fill out / in*

**phr. 填寫（表格）**

Please **fill out** the form prior to landing.

降落前請先填寫這份表格。

### 出題重點

- **fill out / in** 填寫（表格）
- **fill up** 加滿汽油

要區分形態類似片語的意思。

You must **fill up** the tank before dropping off the rental car.

還回租車之前您必須要加滿汽油。

## <sup>21</sup>hospitality**

[美] ˌhɑspɪˋtælətɪ]

[英] hɔspitǽləti]

派 hospitable  a. 好客的

**n. 款待，親切的招待**

The guests appreciated the **hospitality** extended to them during their stay.

客人們非常感激住宿期間所受到的款待。

### 出題重點

**hospitality extended to** 給予…款待

**hospitality industry** 服務業

hospitality 經常與表示『施加』的動詞 extend 搭配使用。

## <sup>22</sup>indulge

[ɪnˋdʌldʒ]

派 indulgence
　　n. 放縱，沉溺

**v. 縱情，沉溺**

**Indulge** in a getaway to the jungles and reefs of Belize.

遠避塵囂縱情於貝里斯的叢林與珊瑚之中。

### 出題重點

**indulge in** 沉溺於…，縱情於…（=be addicted to）

要記住與 indulge 一起使用的介系詞 in。

23 **international\***
[美 ,ɪntəˋnæʃənl]
[英 ìntənǽʃənəl]
反 domestic 國內的

a. 國際的

Passengers for international flights check in at Counter 3.
乘坐國際航線的乘客請在 3 號櫃檯辦理登機報到手續。

24 **itinerary**
[aɪˋtɪnəˌrɛrɪ]

n. 旅遊行程

The itinerary includes a visit to Boston.
旅遊行程包括至波士頓訪問。

25 **jet lag**

phr. 時差反應（旅行時因時差引起的疲勞）

Some passengers take sleeping pills to overcome jet lag.
有些乘客服用安眠藥來克制時差感。

26 **laundry**
[美 ˋlɔndrɪ]
[英 lɔ́:ndri]

n. 換洗衣物

Same day laundry service is available on request.
如有需要，可提供當日領取洗衣服務。

27 **locate**
[美 loˋket]
[英 lóukeit]
派 location n. 位置
同 find 找出

v. 找出（…的位置），使位於…

Airline personnel have tried to locate the passenger's lost luggage.
航空公司人員試著找出乘客遺失的行李。

International Arrivals is located on the next level.
國際航線的入境位於下一個樓層。

**出題重點**

**conveniently / perfectly + located** 便利地 / 最適當地設置
located 經常與 conveniently、perfectly 等強調場所便利性的副詞一起使用。

**<sup>28</sup>missing**
[ˈmɪsɪŋ]

a. 行蹤不明的，消失的

The missing luggage will be sent to the hotel.
遺失的行李將會被送到旅館。

**<sup>29</sup>overhead\***
[美 ˈovəˈhɛd]
[英 ɔ́uvəhèd]
n. 間接費用，共同費用

a. 頭上的

Place belongings in the overhead compartments.
請將隨身物品放至上方行李櫃。

🧑‍🍳 **出題重點**

**overhead compartments** 上方行李櫃（飛機行李櫃）
overhead 經常以 overhead compartments 的慣用表達出題。

**<sup>30</sup>precisely**
[prɪˈsaɪslɪ]
同 exactly 正確地

ad. 正確地，準確地

The plane will take off at precisely 8 p.m.
飛機會準確地在 8 點起飛。

**<sup>31</sup>prior to\*\***

prep. 在…之前

Seatbelts must be fastened prior to departure.
安全帶須於起飛前繫好。

**<sup>32</sup>proximity**
[美 prɑkˈsɪmətɪ]
[英 prɔksímiti]

n. 接近，臨近

The conference center is in proximity to the hotel.
那個會議中心就在飯店附近。

🧑‍🍳 **出題重點**

**in close proximity to** 接近…
**in the proximity of** 在…的附近
proximity 經常以慣用表達形式出題。

**33 remittance**

[rɪ'mɪtn̩s]

派 remit　v. 匯款
　　remittee　n. 收款人

n. 匯款

**Remittance** for the tickets is due Monday.
這些票的匯款星期一就會到期。

**34 round trip**

phr. 往返旅行；來回機票

The fare for the **round trip** to Cairo includes two nights' accommodation.
到開羅旅行的往返費用包括兩晚的住宿費。

**35 seating**

['sitɪŋ]

派 seat
　　n. 座位
　　v. 使坐下

n.（集體的）座位；座位安排

The **seating** capacity of this airplane is two-hundred and fifty.
這架飛機的座位數是 250 席。

The **seating** arrangements were finalized before guests arrived.
在賓客到達之前即已完成座位安排。

### 🖋 出題重點

**seating : seat**

要區分表示『坐席』的單字用法差異。

— **seating**（集體的）座位安排，座位排列
　 表示一定場所的『整體坐席安排』，也表示公共場所或
　 活動場所等的『座位安排』。

— **seat** 坐席
　 表示一個座位
　 a fully reclining seat
　 可以完全後仰的座椅

**36 superb**

[美 su'pɝb]

[英 suːpə́ːb]

同 excellent, outstanding
　　出色的

a. 出色的，最好的

The service at the hotel was **superb**.
那家飯店的服務是最好的。

## 37 swap

[美 swɑp]

[英 swɔp]

同 exchange, trade, switch
互換，交換

**v. 交換**

Passengers are not allowed to swap seats.

乘客不得交換座位。

## 38 touch down**

同 land 著陸

反 take off 起飛

**phr. 降落**

The private plane touched down at the airport.

這架私人飛機降落在機場了。

## 39 tour**

[美 tʊr]

[英 túə]

v. 旅行

**n.（工廠、設施等的）參觀；短期旅行**

The guide gave us a tour of the manufacturing plant.

導遊帶我們參觀了這家製造工廠。

### 🏭 出題重點

**tour : trip**

要區分表示『旅行』的單字用法差異。

**tour**（設施等的）參觀；短期旅行

除了表示『短期旅行』，還有表示參觀某一場所的意思。

**trip** 出差，短期旅行

表示出差等的短期旅行。

A business trip abroad may provide a valuable cultural experience.

海外出差可以提供寶貴的文化體驗。

## 40 unavailable*

[ˌʌnəˈveləbl]

反 available 可利用的

**a. 難以得到的，無法使用的**

The luxury suite is currently unavailable.

豪華套房目前無空房。

<sup>41</sup>**unique***

[juˋnik]

反 commonplace 平凡的

a. 獨特的

a **unique** resort for travelers who want something different
為要求特別的旅客準備的獨特景點

<sup>42</sup>**unlimited****

[ʌnˋlɪmɪtɪd]

派 unlimitedly　ad. 無限地
反 limited, restricted
　限制的

a. 無限的，沒有限制的

**Unlimited** mileage is included with all our car rental quotes.
我們所有租車的報價都包括了無限哩程。

### 🔺 出題重點

**unlimited mileage** 無限哩程

**have unlimited access to the file** 可以沒有限制的使用檔案

unlimited mileage 是租車的時候用的表達形式，表示即使無限使用，租車費用也一樣。

請在右邊欄位內找出相對應的意思並用線條連接。

01  hospitality

02  diverse

03  exotic

04  proximity

05  indulge

ⓐ  沉溺

ⓑ  接近

ⓒ  交換

ⓓ  多樣的

ⓔ  親切的招持

ⓕ  魅惑的

請選擇恰當的單字填空。

06  Customers should pay _____ when goods are shipped internationally.

07  Items that haven't been _____ will be taxed at departure.

08  People living in a foreign country should register with their _____.

09  Once you have _____ the file you wish to attach, click "open".

> ⓐ declared  ⓑ embassy  ⓒ located  ⓓ duties  ⓔ remitted

10  _____ tickets are cheaper than two one-way fares.

11  The ferry service will be _____ during the rainy season.

12  _____ that weighs more than 10 kilograms must be checked.

13  Our program will offer a _____ opportunity to prepare for careers.

> ⓐ laundry  ⓑ unavailable  ⓒ round trip  ⓓ superb  ⓔ baggage

Answer  1.ⓔ 2.ⓓ 3.ⓕ 4.ⓑ 5.ⓐ 6.ⓓ 7.ⓐ 8.ⓑ 9.ⓒ 10.ⓒ 11.ⓑ 12.ⓔ 13.ⓓ

# 多益滿分單字

## LC

| aboard | ad. | 搭飛機，乘船 |
|---|---|---|
| agent | n. | 代理人，代理公司 |
| aircraft | n. | 飛機 |
| airfare | n. | 機票費用 |
| airsickness | n. | 暈機 |
| aisle seat | phr. | 靠走道的座位 |
| barge | n. | 貨船 |
| be charged for parking | phr. | 被要求支付停車費 |
| be on a trip | phr. | 在旅行中 |
| board a flight | phr. | 搭上飛機 |
| boarding time | phr. | 登機時間 |
| boarding gate | phr. | 登機門 |
| boarding pass | phr. | 登機證 |
| boat | n. | 船，小船 |
| breathtaking view | phr. | 屏息讚嘆的景色 |
| buckle up (=fasten seatbelt) | phr. | 扣上安全帶 |
| business class | phr. | 商務艙 |
| by air | phr. | 坐飛機 |
| carousel | n. | （機場）行李輸送帶 |
| carry on a bag | phr. | 提著行李包 |
| carry-on baggage | phr. | 手提行李 |
| carryout | n. | 外帶食物 |
| catch one's flight | phr. | 搭某人的飛機 |
| channel | n. | 海峽；航道 |
| connect | v. | 連接 |
| crew | n. | 機組人員 |
| cruise | n. | 巡航，郵輪旅遊 |

| | | |
|---|---|---|
| currency exchange | phr. | 貨幣兌換 |
| deck | n. | 甲板 |
| departure | n. | 出發，起飛 |
| dock | n. | 船塢，碼頭 |
| drift | v. | 漂流 |
| duty-free shop | phr. | 免稅店 |
| ferry | n. | 渡輪 |
| first class | phr. | 頭等艙 |
| flight attendant | phr. | 空服員 |
| fluid | n. | 液體；飲料 |
| go and get | phr. | 去拿… |
| go on vacation | phr. | 去渡假 |
| go sailing | phr. | 去坐船 |
| go sightseeing | phr. | 去觀光 |
| guest book | phr. | 訪客留言簿 |
| guidebook | n. | 旅遊指南 |
| guided tour | phr. | 有導遊的旅行 |
| harbor | n. / v. | 港口／靠港 |
| have a ride | phr. | 乘車 |
| immigration | n. | 入境，移民 |
| in-flight | a. | 機內的 |
| journey | n. | 旅行 |
| landing | n. | 降落 |
| landmark | n. | 有名的場所，地標 |
| layover | n. | （飛機等長途旅行的）中途停留 |
| life preserver | phr. | （救生衣等）救生器具 |
| long distance rate | phr. | 長途電話費用 |
| luggage tag | phr. | 行李吊牌 |
| mainland | n. | 本土 |
| meet one's flight | phr. | （按飛機到達時間）去接某人的機 |
| miss the train | phr. | 錯過火車 |
| native | a. | 地方固有的，原生的 |
| nonstop flight | phr. | 直飛 |
| outgoing | a. | （從某場所）出發的；（從某職位）離開的 |

| pack | n. / v. | 包裹 / 整理行李 |
| passenger | n. | 乘客 |
| passport | n. | 護照 |
| pilot | n. | 飛行員 |
| port | n. | 港口 |
| porter | n. | 搬運工人，搬貨員，飯店行李員 |
| put up a tent | phr. | 搭起帳篷 |
| roll down | phr. | 搖下（車窗）；攤平（卷軸） |
| row the boat | phr. | 划船 |
| salon | n. | （服裝、美容院等）沙龍 |
| seatbelt light | phr. | 安全帶警示燈 |
| ship | n. / v. | 船 / 把…搬到船上 |
| stall | n. / v. | 商品陳列櫃；攤位 / 使動彈不得 |
| stop over | phr. | 中途停留 |
| suitcase | n. | 旅行箱 |
| take off | phr. | 起飛 |
| take one's bag off | phr. | 放下某人的行李包 |
| tie the boat to | phr. | 把船停泊在… |
| travel agency | phr. | 旅行社 |
| travel agent | phr. | 旅行社員工 |
| travel itinerary | phr. | 旅行日程 |
| traveler's check | phr. | 旅行支票 |
| turbulence | n. | 亂流 |
| unload | v. | 卸下行李 |
| unlock | v. | 開鎖 |
| unpack a suitcase | phr. | 打開行李箱 |
| visa | n. | 簽證 |
| visa extension | phr. | 延長簽證 |
| walking tour | phr. | 徒步旅行 |

## Part 7

| air purifying system | phr. | 空氣清淨系統 |
| aviation | n. | 飛行，航行 |

| charter plane | phr. | 包租班機 |
|---|---|---|
| cockpit | n. | 駕駛員座艙 |
| concourse | n. | （車站、機場的）中央大廳 |
| confer | v. | 協議，議論 |
| customs office | phr. | 海關辦事處 |
| disembark (=get off, leave) | v. | 下（飛機、船） |
| disembarkation card | phr. | 入境申請表 |
| geographic | a. | 地理上的 |
| go through customs | phr. | 通過海關 |
| impound | v. | 沒收（東西） |
| memorable | a. | 值得紀念的，難忘的 |
| memorial | n. / a. | 紀念品 / 供人記念的 |
| memorial service | phr. | 追悼儀式 |
| monument | n. | 紀念碑，紀念館 |
| motion sickness | phr. | 暈車 |
| prestigious | a. | 有名聲的 |
| quarantine desk | phr. | 檢疫台 |
| runway | n. | 跑道 |
| seasickness | n. | 暈船 |
| suburban train line | phr. | 郊區的列車路線 |
| vessel | n. | 大型船艦 |
| voyage | n. | （遠距離）航海，航行 |

## 不管怎樣簽定契約都 OK！
### 契約

我們公司為了增強企業的力量，向大企業提出了合併 **proposal**。協商持續了三個月，但直到現在都沒能對 **alliance** 的 **stipulation** 和 **terms** 達成雙方的 **compromise**。**negotiation** 終究沒有達到 **agreement**，最終陷入了 **deadlock** 的狀態。這時，多虧課長請來的強力 **negotiator**，最後以有利於我們公司的條件達成了協議。我再一次深切地感受到社會生活中人際關係的重要性。

**1 agreement\*\***

[ə`grimənt]

派 agree　v. 同意

反 disagreement 不同意

n. 契約，協定；同意，共識

The **agreement** has been signed by both parties.

雙方簽署了協定。

The businessmen reached an **agreement** after hours of negotiation.

商界人士經過幾個小時的協商終於達成了共識。

### 📖 出題重點

**come to / reach + an agreement** 達成共識

agreement 與 reach 等表示『到達』的動詞搭配使用。

**2 alliance**

[ə`laɪəns]

派 ally　v. 使結盟

同 union, coalition
　　同盟，聯合

n. 同盟，聯盟

The corporations formed an **alliance**.

那些企業組成了一個聯盟。

**3 annotated**

[美] `æno͵tetɪd]

[英] ǽnoutèitd]

派 annotation　n. 注釋

a. 有注釋的（書等）

The author submitted an **annotated** version of his manuscript.

那位作家提交了自己的注釋版原稿。

**4 annulment**

[ə`nʌlmənt]

派 annul　v. 使無效

n. 無效化，取消

The company is seeking an **annulment** of its deal with its distributor.

那家公司正試圖與其經銷商取消交易。

**5 arbitration\***

[美] ͵ɑrbə`treʃən]

[英] ɑ̀ːbitréiʃən]

派 arbitrate　v. 仲裁
　　arbitrator　n. 仲裁者

n. 仲裁

The **arbitration** for wage negotiations ended in a deadlock.

薪資仲裁談判以僵局作結。

### 出題重點
- **arbitration** 仲裁
- **arbitrator** 仲裁人

要區分抽象名詞 arbitration 和人物名詞 arbitrator。

---

**6 bid**
[bɪd]
v. 出價，投標

**n. 出價，競標**

The construction firm Martin & Sons put in a bid for the contract.
Martin & Sons 營建公司為了拿到那份合約出價競標。

### 出題重點
**put in a bid for** 為⋯出價競標
**bid for** 投標⋯

bid 可以作名詞也可以作動詞，經常與介系詞 for 搭配使用。

---

**7 challenging**
[ˈtʃælɪndʒɪŋ]
派 challenge
　　 n. 挑戰
　　 v. 挑戰

**a. 具挑戰性的，困難的**

Constructing the new wing proved to be a challenging project.
建造那間新分館證實是項具挑戰性的工程。

### 出題重點
**challenging project** 具挑戰性的工程

challenging 用於做來很艱難而且需要很多努力，但又同時很有趣的事情。

---

**8 collaborate\*\***
[kəˈlæbəˌret]
派 collaboration　n. 協力
　　 collaborator
　　 n. 合作者，協力者
　　 collaborative　a. 合作的

**v. 合作，協力**

Moksel Company and Boston University collaborated on the research project.
Moksel 公司和 Boston 大學合作進行了這項研究計畫。

### 🧑‍🍳 出題重點

**collaborate on + 合作內容** 在…上面合作

**collaborate with + 人** 與…合作

考試經常會出 collaborate 和介系詞 on。

---

9 **compromise**
[美 ˈkɑmprəˌmaɪz]
[英 kɔ́mprəmàiz]
v. 妥協，和解

n. 妥協，和解，折衷方案

After several talks, the contractors came to a satisfactory **compromise**.

經過數次的協商，簽約者們終於達成了滿意的折衷方案。

---

10 **contract***
n. [美 ˈkɑntrækt]
　 [英 kɔ́ntrækt]
v. [kənˈtrækt]
派 contraction　n. 收縮
　 contractor
　 n. 契約者；承包商

n. 契約，合約書

The law requires all parties to sign the **contract**.

該項法律要求所有當事者簽署這份合約書。

v. 簽訂契約；收縮

We **contracted** with IBSC to deliver our cargo.

我們和 IBSC 公司簽訂了契約以運送我們的貨物。

The manuscript binding **contracted** due to humid weather.

原稿的裝訂因天氣潮濕而收縮了。

### 🧑‍🍳 出題重點

**contract out A to B** 把 A 承包給 B

contract out 用於外包給其它公司或 SOHO 族的場合，外包廠商或人員前面加介系詞 to。

---

11 **cooperatively****
[美 koˈɑpərətɪvlɪ]
[英 kouɔ́pərətivli]
派 cooperate　v. 合作
　 cooperation　n. 合作
　 cooperative　a. 合力的

ad. 合作地，配合地

The company worked **cooperatively** with Pacific Co. to build the railway.

那家公司與 Pacific 公司協力建造這條鐵路。

**in cooperation with** 與…合作

名詞 cooperation 經常以 in cooperation with 的形式出題。

[12] **deadlock**
[美] ['dɛd,lɑk]
[英] dédlɔ́k]

n. 僵局

Friday's negotiations ended in a deadlock.

星期五的協商以僵局告終。

[13] **dispute*** **
[dɪ'spjut]
v. 爭論

n. 爭論，爭執

The **dispute** over the copyright prompted court action.

這場關於版權的爭執鬧上了法院。

### 出題重點

**dispute over** 關於…的爭執

考試會出選擇與 dispute 搭配使用的介系詞 over 的題目。

[14] **embark**
[美] ɪm'bɑ́rk]
[英] imbá:k]

v. 著手，從事

The company **embarked** on a fresh round of negotiations.

公司著手了新一輪的協商。

### 出題重點

**embark on** 著手於…，對…出手

要記住與 embark 搭配使用的介系詞 on。

[15] **expire*** **
[美] ɪk'spaɪr]
[英] ikspáiə]
[派] expiration
　　n. 終結，期滿
　　expiry　n. 終結，期滿

v.（合約）期滿

The previous contract **expired** a few weeks ago.

先前的合約幾個星期之前就到期了。

### 🦺 出題重點

1. **expire : invalidate**

   要區分與『合約失效』有關的動詞用法差異。

   ┌ **expire** 期滿

   └ 不及物動詞，用於合約超過一定時期，期滿的場合。

   ┌ **invalidate** 使失效

   └ 及物動詞，用於使合約、法律等失效的場合。

   We **invalidated** the contract because some information was missing.

   由於遺漏了一些資訊，我們取消了合約。

2. **expiration date** 有效截止日

   要注意截止日不是 expiring date，而是 expiration date。

---

[16] **foundation** ★

[faʊnˈdɛʃən]

派 found　v. 設立

　　founder　n. 創立者

n. 基礎，基本

The proposal served as the **foundation** on which our agreement was concluded.

那個提案成為了我們達成協定的基礎。

### 🦺 出題重點

1. **foundation : establishment**

   要區分表示『建立』的單字用法差異。

   ┌ **foundation** 建立，基礎

   └ 除了表示『建立』，還表示某事的『基礎』。

   ┌ **establishment** 建立

   └ 主要用於『建立』建築、機關或制度等的時候。

   They finalized plans for the center's **establishment**.

   他們完成了設立中心的計畫。

2. **serve as the foundation** 作為基礎

   **lay the foundation** 建立基礎

   要記住 foundation 的多益出題形式。

3. **found（設立）- founded - founded**

   **find（找）- found - found**

   動詞 found 與 find 的過去式 found 寫法一樣，注意不要混淆。

## 17 impartially
[美 ɪmˈpɑrʃəlɪ]
[英 impáːʃəli]
派 impartial
  a. 公正的
同 fairly 公正地

**ad. 公正地，公平地**

The judge impartially settled the contractual dispute.
法官公正地解決了合約的糾紛。

### 👨‍🏫 出題重點

區分 **impartial**（a. 公正的）和 **impartially**（ad. 公正地）的詞性。

## 18 imperative ★
[ɪmˈpɛrətɪv]
同 essential 必須的
  compulsory 義務性的

**a. 必須履行的，必要的**

It is imperative that the agreement be fully honored.
完全遵守這項協定是必要的。

### 👨‍🏫 出題重點

**It is imperative that 主詞（+ should）+ 動詞原形**
imperative 是表示『義務』的形容詞，that 子句要用
『（should）＋動詞原形』的形式，注意不能用動詞過去式
或第三人稱單數動詞。

## 19 impression ★
[ɪmˈprɛʃən]
派 impress
  v. 給予深刻印象
  impressive
  a. 令人印象深刻的

**n. 印象**

The representative's presentation gave the impression that his company is well-organized.
該公司代表的發言給人他的公司組織良好的印象。

## 20 initially ★
[ɪˈnɪʃəlɪ]
派 initial  a. 最初的
  initiate  v. 開始

**a. 最初，開頭，一開始**

The representatives initially rejected the contract terms.
代表們一開始拒絕了合約的條件。

## 21 mediation
[midɪˈeʃən]
派 mediate  v. 調解

**n. 調停，仲裁**

The management has resolved a pay dispute through mediation.
管理階層透過調解解決了薪資糾紛。

22 **moderator**
[美] ['madə,retə]
[英] [mɔ́dərèitər]

n.（討論等）主持人，仲裁者，（會議）主席
Mr. Zhang acted as **moderator** during yesterday afternoon's meeting.
張先生在昨天下午的會議中擔任了主席。

23 **modify**
[美] ['madə,faɪ]
[英] [mɔ́difài]
派 modification　n. 修改

v. 修改，更改
The parties agreed to **modify** the wording of some clauses.
當事者們同意修改某些條款的措辭。

24 **narrow**\*\*
[美] ['næro]
[英] [nǽrəu]
a. 狹窄的
反 expand 擴張，擴大

v. 縮小（範圍），縮減（數量）
The number of sites has been **narrowed** down to three.
建築基地已縮減為三個。

🏔 **出題重點**

**narrow down A to B** 把 A 縮成 B 的範圍
要記住與 narrow down 一起使用的介系詞 to。

25 **negotiation**\*\*
[美] [nɪ,goʃɪ'eʃən]
[英] [nigə̀uʃiéiʃən]
派 negotiate　v. 談判
　　negotiator　n. 談判人員
　　negotiable　a. 可談判的

n. 談判，協商
**Negotiations** are now in process.
談判正在進行。

🏔 **出題重點**

┌ **negotiation** 談判
└ **negotiator** 談判人員
要區分抽象名詞 negotiation 和人物名詞 negotiator。

26 **opposing**\*
[美] [ə'pozɪŋ]
[英] [əpə́uzɪŋ]
派 oppose　v. 反對⋯

a. 對立的，相對的
The **opposing** factions could not find a resolution.
對立的集團們無法找到解決方案。

## 27 originally
[əˈrɪdʒənḷɪ]

派 origin　n. 根源，起源
　　original　a. 原來的
　　　　　　　n. 原文，原書
　　originate　v. 發源
同 primarily 原來，最初

ad. 原來，起初

The company wants to change the conditions **originally** agreed upon.
那家公司想更改原先同意的合約條件。

### 🧑‍🍳 出題重點

區分 **originally**（ad. 起初）和 **original**（a. 原來的）的詞性。

## 28 preamble
[ˈpriæmbḷ]

n. 前言，序文

The **preamble** to the contract states the purpose clearly.
合約的序文中明確地寫出了目的。

## 29 proceed**
[美 proˈsid]
[英 prəusíːd]

派 process n. 過程，進程
　　procedure n. 程序，步驟
　　proceeds n. 收入，收益
同 progress 進展，進行

v. 進行，展開

Talks over the companies' merger are **proceeding** well.
公司合併的會談正順利地進行著。

### 🧑‍🍳 出題重點

**proceed with** 持續進行…
要記住與 proceed 搭配使用的介系詞 with。

## 30 proposal**
[美 prəˈpozḷ]
[英 prəpóuzəl]

派 propose　v. 提案
　　（=suggest）

n. 計畫，企畫案

The project leader made several major changes to the **proposal**.
專案負責人對企畫案做了幾項重大的修改。

### 🧑‍🍳 出題重點

**submit a proposal** 提出企畫
proposal 與動詞 submit 搭配使用。要注意，proposal 雖然以 -al 結束，但不是形容詞。

## 31 provision

[prəˈvɪʒən]

同 clause 條款

### n.（合約）條款

The CEO added a new provision to the contract last week.
總裁上星期在合約中增加了一個新條款。

## 32 renew*

[美 rɪˈnju]

[英 rinjúː]

派 renewal　n. 更新
　　renewable　a. 可更新的

### v.（合約等）展期，更新

They renewed the six-month contract after discussions.
經過討論，他們把合約延長了六個月。

🖋 **出題重點**

1. 區分 **renew**（v. 更新）和 **renewal**（n. 更新）的詞性。

2. **renew + contract / license / subscription**

延長合約 / 執照 / 訂閱

## 33 review**

[rɪˈvju]

n. 複查，批評

### v. 檢討，複查

Please review all of the documents carefully.
請仔細複查所有的文件。

## 34 rigid

[ˈrɪdʒɪd]

派 rigidity　n. 嚴格，強度
反 flexible 靈活的

### a. 嚴格的，堅定的

They complained about the rigid contractual obligations.
他們抱怨了嚴格的合約履行義務。

## 35 settle

[ˈsɛtl]

派 settlement　n. 解決
　　settled
　　a. 確立的，安置的

### v. 解決，處理

The management made attempts to settle the unfair dismissal case.
管理階層努力解決不公平的裁員案。

## 36 solicit*

[səˈlɪsɪt]

派 solicitation　n. 懇求
同 request 請求

### v. 請求，懇求，徵求

The Department of Transportation solicited proposals for a transport project.

交通部門徵求了關於交通計畫的企畫案。

### 🏄 出題重點

**solicit proposals** 徵求企畫案

solicit 經常與 proposal 搭配出題。

---

<sup>37</sup>**stipulation**

[ˌstɪpjəˈleʃən]

派 stipulate　v. 規定

○ n. 契約條件

One of the **stipulations** was that the goods must be insured.
契約條件之一是商品必須納入保險。

---

<sup>38</sup>**surely★**

[美 ˈʃʊrlɪ]

[英 ʃɔːlɪ]

派 sure
　　a. 確信的，肯定的
　　ensure　v. 保證

ad. 的確，肯定地

A lawyer is **surely** needed for these complex negotiations.
這種複雜的談判的確需要律師。

---

<sup>39</sup>**term★**

[美 tɝm]

[英 tɜːm]

n. 條件；任期，期限

We cannot agree to the **terms** of the contract.
我們不能同意合約的條件。

Her **term** as chairperson will finish next year.
她的主席任期將在明年屆滿。

### 🏄 出題重點

1. **in terms of** 從…方面，就…而論
　**long-term** 長期的（反義為 short-term）
　記住 term 的慣用表達形式。
2. ┌ **term** 條件，任期
　└ **terminology** 專業用語，術語（＝jargon）
　要區分形態類似，意思不同的兩個單字。
　The **terminology** was surprisingly complex.
　那些術語驚人地複雜。

[40]**terminate**★

[美] 'tɜmə,net]

[英] tɔ́:minèit]

派 termination　n. 結束
　　terminal
　　a. 末端的，終點的

反 initiate 開始

v. 結束，終結，終止

The company **terminated** the agreement when the project wasn't completed.

當計畫還沒完成時，公司就終止了合約。

請在右邊欄位內找出相對應的意思並用線條連接。

| | | | |
|---|---|---|---|
| 01 | annotated | ⓐ | 必要的 |
| 02 | imperative | ⓑ | 序文 |
| 03 | provision | ⓒ | 有注釋的 |
| 04 | rigid | ⓓ | 請求 |
| 05 | preamble | ⓔ | 嚴格的 |
| | | ⓕ | 條款 |

請選擇恰當的單字填空。

06 The appliance's guarantee will _____ after six months.

07 Committee members will serve a _____ of no less than three years.

08 The election for chairperson will _____ on May 5 unless otherwise stated.

09 The director read the _____ thoroughly before signing it.

> ⓐ proceed  ⓑ term  ⓒ expire  ⓓ settle  ⓔ contract

10 The restaurant is _____ run by a group of businessmen.

11 _____ the number of bidders for the undertaking

12 Good business contacts will _____ strengthen our market position.

13 Management was forced to _____ the employment of several staff members.

> ⓐ collaborate  ⓑ surely  ⓒ terminate  ⓓ cooperatively  ⓔ narrow

# 多益滿分單字

## LC

| advance reservation | phr. | 事先預約 |
|---|---|---|
| back out of the deal | phr. | 退出交易 |
| backseat | n. | 後座 |
| bother | v. | 打擾 |
| ceiling | n. | 天花板 |
| dial a number | phr. | 撥電話 |
| disadvantage | n. | 不利，不利條件 |
| empty | a. | 空的 |
| exit | n. | 出口 |
| farmland | n. | 農地，農田 |
| focus on | phr. | 集中注意於… |
| for ages | phr. | 很久 |
| have an advantage of | phr. | 有…的好處 |
| household | n. | 家族，家庭 |
| I have no idea. | phr. | 我不太清楚。 |
| It is no wonder (that) | phr. | 難怪… |
| lock up | phr. | 鎖起來 |
| look after | phr. | 看顧… |
| make a deposit | phr. | 付合約金，付保證金，付訂金 |
| make a mistake | phr. | 失誤，犯錯 |
| notepad | n. | 記事本 |
| on one's way to | phr. | 在某人去…的路上 |
| peak | phr. | 高峰，最高點 |
| peer through the lens | phr. | 透過鏡片看 |
| per day | phr. | 每一天 |
| portray | v. | 描繪（人物、風景） |
| proof | n. | 證據 |

| put on | phr. | 穿上… |
| --- | --- | --- |
| rain check | phr. | 改日的優先購買券；延期，改期 |
| reinstall | v. | 重新安裝 |
| rental agreement | phr. | 租賃合約 |
| rent out | phr. | 出租… |
| rough | a. | 艱難的；粗糙的 |
| royalty | n. | 版稅 |
| run in several directions | phr. | 朝幾個方向進行 |
| run the risk of | phr. | 冒…的風險 |
| scare | v. | 使受驚 |
| sign a contract | phr. | 簽定合約 |
| signature | n. | 簽名 |
| think of | phr. | 考慮… |
| think over | phr. | 仔細考慮… |
| under a contract | phr. | 合約之下 |
| win a contract | phr. | 簽到合約 |

## Part 7

| affiliation | n. | 合併 |
| --- | --- | --- |
| auto insurance | phr. | 汽車保險 |
| be in agreement | phr. | 同意 |
| both sides | phr. | 雙方 |
| climb | v. | 上升 |
| commercial relations | phr. | 買賣關係 |
| commission | n. | 佣金 |
| confidentiality | n. | 機密 |
| credit limit | phr. | 信用額度 |
| deny | v. | 否認 |
| diplomatic | a. | 外交上的 |
| down payment | phr. | 訂金，頭期款 |
| draw up a new agreement | phr. | 制定新的合約 |
| escape | v. | 逃跑，脫離 |

| | | |
|---|---|---|
| fire insurance | phr. | 火災保險 |
| foil | v. | 使挫折 |
| freelance | n. | 自由作家 |
| generation gap | phr. | 代溝 |
| have difficulty (in) V-ing | phr. | 有做…的困難 |
| in contrast | phr. | 相反地 |
| in summary | phr. | 歸納起來，總而言之 |
| life insurance | phr. | 壽險 |
| lifetime employment | phr. | 終身雇用 |
| low-income resident | phr. | 低收入居民 |
| make a bid | phr. | 出價 |
| make a contract with | phr. | 與…簽定合約 |
| make a move | phr. | 採取行動 |
| offend | v. | 違反（規則） |
| off-season | n. | 淡季 |
| omission | n. | 省略，遺漏 |
| omit | v. | 省略，遺漏 |
| on hand | phr. | 在近處，在手邊 |
| origin | n. | 起初，起源 |
| originate in | phr. | 從…開始 |
| paragraph | n. | （文章）段落 |
| preferential treatment | phr. | 特殊待遇 |
| public opinion | phr. | 大眾輿論 |
| quit | v. | 停止，終止 |
| rational | a. | 合理的，理性的 |
| recognition | n. | 承認；認知 |
| recollection | n. | 回想，回顧 |
| reconcile | v. | 使和解，使和好 |
| relinquish | v. | 放棄 |
| remembrance | n. | 回憶，回顧 |
| repave | v. | 重新鋪路 |
| replica | n. | 複製品 |
| rocky | a. | 崎嶇的，障礙多的 |
| rustic | a. | 鄉村的；樸素的 |
| sarcastic | a. | 諷刺的，嘲諷的 |

| | | |
|---|---|---|
| security deposit | phr. | 保證金 |
| sequential | a. | 連續的，相繼的 |
| sleek | a. | 光滑的，時尚的 |
| subcontract | n. / v. | 轉包契約 / 轉包 |
| subcontractor | n. | 轉包商，轉包人 |
| successful candidate | phr. | 合格的候選人 |
| take A seriously | phr. | 認真對待 A |
| terms and conditions | phr. | 條件 |
| trustworthy | a. | 可信的 |
| verbal | a. | 言語的，口頭的 |
| veterinarian | n. | 獸醫 |
| vociferous | a. | 喊叫的，喧嚷的 |
| volume | n. | 音量；量；冊 |
| written offer | phr. | 書面提案 |
| written response | phr. | 書面回覆 |

## 為了國家的貿易協商而獻身！
### 商業

位於赤道的國家『馬拉基』，沒有遵守與我國簽定的協議，**completely refuse** 了我國農產品的進口，因此我國政府也限制了馬拉基進口商品的流通。新聞報導說，政府已經下令銷毀大型 **depot** 中 **bulk** 馬拉基產 **inventory**，並會對此投入大量的勞動力。我想，這正是為國家獻身的好機會，**shortly** 開始了志願活動。

今天只要吃這個就可以嗎？

1 **acclaim**

[ə'klem]

v. 好評，稱讚
圓 praise 讚美，讚揚

○ **n. 稱讚，好評**

The distributor's speedy order system has won acclaim.
經銷商迅速的訂購系統得到了好評。

2 **antitrust**

[ˌæntɪ'trʌst]

○ **a. 反壟斷的，反托辣斯的**

Macro-Plus Software failed to comply with the antitrust order.
Macro-Plus 軟體公司沒有遵守反壟斷法。

3 **assure\***

[美 ə'ʃʊr]

[英 əʃɔː]

派 assurance
　　n. 保證，確信
圓 convince 使確信

◉ **v. 向⋯保證，使⋯安心**

The shipping company assured customers that delivery will be promptly made.
那家運送公司向顧客保證將迅速送貨。

🔍 **出題重點**

1. **assure A of B** 向 A 保證 B

 **assure A that** 子句 向 A 保證⋯

 assure 後加人物受詞，之後接介系詞 of 或 that 子句。

2. ┌ **assure** 保證

 └ **assume** 推定

 要區分形態類似，意思不同的兩個單字。

 Charles assumed that a certain percentage of guests would not attend.
 Charles 以為某部分的顧客不會參加。

4 **at the latest\*\***

反 at the earliest 最早

○ **phr. 最遲，最晚**

We must file the claim by mid-month at the latest.
我們最晚也要在這個月中旬前提出索賠。

**5 attain**

[ə'ten]

派 attainment　n. 達成

○ v. 達成（目標）

Employees receive a bonus for attaining their sales quota.

員工達成銷售配額就能拿到獎金。

**6 bulk***

[bʌlk]

n. 體積，大小

◐ a. 大量的

Factories usually offer a 10% discount for bulk orders.

工廠一般對大量訂購提供 9 折優惠。

**🏆 出題重點**

**in bulk** 大量地

注意不要用成 in bulks 。

**7 capitalize on**

同 take advantage of
利用…

○ phr. 利用…，趁勢…

Sun Corporation is seeking to capitalize on emerging markets.

Sun Corporation 企圖利用新興市場。

**8 commodity**

[㊤ kə'mɑdətɪ]

[㊟ kəmɔ́dəti]

○ n. 商品，產物

Export opportunities are opening up in agricultural commodities.

農產品的出口機會正在逐漸開放。

**9 completely****

[kəm'plitlɪ]

派 complete
　 v. 完成　a. 完成的
　 completion
　 n. 完成，結束
同 totally 完全地
反 partially 部分地

◐ ad. 完整地，完全地

Every product in our catalog is completely guaranteed.

每一件在我們目錄上的產品都被完全地保障。

**🏆 出題重點**

區分 **completely**（ad. 完全地）和 **complete**（a. 完成的）的詞性。

### 10 confirmation*

[美 ˌkɑnfə`meʃən]

[英 kɔnfəméiʃən]

派 confirm v. 確認

**n. 確認，證實**

Please submit written confirmation of your cancellation.
請提交您取消訂購的書面確認書。

### 📛 出題重點

**confirmation of** 關於…的確認

要記住與 confirmation 搭配使用的介系詞 of 。

### 11 consignment

[kən`saɪnmənt]

派 consign v. 委託

**n. 寄售**

The dealer only sells on consignment.
那個經銷商只負責寄售。

### 12 contact**

[美 kɑn`tækt]

[英 kɔntækt]

同 get in touch with
與…聯繫

**v. 與…聯繫**

Contact the supplier to request express delivery.
如果需要快速送貨請與供應商聯繫。

**n.（商業上的）聯絡人**

Applicants for the sales representative position should have an
existing network of business contacts.
應徵銷售代表職位的人員應該具備現有的業務人脈。

### 📛 出題重點

**contact : connect**

要區分表示『連接』的單字用法差異。

┌ **contact** 聯繫

　表示人們用電話或書信等互相聯繫。

└ **connect** 連接

　表示連接人或事物之間，一般用於 connect A with B 的形
　式。

This website **connects** job seekers with employers.
這個網站連接了求職者與雇主。

## 13 cultivation*

[ˌkʌltəˈveʃən]

派 cultivate v. 培養

n. 增進，培養

Thanks to the cultivation of mutual solidarity by business owners, the local economy is thriving.

感謝各企業主互助團結的培養，地方經濟正蓬勃發展。

## 14 dealer

[美] ˈdilə

[英] díːlə

派 deal v. 交易
dealership
n. 代理權，代理商

n. 銷售人員，商人

Imported vehicles are sold only by licensed car dealers.

進口車只能由有執照的銷售人員出售。

### 🏋 出題重點

- dealer 商人
- dealership 代理權，代理商

考試中會考區分人物名詞 dealer 和事物名詞 dealership 的題目。

## 15 depot

[美] ˈdɪpo

[英] dépəu

同 warehouse 倉庫

n. 倉庫，儲存所

Carefully store all of the machines in the depot.

請把所有的機械小心存放在倉庫裡。

## 16 diminish

[dəˈmɪnɪʃ]

派 diminution n. 減少
同 decline 減少

v. 減少

Supplies diminished after the busy season.

過了旺季後供應量就減少了。

## 17 distribute

[dɪˈstrɪbjʊt]

派 distribution
n. 分發，分配
distributor n. 經銷商

v. 分發，分配

The goods were distributed to local area businesses.

商品被分送到地方的企業了。

### 🏋 出題重點

distribute A to B 把 A 分配給 B

要記住與 distribute 搭配使用的介系詞 to。

<sup>18</sup>**diversified*** ● a. 多樣的，好幾種的

[美 daɪˋvɝsəˌfaɪd]

[英 daivɔ́ːsifàid]

派 diversify v. 使多樣化

Sports Arena Corporation offers a diversified line of exercise machines.

Sports Arena 公司提供多樣的運動器具系列商品。

<sup>19</sup>**do business with*** ● phr. 與…交易

It's risky to do business with that company.

與那家公司交易是很危險的事。

<sup>20</sup>**encompass** ○ v. 包括，圍繞

[ɪnˋkʌmpəs]

Techtronic's product range encompasses all kinds of electrical goods.

Techtronic 的產品類別包括各種電子產品。

<sup>21</sup>**engrave*** ○ v. 刻上（文字、圖案等）

[ɪnˋgrev]

The briefcases were engraved with the company logo.

那個行李箱上刻著公司的標誌。

<sup>22</sup>**enviable*** ● a. 令人羨慕的，可羨慕的

[ˋɛnvɪəbl]

派 envy v. 羨慕

　　envious a. 羨慕的

Most downtown locations boast enviable sales records.

大部分位於市區的分店吹噓著讓人羨慕的銷售紀錄。

<sup>23</sup>**inevitable** ○ a. 無法避免的

[ɪnˋɛvətəbl]

派 inevitably ad. 不可避免地

With the economic slump, price increases are inevitable.

由於經濟不景氣，價格的上漲是無法避免的。

<sup>24</sup>**inventory**

[美 `ɪnvən,torɪ]

[英 ínvəntri]

同 stock n. 庫存品

n. 庫存，庫存目錄

The **inventory** in the warehouse is checked at regular intervals.

倉庫內的庫存定期接受檢查。

<sup>25</sup>**invoice**

[`ɪnvɔɪs]

n. 發票，發貨單

The manufacturer sent an **invoice** for the production costs.

製造商送來了生產費用的發票。

<sup>26</sup>**keep track of\***

phr. 不斷掌握…，不斷得到…的情報

An online system **keeps track of** what's in stock.

線上系統會不斷地掌握庫存情況。

<sup>27</sup>**order\***

[美 `ɔrdə]

[英 ɔ́ːrdə]

n. 訂購，訂購品

v. 訂購

The secretary **ordered** supplies from the main office.

祕書向總公司訂了補給品。

<sup>28</sup>**provide\*\***

[prə`vaɪd]

派 provision
  n. 提供，條款
  provider   n. 提供者

v. 提供，供應

We **provide** customers with detailed product lists by e-mail.

我們透過電子郵件提供顧客詳細的產品目錄。

Each car is **provided** with an automatic braking system.

每輛車都裝備有自動煞車系統。

🏋 **出題重點**

**provide A with B** 提供 B 給 A

**be provided with** 具有…，供有…

provide 經常與介系詞 with 搭配使用，也經常用於被動語態。

## 29 quote

[美 kwot]

[英 kwɔ́ut]

v. 報價

同 estimate 報價，估價

### n. 報價

The customer requested a price **quote** on the merchandise.
顧客要求了商品的報價。

> **出題重點**
>
> ┌ **quote** 報價
>
> └ **quota** 分配量，配額
>
> 要區分形態類似，意思不同的兩個單字。
>
> A **quota** system guarantees each producer a share of the market.
>
> 配額系統保障每個生產者都占有一部分的市場。

## 30 refuse*

[rɪ`fjuz]

派 refusal　n. 拒絕，推卻
同 reject, turn down 拒絕
反 accept 接受
　　approve 承認

### v. 拒絕，拒收

The shipment was **refused** due to shipping damage.
那個貨物因運送受損而被拒收。

## 31 represent*

[ˌrɛprɪ`zɛnt]

派 representation
　　n. 代表
　　representative
　　n. 代表人

### v. 代表

We are seeking an agent who can **represent** our company in Europe.
我們在尋求一個可以在歐洲代表我們公司的代理人。

## 32 retail

[`ritel]

派 retailer　n. 零售商
　　（↔ wholesaler）
反 wholesale 批發

### n. 零售

Online shopping is much more popular than **retail** stores.
網上購物比零售商店更受歡迎。

## [33] satisfactory

[ˌsætɪsˈfæktərɪ]

派 satisfy v. 滿足
satisfaction n. 滿意
satisfying
a. 令人滿意的
satisfied a. 滿意的
satisfactorily
ad. 令人滿意地
反 unsatisfactory
令人不滿意的

**a. 令人滿意的**

Customers expect **satisfactory** responses to their demands.
顧客期待他們的要求能有令人滿意的回應。

### 出題重點

┌ **satisfactory** 令人滿意的

└ **satisfied** 滿意的

satisfactory 表示結果或回答讓人滿意，而 satisfied 則表示某人滿足於某事的情況，要注意區分。

She was very **satisfied** with her order.
她對自己訂購的產品非常滿意。

## [34] selection*

[səˈlɛkʃən]

派 select v. 選擇

**n. 被選擇的東西，精選品**

Our website boasts a wide **selection** of gift ideas.
我們網站以有多種精選的禮品而自豪。

### 出題重點

**a wide selection of** 多種精選的…
形容從很多東西中精選出來的物品。

## [35] short**

[美 ʃɔrt]

[英 ʃɔːt]

派 shortage n. 不足
( = deficiency, lack )
shorten v. 弄短
shortly ad. 即將

**a. 不足的**

The raw materials are running **short**.
原物料漸漸不足。

### 出題重點

**run short** 缺少，短缺
**be short of** 缺少…
short 除了我們經常用的『短的』，還表示『缺少的』的意思。這時，會跟動詞 run 搭配或以 be short of 的形式呈現。

## 36 shortly

[美] ˈʃɔrtlɪ]
[英] ˈʃɔ́ːtli]
同 soon 不久

○ ad. 即刻，不久

Rising oil prices are expected to level off shortly.
上漲的油價預計不久就能穩定下來。

**出題重點**

區分 **shortly**（a. 即將）和 **short**（a. 缺少的，短的）的詞性。

## 37 stock

[美] stɑk]
[英] stɔk]
v. 儲藏

○ n. 庫存；股票

This particular model is currently out of stock.
這個特定的型號目前沒有庫存。

Investment bankers must constantly check prices of stocks.
投資銀行業者必須不斷查看股價。

**出題重點**

**in stock** 有庫存，有現貨
**out of stock** 無庫存
stock 與介系詞 in、out of 搭配使用表示庫存的有無。

## 38 subject**

a. [ˈsʌbdʒɛkt]
v. [səbˈdʒɛkt]
n. 主題；問題
[ˈsʌbdʒɪkt]

● a. 易受…的；以…為條件的

Prices are subject to change without notice.
價格易有更動，不另行通知。

New orders are subject to credit approval.
新的訂購需要信用認證。

v. 使…經歷…

The researchers subjected the synthetic materials to durability tests.
研究人員對合成材料進行了耐久度測試。

**be subject to + change / damage** 易改變的 / 易受損的

**be subject to + approval** 要得到承認的

**subject A to B** 使 A 經歷 B

形容詞 subject 與介系詞 to 一起使用。當表示『易受⋯』的時候主要與 change、damage 等和變化有關的名詞搭配使用，表示『以⋯為條件』的時候後面接 approval 等表示承認的名詞。動詞 subject 也跟介系詞 to 一起使用。

[39] **supply**＊

[səˋplaɪ]

派 supplier n. 供應者
　　（＝ provider）
同 provide, furnish
　　供給提供

**v. 提供**

NovaTech **supplies** its customers with the latest equipment.

NovaTech 提供顧客最新的裝備。

**n. 供給；（-s）補給品，用品**

This diagram depicts **supply** and demand in the electricity industry.

這個圖表說明了電力工業的供給和需求。

Orders for office **supplies** will be delivered within two hours.

訂購的辦公室用品會在兩個小時之內送到。

🔧 出題重點

**supply A with B** 提供 B 給 A

要記住與 supply 搭配使用的介系詞 with 。

[40] **temporarily**＊＊

[ˌtɛmpəˋrɛrəlɪ]

派 temporary　a. 臨時的
反 permanently 永久地

**ad. 暫時地**

All retailers are **temporarily** out of stock on computers.

所有的零售商暫時都沒有電腦庫存。

🔧 出題重點

區分 **temporarily**（ad. 臨時地）和 **temporary**（a. 臨時的）的詞性。

<sup>41</sup>**unable**\*

[ʌnˋebl]

反 able 可以的

a. 不能…的

The facility is **unable** to cope with the current demands.
那個設施無法滿足現在的需求。

### 🔺 出題重點

**be unable to do** 不能做…
要記住 unable 與不定詞 to 搭配使用。

請在右邊欄位內找出相對應的意思並用線條連接。

01 acclaim        ⓐ 儲存所

02 consignment        ⓑ 完全地

03 cultivation        ⓒ 好評

04 depot        ⓓ 即將

05 shortly        ⓔ 培養

                              ⓕ 寄售

請選擇恰當的單字填空。

06 The company will _____ bonuses according to seniority.

07 Customers can _____ their package online.

08 Lasers are now commonly used to _____ items.

09 The board tried to _____ the worried investors.

> ⓐ assure    ⓑ engrave    ⓒ encompass    ⓓ distribute    ⓔ keep track of

10 have a sale to reduce excess _____

11 Santon products are only sold at authorized _____ .

12 _____ prices are generally 10% higher than wholesale ones.

13 The store gives customers a wide _____ of software.

> ⓐ selection    ⓑ quote    ⓒ dealers    ⓓ stock    ⓔ retail

Answer    1.ⓒ 2.ⓕ 3.ⓔ 4.ⓐ 5.ⓓ 6.ⓓ 7.ⓔ 8.ⓑ 9.ⓐ 10.ⓓ 11.ⓒ 12.ⓔ 13.ⓐ

# 多益滿分單字

商業

| LC | | |
|---|---|---|
| bargain | n. | 廉價物，特價品 |
| be closed for the day | phr. | （過了營業時間的）關門 |
| be closed to the public | phr. | 不對外開放 |
| be determined to do | phr. | 下決心做… |
| breaking news | phr. | 重大的即時新聞 |
| business day | phr. | 營業日，工作日 |
| client | n. | 客戶，委託人 |
| communicate | v. | 溝通 |
| cost | n. | 費用，成本 |
| cover sheet | phr. | （資料）封面 |
| dispatcher | n. | （火車、飛機的）調度員 |
| exchange | n. / v. | 交換 / 交換 |
| front-page story | phr. | 封面報導 |
| give a good price | phr. | 用好的價格售出 |
| headline | n. | 新聞標題 |
| in stock | phr. | 有庫存的 |
| journal | n. | 期刊，雜誌，日誌 |
| journal article | phr. | 期刊論文 |
| journalist | n. | 記者 |
| magazine | n. | 雜誌 |
| make a recording | phr. | 錄音，錄影 |
| market | n. | 市場 |
| measure | n. / v. | 措施 / 測量 |
| newspaper | n. | 報紙 |
| newsstand | n. | 報攤 |
| normal operating hours | phr. | 正常營業時間 |
| on sale | phr. | 銷售中的，特價促銷的 |

| | | |
|---|---|---|
| on the market | phr. | 在市場上的 |
| out of print | phr. | 絕版的 |
| out of stock | phr. | 沒有庫存的 |
| overcharge | v. | 索價過高，要求不當價格 |
| pay fees | phr. | 支付手續費 |
| payer | n. | 支付人 |
| payment | n. | 支付的金額 |
| payment option | phr. | 支付方法 |
| place A on top of B | phr. | 把 A 放到 B 上面 |
| publish | v. | 出版 |
| publisher | n. | 出版社，發行者 |
| put A out for sale | phr. | 拿出 A 來賣 |
| radio station | phr. | 廣播站 |
| reader | n. | 讀者 |
| reporter | n. | 報導記者，播報員 |
| run an article | phr. | 登載報導 |
| run out of | phr. | 用完…，耗盡… |
| sold out | phr. | 賣完的 |
| stay open late | phr. | 營業到很晚 |
| storage facility | phr. | 倉儲設施 |
| storage space | phr. | 儲存空間 |
| storeroom | n. | 儲藏室 |
| TV station | phr. | 電視台 |
| voter turnout | phr. | 投票者出席人數 |
| write up | phr. | 記錄，寫下（事件） |

## Part 7

| | | |
|---|---|---|
| acquisition | n. | 獲得；取得 |
| barring | prep. | 除…以外 |
| barter | v. / n. | 以物易物 / 以物易物 |
| bootleg | v. | 走私，違法祕密交易 |
| boycott | v. / n. | 抵制，杯葛 / 抵制運動 |
| bureaucracy | n. | 官僚制度 |

| | | |
|---|---|---|
| cast a ballot | phr. | 投票 |
| come to power | phr. | 得到權力 |
| constituency | n. | 選區，選民；一群顧客 |
| council | n. | 部門經理會議，議會 |
| Department of Commerce | phr. | 商務部門 |
| diplomacy | n. | 外交，外交手段；交際手段 |
| disbursement | n. | 支付金 |
| duty-free | a. | 免關稅的，免稅的 |
| election | n. | 選舉 |
| election result | phr. | 選舉結果 |
| exercise one's right | phr. | 行使權利 |
| export | v. / n. | 出口／出口 |
| exporter | n. | 出口商，出口國 |
| federal | a. | 聯邦的 |
| govern | v. | 統治，支配 |
| government | n. | 政府 |
| governmental oversight | phr. | 政府的監督 |
| hold power | phr. | 掌握權力 |
| import | v. | 進口 |
| importer | n. | 進口商，進口國 |
| in place of | phr. | 代替… |
| in the prepaid envelope | phr. | 預付費用的信封內 |
| keep a public promise | phr. | 遵守公開的承諾 |
| loyal customer | phr. | 忠實顧客 |
| nationalize | v. | 國營化 |
| obituary | n. | 訃聞，（報紙上）某人的生平事蹟及去世報導 |
| outside provider | phr. | 外部供應者 |
| Parliament | n. | 議會，國會 |
| parliamentary assembly | phr. | 議會 |
| peddler | n. | 毒販 |
| political drawback | phr. | 政治弱點 |
| politician | n. | 政治家，政客 |
| politics | n. | 政治，政治學 |
| poll | n. | 民意調查 |
| possession | n. | 所有物，擁有 |

| | | |
|---|---|---|
| postal strike | phr. | 郵政罷工 |
| protocol | n. | 議定書 |
| publicly swear | phr. | 公開地承諾 |
| satellite picture | phr. | 衛星照片 |
| satellite TV | phr. | 衛星電視 |
| scarce | a. | 不足的 |
| scarcity | n. | 不足 |
| stain resistant | phr. | 不容易髒的 |
| status | n. | 地位 |
| summit | n. | 高峰會談 |
| surrender | v. | 讓給，投降 |
| switch A to B | phr. | 把 A 換成 B |
| take an action against | phr. | 控告… |
| third party | phr. | 第三方 |
| unsuccessful candidate | phr. | 不合格者，落選者 |
| ward | n. | 選區；病房 |
| while supplies last | phr. | 只要供應持續 |
| wholesaler | n. | 批發商 |
| with little concern for public opinion | phr. | 不太關心輿論 |
| withstand | v. | 抵抗，經得起 |

## 送貨時小心重要物品！
### 貿易、送貨

今天我們部門向平時來往的『供應商』預訂了一批 **fragile** 又 **perishable** 商品，並且 **ensure** 了送貨的時間。因為是很急的東西，希望能儘快 **deliver**。業主聽到我們焦急的聲音知道了狀況，表示會儘快送『貨』。過了幾分鐘後，果然 **by hand** 送到了。用 **carton** 包裝，急忙送到的那些『貨』對我們來說真的是世界上最重要的東西。

說很急的就是這些速食嗎？

吃飯也是為了工作嘛！

1 **accelerate**
[ək`sɛlə,ret]
派 acceleration
　　n. 促進，加速

v. 促進，使加速
The new computer software should accelerate overseas deliveries.
新的電腦軟體應該會加速海外的貨物運送。

2 **acknowledge***
[美 ək`nɑlɪdʒ]
[英 əknɔ́lidʒ]

v. 承認；（收到信件、文件的）告知
The government acknowledged the need for reduced trade tariffs.
政府承認了降低貿易關稅的必要性。
I am writing to acknowledge receipt of your letter of Nov 23.
我寫信告知您已收到了您 11 月 23 日的來信。

3 **address**
[美 `ædrɛs]
[英 ədrés]
v. [ə`drɛs]

n. 地址
The address is stored in our database.
那個地址存在我們的資料庫裡。

v. 處理，解決（難題）
A solution was found to address the clients' needs.
我們找到了可以處理客戶要求的解決方案。

4 **adequately****
[`ædəkwɪtlɪ]
派 adequate
　　a. 充分的，合適的
同 properly, appropriately
　　適當地
反 inadequately 不適當地

ad. 適當地
The workers ensure that glassware is adequately wrapped.
員工確認玻璃商品是否適當地包裝。

**出題重點**
區分 **adequately**（ad. 適當地）和 **adequate**（a. 適當的）的詞性。

5 **affix****
[ə`fɪks]
n. 添加（物）

v. 貼（郵票等）
Please affix a 25¢ stamp for postage to New York.
請貼上 25 美分的郵票作為寄件到紐約的郵資。

**affix A to B** 把 A 貼到 B 上

要記住與 affix 搭配使用的介系詞 to。

6 **attach***

[ə'tætʃ]

派 attached a. 附加的
　　attachment
　　n. 附著，附加物
同 affix 貼
反 detach 分開

v. 貼上，粘貼，附加

Carefully attach the address label to the package.

請把地址貼條小心地貼在包裹上。

1. **attach A to B** 把 A 貼到 B 上

　記住與 attach 一起使用的介系詞 to。

2. **attached + schedule / document / file** 附加的行程表 / 文件 / 檔案

　形容詞 attached 主要修飾 schedule、document 等與檔案

　有關的名詞。

7 **bilateral**

[baɪ'lætərəl]

反 unilateral 單方的

a. 雙方的

The new trade agreement promotes bilateral ties.

新的貿易協定促進雙方的合作關係。

8 **by hand***

phr. 親手，手工

All confidential documents must be delivered by hand.

所有機密檔案都必須親手送達。

9 **carton**

[美 'kɑrtn̩]

[英 kɑ́ːtən]

n.（大）紙板箱

The carton of goods was shipped by boat.

用船運送了那一箱貨物。

## <sup>10</sup>caution*

[美] [ˈkɔʃən]

[英] [kɔ́ːʃən]

v. 警告

派 cautious　a. 謹慎的

反 carelessness 不注意

● n. 注意，小心

Use extreme **caution** when handling this box.

處理這個箱子的時候要非常小心。

### 🧑‍🏫 出題重點

**use extreme caution** 極度小心

**with caution** 謹慎的，慎重的

caution 經常以慣用表達形式出題，要注意這一點。

## <sup>11</sup>convenience**

[kən`vinjəns]

派 convenient　a. 便利的

反 inconvenience 不便

● n. 便利，方便

For your **convenience**, a tracking number is provided.

為了您的便利，會提供一組追蹤號碼。

Please reply at your earliest **convenience**.

請在您方便的時候儘早回覆。

### 🧑‍🏫 出題重點

**at your earliest convenience** 在您方便時儘早

**for your convenience** 為了您的便利

at your earliest convenience 用於寫信的時候，表示希望儘早回覆。

## <sup>12</sup>correspondence

[美] [ˌkɔrə`spandəns]

[英] [kɔ́ːrispɔ̀ndəns]

○ n. 信件，通信

Please send all **correspondence** to this address.

請把所有信件寄到這個地址。

## <sup>13</sup>courier

[美] [ˈkʊrɪə]

[英] [kúːriə]

○ n. 快遞

The customer desires to use the services of a **courier**.

那位顧客想使用快遞服務。

## [14] deliver

[英] dɪˈlɪvə
[美] dilívɚ

派 delivery　n. 遞送

v. 遞送，運送；發表（演講）

All packages are delivered by the next morning.
所有包裹會在隔天早上送達。

The President delivered an address on international financial crisis.
總統對國際金融危機發表了一則談話。

## [15] detach**

[dɪˈtætʃ]

同 separate 分離，分開
反 attach 貼上

v. 分開

Please detach and send in the completed form.
請分開寄回填寫完畢的表格。

## [16] efficient*

[ɪˈfɪʃənt]

派 efficiency　n. 效率
　　efficiently
　　ad. 有效率地
同 effective 有效的
反 inefficient 無效率的

a.（機械、方法等）效率高的，有效的

Seal-wrap is an efficient means of packaging.
密封包裝是很有效的包裝方法。

### 出題重點

1. **efficient + processing / administration** 有效率的處理 / 經營
efficient 經常與 processing 等和工作工程有關的名詞搭配出題。

2. 區分 **efficient**（a. 有效率的）和 **efficiently**（ad. 有效率地）的詞性。

## [17] embargo

[英] ɪmˈbɑrgo
[美] imbáːgəu

n.（特定商品的）禁止買賣，禁止通商

Japan finally lifted its embargo on imported beef products.
日本終於解除了對進口牛肉產品的禁止。

## [18] enact

[ɪnˈækt]

派 enactment
　　n. 立法，制定

v. 制定

The European Union enacted strict legislation on food hygiene.
歐洲聯盟制訂了嚴格的食品衛生法。

### [19] enclose*

[美 ɪnˋkloz]

[英 inklóuz]

派 enclosure
n. 封入，圍住

**v. 封入，圍繞**

Please find a copy of the invoice enclosed.

請檢查封套中的發票副本。

The café is beside a courtyard enclosed by art shops.

咖啡店位於被很多藝術商店圍繞著的庭院旁。

#### 🔎 出題重點

**enclose : encase : encircle**

要區分表示『圍繞』的單字用法差異。

— enclose 圍繞，封入

用於被牆壁等圍住四面，或把信放進信封的時候。

— encase 把…放進（箱子，包裝等）

用於把東西放進箱子完全密封的時候。

The picture comes encased in a protective acrylic sleeve.

那幅畫以保護用的壓克力套管裝放後送來。

— encircle 圍繞

形容某樣東西被一個圈圍住。

A network of expressways encircles the city center.

高速道路網圍繞著城市的中心。

### [20] ensure*

[美 ɪnˋʃʊr]

[英 inʃɔː]

派 sure a. 確定的，沒錯的
同 assure 保證
make certain 使確定

**v. 保證，確認**

The receptionist called to ensure the message was delivered.

接待員打電話確認訊息有沒有被傳達。

### [21] envelope*

[美 ˋɛnvə͵lop]

[英 éːnvələup]

**n. 信封**

A return address must be stamped on each envelope.

每個信封都要印上寄回地址。

### [22] expedite

[ˋɛkspɪ͵daɪt]

派 expeditious a. 迅速的

**v. 迅速處理，使加速**

The new software helps expedite shipping.

新軟體幫助加快運送。

## 23 fragile

[美 ˈfrædʒəl]

[英 frǽdʒail]

**a. 易碎的**

Pack **fragile** items carefully in separate boxes.

易碎品請小心分別裝箱。

## 24 handle*

[ˈhændl]

派 handling　n. 對待

同 treat 對待，看待

**v. 操縱，對待，處理**

The hazardous substances must be **handled** with care.

危險物品要小心處理。

## 25 impose

[美 ɪmˈpoz]

[英 impóuz]

派 imposition　n. 徵收

同 levy 徵收

**v. 徵（稅），把…強加於…**

The government plans to **impose** tariffs on imported steel.

政府計畫在進口鋼鐵上課稅。

🤵 **出題重點**

**impose A on B** 把 A 強加於 B

要記住與 impose 搭配使用的介系詞 on。

## 26 inaugurate*

[美 ɪnˈɔgjəˌret]

[英 inɔ́ːgjurèit]

派 inaugural　a. 開始的

　　inauguration

　　n. 開始；就職

**v. 正式開始**

China Rail will **inaugurate** an inter-city freight service.

China Rail 公司要開始城市間的貨運服務。

## 27 incorrect**

[ˌɪnkəˈrɛkt]

同 inaccurate 不正確的

反 correct 正確的

**a. 不正確的**

**Incorrect** information will slow the order process.

不正確的資訊將會拖延訂單處理過程。

## 28 oblige

[əˈblaɪdʒ]

派 obligation　n. **義務**

　　obligatory　a. **義務的**

**v. 強制做…，依法強制執行…**

The importers were **obliged** to destroy 10,000 packages of apples.

進口商被強制銷毀一萬箱的蘋果。

### 出題重點

**oblige A to do** 強制 A 做⋯

**be obliged to do** 被強制做⋯

oblige 一般在受詞後面加不定詞 to 或以被動語態 be obliged to do 的形式呈現。

---

<sup>29</sup>**particularly**\*\*

[美 pəˋtɪkjələlɪ]

[英 pətíkjulərli]

派 particular　a. 特定的

**ad. 尤其**

The new trade pact will hurt local business, **particularly** farmers.

新貿易協定將會傷害地方經濟，尤其是農民們。

### 出題重點

1.**in particular** 尤其

　in particular 是考試經常出現的表達形式。

2.區分 **particularly**（ad. 尤其）和 **particular**（a. 特定的）的詞性。

---

<sup>30</sup>**perishable**\*\*

[ˋpɛrɪʃəbl]

派 perish　v. 腐敗

　perishing　a. 要命的

反 imperishable 不易腐壞的

**a. 易腐壞的**

**Perishable** goods are shipped in insulated containers.

易腐壞的食品用密封的容器運送。

### 出題重點

**perishable + goods / items** 易腐壞的產品

perishable 與 goods、item 等表示產品的名詞搭配出題。

---

<sup>31</sup>**postage**

[美 ˋpostɪdʒ]

[英 pòustidʒ]

**n. 郵資**

International **postage** rates have increased by 10%.

國際郵資費用上漲了 10%。

## 32 recipient
[rɪˋsɪpɪənt]
反 sender 發信人

n. 收信人
Please enter the recipient's shipping address below.
請在下面鍵入收信人的送貨地址。

## 33 reciprocal
[rɪˋsɪprək!]
派 reciprocally ad. 互相地
同 mutual 相互的

a. 相互的，互惠的
a reciprocal trade agreement
互惠貿易協定

## 34 remarkable*
[美 rɪˋmɑrkəbl]
[英 rimáːkəbl]
派 remarkably
ad. 顯著地

a. 顯著的，突出的
Epic Corporation underwent a remarkable transformation in its export strategy.
Epic 公司在出口策略上經歷了非常顯著的變化。

## 35 retaliation
[rɪˌtælɪˋeʃən]
派 retaliate v. 報復
同 revenge 報復

n. 報復
The neighboring nations initiated retaliations against trade sanctions.
鄰國針對貿易制裁開始了報復行動。

## 36 shipment
[ˋʃɪpmənt]
同 freight, cargo 貨物

n. 船運，（貨物）運送；運送的貨物
Freightline specializes in the shipment of food products.
Freightline 專門負責食品的運送。
The shipment was sent to the wrong port.
那批貨物運錯到其他港口了。

## 37 step**
[stɛp]
v. 走，跨步

n. 步驟；措施，手段
The importer completed the final step of customs formalities.
進口商完成了通關手續的最後步驟。
America will take steps to expand bilateral trade.
美國會採取措施以擴大雙方貿易。

### 出題重點

**take steps** 採取措施

當 step 表示措施的時候跟 take 搭配使用。

[38]**surplus**

[美] ˋsɝpləs]

[英] sɔ́ːpləs]

[反] shortage 不足，缺乏
deficit 赤字，不足

n. 剩餘，盈餘，順差

a trade **surplus** of over 90 billion dollars
900 億美元以上的貿易順差

請在右邊欄位內找出相對應的意思並用線條連接。

01 embargo        ⓐ 快遞

02 courier        ⓑ 易碎的

03 retaliation        ⓒ 運送的貨物

04 perishable        ⓓ 易腐壞的

05 fragile        ⓔ 報復

                         ⓕ 禁止通商

請選擇恰當的單字填空。

06 Carts are available for customers' _____ .

07 The newspaper receives plenty of _____ every day.

08 Hotel guests are asked to take _____ in storing valuables.

09 The customer who wrote to complain left no return _____ .

> ⓐ recipients    ⓑ caution    ⓒ convenience    ⓓ correspondence    ⓔ address

10 _____ a ban on vacation leaves during peak production

11 Setting the goal is the most important _____ in a successful project.

12 Workers in the distribution center _____ prompt delivery of our products.

13 The _____ took only three days by airmail.

> ⓐ shipment    ⓑ impose    ⓒ affix    ⓓ step    ⓔ ensure

Answer    1.ⓕ 2.ⓐ 3.ⓔ 4.ⓓ 5.ⓑ 6.ⓒ 7.ⓓ 8.ⓑ 9.ⓔ 10.ⓑ 11.ⓓ 12.ⓔ 13.ⓐ

# 多益滿分單字

## LC

| agency | n. | 代理商，代理機構 |
|---|---|---|
| as of now | phr. | 直到目前 |
| blackboard | n. | 黑板 |
| broker | n. | 仲介人 |
| bureau | n. | （政府機構的）局 |
| butcher's shop | phr. | 肉店 |
| by way of | phr. | 經由… |
| cargo | n. | 貨物，貨櫃 |
| cargo plane | phr. | 運輸機 |
| carry | v. | 搬運 |
| carry a large parcel | phr. | 搬運大型包裹 |
| clinic | n. | 診所，會診室 |
| conductor | n. | （公車）車掌 |
| courier service | phr. | 快遞服務 |
| door-to-door delivery | phr. | 上門取貨及送貨的服務 |
| drive off | phr. | 開車送走，驅趕 |
| dry cleaner（= dry cleaner's） | phr. | 洗衣店 |
| floor manager | phr. | 樓層主管；（電影）場務 |
| florist | n. | 花匠，花商 |
| freight | n. | 貨物運送 |
| gardener | n. | 園藝家，園丁 |
| get a ticket | phr. | 得到票券 |
| hold onto the handrail | phr. | 抓住手扶欄杆 |
| in storage | phr. | 保管中的，儲存中的 |
| in transit | phr. | 運送中的 |
| inn | n. | 旅館 |
| janitor | n. | （建築）管理員，（大樓）保全，（學校）工友 |

| | | |
|---|---|---|
| lab report | phr. | 實驗報告 |
| lab technician | phr. | 實驗室技術員 |
| legal department | phr. | 法律部門 |
| legal division | phr. | 法律部門 |
| load | n. | 一次裝載的貨物；工作量 |
| load A onto B | phr. | 把 A 裝到 B |
| load a truck | phr. | 把貨物裝到卡車上 |
| loaded with | phr. | 裝著…貨物 |
| loading | n. | 裝載，裝船 |
| loading dock | phr. | （工廠）裝卸貨的凸起平台 |
| long distance call | phr. | 長途電話 |
| lost in delivery | phr. | 運送過程遺失的 |
| mail | n. / v. | 郵件 / 郵寄 |
| mail room | phr. | 郵務室，收發室 |
| mailing list | phr. | 收件人名單 |
| major traffic delay | phr. | 嚴重的交通堵塞 |
| make a delivery | phr. | 運送 |
| move away | phr. | 搬家 |
| museum | n. | 博物館 |
| outgoing mail | phr. | 外發郵件 |
| package | n. | 包裹 |
| package slip | phr. | 包裹寄達通知書 |
| packet | n. | 小包，小捆 |
| packing tape | phr. | 包裝膠帶 |
| parcel | n. | 小包裹 |
| people on foot | phr. | 步行者們 |
| pick up packages | phr. | 領取包裹 |
| pick up passengers | phr. | 接送乘客 |
| pile up | phr. | 把…堆起來 |
| postal worker | phr. | 郵局員工 |
| put out the fire | phr. | 滅火 |
| realtor | n. | 房地產經紀人 |
| registered mail | phr. | 掛號郵件 |
| road closure | phr. | 道路封鎖 |
| scheduled date of departure | phr. | 預定出發日期 |

| stamp | v. / n. | 蓋章／郵票 |
| stand A up | phr. | 故意避開 A，放 A 鴿子 |
| stationery store | phr. | 文具店 |
| surface mail | phr. | 非航空郵件 |
| time limit | phr. | 期限 |
| van | n. | 箱型車 |
| venue | n. | 集會場所 |
| weigh | v. | 重達… |
| weight | n. | 體重，重量 |
| weight limit | phr. | 重量限制 |
| wrap up | phr. | 包裹…，包裝… |

## Part 7

| academic institution | phr. | 學術機構 |
| alumni association | phr. | 校友會 |
| article | n. | 物品，（報紙、雜誌的）報導文章 |
| at the last minute | phr. | 在最後的時刻 |
| barrier | n. | 障礙，壁壘 |
| base | n. | 基礎 |
| car maintenance | phr. | 汽車維修 |
| city council | phr. | 市議會 |
| city official | phr. | 市府官員 |
| civil servant | phr. | 公務員 |
| classified | a. | 機密的 |
| consul | n. | 領事 |
| consulate | n. | 領事館 |
| correction | n. | 更正，修正 |
| diplomat | n. | 外交官 |
| import license | phr. | 進口許可（證） |
| institute | n. | 協會，（教育、專業）機構 |
| institution | n. | 機構，公共團體 |
| instructor | n. | 大學講師 |
| intended recipient | phr. | 預定接收者 |

| | | |
|---|---|---|
| lumber | n. | 木材 |
| middle manager | phr. | 中階經理，中階管理者 |
| museum director | phr. | 博物館館長 |
| museum of anthropology | phr. | 人類學博物館 |
| non-tariff barrier | phr. | 非關稅壁壘 |
| offload | v. | 卸下 |
| oversight | n. | 疏忽；監督 |
| parking pass | phr. | 停車券 |
| pavement | n. | 鋪設過的道路，人行道 |
| petroleum storage facility | per. | 石油儲藏設施 |
| postage due | phr. | 欠資郵票 |
| province | n. | 省份 |
| rental agency | phr. | 出租店 |
| respond to | phr. | 應答… |
| senior management | phr. | 高階管理人員 |
| shift overseer | phr. | 排班管理員 |
| social service | phr. | 社會福利事業 |
| society | n. | 社會；協會 |
| stow | v. | 放進，裝（貨物） |
| textile division | phr. | 紡織部門 |
| town council | phr. | 鄉鎮議會 |
| trade | n. | 貿易 |
| trade negotiation | phr. | 貿易協商 |
| trade show | phr. | 貿易博覽會 |
| trader | n. | 貿易商 |
| under the supervision of | phr. | 在…監督下 |
| warning label | phr. | 警告標籤 |

## 飯店給的水不只是拿來喝的
### 住宿、飯店

在外地有一個大型會議，到了飯店剛要 **check in** 的時候，飯店人員說沒有空的房間，要等 3 個小時左右。飯店人員說為了 **compensate** 等候的時間，在餐館 **complimentary** 提供 **chef** 的午餐特選料理。坐著等上菜的時候，服務員把一個裝了檸檬汁的 **container** 放到了桌上。啊哈…飯店的餐館就是不一樣，還 **elegant** 地在水裡泡檸檬給客人喝…我正好口渴呢！便將這杯檸檬 **flavor** 的水大口大口地喝了下去。

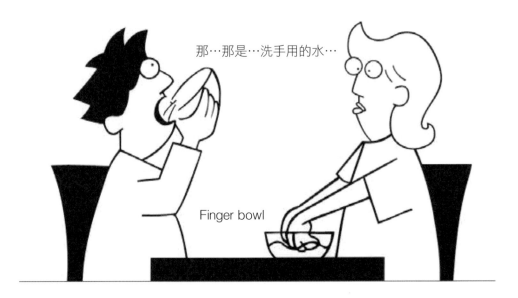

那…那是…洗手用的水…

Finger bowl

1 **accommodate**\*\*
[美] [əˈkɑməˌdet]
[英] [əkɔ́mədèit]
派 accommodation
　　n. 住宿設施
同 lodge 使…住宿

v.（建築等）容納，使…住宿
The hotel can **accommodate** 350 guests.
那間飯店可以容納 350 名客人。

2 **agreeably**\*
[əˈgriəblɪ]

ad. 愜意地，令人愉快地
The resort is **agreeably** located by the beach.
那間渡假村愜意地座落在海灘旁。

3 **ahead**\*
[əˈhɛd]

ad. 在前，領先，早於
It is advisable to call **ahead** for a reservation.
建議提前打電話預約。
The guests will arrive **ahead** of schedule.
客人會比預定時間早到。

　　**出題重點**
**ahead of** 在…之前
ahead 經常以 ahead of 的固定形式出題。

4 **amenity**
[美] [əˈmɪnətɪ]
[英] [əmíːniti]

n. 便利設施
The hotel **amenities** include health centers and swimming pools.
飯店的便利設施包括健身中心和游泳池。

5 **assorted**
[美] [əˈsɔrtɪd]
[英] [əsɔ́ːtid]
派 assort v. 分類
　　assortment
　　n. 組合
同 various, diverse, miscellaneous
很多種類的

a. 各式各樣的，多種組合的
The restaurant offers an appetizer of **assorted** cheeses.
那家餐館提供各式各樣的起司作為開胃菜。

6 **atmosphere**\*
[美 ˋætməsˏfɪr]
[英 ǽtməsfɪə]

n. 氛圍，環境，氣氛

The hotel provides a homey atmosphere.
那間飯店提供舒適的氛圍。

7 **available**\*\*
[əˋveləbl]
派 availability　n. 有效性
反 unavailable 不能使用的

a. 可使用的（東西）；有空的（人）

The sauna is available to all registered guests.
所有登記過的客人都可以使用蒸氣室。

The dining hall is available for private functions.
宴會廳可供私人聚會使用。

I'll be available after six.
我在六點之後有空。

🖌 **出題重點**

**be available to + 使用主體**

**be available for + 使用目的**

available 在考試中一般表示的是可以使用某東西的意思，介系詞 to 後面加使用的主體，for 後面加表示使用目的的名詞。

8 **belongings**\*
[美 bəˋlɔŋɪŋz]
[英 bilɔ́ːŋɪŋz]

n. 攜帶物品，所有物

Please gather all personal belongings.
請帶齊所有的個人物品。

9 **check in**\*
反 check out 退房；
從圖書館借書

phr. 登記，辦理住宿手續

Make sure to check in by 7 p.m.
請確實在晚上七點之前辦理入住登記。

<sup>10</sup>chef
[ʃɛf]

○ n. 廚師，大廚

The restaurant's head **chef** is famed across Europe.
那間餐館的主廚名氣橫跨歐洲。

<sup>11</sup>choice*
[tʃɔɪs]
派 choose　v. 選擇

◐ n. 選擇物，選擇事項，選擇

Today's special comes with your **choice** of soup.
今天的特餐會和您選擇的湯一起送上。

🔺 **出題重點**

**choice : option**

要區分表示『選擇』的單字用法差異。

┌ **choice** 選擇物，選擇
│ 與 option 的用法基本相同，有一點不同的是，choice 還
│ 表示在幾個當中被選出來的人或事物。
└ **option** 選擇權，選擇
　 表示在幾項中可以用的選項。
　 Diners have the **option** of eating at the bar.
　 客人可以選擇在吧台用餐。

<sup>12</sup>compensate**
[美 ˈkɑmpən,set]
[英 kɔ́mpensèit]
派 compensation
　 n. 補償，賠償
　 compensatory
　 a. 補償的

◐ v. 補償

The hotel **compensated** customers for erroneous charges.
飯店補償了顧客算錯的金額。

🔺 **出題重點**

**compensate A for B** 補償 B 給 A
要一起記住與 compensate 一起用的介系詞 for。

<sup>13</sup>complication
[美 ,kɑmpləˈkeʃən]
[英 kɔ̀:mplikéiʃən]
派 complicate
　 v. 使…複雜化

○ n. 複雜的問題

We encountered several **complications** with our reservation.
我們遇到了幾個跟預約有關的複雜問題。

## [14] complimentary*●

[美] [ˌkɑmpləˈmɛntərɪ]

[英] [kɔ̀ːmpliméntəri]

同 free 免費的

a. 免費的，優待的

Hotel guests are given a **complimentary** light breakfast.
飯店的客人會得到免費提供的早餐輕食。

### 🏇 出題重點

1. **complimentary + breakfast / service** 免費早餐 / 服務

complimentary 經常與 breakfast 或 service 等與服務有關的名詞一起用。

2. ┌ **complimentary** 免費的
   └ **complementary** 互補的

要區分形態類似，意思不同的兩個單字。

Color and style are **complementary** aspects of interior design.
在室內裝潢中，色調和風格是互補的因素。

## [15] confirm**◑

[美] [kənˈfɝm]

[英] [kənfɔ́ːm]

派 confirmation n. 確認
confirmative a. 確定的

同 verify 確認

v. 確定，確認

**Confirm** your seating reservation prior to arrival.
到達之前請確認您預約的座位。

## [16] connoisseur○

[美] [ˌkɑnəˈsɝ]

[英] [kɔ̀nəsə́]

n. 鑑定家，鑑賞家

The party's host is a **connoisseur** of wine.
這場宴會的主辦人是一位紅酒鑑定家。

## [17] container*◑

[美] [kənˈtenə]

[英] [kəntéinə]

派 contain v. 裝

n. 容器

an airtight **container** 密封容器

## [18] conveniently*◑

[kənˈvinjəntlɪ]

派 convenient a. 便利的
convenience n. 便利

ad. 便利地

Our hotel is **conveniently** located in downtown Sydney.
我們的飯店便利地座落於雪梨市中心。

### 出題重點

1. **conveniently + located / placed** 便利地座落
   conveniently 與 located 等與位置有關的單字搭配使用。

2. 區分 **conveniently**（ad. 便利地）和 **convenient**（a. 便利的）的
   詞性。

<sup>19</sup>**cuisine**
[kwɪˋzin]

○ n.（獨特的）料理，美饌

Jacque will perpare an exquisite selection of international **cuisine**.

Jacque 將準備精選的各國料理。

<sup>20</sup>**dignitary**
[美 ˋdɪgnəˌtɛrɪ]
[英 dígnitəri]

○ n. 高官，要人，達官顯要

The center specializes in banquets for visiting foreign **dignitaries**.

那個中心專門為來訪的外國高官舉行宴會。

<sup>21</sup>**elegant\***
[ˋɛləgənt]

派 elegance
　n. 優雅，高尚

● a. 優雅的，高尚的

The recently renovated lobby boasts **elegant** décor.

最近整修的大廳展現出耀人的優雅風格。

<sup>22</sup>**entirely\***
[美 ɪnˋtaɪrlɪ]
[英 intáiəli]

派 entire　a. 全體的

● ad. 完全地

Reviewers applauded The Eatery's decision to cook **entirely** with organic ingredients.

評論家們稱讚了 The Eatery 公司完全採用有機食材烹煮的決定。

## 23 extensive*

[ɪkˈstɛnsɪv]

派 extend　v. 擴大，延長
　　extension　n. 擴張
　　extended　a. 長期的
　　extensively　ad. 廣泛地
同 comprehensive
　　無所不包的

a. 廣泛的，無所不包的

The restaurant offers an **extensive** range of food.

那家餐館提供種類廣泛的料理。

## 24 flavor

[美] ˈflevɚ

[英] fléivə

同 savor 味道，風味

n. 味道，風味

The dinner guests appreciated the **flavor** of the soup.

晚餐的客人們讚賞了這個湯的美味。

## 25 forfeit*

[美] ˈfɔrˌfɪt

[英] fɔ́:fit

派 forfeiture　n. 沒收

v.（做為處罰的）喪失，被沒收（權利、財產等）

If you don't cancel the reservation by January 10th, you will **forfeit** the deposit.

如果您不在 1 月 10 日之前取消預約，您的訂金將被沒收。

## 26 freshness*

[ˈfrɛʃnɪs]

派 fresh
　　a. 新鮮的（想法等），
　　新穎的

n. 新鮮度

Wrapping produce in paper helps prolong its **freshness**.

用紙包裝農產品可以幫助延長其新鮮度。

### 出題重點

- **freshness** 新鮮度
- **refreshment** 精力恢復，（-s）茶點

要記住形態類似，意思不同的兩個單字。注意，refreshment 的單數形態和複數形態表示的意思是不同的。

Goa Resort is the ideal destination for **refreshment** and rest.

Goa 渡假村是休養和休息的理想去處。

Snacks and liquid **refreshments** are sold at the kiosk in Parc Monceau.

蒙梭公園的涼亭販售著零食和飲料等茶點。

<sup>27</sup>**indigenous**

[ɪn'dɪdʒɪnəs]

派 indigenously
　　ad. 原有地
同 native 在地的

a. 地方固有的，原住民的

The restaurant offers dinner concerts of indigenous Australian music.

那間餐館提供澳洲原住民音樂的晚餐演奏會。

<sup>28</sup>**make**\*\*

[mek]

v. 做，製作

To make telephone calls from your room, dial 9 first.

要在房間內打電話，請先按 9 鍵。

🔖 **出題重點**

**make a decision** 決定

**make a request** 邀請

**make a reservation** 預約

**make a telephone call** 打電話

**make progress** 進步

考試中會出在 make 的固定表達形式裡填入 make 的題目。

<sup>29</sup>**occupancy**

[美 'ɑkjəpənsɪ]

[英 ɔ́kjupənsi]

派 occupy　v. 占有
occupant
n. 占有者，居住者
occupation
n. 占有；職業

n.（飯店等的）使用率

The ski resort's occupancy rate dips in summer.

滑雪勝地的使用率在夏天會下降。

<sup>30</sup>**polish**

[美 'pɑlɪʃ]

[英 pɔ́liʃ]

n. 亮光劑

v. 擦亮，使⋯光滑

Glassware must be thoroughly polished before use.

玻璃容器使用之前要徹底地擦拭光亮。

<sup>31</sup>**rate**\*

[ret]

v. 評價，認為

n. 費用

The chalet offers fine rooms at affordable rates.

那間山莊以適當的價格提供良好的房間。

## 32 reception*

[rɪˋsɛpʃən]

派 receive　v. 接收
　　receptionist　n. 接待員

n. 接待會；（飯店）接待處

They held a welcome **reception** for the visiting speaker.
他們為來訪的發言人舉行了一場歡迎會。

Visitors must register at the **reception** desk upon arrival.
訪客到達後要在接待櫃台登記。

### 出題重點

┌ **reception** 歡迎會，接待處
└ **receptionist** 接待員

要區分事物名詞 reception 和人物名詞 receptionist。

## 33 recipe

[ˋrɛsəpɪ]

n. 料理法，食譜，食品的製作方式

The baker guarded her **recipe**.
那位烘焙師嚴守著她的料理食譜。

## 34 reservation*

[美 ˌrɛzəˋveʃən]

[英 rèzəvéiʃən]

派 reserve　v. 預約，保留
　　reserved
　　a. 預約的，保留的
同 booking 預約

n. 預約

I'd like to make a **reservation** for five at 6 p.m.
我想預約下午 6 點 5 人的座位。

## 35 retain*

[rɪˋten]

派 retention　n. 保留
同 maintain 維持，持續

v. 保持，維持

The cafeteria **retains** customers by offering inexpensive, flavorful food.
那家自助餐館以價廉而味美的料理維持客源。

## 36 stir**

[美 stɝ]

[英 stə]

v. 攪動，攪拌

**Stir** the sauce to prevent it from sticking.
攪拌醬汁以免凝固。

### 出題重點

**stir : turn**

要區分表示『旋轉』的單字用法差異。

**stir** 攪拌，攪動

形容攪拌液體等東西。

**turn** 旋轉，轉動

形容以一個軸為中心轉動它的周圍。

**Turn** a knob on the stove to adjust the temperature.
轉動火爐上的把手來調整溫度。

[37] **taste***
[`test]
n. 味道

● v. 品味，品嘗
We **tasted** foods brought from across the world.
我們品嘗了來自世界各地的食品。

[38] **utensil**
[ju`tensl]

○ n.（廚房用的）器具，用具
Frilling is the leading producer of kitchen **utensils**.
Frilling 公司是生產廚房用具的龍頭。

請在右邊欄位內找出相對應的意思並用線條連接。

01 forfeit

02 utensil

03 stir

04 occupancy

05 connoisseur

ⓐ （飯店等的）使用率

ⓑ 攪拌

ⓒ 沒收

ⓓ 用具

ⓔ 鑑定家

ⓕ 費用

請選擇恰當的單字填空。

06 Tourists are encouraged to try local _____ at least once during the trip.

07 The hotel lacks the facilities to host the _____.

08 The resort is popular for its family _____.

09 The main dish comes with a side of your _____.

ⓐ choice　ⓑ reception　ⓒ dignitary　ⓓ atmosphere　ⓔ cuisine

10 The small resort cannot _____ more than 100 people.

11 The store will close for a month during the _____ renovations.

12 Regular pay increases are needed to _____ staff.

13 The local resort was constructed using _____ materials.

ⓐ retain　ⓑ indigenous　ⓒ extensive　ⓓ complimentary　ⓔ accommodate

Answer　1.ⓒ 2.ⓓ 3.ⓑ 4.ⓐ 5.ⓔ 6.ⓔ 7.ⓑ 8.ⓓ 9.ⓐ 10.ⓔ 11.ⓒ 12.ⓐ 13.ⓑ

# 多益滿分單字

## LC

| appetizer | n. | 開胃菜，飯前菜 |
|---|---|---|
| beverage | n. | 飲料 |
| bite | v. / n. | 啃 / 咬 |
| bottle | n. | 瓶 |
| bottled water | phr. | 瓶裝水 |
| buffet | n. | 自助餐 |
| cafeteria | n. | （公司、學校的）自助餐廳 |
| cereal | n. | 麥片，穀片 |
| chop | v. | 切丁，切塊 |
| citrus fruit | phr. | 柑橘類的水果 |
| clam chowder | phr. | 蛤蠣濃湯 |
| clip | v. | 修剪 |
| cloakroom | n. | （飯店、劇場的）寄物處，物品保管處 |
| coffee tray | phr. | 咖啡托盤 |
| cookbook | n. | 料理書 |
| delicious | a. | 美味的 |
| dessert | n. | 飯後甜點 |
| dine | v. | 用餐 |
| diner | n. | 用餐的人 |
| dining area | phr. | 用餐的地方 |
| dining cart | phr. | 餐車 |
| dining supplies | phr. | 餐具 |
| dishwasher | n. | 洗碗機 |
| dishwashing liquid | phr. | 洗碗精 |
| drink | v. / n. | 喝 / 酒精飲料 |
| fork | n. | 叉子 |
| frozen food product | phr. | 冷凍食品 |

| garlic | n. | 蒜 |
|---|---|---|
| gather up | phr. | 收集，聚集 |
| get the food ready | phr. | 食物準備就緒 |
| gourmet | n. | 美食家 |
| grab a bite | phr. | 簡單吃點東西 |
| grain | n. | 穀物 |
| grill | n. | 烤架 |
| gusty | a. | 強風的 |
| have a light dinner | phr. | 吃一頓簡單的晚飯 |
| have a meal | phr. | 用餐 |
| have a snack | phr. | 吃零食 |
| help oneself to the food | phr. | 自行取用食物 |
| intake | n. | 攝取量 |
| lick | v. | 舔舐 |
| lost and found | phr. | 失物招領處 |
| meal | n. | 餐點 |
| meal pass | phr. | 用餐券 |
| napkin | n. | （餐桌用）餐巾 |
| order a meal | phr. | 訂餐 |
| pan | n. | 平底鍋 |
| peel off | phr. | 削皮 |
| pick up the check | phr. | 買單 |
| pot | n. | 煮鍋 |
| potholder | n. | 鍋墊，防燙手套 |
| pour | v. | 倒，灌 |
| preheat | v. | （烤箱等的）預熱 |
| prepare a meal | phr. | 準備飯菜 |
| refreshments | n. | 茶點 |
| roast beef | phr. | 烤牛肉 |
| scorch | v. | 燒焦 |
| seafood | n. | 海鮮 |
| serving（= helping, portion） | n. | （菜）一人份 |
| set the table | phr. | 擺碗筷，擺設餐桌 |
| slice | n. / v. | 切片 / 切成薄片 |
| slurp | v. | 出聲地吃喝 |

| smoked salmon | phr. | 煙燻鮭魚 |
|---|---|---|
| snack shop | phr. | 小吃店 |
| spicy | a. | 辣的 |
| spill | v. | 溢出，濺出 |
| starving | a. | 飢餓的 |
| stove | n. | （料理用）火爐 |
| tablecloth | n. | 桌布 |
| tasty | a. | 美味的 |
| teapot | n. | 茶壺 |
| unpack | v. | 打開（行李） |
| valuables | n. | 貴重品 |
| wait for a table | phr. | 等待餐廳空出位子 |
| whipped cream | phr. | 鮮奶油，奶泡 |

## Part 7

| atrium | n. | 中央大廳，中庭 |
|---|---|---|
| batter | n. | 麵糊 |
| blend | v. | 混合，攪拌 |
| book | v. | 預約 |
| booking | n. | 預約 |
| caterer | n. | （活動、宴會等）餐點籌備員，酒席承辦人 |
| chamber | n. | 房間 |
| clothes | n. | 衣服，服裝 |
| concierge | n. | （提供訂票、餐廳訂位的）飯店服務員 |
| continental breakfast | phr. | 歐式早餐 |
| corridor | n. | 走廊 |
| culinary | a. | 料理的，廚房的 |
| decaffeinated | a. | 除去咖啡因的 |
| decorate | v. | 裝飾 |
| desk clerk | phr. | （飯店的）接待人員 |
| double occupancy | phr. | 雙人房 |
| dumpling | n. | 餃子，麵糰料理 |
| eat up | phr. | 吃完 |

| facility management | phr. | 設備管理 |
| for pleasure | phr. | 為了休閒 |
| garnish | v. | 添加配菜，裝飾料理 |
| germ | n. | 細菌 |
| hotelier | n. | 飯店所有者，飯店經營者 |
| ingredient | n. | 食材 |
| Jacuzzi | n. | 按摩浴缸 |
| overnight stay | phr. | 過夜 |
| palate | n. | 味覺 |
| parking facility | phr. | 停車設施 |
| parking lot | phr. | 停車場 |
| parlor | n. | 會客廳 |
| reconfirm a reservation | phr. | 再次確認預約 |
| restaurant supplies | phr. | 餐廳用品 |
| room attendant | phr. | 客房服務員 |
| room rate | phr. | 客房價格 |
| salt-free | a. | 無鹽的 |
| sanitary | a. | 衛生的 |
| shut down | phr. | 停業 |
| sift | v. | 過濾，篩選 |
| spice | n. | 調味料，香辛料 |
| staple foods | phr. | 主食 |
| suite | n. | （飯店的）套房 |
| tray | n. | 托盤 |
| vegetarian | n. | 素食主義者 |
| wake-up call | phr. | 晨喚服務 |

## 人的效率真的能超過機器人嗎？
## 收益

今天公開的年度報表，顯示著持續性支出的 **decline** 和 **markedly increased revenue**。因為成果比 **projection** 的時候要好，我跟同事們都 **anticipate** 下個月的薪水會加點 **substantial** 獎金。但是課長卻擺出一臉冷淡的表情，給我們展示了一個能做五個人的工作量又不用給薪水的新型機器人。能不能比機器人做得更多，**significantly** 提高公司的效率呢？

## 1 anticipate*

[æn`tɪsə,pet]

派 anticipation
　　n. 預想，期待
同 expect 預想，期待

### v. 期待，預期

We **anticipate** a forty percent increase in sales next year.
我們預期明年的銷售額會增長 40%。

#### 🏌 出題重點

**anticipate : hope**

要區分表示『期待』的單字用法差異。

┌ **anticipate** 期待
│ 不加介系詞，直接接受詞。
└ **hope for** 期待…
　 hope 要有介系詞 for 才能接受詞。
　 The financiers **hope for** a high return on their investment.
　 金融家期待他們的投資有高額的回收。

## 2 decline*

[dɪ`klaɪn]

同 decrease, reduction
　　減少
　　reject 拒絕

### n. 減少，下降

A sharp **decline** in the number of buyers has lowered this year's profits.
購買人數的急劇下降導致了今年收益的減少。

### v. 拒絕（招待、申請）

The investor **declined** our invitation to lunch.
那位投資者拒絕了我們午餐的邀請。

#### 🏌 出題重點

**the rate of decline** 減少率

**decline in** …的減少

考試中會考與名詞 decline 搭配使用的介系詞 in。

## 3 decrease

[dɪ`kris]

n. 減少
同 diminish 減少

### v. 減少

Earnings from overseas sales have **decreased**.
海外銷售的收入減少了。

**4 demoralize**

[dɪ`mɑrəl,aɪz]

v. 使沮喪

Everybody was demoralized when the company reported record losses.
當公司創下有史以來的重大損失時，所有人都感到沮喪。

**5 depend***

[dɪ`pɛnd]

派 dependent　a. 依賴的
　　dependable
　　a. 可依賴的

v. 依…而定，取決於…

A company's success ultimately depends on its marketing expertise.
公司的成功最終取決於行銷能力。

🔺 **出題重點**

**depend on** 依…而定
要記住 depend 和介系詞 on。

**6 deviate**

[`divɪ,et]

派 deviation
　　n. 脫離，偏離

v. 脫離，偏離

The profit report deviated from expected results.
收益報告偏離了預期的結果。

**7 disappointing**

[,dɪsə`pɔɪntɪŋ]

派 disappoint　v. 使失望
　　disappointment
　　n. 失望
　　disappointed
　　a. 失望的

a. 讓人失望的

Growth in the Asian market was disappointing.
亞洲市場的成長程度讓人失望。

**8 encouraging***

[美 ɪn`kɝɪdʒɪŋ]

[英 inkʌ́ridʒɪŋ]

派 encourage　v. 鼓勵
　　encouragement
　　n. 鼓勵
反 discouraging
　　使人氣餒的

a. 令人振奮的

The figures for this quarter were encouraging.
這一季的數字非常令人振奮。

🔺 **出題重點**

區分 **encouragement**（n. 鼓勵）和 **encourage**（v. 鼓勵）的詞性。

<sup>9</sup> **exceed\*\***

[ɪkˋsid]

派 excess n. 多餘
excessive
a. 過度的，過分的
同 surpass 超過
反 fall short of 不及…

v. 超過，超越

The new restaurant's profits **exceeded** initial projections.
新餐廳的收益超過了初期的預估。

<sup>10</sup>**factor\***

[美 ˋfæktə]

[英 fǽktə]

同 element 要素

n. 要素，原因

The weakening dollar was a major **factor** in the decision to import more goods.
美元的走弱是決定增加商品進口量的主要原因。

<sup>11</sup>**figure**

[美 ˋfɪgjə]

[英 fígjə]

v. 認為

n. 合計數字，總額

Last quarter's sales **figures** need to be sent to the main office.
上一季的銷售總額需要送到總公司。

🍳 **出題重點**

**figure : digit**

要區分表示『數』的單字用法差異。

┌ **figure** 數量

指用數值表示的量，尤其是統計值。

└ **digit** 數字

表示從 0 到 9 的數字。

The number 215 contains three **digits**.
號碼 215 是由三個數字組成的。

<sup>12</sup>**growth\*\***

[美 groθ]

[英 grʌ́uθ]

派 grow v. 成長
growing a. 成長的

n. 成長，發展

The company will be unable to maintain its present rate of **growth**.
那間公司將無法維持現在的成長率。

**出題重點**

**growth rate** 成長率

**economic growth** 經濟成長

**growing concern** 增加的憂慮

**growing client's base** 客源的成長

要記住名詞 growth 和形容詞 growing 的多益出題形式。

---

### ¹³illustrate*

[ˋɪləstret]

派 illustration　n. 說明
　　illustrator　n. 插畫家

v. 舉例或以圖畫說明

The line-graph **illustrates** the rise in expenses.

這個折線圖說明了費用的增加。

**出題重點**

┌ **illustration** 插圖
└ **illustrator** 插圖畫家

要區分事物名詞 illustration 和人物名詞 illustrator。

---

### ¹⁴impressive**

[ɪmˋprɛsɪv]

派 impress
　　v. 給…留下印象
　　impression　n. 印象
　　impressively
　　ad. 印象深刻地

a. 相當的，印象深刻的

NeuWear made **impressive** gains in the sportswear market.

NeuWear 在運動服裝市場獲得了相當的收益。

**出題重點**

區分 **impressive**（a. 印象深刻的）和 **impression**（n. 印象）的詞性。

---

### ¹⁵inaccurate*

[美 ɪnˋækjərɪt]

[英 inækjurət]

反 accurate 正確的

a. 不正確的，錯誤的

The calculations in the report were **inaccurate**.

報告中的計算是錯誤的。

**出題重點**

**inaccurate information** 錯誤的情報

inaccurate 經常與名詞 information 搭配出題。

## 16 increase*

n. [ˋɪnkris]

v. [ɪnˋkris]

派 increasing　a. 增加的
　　increasingly
　　ad. 漸增地
反 decrease 減少

**n. 增加**

All employees will receive a 5% pay increase next year.
所有員工將會在明年收到 5% 的加薪。

**v. 增加**

The number of delivery orders has increased significantly.
送貨訂單的數量已顯著增加。

🔧 **出題重點**

區分 **increase**（n. 增加）和 **increasingly**（ad. 漸增地）的詞性。

## 17 incur

[美 ɪnˋkɝ]

[英 inkɔ́ː]

派 incurrence
　　n. 遭受（損失等）

**v. 遭受（損失），支付（債務等）**

We have incurred significant operating losses since our inception in 2001.
我們自從 2001 年開業以來遭受了嚴重的營業損失。

## 18 indicative*

[ɪnˋdɪkətɪv]

派 indicate　v. 顯示
　　indication
　　n. 徵候，徵兆
　　indicator
　　n. 指標，尺度

**a. 表示的，暗示的**

A drop in sales is indicative of the economic recession.
銷售量的下滑暗示著經濟的不景氣。

🔧 **出題重點**

**be indicative of** 表示…，暗示…
要一起記住與 indicative 搭配使用的介系詞 of。

## 19 infusion

[ɪnˋfjuʒən]

派 infuse　v. 注入

**n. 注入，混合**

The infusion of capital helped the company pay off its debt.
資本的挹注幫助公司還清了債務。

## 20 make up for*

● phr. 挽回…，補償…

Increased exports made up for declining domestic sales.
出口增加補償了國內銷售的下降。

## 21 markedly*

[美 ˈmɑrkɪdlɪ]

[英 máːkidli]

派 marked
　 a. 凸顯的，顯著的

● a. 顯著地，明顯地

Corporate profits continue to increase markedly.
公司的收益持續而顯著地增加。

## 22 meagerly

[美 ˈmigəlɪ]

[英 míːgəli]

派 meager　a. 貧乏的

○ ad. 貧乏地，不充分地

Profits grew only meagerly between 2003 and 2004.
2003 年到 2004 年之間的收益只成長了一點。

## 23 minimally*

[ˈmɪnɪmḷɪ]

派 minimal
　 a. 最低限度的
　 minimum　n. 最小

● ad. 極小地，最低限度地

The new tax will only minimally affect monthly gains.
新的稅收制度只會極小地影響每月的收益。

## 24 offset

[美 ˈɔfˌsɛt]

[英 ɔ́fsèt]

○ v. 抵消，彌補

Management decided to offset over-expenditure by freezing pay raises.
管理人員決定以凍結加薪的方式來抵消過多的支出。

## 25 percentage*

[美 pəˈsɛntɪdʒ]

[英 pəséntidʒ]

● n. 百分比，部分

The firm donates a small percentage of its profits to charitable organizations.
那家公司將收益中的一小部分捐贈給慈善團體。

### 出題重點

**percentage : percent**

要區分表示『百分比』的單字用法差異。

┌ **percentage** 百分比
│ 不能跟數詞一起用，ten percentage 是錯誤的用法。
└ **percent** 百分比，百分率
　可以跟數詞一起用。

The company sold ten percent more oats than the previous month.

公司的燕麥銷售量比上個月多 10%。

---

**26** production**
[prəˈdʌkʃən]
同 produce　v. 生產
　　n. 農產品
反 consumption 消費

**n. 生產，生產量**

Production will significantly increase with the addition of a third shift.

隨著第三班次的增設，生產量將會大大地增加。

### 出題重點

**production schedule** 生產排程
**production time** 生產時間

要記住 production 常考的複合名詞。

---

**27** profit**
[美 ˈprɑfɪt]
[英 prɔ́fit]
派 profitable　a. 利潤多的
　　( = lucrative )
　　profitability　n. 收益性

**n. 利益，收益，利潤**

The profits from the auction will go to charity.

拍賣的收益將會送給慈善團體。

---

**28** projection
[prəˈdʒɛkʃən]
派 project　v. 推測
同 estimate 估計

**n. 預想，預估**

spending and income projections 支出和收入的預估

---

收益 | 347

## 29 proportion

[英 prə'pɔrʃən]

[美 prəpóːʃən]

○ n. 部分，分

A large **proportion** of revenue comes from online sales.
收入中的一大部分來自線上銷售。

## 30 recent**

['risn̩t]

派 recently ad. 最近

a. 最近的，接近的

These quotes are more recent than those ones.
這些報價跟那些報價非常接近。

### 🦥 出題重點

1. **recent : modern**

要區分表示『最近的』的單字用法差異。

┌ **recent** 最近的

　表示時間上發生在最近的事情或事物。

└ **modern** 新潮的

　表示跟隨著最新的傾向。

Our modern designs are popular with customers.
我們新潮的設計很受顧客歡迎。

2. 區分 **recent**（a. 最近的）和 **recently**（ad. 最近）的詞性。

## 31 reduce*

[英 rɪ'djus]

[美 ridʒúːs]

派 reduction n. 減少
　reductive a. 減少的
同 diminish, decrease
　縮小，減少

v. 縮小，減少

Management decided to cut expenditures by reducing travel costs.
管理人員決定以減少旅費的方式來降低開支。

### 🦥 出題重點

**reduce + costs / budget** 減少費用 / 預算

reduce 經常與 cost、budget 等表示費用的名詞搭配出題。

## 32 regular**

[美] ˈrɛgjələ

[英] régjulə

派 regularly　ad. 定期地

### a. 定期的；經常的

**Regular** assessments of profitability occur throughout the fiscal year.

整個會計年度都會進行定期的收益評估。

Special events were held to reward **regular** customers.

特殊活動為了酬謝經常光臨的客人而舉行。

### 🐢 出題重點

1. **regular + meeting / schedule / assessment**

定期會議 / 日程 / 評估

regular 與定期進行的 meeting、schedule、assessment 等搭配出題。

2. 區分 **regular**（a. 定期的）和 **regularly**（ad. 定期地）的詞性。

## 33 representative*

[ˌrɛprɪˈzɛntətɪv]

a. 代表的，代理的

派 represent　v. 代表

### n. 行銷代表，推銷員；代表

The sales **representative** developed an impressive client base.

那個推銷員開拓了相當深厚的客戶基礎。

The committee will be comprised of **representatives** from each division.

這個委員會將由各部門的代表組成。

### 🐢 出題重點

區分 **representative**（n. 推銷員；代表）和 **represent**（v. 代表）的詞性。

## 34 revenue**

[美] ˈrɛvəˌnju

[英] révənjùː

同 income, earnings
收入

反 expenditure
支出，開支

### n. 收入，（政府的）稅收

The company's **revenue** was boosted by the increase in CD sales.

隨著 CD 銷量的增加，公司的收入也提升了。

## 35 sale**
[sel]

● n. (-s) 銷售額；特賣會

Domestic sales have recently begun to drop.
國內的銷售額最近開始下降了。

All items are 50% off during the clearance sale.
清倉特賣期間所有項目都打 5 折。

### 🏆 出題重點

**retail sales figures** 零售額
要注意，當表示『銷售額』的時候要用複數形態 sales。

## 36 significantly**
[sɪɡˋnɪfəkəntlɪ]

派 significant　a. 相當的
　　significance　n. 重要性

● ad. 相當地，明顯地

The layoffs will reduce expenses significantly.
裁員將大大地減少開支。

### 🏆 出題重點

區分 **significantly**（ad. 相當地）和 **significant**（a. 相當的）的詞性。

## 37 slightly*
[ˋslaɪtlɪ]

派 slight a. 稍微的

● ad. 稍微地

Purchasing inquiries are expected to decrease slightly.
預計採購詢價會稍微地減少。

### 🏆 出題重點

區分 **slightly**（ad. 稍微地）和 **slight**（a. 稍微的）的詞性。

## 38 substantial**
[səbˋstænʃəl]

派 substantially
　　ad. 相當地
同 considerable 相當的

● a. 相當的

The company made substantial investments in several emerging markets.
那間公司在一些新興市場作了相當的投資。

**出題重點**

**substantial + amount / increase / reduction** 相當的數量 / 增加 / 減少
substantial 經常與 amount、increase、reduction 等與數量增
減有關的名詞搭配出題。

39 **summarize** *

[ˈsʌməˌraɪz]

派 summary
　n. 概括，大綱
同 condense 概括

v. 概括描述，總結

EquityCorp **summarized** its business operations in the annual
report.
EquityCorp 公司在年度報告書裡概括描述了營運現狀。

40 **tend** *

[tɛnd]

派 tendency　n. 傾向

v. 有…傾向，容易

Corporate profits **tend** to rise in line with national income.
公司的收益有隨著國家收入增加的傾向。

**出題重點**

**tend to do** 打算做…
tend 主要與不定詞 to 一起使用。

41 **unusually** *

[ʌnˈjuʒʊəlɪ]

派 unusual
　a. 異乎尋常的

ad. 異乎尋常地

The market was **unusually** slow following the holiday season.
過了休假旺季後，市場異常地不景氣。

請在右邊欄位內找出相對應的意思並用線條連接。

01 indicative      ⓐ 收入
02 proportion     ⓑ 總額
03 figure       ⓒ 相當的
04 revenue      ⓓ 暗示的
05 substantial     ⓔ 部分
           ⓕ 審查

請選擇恰當的單字填空。

06 Rising earnings overseas helped to _____ falling sales in the domestic market.

07 _____ accounting can lead to serious financial penalties.

08 The actual costs often _____ original estimates.

09 Response to the re-launch of the InnoVate brand was _____.

| ⓐ exceed | ⓑ inaccurate | ⓒ profitable | ⓓ disappointing | ⓔ offset |

10 The _____ of women in the workers rose dramatically.

11 Infographics can easily _____ complex information.

12 The capitalist economy requires a constant _____ of capital.

13 Retailers _____ sales to grow over the next quarterly period.

| ⓐ infusion | ⓑ anticipate | ⓒ percentage | ⓓ make up for | ⓔ summarize |

Answer   1.ⓓ 2.ⓔ 3.ⓑ 4.ⓐ 5.ⓒ 6.ⓔ 7.ⓑ 8.ⓐ 9.ⓓ 10.ⓒ 11.ⓔ 12.ⓐ 13.ⓑ

# 多益滿分單字

收益

| LC | | |
|---|---|---|
| booklet | n. | 小冊子 |
| bring about | phr. | 引起… |
| by telephone | phr. | 透過電話 |
| change | n. | 零錢 |
| charity | n. | 慈善機構 |
| cut costs | phr. | 刪減費用 |
| from now | phr. | 現在開始，從此以後 |
| gain | v. | 獲得 |
| go shopping | phr. | 去購物 |
| goods | n. | 商品 |
| harsh | a. | 粗糙的，嚴厲的 |
| have the best rates | phr. | 有最便宜的費用 |
| lesson | n. | 課；教訓 |
| link together | phr. | 連接在一起 |
| liquid | n. / a. | 液體 / 液體的 |
| make a profit | phr. | 賺取利潤 |
| make forecast | phr. | 預測 |
| make money | phr. | 賺錢 |
| meet one's goal | phr. | 達成目標 |
| midday | n. | 正午 |
| misread | v. | 誤讀，誤解 |
| miss | v. | 錯過；思念 |
| moderate | a. | 適當的，中等的 |
| overbook | v. | 超量預訂 |
| rent | n. / v. | 租金 / 借 |
| share | n. / v. | 股份 / 分享 |
| situated | a. | 位於…的 |

| slight chance | phr. | 微小的機會 |
|---|---|---|
| take a course | phr. | 加入課程 |
| to be honest with you | phr. | 對你誠實 |
| unbelievable | a. | 無法置信的 |
| uncover | v. | 揭開 |
| upset | a. / v. | 不快的／使人不快 |
| walker | n. | 步行者 |
| win | v. | 勝利，贏得（獎品等） |
| winner | n. | 優勝者 |
| work on | phr. | 執行… |

## Part 7

| achieve | v. | 獲得，成就 |
|---|---|---|
| added benefits | phr. | 附加的利益 |
| additional fee | phr. | 附加費用 |
| agile | a. | 機敏的 |
| allay | v. | 平息（感情） |
| allot | v. | 分配 |
| allotment | n. | 分發，分配，分配量 |
| apprise | v. | 通知 |
| at a rapid rate | phr. | 以很快的速率 |
| because of | phr. | 因為… |
| coal | n. | 煤 |
| commercial value | phr. | 商業價值 |
| compound interest | phr. | 複利（按複利法計算的利息） |
| considerable rewards | phr. | 相當的報酬 |
| dean | n. | 教務長，系主任 |
| do damage | phr. | 損傷，使受到損壞 |
| downfall | n. | 衰敗 |
| engineering | n. | 工程學 |
| even out | phr. | 使均衡；把…平均分配 |
| fee | n. | （給律師的）報酬；費用 |
| file for bankruptcy | phr. | 申請倒閉 |

| forestry | n. | 山林管理 |
|---|---|---|
| fortune | n. | 財富；運氣 |
| gross | n. / a. | 總計／總計的 |
| gross income | phr. | 總收入，毛利 |
| growth potential | phr. | 成長潛力 |
| height | n. | 高度 |
| high value item | phr. | 高價品項 |
| highlight | n. / v. | 最重要的部分／強調 |
| income | n. | 收入 |
| insolvent | a. | 無力償還的，破產的 |
| jointly-owned | a. | 共同擁有的 |
| linguistics | n. | 語言學 |
| literally | ad. | 照字面地；實際地 |
| literature | n. | 文學 |
| long-term stability | phr. | 長期穩定（性） |
| loss | n. | 損失 |
| lush | a. | 豪華的；茂盛的 |
| mechanical engineering | phr. | 機械工程學 |
| mine | n. | 礦山，礦坑 |
| miner | n. | 礦工 |
| non-profit group | phr. | 非盈利團體 |
| on the rise | phr. | 上升地 |
| ore | n. | 礦石 |
| outpace | v. | 超越 |
| outsell | v. | 賣得比…多 |
| physics | n. | 物理學 |
| piece by piece | phr. | 一點一點地 |
| Planet Earth | phr. | 行星地球（BBC 2006 年播映的自然紀錄片） |
| planetarium | n. | 天文館 |
| planner | n. | 企畫者，設計者 |
| political science | phr. | 政治學 |
| possess | v. | 占有，擁有 |
| proportionate | a. | 成比例的 |
| public reaction | phr. | 大眾反應 |
| rely on | phr. | 依賴於… |

| | | |
|---|---|---|
| result | n. / v. | 結果 / 以…為結果 |
| retrieve | v. | 找回，取回，挽回 |
| rising cost | phr. | 上升的費用 |
| seek to do | phr. | 設法去做… |
| semester | n. | 學期 |
| shrewd | a. | 敏銳的，精明的 |
| simple interest | phr. | 單利（按單利法計算的利息） |
| steady | a. | 穩固的 |
| stone | n. | 寶石 |
| submission | n. | 提交 |
| swell | v. | 膨脹 |
| terminology | n. | 專業術語 |
| timeline | n. | 日程表 |
| tracking system | phr. | 追蹤系統 |
| transition | n. | 變化，過渡 |
| typically | ad. | 典型地 |
| undergraduate | n. | 大學生 |
| unproductive | a. | 無生產力的，沒有收獲的 |
| unprofitable | a. | 沒有利益的，無益的；收益不足的 |
| up to | phr. | 到… |
| vitally | ad. | 絕對地，重大地 |
| well below average | phr. | 比平均低很多 |

## 為了減少公司經費要善用資源
## 會計

〈公告文〉

在年末 **audit** 實施後，經理部要求 **curtail** 使用不必要的辦公用品，由此減少公司的 **budget** ，維持穩定的 **financial** 表現。如果浪費物品被發現，會 **stringently** 處罰。希望各位員工能夠把公司當成自己的，只用必要的物品，自發地參加防止預算 **deficit** 的運動。

<sup>1</sup> **accountant**

[ə'kaʊntənt]

派 accounting
　　n. 會計
　　account
　　n. 帳戶，帳目；報告
　　v. 說明

n. 會計師

The finance department will advertise for a new accountant.
財務部門將公告招聘新會計師。

**出題重點**

**accounting firm** 會計公司
要記住考試經常會出，表示『會計』的 accounting.

<sup>2</sup> **accurately**\*\*

['ækjərɪtlɪ]

派 accurate　a. 準確的
　　accuracy　n. 準確性
同 inaccurately 不正確地

ad. 準確地

To prevent later confusion, record expenditures accurately.
為防止以後混淆，請準確地記錄支出。

**出題重點**

**accurately : assuredly**
要區分表示『無誤地』的單字用法差異。

┌ **accurately** 準確地
│　表示在數字、步驟等細部上面正確無誤。
└ **assuredly** 確實地，肯定地
　　表示沒有可懷疑的地方，非常確定。
　　Launching a website will assuredly increase your customer base.
　　架設網站肯定能夠增加您的客源。

<sup>3</sup> **allocate**\*

['ælə,ket]

派 allocation　n. 分發
同 assign 分配

v. 分發，分配

Funds were allocated for the charity benefit.
資金被分配給了那項慈善活動。

**出題重點**

**allocate A for B** 為了 B 分發 A
**allocate A to B** 把 A 分發給 B
記住 allocate 用介系詞 for 後面加『分發的目的』，to 後面加『人』。

### 4 amend

[əˈmɛnd]

派 amendment
改正，修正
amendable 可修正的
同 revise, modify 修正

v. 修正

**Amend** the budget no later than the quarter's end.
修正預算不得晚於本季的結束。

### 5 audit

[美 ˈɑdɪt]

[英 ɔ́ːdɪt]

v. 稽核（會計）
派 auditor n. 稽核員

n. 審計，查帳

An internal **audit** of financial records will be conducted.
財務紀錄的內部審計即將進行。

### 6 barely

[美 ˈbɛrlɪ]

[英 bɛəli]

ad. 勉強地，幾乎沒有⋯地

Armstrong industries **barely** reached its financial target for the year.
Armstrong 產業集團勉強地達成了當年的財政目標。

### 7 budget*

[ˈbʌdʒɪt]

n. 預算

The marketing department was given a **budget** of fifty thousand dollars.
行銷部門獲得了 5 萬美元的預算。

### 8 calculate*

[ˈkælkjə‚let]

派 calculation n. 計算

v. 計算

The contractors **calculated** the cost of rebuilding.
承包商們計算了重建的費用。

### 9 committee

[kəˈmɪtɪ]

n. 委員會

The **committee** submitted a report on donations.
委員會提交了關於捐贈金額的報告。

## [10] compare**

[美] kəmˋpɛr]
[英] kəmpέə]

派 comparison　n. 比較
comparable
a. 匹敵的，可相比的

● v. 比較

Sales rose by 15% **compared** to last year.
跟去年相比銷售額增長了 15%。

### 出題重點

**compared to** 與…相比

**compare A with B** 把 A 與 B 作比較

compare 一般以 compared to 或 compare A with B 的慣用形
式出題。

## [11] curtail

[美] kɝˋtel]
[英] kəːtéil]

派 curtailment　n. 削減
同 reduce 減少

○ v. 縮減，削減

The manager made an effort to **curtail** office expenses.
經理努力嘗試了減少辦公費用。

## [12] deduct

[dɪˋdʌkt]

派 deduction　n. 減除

○ v. 減除，扣除

Michael **deducted** his business expenses from his gross income.
Michael 從自己的總收入中扣除了工作經費。

## [13] deficient

[dɪˋfɪʃənt]

派 deficiency　n. 不足
反 sufficient 充分的

○ a. 不足的，不充分的

Funding for the office renovations is **deficient**.
辦公室整修的資金補助不足。

## [14] deficit

[ˋdɛfɪsɪt]

同 shortfall 不足額
反 surplus 黑字，盈餘

○ n. 赤字，不足額

Reserve funds will be used to make up for the **deficit**.
備用資金將會啟用以彌補赤字。

## [15] discrepancy

[dɪˋskrɛpənsɪ]

派 discrepant
a. 不一致的

○ n. 不一致，差異

Jack noticed a **discrepancy** in the annual report's figures.
Jack 發現了年度報告裡數值的不一致。

## [16] excess*

[ɪkˋsɛs]

a. 超過的

派 exceed v. 超過
excessive a. 過度的
excessively ad. 非常地

反 shortage
不足，不足量

n. 超過，超量

Spending controls led to an **excess** of funds.
支出控制導致了資金超量。

### 🔊 出題重點

**in excess of** 超過⋯
excess 以 in excess of 的慣用形式出題。

## [17] exempt

[ɪgˋzɛmpt]

派 exemption n. 免除

a. 免除的，不需⋯的

Business expenses are **exempt** from taxation.
業務支出不需抽稅。

## [18] expenditure

[美 ɪkˋspɛndɪtʃə]

[英 ikspéndɪtʃə]

派 expend v. 支出
同 expense 支出，費用
反 income, revenue 收入

n. 支出，費用

This month's profits outweigh **expenditures**.
這個月的收入大過支出。

## [19] financial*

[faɪˋnænʃəl]

派 finance
n. 財政 v. 資助
financing n. 資助

a. 財政的，財務上的

A consultant's **financial** advice is necessary for major projects.
重要的計畫需要顧問財務方面的建議。

### 🔊 出題重點

區分 **financial**（a. 財政的）和 **finance**（n. 財政 / v. 資助）的詞性。

## [20] fiscal**

[ˋfɪskl]

a. 會計的，財政上的

Results for the past **fiscal** year will be announced in August.
上個會計年度的結果將會在 8 月份發表。

### 出題重點

**fiscal year** 會計年度

**fiscal operations** 會計工作

fiscal year 指的是為了編制、執行並總結預算而在財政上設定的一年時間。

<sup>21</sup>**fund**\*\*

[fʌnd]

同 capital 資金，資本

n. 資金

The project was cancelled for lack of funds.

那個計畫因資金不足而被取消。

v. 提供資金，資助

The seminar will be funded by the government.

那個研討會將由政府出資贊助。

<sup>22</sup>**generate**\*

[ˈdʒɛnəˌret]

同 produce 產生

v. 創造，產生

The new venture will generate funds for property acquisition.

這項新的投資計畫將會創造購買資產用的資金。

<sup>23</sup>**in the red**

反 in the black 有盈餘

phr. 虧損，有赤字

The company is $750 million in the red.

那家公司有 7 億 5 千萬美元的赤字。

<sup>24</sup>**incidental**\*

[ˌɪnsəˈdɛntḷ]

派 incident n. 偶發事件

incidentally

ad. 偶然伴隨地，

順便一提

a. 附帶的，伴隨的，額外的

Total all incidental expenses for the journey and submit it to accounting.

請總計旅行中所有額外的花費後交給會計部。

### 出題重點

**incidental expenses** 額外開支，伴隨的開支

incidental expenses 表示伴隨的費用，即額外開支。

## 25 inconsistency**

[ˌɪnkənˈsɪstənsɪ]

派 consistent
　a. 與⋯一致的
同 discrepancy 不一致
反 consistency 一致性

n. 不一致

There is a notable **inconsistency** in the weekly account summaries.

每週會計簡報上有很明顯不一致的地方。


## 26 inflation*

[ɪnˈfleʃən]

派 inflate
　v. 膨脹，使膨脹
　inflationary
　a. 通貨膨脹的

n. 通貨膨脹，物價上升

High **inflation** rates impacted on the company's net gains.

高的通貨膨脹率對公司的淨利產生了影響。

### 出題重點

**lead to inflation** 引起通貨膨脹

**inflation rate** 通貨膨脹率

**the cause of inflation** 通貨膨脹的原因

記住 inflation 的多益出題形式。


## 27 ledger

[英 ˈlɛdʒə]

[美 lédʒə]

n. 會計帳本

Investigators are reviewing the firm's **ledgers**.

調查員正在檢查公司的會計帳本。


## 28 liable*

[ˈlaɪəbl]

派 liability　n. 責任，義務
同 responsible 應負責的
　likely 有⋯傾向的

a. 應負責的；有⋯傾向的

The guarantor is **liable** for any unpaid debts.

擔保人要對任何未支付的債務負責。

Expense accounts are **liable** to be misused.

支出帳戶很容易被誤用。

### 出題重點

**be liable for** 對⋯有責任

**be liable to do** 傾向於做⋯（= be likely to do）

liable 與介系詞 for 和不定詞 to 一起使用。

## 29 liability

[ˌlaɪəˈbɪlətɪ]

同 debt 負債，債務

○ n. 責任；（-ties）負債，債務

The company has liability for the injuries caused by the defective products.

這間公司對於瑕疵品所造成的傷害應負起責任。

Companies must list all their assets and liabilities on their annual reports.

公司必須在年度報告裡列出所有的資產和負債。

## 30 monetary

[美 ˈmʌnəˌtɛrɪ]

[英 mʌ́nitrɪ]

同 financial
財務上的，財政的

○ a. 金錢上的，財政的

The old equipment is of no monetary value.

那個舊式裝備沒有金錢上的價值。

## 31 outlay

[ˈautˌle]

同 cost 經費

○ n. 支出，經費

Construction of the building will require an outlay of $100,000.

建造那棟建築物將需要一筆 10 萬美元的經費。

## 32 overcome*

[美 ˌovəˈkʌm]

[英 ə̀uvəkʌ́m]

◑ v. 克服

The company was unable to overcome the problems posed by the merger.

那間公司無法克服因合併引起的問題。

## 33 preferred*

[prɪˈfɜd]

派 prefer  v. 偏好
preference  n. 偏好

◑ a. 優先的，偏好的

Our preferred method of online payment is through Pay Safe.

我們偏好的線上付款方式是透過 Pay Safe 系統。

### 🔖 出題重點

1. **preferred + means / method** 偏好的手段 / 方法

preferred 一般與 means、method 等表示手段的名詞搭配使用。

**2. prefer A to B** 偏好 A 勝於 B

記住與動詞 prefer 一起用的介系詞 to。

<sup>34</sup>**recently**★★

[`rɪsn̩tlɪ]

派 recent a. 最近的
同 lately 最近

**ad. 最近**

Costs have recently risen exponentially.
費用最近呈現指數成長。

### 出題重點

**have + recently + p.p** 最近⋯

recently 用於表示最近的動向，經常與現在完成式搭配使用。

<sup>35</sup>**reimburse**★

[美 ˌriːm`bɝs]

[英 riː`imbə́ːs]

派 reimbursement
n. 補償，償還

**v. 補償，償還，回補（幫公司先墊的錢）**

The company will fully reimburse any travel expenses incurred.
公司會全數回補已支出的旅行經費。

### 出題重點

**1. reimburse + 費用** 回補費用

**reimburse 人 for 費用** 回補⋯人先墊的⋯費用

reimburse 有『回補⋯』和『給⋯回補』兩個意思。因此，費用和人都可以做受詞。

**2. reimburse : reward : compensate**

要區分表示『補償』的單字用法差異。

┌ **reimburse** 回補

　形容先用錢後再補回。

├ **reward** 回報

　形容給做好事的人做出相應的回報。

　We reward employees with benefits commensurate with their contributions.
　我們回報員工與他們的貢獻相對應的獎金。

└ **compensate** 賠償

形容對損失進行補償。

The insurance company compensated the firm for fire damage.

保險公司賠償了那家企業的火災損失。

---

**36 rigorously***

[ˋrɪgərəslɪ]

同 rigorous
a. 嚴格的，嚴厲的
rigor n. 嚴格，嚴厲

a. 嚴厲地

Government inspectors will rigorously monitor the company's accounting practices.

政府查稅員將嚴格地監督那家公司的會計實務。

---

**37 spend***

[spɛnd]

派 spending　n. 支出

v. 花費，消費

The firm spent several billion on reinventing its products.

那間公司花了數十億重新改裝了它的產品。

🏫 **出題重點**

1. **research and development spending** 研究與開發費用
   注意不要在名詞 spending 的位置錯用成動詞 spend。

2. **spend A on B** 在 B 上花費 A
   spend 和 on 都會在考試中出現。

---

**38 stringently**

[ˋstrɪndʒəntlɪ]

派 stringent　a. 嚴格的

ad. 嚴格地，嚴重地

All departments must stringently adhere to the budget guidelines.

所有部門都必須嚴格地遵守預算指示。

---

**39 substantially****

[səbˋstænʃəlɪ]

派 substantial a. 相當的
substance
n. 物質，實質
同 significantly,
considerably 相當地

ad. 大大地，相當地

The marketing team was substantially expanded to boost sales.

為了提高銷售，這個行銷小組被大大地擴編了。

**substantially + expand / exceed** 大大地擴張 / 超過

substantially 主要和 expand、exceed 等與膨脹有關的動詞搭配使用。

---

**40 total\***

[美 ˋtotl]

[英 tóutəl]

n. 全部

派 totally

　　ad. 整個地，完全地

a. 總計的，全部的

The **total** revenue for the year has yet to be calculated.

年度總收入還沒有計算出來。

⚠️ 出題重點

區分 **total**（a. 總計的）和 **totally**（ad. 完全地）的詞性。

---

**41 turnover**

[美 ˋtɜnˌovə]

[英 tɔːnɔuvə]

n. 銷售總額，交易額；轉職率

The company's **turnover** exceeded 2.8 million.

公司的銷售總額超過了 280 萬美元。

Poor work conditions lead to high employee **turnover**.

惡劣的工作條件導致高員工流動率。

---

**42 worth\*\***

[美 wɜθ]

[英 wɔːθ]

派 worthy a. 有價值的

　　worthwhile

　　a. 有價值做…

a. 值得的

It's **worth** the cost to upgrade our machinery.

升級我們機械所用的花費是值得的。

n. 價值，值（多少）錢

$200,000 **worth** of cargo was lost when the plane crashed.

飛機墜落時損失了價值 20 萬美元的貨物。

### ⚒ 出題重點

1. **worth + 費用** 值得…的

   **worth V-ing** 有做…的價值

   形容詞 worth 後面經常接表示金額的名詞或動名詞。

2. **worth : value**

   區分表示『價值』的單字用法差異。

   ┌ **worth** 價值，值（多少）錢

   　除了表示『價值』，還表示『值多少錢』的意思。

   　（價格＋worth of＋東西：值…錢的東西）

   └ **value** 價值，價格

   　表示東西的價值或價格。

   Shirley inquired about the **value** of the antique bookcase.

   Shirley 詢問了關於這座古董書架的價格。

請在右邊欄位內找出相對應的意思並用線條連接。

01 amend          ⓐ 創造

02 incidental      ⓑ 分配

03 generate       ⓒ 有…傾向的

04 allocate        ⓓ 免除的

05 liable           ⓔ 附帶的

                       ⓕ 修正

請選擇恰當的單字填空。

06 The factory discontinued manufacturing because it is _____ in resources.

07 Economists advised the public to _____ unnecessary spending .

08 The company won't _____ an employee for entertainment expenses.

09 The CEO deemed the proposal not _____ of consideration.

| ⓐ reimburse    ⓑ deficient    ⓒ worth    ⓓ fiscal    ⓔ curtail |
| --- |

10 The _____ grew because of increased spending.

11 A rival company released a _____ similar product to ours.

12 The controversy precipitated a growing _____ of opinion among the workers.

13 Policies with regard to discrimination will be _____ enforced.

| ⓐ substantially    ⓑ discrepancy    ⓒ deficit    ⓓ accurately    ⓔ stringently |
| --- |

Answer    1. ⓕ 2. ⓔ 3. ⓐ 4. ⓑ 5. ⓒ 6. ⓑ 7. ⓔ 8. ⓐ 9. ⓒ 10. ⓒ 11. ⓐ 12. ⓑ 13. ⓔ

# 多益滿分單字

## LC

| a copy of | phr. | （書、檔案）一份…的副本 |
|---|---|---|
| abundant | a. | 豐富的，充盈的 |
| at a fast pace | phr. | 用很快的速度 |
| be assigned to | phr. | 分配給… |
| be pleased to do | phr. | 高興地去做… |
| be similar to | phr. | 與…相似 |
| brief | a. / v. | 短的，簡潔的 / 做簡報 |
| bring together | phr. | 收集 |
| brochure | n. | 小冊子 |
| charge for | phr. | 索取…的費用 |
| cut down | phr. | 減少… |
| cut one's losses | phr. | 減少某人的損失 |
| desktop publishing | phr. | 電子出版 |
| flat | a. | （費用）均一的；（輪胎）破洞的 |
| flawless | a. | 沒有缺點的 |
| formula | n. | 公式，法則 |
| fortunate | a. | 幸運的 |
| handbook | n. | 手冊 |
| handwritten | a. | 手寫的 |
| in place | phr. | 在原位 |
| portion | n. | 部分；一人份 |
| record high | phr. | 最高紀錄 |
| reset | v. | 重新組合（機械） |
| see if | phr. | 確認是否… |
| sequel | n. | 續集；結果，結局 |
| set up a date | phr. | 敲定日期 |
| sharpen | v. | 提高（技術）；使尖銳 |

| | | |
|---|---|---|
| side by side | phr. | 並列的 |
| square | n. | 四角形；廣場 |
| square meter | phr. | 平方公尺 |

| | | |
|---|---|---|
| A be followed by B | phr. | A 後面接 B |
| a string of | phr. | 一連串的…；一排的… |
| accounting department | phr. | 會計部門 |
| activate | v. | 使運行，使活躍 |
| adamantly | ad. | 堅決地，固執地 |
| add A to B | phr. | 把 A 加到 B |
| add up to | phr. | 總共… |
| addition | n. | 附加，附加物 |
| adequate | a. | 可勝任的，適合的 |
| adjournment | n. | 延期，休會 |
| amply | ad. | 豐富地，充分地 |
| annual budget | phr. | 年度預算 |
| annual report | phr. | 年度報告 |
| appoint | v. | 任命；約定（時日） |
| as to | phr. | 對於… |
| attack | v. | 攻擊 |
| back off | phr. | 退後 |
| back order | phr. | 補貨時需優先處理的訂單，應交而未交的訂單 |
| badly | ad. | 嚴重地；不親切地；非常地 |
| ballot box | phr. | 投票箱 |
| be in the black | phr. | 處於盈餘狀態 |
| be in the red | phr. | 處於赤字狀態 |
| be owned by | phr. | 屬於… |
| be suited for | phr. | 適合… |
| bookkeeper | n. | 簿記人員 |
| boost | v. | 增加；鼓舞 |
| bound for | phr. | （汽車、船）前往… |
| break-even point | phr. | 損益平衡點，停損點 |

| browse | v. | 瀏覽（網路、商品等） |
| by a considerable margin | phr. | 很大的差距 |
| by a narrow margin | phr. | 勉強，好不容易 |
| calculate | v. | 計算，預測 |
| calculation | n. | 計算 |
| cancellation | n. | 取消 |
| capital | n. | 資本 |
| capsize | v. | 弄翻，顛覆 |
| cash reserves | phr. | 緊急預備金 |
| category | n. | 範疇，部分，種類 |
| certificate | n. | 證明書 |
| Chamber of Commerce | phr. | 商會 |
| claim refund | phr. | 要求退款 |
| classification | n. | 分類，等級 |
| collaborative | a. | 合作的 |
| combine A with B | phr. | 結合 A 和 B |
| commercial use | phr. | 商業用途 |
| common interest | phr. | 共同利益；共同關心的事 |
| compose | v. | 組成 |
| consulting firm | phr. | 顧問公司 |
| conversion | n. | 轉換 |
| country code | phr. | 國家代碼 |
| decision by majority | phr. | 以多數人的意見決定 |
| digit | n. | 數字 |
| double | a. / v. | 雙倍的 / 成為雙倍，使加倍 |
| funding | n. | 資助 |
| fundraising | n. | 募款活動 |
| handling charge | phr. | 手續費 |
| in the coming year | phr. | 下一年 |
| in the direction of | phr. | 向…方向 |
| levy | n. | 徵收額，稅款 |
| markdown | n. | 減價 |
| monthly statement | phr. | 月報表 |
| numerous | a. | 多數的 |
| operation budget | phr. | 營運預算 |

| | | |
|---|---|---|
| phase | n. | 階段，局面 |
| phenomenal | a. | 非常驚人的，非凡的 |
| phenomenon | n. | 現象；非凡的人；奇跡 |
| place of origin | phr. | 原產地 |
| plus tax | phr. | 外加稅 |
| podium | n. | 講臺，指揮臺 |
| precedent | n. | 前例，先例，（法律的）判例 |
| preclude | v. | 阻止 |
| pretax | a. | 稅前的 |
| pros and cons | phr. | 正反雙方；利害得失 |
| public bond | phr. | 公債 |
| public finances | phr. | 國家財政 |
| purchase order | phr. | 訂購單 |
| score | n. | 得分，成績 |
| shipping and handling charges | phr. | 運費和處理費 |
| statistical | a. | 統計的 |
| statistician | n. | 統計學者 |
| statistics | n. | 統計學 |
| switchboard | n. | 接線總機 |
| tie | v. | 繫，紮，綁 |
| traditional | a. | 傳統的 |
| treasurer | n. | 會計，出納員 |
| vote by show of hands | phr. | 舉手投票 |
| well in advance | phr. | 領先許多，提早很多 |
| year-end | a. | 年末的 |

01 Several building tenants visited the administration office and made _____ about the lack of visitor parking.

(A) alliances     (B) factors     (C) disputes     (D) complaints

02 Starting next month, Barry Cole will work on the _____ of new products for the manufacturing firm's research department.

(A) mediation     (B) technique     (C) constituency     (D) development

03 The company asks customers to _____ their orders before payment, to ensure they have requested the correct items.

(A) calculate     (B) compare     (C) contact     (D) confirm

04 The manufacturer hopes to _____ workplace accidents from happening by having all of its employees regularly attend safety training.

(A) decline     (B) prevent     (C) refuse     (D) oblige

05 The representative gave an _____ presentation on the machine which led many clients to purchase it.

(A) adverse     (B) argumentative     (C) opposing     (D) impressive

06 The airline _____ compensated the passengers for the canceled flight by providing them with vouchers for future trips.

(A) factually     (B) fleetingly     (C) adequately     (D) smoothly

07 The firm is credited with introducing several _____ sales strategies that changed market trend.

(A) unlimited     (B) innovative     (C) obsolete     (D) inevitable

08 The accountant pointed out a number of _____ in the expenditure reports that contradicted figures printed on the original receipts.

(A) allowances     (B) inconsistencies     (C) landmarks     (D) disruptions

Questions 09-11 refer to the following article.

At a press conference held earlier this week, popular teen idol Masu Sakamoto announced that he would indeed be _____ with director Takeshi

09　(A) screening
　　(B) collaborating
　　(C) attaching
　　(D) inquiring

Ito on the acclaimed filmmaker's next project. In Mr. Ito's film, Mr. Sakamoto will play the role of a man who is on a mission to save the planet from a deadly disease.　Mr. Sakamoto made the revelation in part to dispel rumors that _____ on the contract terms had broken down

10　(A) notifications
　　(B) foundations
　　(C) interpretations
　　(D) negotiations

between Shomi Talent, the agency handling Mr. Sakamoto's career, and Supido Films, Mr. Ito's production company.

"Such reports," Mr. Sakamoto said, "are entirely _____ . Mr. Ito and I are

11　(A) defective
　　(B) genuine
　　(C) incorrect
　　(D) unique

on good terms and have, in fact, signed a contract. The project has only been slightly delayed because of changes to the script. However, I am confident that production will begin before the year ends."

Read more about this story at www.movienews.jp.

答案&解析 P.548

## 我想在輕鬆的氛圍下工作
### 公司趨勢

公司 announce 了一則『營造有利辦公氛圍』的公告。對這
interested 員工紛紛提出了意見，我也向課長提出了具實行性、
progressive 想法。很多人 foresee 在眾多意見中，我這個既創
新又 premier 意見將會被 accept。只要這個提案被採納，所有員
工肯定會積極參與這項計畫。

1 **accept**\*\*

[əkˋsɛpt]

派 acceptable
　　a. 可接受的
　　acceptance　n. 接受
反 reject 拒絕

v. 接受，承認

The managers voted to accept the expansion proposal.
經理們投票決定接受這項擴張提案。

### 出題重點

1. **accept responsibility** 承擔責任

accept 經常與 responsibility 搭配出題。

2. **accept : admit**

區分表示『接受』的單字用法差異。

┌ **accept** 接受
│ 用於接受提案等的場合。
└ **admit** 承認
　用於承認某件事是事實的場合。
　The company admitted that it had concealed information
　from trustees.
　那家公司承認了向信託人員隱瞞資訊。

---

2 **acquire**\*

[美 əˋkwaɪr]

[英 əkwáiə]

派 acquisition
　　n. 收購，獲得

v. 買入，取得，收購

The company will acquire property near the financial district.
那家公司將收購金融特區附近的房地產。

---

3 **active**\*

[ˋæktɪv]

派 actively　ad. 積極地

a. 積極的，活潑的

Chicago launched an active campaign to attract new businesses.
芝加哥為了吸引新的企業展開了一項積極的宣傳活動。

---

4 **allegedly**

[əˋlɛdʒɪdlɪ]

派 alleged　a. 俗稱的

ad. 根據宣稱

NorQuest allegedly plans to close its New York office.
據說 NorQuest 公司計畫關閉紐約的辦公室。

## 5 announce*

[əˈnauns]

派 announcement
　　n. 發表

● v. 發表，宣佈

The chairman **announced** plans to increase overseas production.
董事長發表了增加海外生產的方案。

### 🍵 出題重點

**announce : disclose**

區分表示『發表』的單字用法差異。

┌ **announce** 發表
　表示正式發表聲明或宣佈決議等。
└ **disclose** 公開
　帶有公開祕密的意味。

The company **disclosed** to investors that it was under investigation.
公司向投資者公開宣佈了它正在接受調查的事實。

## 6 asset*

[ˈæsɛt]

同 estate, property
　　財產，資產

● n. 資產

People are any company's most valuable **assets**.
人員是任何公司最有價值的資產。

## 7 authority*

[美 əˈθɔrətɪ]

[英 ɔːˈθɔ́riti]

派 authorize　v. 許可

● n. 權力；當局，授權機構

She has the **authority** to revoke the agent's license.
她有權力吊銷代理人的執照。

The stock transaction was investigated by the **authorities**.
這項證券交易已由有關當局著手調查。

### 🍵 出題重點

**authority : authorization : authorship**

要區分表示『權力』的單字用法差異。

┌ **authority** 權力
　表示可以指示和控制別人的權力。
└ **authorization** 許可

表示正式許可。

She obtained authorization to access the classified data.
她得到了使用機密資料的許可。

└ **authorship** 原作者

表示一件著作的原作者。

You must be capable of proving authorship of the agreements.
你必須要能提供原作者的同意證明

8 **clout**

[klaʊt]

同 influence 影響力

**n. 影響力**

The former president still has clout with shareholders.
前任董事長仍然對股東們有著影響力。

9 **considerable**\*\*

[kənˋsɪdərəbl]

派 consider v. 考慮
consideration n. 考慮
considerably
ad. 相當地
反 insignificant
無足輕重的

**a.（程度或量）相當的**

The company raised the capital after considerable effort.
公司經過相當的努力籌集了資金。

**出題重點**

1. ┌ **considerable** 相當的
   └ **considerate** 體諒的

   要注意區分字根相同但意思不同的兩個單字。

   The president is very considerate towards his employees.
   該董事長對他的員工非常體貼。

2. 區分 **considerable**（a. 相當的）的 **consideration**（n. 考慮）的
   詞性。

10 **contingent**\*

[kənˋtɪndʒənt]

**a. 根據⋯決定的，取決於⋯的**

The expansion plan remains contingent on final budgetary approval.
擴張計畫的存廢會根據最終的預算批准而決定。

**be contingent on** 根據…而決定（= depend on, rely on）
要記住與 contingent 一起使用的介系詞 on。

---

[11]**contribute**★★
[kən'trɪbjʊt]

派 contribution　n. 貢獻
　　contributor　n. 貢獻者

v. 貢獻，促成
Various factors contributed to the company's success.
諸多因素促成了公司的成功。

🏫 出題重點

1. **contribute to** 貢獻…，促成…
　 要一起記住與 contribute 一起使用的介系詞 to。
2. ┌ **contributor** 貢獻者
　 └ **contribution** 貢獻
　　 要區分人物名詞 contributor 和抽象名詞 contribution。

---

[12]**dedicated**★★
['dɛdə,ketɪd]

派 dedicate　v. 奉獻
　　dedication
　　n. 貢獻，專注
同 devoted, committed
　　獻身的

a.（為目標、理想）奉獻的，專注的
The new director is dedicated to improving the firm's public image.
新的部門經理專注於改善公司的對外形象。

🏫 出題重點

**be dedicated to** 奉獻於…，專注於…
**a dedicated and talented team** 具奉獻精神與才能的團隊
要記住與 dedicated 一起使用的介系詞 to。

---

[13]**emerge**★
[美 ɪ'mɝdʒ]
[英 imɔ́ːdʒ]
派 emergence　n. 出現

v. 浮現，顯現
Macrotech Software emerged as the leader in the industry.
Macrotech 軟體公司以該產業的龍頭浮出枱面。

### 出題重點

**emerge as** 以…形式出現
emerge 以 emerge as 的形式出題。

<sup>14</sup>**enhance**
[<sub>美</sub> ɪn`hæns]
[<sub>英</sub> inhá:ns]
[<sub>同</sub>] improve 增進
　　reinforce, strengthen
　　強化

v. 提高（品質），加強
Corporate donations enhance the company's image.
企業捐款可以提升公司的形象。

<sup>15</sup>**establish**＊
[ə`stæblɪʃ]
[<sub>派</sub>] establishment　n. 設立
　　established　a. 確立的

v. 成立，建立
The businessman is planning to establish an offshore company.
該企業家正策畫成立一家海外公司。

<sup>16</sup>**established**＊
[əs`tæblɪʃt]

a. 確立的，公認的，穩健的
Cargill Ltd. is an old and established company.
Cargill 有限公司是歷史悠久且穩健的公司。

### 出題重點

**established company** 穩健的公司（相反詞為 start-up company）
established company 是有歷史且根基穩固，為大家所公認的
企業。

<sup>17</sup>**expansion**＊
[ɪk`spænʃ/ən]
[<sub>派</sub>] expand　v. 擴張
　　expansive
　　a. 擴張的，發展的；
　　開朗的

n. 擴張，擴大
The company seeks opportunities for expansion into new markets.
那家公司尋找擴張到新市場的機會。

### 出題重點

**expansion project** 擴張計畫
**refinery expansion** 精煉廠擴張
expansion 經常以複合名詞的形式出題。

<sup>18</sup>**force*** · n. 勢力

[美 fors]

[英 fɔːs]

v. 強迫

Johnson Homes has become a major **force** in the real estate sector.

Johnson Homes 公司已經成為房地產業的主要勢力。

<sup>19</sup>**foresee** ○ v. 預見，預知，預測

[美 for`si]

[英 fɔːsíː]

派 foreseeable
a. 可預見的

同 predict 預測

Food companies try to **foresee** future trends in agriculture.

食品公司試圖預測農業的未來趨勢。

<sup>20</sup>**go through*** · phr. 經歷（苦難、經驗）

同 suffer, undergo
經歷，經驗

Airlines are **going through** a difficult time financially.

航空公司正在經歷一段財政困難時期。

<sup>21</sup>**independent*** · a. 獨立的，獨自的

[ˌɪndɪˈpɛndənt]

反 dependent 依賴的

An **independent** review board was formed.

一個獨立的審查委員會成立了。

🧑‍🏫 **出題重點**

**independent agency** 獨立機關

要記住 independent 的出題形式。

<sup>22</sup>**informed*** · a. 知情的，有見識的

[美 ɪnˈfɔrmd]

[英 infɔ́ːmd]

派 inform   v. 通知
informative   a. 有益的
information
n. 資訊，情報

Seeking legal advice will help you make an **informed** decision.

法律諮詢可以幫您做出明智的決定。

🧑‍🏫 **出題重點**

**informed + decision / choice** 明智的決定 / 選擇

informed decision 表示根據好的情報作的決定，即明智的決定。

## 23 initiate

[ɪˋnɪʃɪˌet]

派 initial　a. 初期的
　　n.（名字的）首字母
　　initially　ad. 開始
同 launch, commence,
　　start 開始

v. 開創（事業），著手

The CEO **initiated** plans for continued business growth.
總裁著手企業持續成長的計畫。

## 24 interested

[ˋɪntərɪstɪd]

派 interest
　　n. 關心；興趣
　　interesting　a. 有趣的

a. 有關聯的；感興趣的

**Interested** parties met to discuss the investment proposal.
相關各團體聚集起來討論這項投資提案。

He is **interested** in the offer to buy the travel agency.
他對收購旅行社的提案很感興趣。

### 出題重點

**be interested in** 對⋯感興趣
interested 和介系詞 in 都會在考試中出現。

## 25 liquidate

[ˋlɪkwɪˌdet]

派 liquidation
　　n. 解散，破產
同 wind up, clear off
　　清理

v.（公司）倒閉清倉，解散

The company announced that it has decided to **liquidate** its subsidiary.
該公司宣佈已經決定解散它的分公司。

## 26 merge

[美 ˋmɝdʒ]

[英 mɑ́ːdʒ]

派 merger　n. 合併
同 amalgamate 合併

v. 合併，聯合

The private firm **merged** with a corporate giant.
那間私人公司與一家大企業合併了。

### 出題重點

**mergers and acquisitions (M&A)** 企業併購
記住名詞 merger 也經常在考試中出現。

## 27 premier

[美 ˋprimɪə]

[英 prémiə]

a. 第一的，首位的

Harrison Furniture quickly became the nation's **premier** cabinet manufacturer.

Harrison Furniture 迅速地成為國內第一的櫥櫃製造商。

### 28 productivity*
[美 ˌprɑdʌkˈtɪvətɪ]
[英 prɔdʌktívíti]

n. 生產率，生產力

Our Chicago factory has the highest productivity.

我們在芝加哥的工廠有最高的生產率。

#### 出題重點

1. **staff productivity** 員工生產力

注意不要在名詞 productivity 的位置錯用形容詞 productive。

2. ┌ **productivity** 生產率，生產力

　└ **product** 產品

注意不要混淆字根相同但意思不同的兩個單字。

### 29 progressive*
[prəˈgrɛsɪv]

派 progress n. 進步
（= advance）

a. 進步的

a progressive industry leader 進步的業界領導者

### 30 relocate*
[美 ˌriˈloket]
[英 rìːləukéit]

派 relocation
n. 重新安排，遷居

v. 搬遷（工廠）

The board decided to relocate the plant's main base of operations.

董事會決定搬遷工廠的主要營運基地。

### 31 reveal**
[rɪˈvil]

派 revelation n. 暴露
反 conceal 隱瞞

v. 揭示，透露

The company revealed its plan to set up a joint venture.

該公司透露將成立一家合資企業。

### 32 run
[rʌn]

同 manage 經營

v. 經營

The organization is run by retired executives.

那家機構由退休的幹部所經營。

## 33 simultaneously*

[美 saɪməlˈtenɪəslɪ]

[英 sìməltéiniəsli]

派 simultaneous
a. 同時的

ad. 同時地

The company is attempting to enter both Asia and Europe **simultaneously**.

那間公司企圖同時進軍亞洲和歐洲。

## 34 stance*

[美 stæns]

[英 stɑːns]

n. 態度，立場

The president took no public **stance** on the relocation issue.

董事長沒有公開表態有關遷移問題的立場。

### 🖥 出題重點

**stance on** 對…的態度

要一起記住與 stance 一起用的介系詞 on。

## 35 strategic*

[strəˈtidʒɪk]

派 strategy　n. 戰略

a. 戰略性的，策略的

a major **strategic** objective 主要的策略目標

**strategic** location 戰略性地位

## 36 strike

[straɪk]

n. 罷工遊行

Workers went on **strike** to protest cutbacks.

工人們以罷工遊行的方式抗議裁員。

## 37 struggle

[ˈstrʌɡl]

n. 努力，奮鬥

v. 努力，奮鬥，掙扎

The movie industry is **struggling** to protect their products from pirates.

電影工業正努力保護其產品版權不受盜版侵犯。

## 38 subsidize

[ˈsʌbsəˌdaɪz]

派 subsidy　n. 補助金

v. 補助

The government will **subsidize** agricultural exports.

政府將補助農產品出口。

[39] **surpass**
[美] [sə`pæs]
[英] [səpáːs]
[同] exceed 超過

○ v. 勝過，超越

Profits for the last fiscal year **surpassed** $300 million.
上個會計年度的收益超越了三億美元。

[40] **takeover**
[美] [ˈtekˌovə]
[英] [téikòuvə]

○ n. 收購

Following the **takeover**, the company will be the world's largest software company.
收購後，那家公司將會成為世界最大的軟體公司。

[41] **uncertain** *
[美] [ʌn`sɜtṇ]
[英] [ʌnsə́ːtn]
[派] uncertainly
    ad. 不確定地
[反] certain 確信的

○ a. 不能確信的，不確定的

The company was **uncertain** about the expense of opening a branch in China.
那間公司還未確定在中國設立分公司所需的費用。

🏆 **出題重點**

**be uncertain about** 對…不確定
記住與 uncertain 一起使用的介系詞 about。

[42] **waive** *
[wev]

○ v. 放棄（權利、申請等）

The Revenue Department **waives** tax requirements in exceptional circumstances.
特殊情況下，國稅局會免除稅金要求。

## 21st Day Daily Checkup

請在右邊欄位內找出相對應的意思並用線條連接。

| | | | |
|---|---|---|---|
| 01 | foresee | ⓐ | 超越 |
| 02 | asset | ⓑ | 浮現 |
| 03 | surpass | ⓒ | 態度 |
| 04 | emerge | ⓓ | 資產 |
| 05 | stance | ⓔ | 經歷 |
| | | ⓕ | 預見 |

請選擇恰當的單字填空。

06 New procedures are in place to _____ security.

07 At this stage, _____ is not financially feasible.

08 We must _____ a new round of negotiations.

09 _____ will soon be transferred to the new chairman.

ⓐ initiate　ⓑ liquidate　ⓒ expansion　ⓓ authority　ⓔ enhance

10 The large project will require _____ resources.

11 He should _____ reasonable demands.

12 An effective _____ planning process can shorten the time needed to reach goals.

13 The firm will _____ the education fees of the staff.

ⓐ subsidize　ⓑ struggle　ⓒ accept　ⓓ strategic　ⓔ considerable

Answer　1.ⓕ 2.ⓓ 3.ⓐ 4.ⓑ 5.ⓒ 6.ⓔ 7.ⓒ 8.ⓐ 9.ⓓ 10.ⓔ 11.ⓒ 12.ⓓ 13.ⓐ

# 多益滿分單字

## LC

| | | |
|---|---|---|
| be in a position to do | phr. | 處於能夠…的立場 |
| bankrupt | a. | 破產的 |
| bankruptcy | n. | 破產 |
| belong to | phr. | 屬於… |
| boiling | a. | 沸騰的；悶熱的 |
| card reader | phr. | 讀卡機 |
| community | n. | 社區；共同體 |
| converse | v. | 會話，交談 |
| crack | v. / n. | 使破裂 / 裂縫 |
| critic | n. | 評論家 |
| cut the staff | phr. | 裁員 |
| draft | n. | 草案 |
| gathering space | phr. | 聚會場所 |
| have a good view | phr. | 有好的前景 |
| in the past | phr. | 過去 |
| indoors | ad. | 在室內 |
| inward | ad. | 向內 |
| last | a. / v. | 前一的；最後的 / 持續 |
| lift | v. | 舉起 |
| look into | phr. | 調查… |
| look out | phr. | 小心 |
| luxury goods | phr. | 奢侈品 |
| main entrance | phr. | 正門 |
| make the first move | phr. | 開始，踏出第一步 |
| minutes | n. | 會議紀錄 |
| newsletter | n. | （公司，團體等的）會訊 |
| partnership | n. | 企業聯盟，合夥企業 |

| quality service | phr. | 品質服務 |
|---|---|---|
| relax | v. | 放鬆 |
| renown | n. | 名聲 |
| renowned | a. | 有名的 |
| reputation | n. | 名譽 |
| set a record | phr. | 創造紀錄 |
| side effect | phr. | 副作用 |
| spread the word | phr. | 傳話，散播消息 |
| staff | n. | （整體的）員工 |
| storm | n. | 風暴 |
| stretch | v. | 張開，伸展 |
| switch | v. | 互換 |
| take a turn for the better | phr. | 好轉 |
| warm-up | n. | 暖身運動；練習 |

## Part 7

| ambassador | n. | 大使 |
|---|---|---|
| artistry | n. | 技藝，才能 |
| as long as | phr. | 只要… |
| be oriented to | phr. | 把目標放在… |
| beware | v. | 小心 |
| bump into | phr. | 偶然碰見 |
| continental | a. | 大陸的 |
| correlation | n. | 相互關聯 |
| corruption | n. | 腐敗，貪污 |
| craftsmanship | n. | 工匠的手藝 |
| detector | n. | 探測器；感應器 |
| dormant | a. | 休眠狀態的 |
| dryness | n. | 乾燥 |
| edge | n. | 邊界；邊緣 |
| equilibrium | n. | 平衡，均衡 |
| era | n. | 時代 |

| | | |
|---|---|---|
| ethics | n. | 倫理 |
| exaggerate | v. | 誇張 |
| exemplify | v. | 印證，成為…的例子 |
| exert pressure on | phr. | 對…施加壓力 |
| fast-growing | a. | 快速成長的 |
| favorable | a. | 好意的，適宜的 |
| fever | n. | 發燒 |
| hinder | v. | 阻止 |
| imply | v. | 暗示 |
| in spite of | phr. | 即使… |
| indefinitely | ad. | 無限期地 |
| individual | n. | 個人 |
| inhabitant | n. | 居民 |
| inhabitation | n. | 居住 |
| insinuate | v. | 拐彎抹角地說 |
| instinctive | a. | 本能的 |
| interfere with | phr. | 妨礙… |
| into the distance | phr. | 在遠處 |
| ironing | n. | 熨衣服 |
| isolated | a. | 孤立的，隔離的 |
| keep on top of | phr. | 保持在…的高峰 |
| landfill | n. | 垃圾掩埋場 |
| latent | a. | 潛在的，潛伏性的 |
| leading manufacturer | phr. | 領導業界的製造商 |
| lean toward | phr. | 傾向… |
| lucid | a. | 明白的，易懂的 |
| makeshift | a. | 臨時的，權宜的 |
| market share | phr. | 市場占有率 |
| maternity | a. | 孕婦的，產婦的 |
| meditate | v. | 深思，沉思 |
| meditation | n. | 深思，沉思 |
| migration | n. | 移居，遷徙 |
| minor | a. | 瑣碎的，次要的 |
| misplace | v. | 因放錯地方而找不到 |
| narrow vote | phr. | 微小的票數差距 |

| on strike | phr. | 罷工遊行中的 |
|---|---|---|
| oversized | a. | 過大的 |
| overstaffed | a. | 擁有過多員工的 |
| pop in | phr. | 突然來訪 |
| racial | a. | 種族的 |
| rashly | ad. | 輕率地 |
| reach | v. | 到達 |
| region | n. | 地區 |
| regional | a. | 地區的 |
| rule out | phr. | 把…排除在外 |
| scholar | n. | 學者 |
| sexual harassment | phr. | 性騷擾 |
| sharply | ad. | 尖銳地 |
| shrinkage | n. | 縮小，收縮；收縮量 |
| softly | ad. | 柔和地 |
| spotless | a. | 乾淨無瑕的，無可挑剔的 |
| squeaky | a. | 吱吱作響的 |
| stand for | phr. | 象徵…，代表… |
| sterling | a. | 優秀的，可信賴的 |
| subway | n. | 地鐵，地下道 |
| succumb to | phr. | 屈服於…，輸給… |
| surface | n. | 表面 |
| triumph | n. | 巨大的勝利、成就 |
| unit | n. | 單一組織；單位 |
| vital | a. | 必要的；活躍的 |

## 去好地方，下雨也無所謂？
### 環境

今天跟敏兒約好要去 conserve 樹林良好的『小綠山』。敏兒說，天氣預報 forecast 下雨的 chance 是 70%，不太適合去登山。我說服敏兒說：『你相信天氣預報嗎？怎麼能因為那種不確定的預報就捨棄了與 clear 空氣接觸的機會？』於是我準備了可以 dispose waste 的 recycling 袋，並跟敏兒說天氣肯定會很晴朗，要她多帶一點開水。

1 **aid**
[ed]
v. 援助，幫助

**n. 援助**

The government pledged $15 million in **aid** to repair flood damage.

政府宣誓撥款 1500 萬美元作為水災損害的重建援助。

2 **chance**\*\*
[美 tʃæns]
[英 tʃɑːns]

**n. 可能性**

There will be a **chance** of rain in the afternoon.

下午有下雨的可能性。

**出題重點**

**chance : opportunity**

要區分表示『機會』的單字用法差異。

**chance** 可能性，機會
雖然兩個單字都表示『機會』的意思，但 chance 還表示『某件事情偶然發生的可能性』，這就是兩個單字的差異。

**opportunity** 機會
用於有機會做某事以滿足特定狀況的場合。

The Green Earth Symposium provided a good **opportunity** to meet likeminded colleagues.

Green Earth 研討會提供了一個很好的機會認識志趣相投的同事。

3 **clear**\*
[美 klɪr]
[英 klíə]
v. （場所的）收拾，清理
派 clearly
ad. 明確地，分明地

**a. 晴朗的**

The picnic was held at the park on a **clear** day.

在一個天氣晴朗的日子於公園舉行了野餐。

## 4 conserve*

[美] [kənˈsɜv]
[英] [kənsɔ́ːv]

派 conservation
　 n. 保存，保護
　 conservative　a. 保守的
　 （↔ progressive）
同 preserve 保存
　 maintain 維持

**v. 保存，維持**

Measures were introduced to **conserve** forests in the region.
一些措施被引介以保存那個區域的樹林。

## 5 contaminate

[kənˈtæməˌnet]

派 contamination　n. 污染
同 pollute 污染

**v. 污染**

The water was **contaminated** with gasoline.
水被汽油污染了。

## 6 continually**

[kənˈtɪnjʊəlɪ]

派 continue　v. 持續
　 continuous
　 a. 持續不斷的
　 continuity　n. 連續性

**ad. 陸陸續續地**

The processing plant **continually** polluted nearby lakes.
那個加工工廠陸陸續續地污染了附近的湖水。

### 🔖 出題重點

**continually : lastingly**

要區分表示『持續地』的單字用法差異。

**continually** 陸續地
表示某件事斷斷續續地一直發生。

**lastingly** 不斷地
表示某事物持續不斷地存在或產生影響。

Greenhouse emissions **lastingly** deplete ozone levels.
溫室氣體的排放不斷地消耗臭氧量。

## 7 damage**

[ˈdæmɪdʒ]

派 damaging
　 a. 造成損壞的
　 damaged　a. 被損壞的
同 harm 損壞，傷害

**n. 損壞，傷害，損失**

The thunderstorm caused extensive **damage** to the factory.
暴風雨造成工廠巨大的損失。

**v. 造成損壞，破壞**

The factory **damaged** the area's natural resources.
那個工廠破壞了該地區的自然資源。

### 出題重點

**cause damage to the machine** 造成機器的損壞

**Moisture could damage the machine.** 濕氣會損壞機器。

名詞 damage 與介系詞 to 可以構成片語使用。但是要記住，動詞 damage 是及物動詞，後面不能接介系詞 to。

---

8 **deciduous**
[dɪˈsɪdʒʊəs]
圖 leaf-dropping 落葉的

a. 落葉的

a **deciduous** tree 落葉樹

---

9 **deplete**
[dɪˈplit]
派 depletion
　　n. 消耗，破壞
圖 exhaust 消耗

v. 耗盡，大量消耗

The federal environmental organization has banned all substances that **deplete** the ozone layer.
聯邦環境組織已禁止了所有消耗臭氧層的物質。

---

10 **disaster**
[圖 dɪˈzæstə]
[美 dizáːstə]

n. 災難

Emergency procedures are adopted in case of a natural **disaster**.
萬一發生自然災害，緊急程序會被採用。

---

11 **discharge**
[圖 dɪsˈtʃɑrdʒ]
[美 distʃáːdʒ]
n. 排放

v. 排放

It is illegal to **discharge** refuse into the environment.
將廢棄物排放到自然環境中是違法的。

---

12 **dispose**\*
[圖 dɪˈspoz]
[美 dispóuz]
派 disposable　a. 用完即
　丟的，可支用的
　（↔ reusable）
　disposal n. 丟棄，銷毀
　（= dumping）

v. 處理，丟棄

Manufacturers must **dispose** of waste products appropriately.
製造商必須適當地處理廢棄物。

### 出題重點

1. **dispose of** 處理…

   表示『處理、解決某事』的時候 dispose 要與介系詞 of 一起使用。

2. **disposable income** 可支用的收入

   **disposable towel** 丟棄式毛巾

   disposable income 指可支配、動用的收入,即除去稅賦後的純收入。

---

[13]**drought**
[draʊt]

n. 乾旱

The persistent drought affected the water supply.
持續的乾旱影響了水的供應。

---

[14]**ecology**
[美 ɪˈkɑlədʒɪ]
[英 ikɔ́lədʒi]

n. 自然生態,生態學

Global warming alters the ecology of our planet.
全球暖化改變我們星球的自然生態。

---

[15]**emission**
[ɪˈmɪʃən]
派 emit v. 排放

n. 排放,排氣

New laws now limit emissions from cars.
新的法律從現在開始限制汽車的排氣量。

---

[16]**endangered**
[美 ɪnˈdɛndʒəd]
[英 indéindʒəd]
同 threatened
   受滅種危機威脅的

a. 瀕臨絕種的

The Wild Aid Organization is fighting to protect endangered species.
野生動物救援組織正在努力保護瀕臨絕種的物種。

<sup>17</sup>**environmental**

[ɪn,vaɪrən'mɛntl]

派 environment　n. 環境
　　environmentally
　　ad. 環境地

a. 環境的

Climate change has become a major global **environmental** issue.
氣候變化已經成為了一個重大的全球環境問題。

<sup>18</sup>**extinction\*\***

[ɪk'stɪŋkʃən]

派 extinct
　　a. 滅種的，滅絕的

n. 滅種，滅絕

Polar bears are now in danger of **extinction**.
北極熊目前正處於滅種危機。

<sup>19</sup>**flood**

[flʌd]

v. 氾濫，淹沒

n. 洪水

**Flood** conditions will persist for the whole week.
洪水狀況將會持續整個星期。

<sup>20</sup>**forecast**

[美 'for,kæst]

[英 fɔ́ːkɑ̀ːst]

v. 預測
同 prediction 預報

n.（天氣）預報

The news station gives hourly weather **forecasts**.
這個新聞台提供每小時的天氣預報。

<sup>21</sup>**fumes**

[fjumz]

n. 氣體，煙霧

Car exhaust **fumes** contribute heavily to smog.
汽車排放的廢氣是煙霧污染的主要原因。

<sup>22</sup>**habitat**

['hæbə,tæt]

派 habitation　n. 居住
　　inhabitants
　　n. 居民，居住者

n.（動物、植物的）棲息地

The plant rarely grows outside its natural **habitat**.
那種植物很少生長在其原生地以外的地方。

<sup>23</sup>**ideal**

[aɪ'diəl]

n. 理想的人或事物
同 perfect 完美的

a. 理想的，最適合的

The weather this week has been **ideal** for a lunchtime picnic.
這個星期的天氣特別適合在午餐時間去野餐。

**ideal + venue / place** 理想的舉行地點 / 場所

**be ideal for** 特別適合…

ideal 經常與 venue、place 等表示場所的名詞搭配出題。考試還會考與之搭配使用的介系詞 for。

---

²⁴**inclement**
[ɪnˈklɛmənt]

○ a.（天氣）惡劣的

The carnival was cancelled due to inclement weather.
嘉年華由於惡劣的天氣而被取消了。

---

²⁵**inflict**
[ɪnˈflɪkt]

派 infliction
　　n. 施加（痛苦、傷害）

○ v. 施加（痛苦、傷害）

The new dam has inflicted considerable damage on the ecosystem.
新的水壩在生態環境上施加了相當大的破壞。

---

²⁶**meteorological**
[(美) ˌmitɪərəˈlɑdʒɪkḷ]
[(英) mìːtiərəlɔ́dʒikəl]

派 meteorology
　　n. 氣象學

○ a. 氣象的，氣象學的

Abnormal meteorological conditions arise frequently during season changes.
異常的氣候狀況在季節變換期間頻繁地出現。

---

²⁷**migration**
[maɪˈgreʃən]

派 migrate v. 遷移

○ n. 移動，遷移

The tank was isolated to prevent the migration of contaminants.
為了防止污染物質的遷移，這個貯水池被隔離了。

**migration : immigration**

要區分表示『移動』的單字用法差異。

**migration** 移動，遷移
　表示從一個地區移到另外一個地區。

**immigration** 移入（反義為 emigration）

表示從外國移居本國。

The government adopted strict new controls on immigration.

政府對外來移民制定了新的嚴格管控政策。

---

<sup>28</sup>**mining**

[ˋmaɪnɪŋ]

派 mine　n. 礦產　v. 開採

n. 開採，採礦

Iron ore mining can disturb environmental systems.

鐵礦的開採會擾斷環境系統。

---

<sup>29</sup>**occur**

[美 əˋkɝ]

[英 əkɔ́:]

派 occurrence
　　n. 事件，發生
同 happen 發生

v. 發生（事情），出現

An earthquake could occur at any time.

地震隨時都有可能發生。

---

<sup>30</sup>**organization***

[美 ˏɔrgənəˋzeʃən]

[英 ɔ̀:gənaizéiʃən]

派 organize　v. 組織
同 association 社團

n. 團體，組織

Many organizations have grouped together to protect the rainforests.

許多團體為了保護熱帶雨林而聚集在一起了。

---

<sup>31</sup>**pollutant**

[pəˋlutənt]

派 pollute　v. 污染
　　pollution　n. 污染

n. 污染物質

Cars running on unleaded fuel emit fewer pollutants than diesel trucks.

使用無鉛汽油的車輛比柴油卡車排放更少的污染物質。

**🔍 出題重點**

區分 **pollutant**（n. 污染物質）和 **pollution**（n. 污染）的意思差異。

---

<sup>32</sup>**precipitation***

[prɪˏsɪpɪˋteʃən]

派 precipitate　v. 使凝結
　　成（雨或雪），促進

n. 降水量，降雨量

temperature and precipitation data

氣溫和降水量資料

## 33 prominent
[美 `prɑmənənt]
[英 prɔ́mínənt]
派 prominence
n. 顯著，傑出

a. 著名的，顯著的

Mr. Goldstein is a **prominent** expert in the energy industry.
Goldstein 先生是能源產業裡一位傑出的專家。

## 34 purify
[`pjʊrə,faɪ]
派 purification　n. 淨化

v. 淨化

The plant **purifies** untreated water for drinking.
那間工廠將生水淨化成飲用水。

## 35 recycling
[,ri`saɪklɪŋ]
派 recycle　v. 回收利用

n. 回收利用

**Recycling** saves energy and reduces acid rain.
回收利用既節約能源也減少酸雨。

## 36 resource
[美 `rɪsors]
[英 ríːsɔːs]
派 resourceful
a. 資源豐富的

n. 資源

National Parks preserve our natural **resources**.
國家公園保存著我們的自然資源。

## 37 sewage
[`sjuɪdʒ]

n. 廢水，污水

Household **sewage** is sent to processing facilities.
家庭污水會被送至加工處理設備。

## 38 shower
[美 `ʃaʊə]
[英 ʃáʊə]

n. 陣雨

Scattered **showers** are expected from late afternoon.
預計今天傍晚會有零星的陣雨。

## 39 solution*
[sə`luʃən]
派 solve　v. 解決

n. 解決方法

Solar power is one **solution** to our energy problems.
太陽能是能源問題的一個解決方法。

[40] **southern** *

[美 ˋsʌðən]

[英 sʌ́ðən]

a. 南方的，南部的

The southern region has a milder climate.

南部地區有較溫和的氣候。

[41] **vague**

[veg]

反 definite, clear, explicit
明確的

a. 含糊的，曖昧的，不明確的

The government's response to the environmental issue was **vague**.

政府對於環境問題的回應含糊不清。

[42] **waste**

[west]

v. 浪費

同 garbage, trash, rubbish
垃圾

n. 垃圾，廢棄物

Recyclable waste must be placed in the designated receptacles.

可回收的廢棄物必須放至指定的容器內。

請在右邊欄位內找出相對應的意思並用線條連接。

01 contaminate       ⓐ 保存

02 ideal       ⓑ （天氣）惡劣的

03 purify       ⓒ 晴朗的

04 conserve       ⓓ 淨化

05 inclement       ⓔ 污染

                ⓕ 理想的

請選擇恰當的單字填空。

06 _____ factors can affect sales of seasonal products.

07 Car _____ are the largest source of urban pollution.

08 The proposal was rejected because it was too _____.

09 Species require a particular _____ to survive.

> ⓐ vague    ⓑ habitat    ⓒ emissions    ⓓ damage    ⓔ meteorological

10 Several types of animals are threatened with _____.

11 Problems frequently _____ in any newly established company.

12 A successful crop is dependent on sufficient amounts of _____.

13 Industry will soon _____ all available fuel reserves.

> ⓐ deplete    ⓑ recycling    ⓒ extinction    ⓓ precipitation    ⓔ occur

Answer    1.ⓔ 2.ⓕ 3.ⓓ 4.ⓐ 5.ⓑ 6.ⓔ 7.ⓒ 8.ⓐ 9.ⓑ 10.ⓒ 11.ⓔ 12.ⓓ 13.ⓐ

# 多益滿分單字

環境

| LC | | |
|---|---|---|
| acid rain | phr. | 酸雨 |
| acidic | a. | 酸性的 |
| along the shore | phr. | 沿著岸邊 |
| bay | n. | （海或湖泊的）灣 |
| botanical | a. | 植物的 |
| bush | n. | 灌木 |
| celsius | n. | 攝氏 |
| chilly | a. | 冷的 |
| cliff | n. | 懸崖，峭壁 |
| climbing plant | phr. | 攀緣植物 |
| countryside | n. | 農村，鄉下 |
| desert | n. | 沙漠 |
| dirt | n. | 灰塵 |
| edge of the water | phr. | 水邊 |
| enjoy the view | phr. | 觀賞景色 |
| field | n. | 領域；田野 |
| footpath | n. | 步道，小路 |
| fountain | n. | 噴泉 |
| freezing | a. | 冷凍的，冰冷的 |
| gardening tool | phr. | 園藝工具 |
| hail | n. | 冰雹 |
| humid | a. | 潮濕的 |
| humidity | n. | 濕氣，濕度 |
| lakefront | n. | 湖邊，面湖處 |
| landscape | n. | 風景，景色 |
| leak | v. | 漏（水、光） |
| lighthouse | n. | 燈塔 |

| | | |
|---|---|---|
| mow the lawn | phr. | 修剪草坪 |
| nightfall | n. | 傍晚，黃昏，日暮 |
| off the shore | phr. | 靠近海岸 |
| on a busy road | phr. | 在交通繁忙的路上 |
| on a flight | phr. | 在飛機上 |
| on both sides of the street | phr. | 在街道的兩邊 |
| on the way to the airport | phr. | 在往機場的路上 |
| overlook the water | phr. | 俯瞰水面 |
| overpass | n. | 天橋，陸橋 |
| paint a bench | phr. | 油漆長椅 |
| pull up | phr. | 拔起；停車 |
| pull weeds | phr. | 拔除雜草 |
| rain forest | phr. | 熱帶雨林 |
| rain or shine | phr. | 不管天氣怎樣；不管如何 |
| rain shower | phr. | 陣雨 |
| rainstorm | n. | 暴風雨 |
| rake | n. / v. | 耙 / 耙平 |
| riverbank | n. | 河床 |
| riverside | n. | 河邊 |
| scenery | n. | 風景 |
| scenic | a. | 風景的 |
| scenic view | phr. | 景觀 |
| seed | n. / v. | 種子 / 播種 |
| shade | n. | 陰影，蔭 |
| slope | n. / v. | 斜坡 / 傾斜 |
| solid | a. | 堅硬的 |
| spoil the view | phr. | 破壞景觀 |
| stream | n. / v. | 溪 / 流 |
| suburb | n. | 郊外 |
| sunset | n. | 日落 |
| sweep the leaves | phr. | 掃落葉 |
| sweep up | phr. | 掃地，打掃 |
| thunderstorm | n. | 雷雨 |
| toward the end of the day | phr. | 一天要結束的時候 |
| trap | v. | 設陷阱捕捉，使落入陷阱 |

| tree trunk | phr. | 樹幹 |
|---|---|---|
| twilight | n. | 暮光 |
| vacant site | phr. | 空地 |
| weather forecast | phr. | 天氣預報 |
| weather report | phr. | 天氣預報 |
| wet | a. | 濕的 |
| windstorm | n. | 暴風 |
| windy | a. | 颶風的 |

## Part 7

| be located in | phr. | 位於… |
|---|---|---|
| blizzard | n. | 暴風雪 |
| conservation | n. | （對自然資源的）保存 |
| depletion | phr. | （資源等）耗盡 |
| disposal | n. | 處理，銷毀 |
| downpour | n. | 傾盆大雨 |
| drench | v. | 使…濕透 |
| dust | n. | 灰塵 |
| environmental problems | phr. | 環境問題 |
| environmental regulations | phr. | 環境法規 |
| environmentally friendly | phr. | 環保的，對環境友善的 |
| estate | n. | 私有地 |
| fuel emission | phr. | 燃料排放 |
| grazing | n. | 放牧；牧草地 |
| ground | n. | 地面；根據 |
| hazy | a. | （天氣）因熱氣而朦朧的 |
| leaflet | n. | 傳單 |
| logging | n. | 伐木 |
| mammal | n. | 哺乳動物 |
| natural habitat | phr. | 原生地，自然棲息地 |
| noise and air pollution | phr. | 噪音和空氣污染 |
| nourishment | n. | 養分 |
| nurture | v. | 滋養；養育 |

| | | |
|---|---|---|
| organic farming | phr. | 有機農業 |
| outskirts | n. | 郊區，邊界 |
| overflow | v. | 氾濫，過剩 |
| ozone layer | phr. | 臭氧層 |
| preserve | v. | 保存 |
| purify | v. | 淨化，除去不純物質 |
| radiation | n. | 輻射 |
| rarity | n. | 稀有性 |
| react to | phr. | 對…作出反應 |
| recyclable | a. | 可回收的 |
| rugged | a. | 高低不平的，崎嶇的 |
| safety procedure | phr. | 安全程序 |
| safety standards | phr. | 安全標準 |
| seismic | a. | 地震的 |
| solar power | phr. | 太陽能 |
| source | n. | 來源 |
| splendor | n. | 壯麗 |
| stormy | a. | 暴風雨的 |
| temperature | n. | 溫度 |
| terrestrial | a. | 地球的，陸地的 |
| thermostat | n. | 恆溫裝置 |
| timber | n. | 木材 |
| torrential | a. | 暴雨的 |
| toxication | n. | 中毒 |
| under construction | phr. | 施工中 |
| water level | phr. | 水位 |
| water supply | phr. | 給水系統，供水 |
| waterfront | n. | （河、海的）濱水區，面向海、河之處 |

## 銀行存款餘額和孝敬成反比
### 銀行

今天來了一張通知書，上面說信用卡透支的金額已經是 **delinquent** 情況，還有很多其它 **overdue** 的帳款。另外，銀行也打了一通讓我很 **regrettable** 的電話過來，它說我的帳戶因為支出過多，**balance** 成了負數，要我儘快 **deposit**。我不明白是怎麼一回事，於是仔細地 **investigate** 了我的 **account** 的 **statement**。上面記錄某人 **withdraw** 了很大 **amount** 的錢。這時，我才想起來是……

1 **account**\*\*

[əˈkaunt]

派 accounting　n. 會計
　　accountant　n. 會計師

n. 考慮；帳戶

Banks always take security into account.
銀行總是將安全列入考慮。
A photo ID is needed to open an account.
要開設帳戶需要一個帶有照片的身份證明。

v. 解釋（…的原因），說明；占（…比率）

The teller could not account for the error.
那名出納員無法解釋錯誤的原因。
Mail-in orders account for most of the gross revenue.
郵寄訂單占總收入的大部分。

🔧 **出題重點**

1. **take ... into account** 把…列入考慮
   **account for** 解釋（…的原因），占（…比率）
   名詞 account 經常以 take ... into account 的形式出題。動詞 account 與介系詞 for 一起使用，表示『解釋（…的原因）』及『占（…比率）』兩種意思。
2. **bank account** 銀行帳戶
   **account number** 帳號
   **checking account** 支票帳戶
   **savings account** 儲蓄帳戶
   account 表示『帳戶』的時候經常以複合名詞的形式出題。

2 **accrue**\*

[əˈkru]

同 accumulate
　　累積，堆積

v. 增加，累積，孳生

Long-term deposits accrue interest at 5% per year.
長期存款每年孳生 5% 的利息。

3 **amount**

[əˈmaunt]

v. 總計達到

n. 金額，數量

The amount of money needed to open a savings account is

specified below.
開設儲蓄帳戶所需要的金額標明在下方。

4 **balance**
[ˈbæləns]
　v. 保持平衡
　同 remainder 餘額，差額

n. 差額，餘額
Urban Bank's new website allows customers to check their account balance any time.
Urban 銀行的新網站提供客戶隨時查詢他們的帳戶餘額。

5 **belatedly**
[bɪˈletɪdlɪ]
　派 belated
　　a. 延遲的，遲來的

ad. 延遲地，比預期晚地
The bank belatedly informed customers of the errors.
銀行很晚才通知了客戶這些錯誤。

6 **bill**＊
[bɪl]
　同 charge　v. 索費
　　check　n. 帳單

v. 向…收取費用
Residents will be billed separately for gas and electric charges.
居民們將被分別收取瓦斯費和電費。

n. 帳單，清單
The time and date of all calls made appear on the bill.
所有通話的時間和日期都顯示在帳單上。

7 **bounce**
[baʊns]

v.（支票等）退票，跳票
The customer was notified that her check bounced.
那位客戶被告知她的支票跳票了。

8 **cash**
[kæʃ]
　n. 現金

v. 兌現
The bank refuses to cash the check without an ID.
這間銀行在沒有身份證的情況下拒絕兌現支票。

9 **collateral**
[kəˈlætərəl]

n. 擔保，抵押品

They put their house down as loan collateral.
他們將房子作為貸款的抵押品。

10 **confiscate**
[美 ˈkɑnfɪsˌket]
[英 kɔ́nfiskèit]

派 confiscation
　　n. 沒收，充公
同 seize, impound 沒收

v. 沒收，充公

Investigators confiscated several client account records.
調查員沒收了幾名客戶的帳戶紀錄。

11 **convert**
[美 kənˈvɜt]
[英 kənvɔ́ːt]

派 conversion
　　n. 轉換，變換

v. 轉換，變換

Savings accounts can be converted into mutual funds at no charge.
儲蓄帳戶可以免費轉換成共同基金。

**出題重點**

**convert A into B** 將 A 轉換成 B
要記住與 convert 一起使用的介系詞 into。

12 **counterfeit**
[美 ˈkauntəfɪt]
[英 káuntəfit]

v. 偽造
同 fake 偽造品

n. 仿冒品，偽造品

The new money sorter has a scanner to detect counterfeits.
新的驗鈔機附有一台掃描器以偵測偽幣。

13 **curb*** 
[美 kɜb]
[英 kəːb]

n. 抑制；（人行道和車道
　　之間的）邊石
同 restrain, impede 抑制
反 facilitate 促進

v. 抑制

The central bank raised interest rates in an effort to curb inflation.
中央銀行為了抑制通貨膨脹調高了利率。

### 14 delinquent

[dɪˈlɪŋkwənt]

派 delinquency
  n. 滯納，未付
  delinquently
  ad. 拖欠地
同 overdue 逾期未付的

○ a.（稅款等）到期未付的，拖欠的

The **delinquent** account has been suspended.
拖欠的帳戶已被停用。

### 15 deposit**

[美 dɪˈpazɪt]

[英 dipɔ́zit]

n. 存款
反 withdraw 提款

◐ v. 存款，儲蓄

I'd like to **deposit** this paycheck into my account.
我想將這張薪水支票存進我的戶頭裡。

### 16 deterrent

[dɪˈtɝənt]

a. 妨礙的
派 deter  v. 使斷念，妨礙
同 obstacle, impediment
  障礙物

○ n. 障礙物，阻礙

The weakening dollar has not been a **deterrent** to investment.
疲弱的美元尚未成為投資的阻礙。

### 17 document

[美 ˋdakjəmənt]

[英 dɔ́kjumənt]

派 documentary
  n. 紀錄物，紀錄片
  documentation
  n. 正式官方文件

○ n. 檔案，資料，文件

Please submit the required tax **documents** by this Friday.
請在這個星期五之前提交需要的稅務資料。

v. 記錄（活動、事件等）

The secretary must **document** all of the office's costs.
祕書必須將所有的辦公室支出記錄下來。

### 18 due*

[美 dju]

[英 djúː]

◐ a. 期滿的，到期的；（金錢等）應支付的

Payment must be received by the **due** date.
款項須於到期日前收到。
Remittance is **due** to the contractor.
匯款金額要支付給承包商。

**出題重點**

**due to** 因為⋯，由於⋯
考試中會出與 due 構成片語的介系詞 to。

<sup>19</sup>**expect**\*

[ɪk`spɛkt]

派 expectation
　　n. 預期，期待
　　expected　a. 預計的
同 anticipate 預期，期待

v. 預期，期待

Interest rates are expected to increase by two percent.
利率預期會增長 2%。

### 出題重點

**expect A to do** 期待 A 去做…

**be expected to do** 被期待去做…

expect 一般在受詞後接不定詞 to，也經常以被動語態的形式出題。

<sup>20</sup>**heavily**\*

[`hɛvɪlɪ]

派 heavy
　　a. 沉重的，激烈的

ad. 非常，過度，厲害地

The institution heavily relies on funds gained from lending.
那個機構過度依賴來自借款的資金。

### 出題重點

**heavily rely on** 過度依賴…

**rain heavily** 雨下得很大

heavily 表示多得無法承受，是強調副詞，經常與 rely on、rain 等動詞搭配出題。

<sup>21</sup>**identification**\*

[aɪ,dɛntɪfɪ`keʃən]

派 identify　v. 確認，辦析
　　identity　n. 身份，本體

n. 身份證件

Two forms of identification are required to open an account.
要開設帳戶需要兩種形式的身份證明。

### 出題重點

**identification** 身份證件

**identity** 身份，本體

要區分字根相同、意思不同的兩個單字。

The bank clerk requested proof of identity.
銀行員工要求了身份證明。

**22 in common\*** ●

phr. 共同點，共通之處

Credit unions and banks have much in common.

儲蓄互助會和銀行有很多共同點。

**23 interest\*** ●

[ˈɪntərɪst]

v. 使感興趣

派 interested　a. 有關聯的，有興趣的

　　interesting　a. 有趣的

n. 興趣；利益；利息

Investors have shown great interest in Telecom shares.

投資者們對電信股票表現出了很大的興趣。

PlusTech has a vested interest in developing the local cellular phone market.

PlusTech 對發展該地區的手機市場擁有既得利益。

Bay Bank offers the most competitive interest rates.

Bay 銀行提供最有競爭力的利率。

👨‍🍳 **出題重點**

**interest in** 對…的興趣

**in one's best interest** 以某人的最高利益為目標

**a vested interest** 既得利益

interest 和介系詞 in 都會在考試中出現。

**24 investigation** ○

[ɪn͵vɛstəˈgeʃən]

派 investigate　v. 調查

　　investigative　a. 調查的

n. 調查

The government is conducting an investigation into the illegal transfer of funds.

政府正在對這項資金的非法轉移進行調查。

👨‍🍳 **出題重點**

**conduct an investigation** 進行調查

**under investigation** 調查中

要記住與 investigation 一起用的動詞 conduct 和介系詞 under。

## 25 loan

[美 lon]

[英 ləun]

○ n. 借貸，貸款

The family took out a loan to finance their child's college education.

那個家庭貸款資助子女的大學教育。

## 26 lower*

[美 `loə]

[英 lóuə]

派 low　a. 低的

反 raise 使上升

◉ v. 減少（量、價格）

The new tax break lowered costs for large businesses.

新的所得稅減免額減少了大型企業的花費。

### 🧑‍🍳 出題重點

┌ **lower the price** 降低價格

└ **the lower price** 更低的價格

　動詞 lower 跟形容詞 low 的比較級的形態一樣，所以要根據上下文意區分其意思。

## 27 mortgage

[美 `mɔrgɪdʒ]

[英 mɔ́ːgidʒ]

○ n. 房屋貸款，抵押貸款

Higher mortgage rates will hurt homeowners.

更高的房貸利率將會傷害屋主。

## 28 overdue**

[美 ˌovə`dju]

[英 ðuvədjúː]

同 outstanding, delinquent
　未繳納的，未付的

◉ a. 未付的，過了支付期限的

Monthly utility fees are long overdue.

每月的水電瓦斯費已逾期未繳很久了。

### 🧑‍🍳 出題重點

**overdue : outdated** 要區分表示『過期的』的單字用法差異。

┌ **overdue** 過期未付的

│ 　表示未付稅金等費用的場合。

└ **outdated** 過時的

　　用於已變成舊式、不方便使用的場合。

　　Our billing forms are far too outdated.

　　我們的帳單樣式太陳舊了。

### 29 owe

[美 o]

[英 óu]

v. 欠債

The bankrupt company **owes** money to many creditors.

那間破產的公司欠了很多債權人的錢。

### 30 owing to*

同 due to, on account of 因為…

phr. 因為…

Property prices have risen **owing to** economic growth.

因為經濟的成長，房地產價格也上升了。

### 31 payable*

[ˋpeəbl]

派 pay v. 支付
payment n. 支付

a. 應支付的

Make all checks **payable** to Everson Ltd.

請將所有支票支付到 Everson 公司。

#### 出題重點

**payable to** 使（支票）可以讓…兌現

要記住接在 payable 後面的介系詞 to。

### 32 personal

[美 ˋpɝsn̩l]

[英 pɔ́:sənəl]

派 person n. 個人
personality
n. 性格，個性
personally
ad. 親自，自己

a. 個人的

Jane called into the bank to cash a **personal** check.

Jane 去了銀行兌現個人支票。

#### 出題重點

**personal check** 個人支票

**personal belongings** 個人物品

**personally welcome** 親自歡迎

注意不要在副詞 personally 的位置錯用形容詞 personal。

### 33 previously*

[ˋprivɪəslɪ]

派 previous
a. 以前的
同 before, earlier 以前的

ad. 以前

The Visa application requires proof of a **previously** opened credit card account.

Visa 卡的申請需要之前開設信用卡的帳戶證明。

<sup>34</sup>**regrettably\***

[rɪˋgrɛtəblɪ]

派 regret v. 為…感到遺憾
regrettable a. 遺憾的

**ad. 遺憾地**

We are **regrettably** unable to approve your loan.
我們很遺憾不能同意您的貸款。

🔊 **出題重點**

**regret to do** 為做…感到抱歉

**regret V-ing** 後悔做了…

regret 與 to 不定詞搭配使用的時候表示『為了要做…而感到抱歉』，而與動名詞搭配時則表示『後悔過去做過…』。注意不要混淆。

<sup>35</sup>**relation\*\***

[rɪˋleʃən]

派 related a. 有關聯的

**n. 關係**

**Relations** between the financial corporation and investors became strained.
這家金融企業和投資人的關係變得很緊張。

<sup>36</sup>**scrutinize**

[美 ˋskrutəˏnaɪz]

[英 skrúːtinàiz]

派 scrutinization n. 調查

**v. 詳細調查**

Loan officers must **scrutinize** a customer's credit history before approving a loan.
貸款負責人在同意貸款之前要詳細調查顧客的信用紀錄。

<sup>37</sup>**statement**

[ˋstetmənt]

派 state v. 陳述 n. 狀態

**n.（銀行等的）結算報告，明細表**

Bank **statements** are sent out monthly.
銀行每個月會發送帳戶明細表。

<sup>38</sup>**study\***

[ˋstʌdɪ]

v. 研究
同 research 研究

**n. 研究**

This **study** investigates the feasibility of proposed tax cuts.
這項研究是調查減稅提案的可行性。

### 出題重點

**some studies + indicate / suggest + that 子句** 一些研究顯示⋯

study 經常與 indicate、suggest 等表示『顯示』的動詞搭配出題。

---

39 **sustain**

[sə'sten]

派 sustainable
 a. 可持續的

v. 持續，支撐

The economy will not be able to sustain the same rate of growth.
經濟將無法持續同樣的成長率。

---

40 **transaction**

[træn'zækʃən]

派 transact
 v. 辦理（工作、交涉等）

n. 交易，買賣

The first five transactions have no service fee.
前五次的交易沒有手續費。

---

41 **turn down** *

phr. 拒絕

Mr. Parks was turned down for a business loan.
Parks 先生的公司貸款被拒絕了。

---

42 **unexpected** **

[ˌʌnɪk'spɛktɪd]

派 unexpectedly
 ad. 意外地

ad. 意外的

unexpected side-effects of the economic reform policy
經濟改革政策意外的副作用。

---

43 **withdrawal**

[美 wɪð'drɔəl]

[澳 wiðdró:əl]

派 withdraw v. 提領
反 deposit 存款

n. 提領（存款）

Withdrawals can be made anytime at the cash machine.
隨時可以從自動提款機中提款。

## 23rd Day Daily Checkup

請在右邊欄位內找出相對應的意思並用線條連接。

01  curb
02  delinquent
03  deterrent
04  transaction
05  accrue

ⓐ  交易
ⓑ  障礙物
ⓒ  增加，累積
ⓓ  期滿的
ⓔ  抑制
ⓕ  拖欠的

請選擇恰當的單字填空。

06  change the exterior in order to _____ the building into a shopping center
07  All personnel must verify their _____ before entering the facility.
08  The manager must _____ all the data before they are entered.
09  The _____ revealed the existence of extensive financial improprieties.

> ⓐ scrutinize  ⓑ identities  ⓒ convert  ⓓ lower  ⓔ investigation

10  A fee will be charged for each subsequent _____.
11  The courier _____ informed the customer that the document was missing.
12  The _____ issued by the labor union was presented to the president.
13  The report deals with what we discussed _____.

> ⓐ previously  ⓑ interest  ⓒ withdrawal  ⓓ regrettably  ⓔ statement

Answer    1.ⓔ 2.ⓕ 3.ⓑ 4.ⓐ 5.ⓒ 6.ⓒ 7.ⓑ 8.ⓐ 9.ⓔ 10.ⓒ 11.ⓓ 12.ⓔ 13.ⓐ

# 多益滿分單字

## LC

| | | |
|---|---|---|
| a bunch of | phr. | 一束… |
| as soon as possible | phr. | 儘快 |
| at another time | phr. | 在別的時間 |
| at the earliest | phr. | 最早也要在（某個時間） |
| at the end of the year | phr. | 在年末 |
| at the same time | phr. | 同時 |
| at this point | phr. | 在這一點上 |
| awfully | ad. | 非常地，極度地 |
| bank loan | phr. | 銀行貸款 |
| bank teller | phr. | 銀行出納員 |
| banker | n. | 銀行家 |
| banking | n. | 銀行工作，銀行業 |
| be amazed at | phr. | 吃驚於… |
| be caught in | phr. | 被困在…，遇到… |
| be held up | phr. | 被抓住；被延遲 |
| be used to V-ing | phr. | 習慣於… |
| binder | n. | 活頁夾；捆縛用具 |
| binding machine | phr. | 裝訂機 |
| brighten up | phr. | （天氣）轉晴 |
| by that time | phr. | 那個時候之前 |
| by the end of the year | phr. | 年末之前 |
| by this time | phr. | 已經 |
| clerk | n. | 員工 |
| climb up | phr. | 登上… |
| cozy | a. | 愜意的 |
| crash | n. | （股價）暴跌 |
| every other day | phr. | 每隔一天，兩天一次 |

| | | |
|---|---|---|
| flawed | a. | 有缺點的，錯誤的 |
| float | v. | 漂浮 |
| for a short time | phr. | 暫時 |
| for another month | phr. | 下一個月 |
| gaze into | phr. | 注視… |
| gesture | n. | 手勢，姿勢 |
| get a loan | phr. | 得到貸款 |
| give A the loan | phr. | 貸款給 A |
| give out | phr. | 分給 |
| give the introduction | phr. | 介紹 |
| glance at | phr. | 對…瞥一眼 |
| go right away | phr. | 立即去 |
| go wrong with | phr. | …出問題 |
| hang out | phr. | 消磨時間 |
| hang over | phr. | 弄翻…；威脅… |
| hang up | phr. | 掛電話 |
| have ... around | phr. | 隨身攜帶著… |
| have ... on | phr. | 穿著… |
| if possible | phr. | 如果可以的話 |
| if you insist | phr. | 如果你堅持的話 |
| I'll bet | phr. | 我確定 |
| in groups | phr. | 組成群組 |
| in single file | phr. | 依次，成一路縱隊 |
| jog | v. | 慢跑 |
| let ... off | phr. | 使…不用做…；寬恕… |
| look in on | phr. | 拜訪… |
| make a withdrawal | phr. | 提款 |
| on loan | phr. | 借貸 |
| on time | phr. | 準時 |
| over the past two months | phr. | 過去兩個月 |
| overdrawn | a. | 透支的 |
| password | n. | 密碼 |
| pay off | phr. | 還清（債務）；（計畫等）成功，帶來好結果 |
| put in | phr. | 存款，投資 |
| put money into | phr. | 將錢放到… |

| savings | n. | 儲蓄 |
|---|---|---|
| savings bank | phr. | 儲蓄銀行 |
| savings plan | phr. | 儲蓄計畫 |
| short-term deposit | phr. | 短期存款 |
| take out a loan | phr. | 貸款 |
| take out insurance on | phr. | 為⋯買保險 |
| the following day | phr. | 第二天 |
| until the first of next month | phr. | 到下個月一號 |

## Part 7

| be of particular interest to | phr. | 令⋯對⋯特別感興趣 |
|---|---|---|
| business loan | phr. | 商業貸款 |
| central bank | phr. | 中央銀行 |
| cluster | n. | 群，串 |
| coin | n. | 硬幣 |
| credit | n. | 信用 |
| credit money to one's account | phr. | 將錢存到某人的帳戶 |
| creditor | n. | 債權人 |
| currency | n. | 貨幣，通貨 |
| debit card | phr. | （銀行）簽帳卡 |
| debt | n. | 債 |
| debtor | n. | 債務人 |
| deposit slip | phr. | 存款單 |
| direct deposit | phr. | 薪資轉帳 |
| draw a check | phr. | 開立支票 |
| expiration date | phr. | 到期日 |
| financial history | phr. | 金融史 |
| for the sake of | phr. | 為了⋯ |
| forge | v. | 偽造 |
| forgery | n. | 偽造 |
| forthcoming | a. | 即將來臨的 |
| fortnight | n. | 兩個星期 |
| impose | v. | 徵（稅） |

| in addition | phr. | 另外 |
|---|---|---|
| in addition to | phr. | 除了…，加上… |
| money order | phr. | 匯票 |
| national bank | phr. | 國立銀行 |
| next to | phr. | 在…旁邊 |
| on standby | phr. | 待機中 |
| paper money | phr. | 紙鈔 |
| personnel | n. | 員工（總稱）；人事部門 |
| PIN (personal identification number) | phr. | 個人識別碼 |
| pop up | phr. | 跳出，突然出現 |
| public holiday | phr. | 國定假日 |
| reluctant | a. | 不情願的 |
| requisition | n. | 正式請求，申請書 |
| save money | phr. | 省錢 |
| spurious | a. | 虛偽的，假的 |
| teller's window | phr. | （銀行的）出納窗口 |
| trust company | phr. | 信託公司，信託銀行 |
| trustee | n. | 託管人，受託人 |
| wire money to | phr. | 匯款給… |
| wire transfer | phr. | 電匯 |
| withdrawal slip | phr. | 提款單 |

## 傷害友誼的投資
### 投資

在投資銀行工作的朋友 cautiously 告訴我一條 lucrative 投資情報，並要我儘快把錢拿來做 investment。即使股票市場是 inherently insecure，但我的朋友從以前開始就有 innate foresee 的能力，知道哪種股票表現亮眼，那種股票表現不佳。我心裡感激著這份友情，把我所有的 property 拿出來大量買入了『出走輪胎』股票……

1 **bond**
[美 bɑnd]
[英 bɔnd]

○ n. 債券

The city issued public **bonds** to raise money for infrastructure projects.
該城市發行了為基礎設施興建計畫籌措資金的公債。

2 **cautiously***
[美 ˋkɔʃəslɪ]
[英 kɔ́ːʃəsli]
派 cautious a. 謹慎的
　 caution n. 小心，注意
反 carelessly 不注意地

● ad. 謹慎地

Investors are **cautiously** optimistic about prospects in Asia.
投資者們對亞洲的前景持謹慎樂觀的態度。

**出題重點**

**cautiously optimistic** 謹慎樂觀的
**re-enter the market cautiously** 謹慎地重返市場。
cautiously 經常以 cautiously optimistic 的形式出題。

3 **confusion**
[kənˋfjuʒən]
派 confuse v. 混淆
同 disorder, chaos 混亂

○ n. 混亂

The changing price of oil caused **confusion** in the market.
油價的變動導致了市場的混亂。

4 **consent****
[kənˋsɛnt]
v. 同意
同 approval, permission
　 許可，允許
反 dissent, objection
　 異議，反對

● n. 同意

the written **consent** of each shareholder
每位股東的書面同意

**出題重點**

**consent of** …的同意
要記住與 consent 搭配使用的介系詞 of。

5 **consider****
[美 kənˋsɪdɚ]
[英 kənsídə]
派 considerate a. 周到的
　 consideration n. 考慮

● v. 考慮

Before buying a property, it's important to **consider** the hidden expenses involved.
購買房地產之前，考慮相關的潛在費用是很重要的。

### 6 controversy
[美] ˈkɑntrəˌvɝsɪ
[英] kɔntróvɔ̀ːsi
派 controversial
  a. 引起爭議的

n. 爭議

The huge budget deficit sparked widespread controversy.
龐大的預算赤字引發了廣泛的爭議。

### 7 depreciation
[dɪˌpriʃɪˈeʃən]
派 depreciate
  v. 貶值

n. 貶值

Due to the currency depreciation, many investors experienced a loss.
由於貨幣貶值，許多投資人遭到了損失。

### 8 devastate
[ˈdɛvəsˌtet]
派 devastation  n. 毀滅

v. 重創，摧毀

The airline industry was devastated by the increased cost of fuel.
航空業因增加的燃料費用遭受重創。

### 9 dividend*
[ˈdɪvəˌdɛnd]
派 divide  v. 分配，分發

n. 股息

The fund pays dividends on an annual basis.
那個基金按年發放股息。

### 10 entrepreneur
[美] ˌɑntrəprəˈnɝ
[英] ɔ̀ntrəprənɔ́ː
派 enterprise
  n. 企業，公司

n. 創業家

We offer venture capital to young entrepreneurs.
我們提供創業資金給年輕的創業家。

### 11 eventually**
[ɪˈvɛntʃʊəlɪ]
派 eventual  a. 最後的
同 finally, ultimately
  終於，最終

ad. 終於，最終

Stocks are expected to stabilize eventually.
股價預計最終會穩定下來。

## 12 foreseeable **

[美 for`siəbl]
[英 fɔːˈsíːəbl]

派 foresee v. 預見
同 predictable 可預測的

### a. 可預見的

The recent financial losses were not **foreseeable**.
最近的財務損失是無法預見的。

Oil companies have no expansion plans in the **foreseeable** future.
石油公司暫時沒有擴張的計畫。

 **出題重點**

**in the foreseeable future** 可預見的未來，暫時

foreseeable 經常以 in the foreseeable future 的形態出題。

## 13 increasing *

[ɪnˈkrisɪŋ]

派 increase v. 增加
increasingly
ad. 逐漸地

### a. 增加的

**Increasing** market pressure led banks to decrease lending rates.
增加的市場壓力導致銀行降低了貸款利率。

**出題重點**

**increasing amount of information** 增加的訊息量

**increasing market pressure** 增加的市場壓力

increasing 與 amount、pressure 等與量有關的名詞搭配出題。

## 14 inherently **

[ɪnˈhɪrəntlɪ]

派 inherent
a. 固有的，本質的
同 essentially 本質地

### ad. 本質上地，本來

Stock market investment is **inherently** risky.
股票投資本來就有風險。

## 15 innate

[ˈɪnˈet]

派 innately ad. 天生地

### a. 天生的

He has an **innate** ability to predict market fluctuations.
他具有天生預測市場變動的能力。

## 16 insecure *

[美 ˌɪnsɪˈkjʊr]
[英 ˌɪnsɪkjúə]

反 secure 安全的

### a. 不安的，不能信任的

Many people feel insecure about the long-term prospects of the economy.
許多人對長期的經濟前景感到不安。

## 17 investor

[美] ɪnˈvɛstə

[英] invéstə

派 invest v. 投資
investment n. 投資

n. 投資人

The investor estimated the potential return of the venture.
那位投資人預測了這項投資的潛在收益。

🏛 **出題重點**

區分 **investor**（n. 投資人）和 **invest**（v. 投資）的詞性。

## 18 justify*

[ˈdʒʌstəˌfaɪ]

派 justification n. 正當化

v. 把…正當化

The potential revenues are not enough to justify the risk.
潛在收益並不足以彌補風險。

## 19 legacy

[ˈlɛgəsɪ]

n. 遺產，遺物

The CEO left a legacy of hard work.
執行長遺留了一個勤奮工作的典範。

## 20 lucrative

[ˈlukrətɪv]

a. 有利可圖的，賺錢的

The company scanned the market for lucrative investment opportunities.
那家公司審視了這個市場以尋求有利的投資機會。

## 21 manipulation

[məˌnɪpjuˈleʃən]

派 manipulate v. 操縱

n. 操縱，控制

She refuted accusations for blatant market manipulation.
她否認了公然操縱市場的指控。

## 22 nearly**

[美] ˈnɪrlɪ

[英] níəli

派 near
ad. 接近 a. 近的
同 almost 幾乎

ad. 幾乎，大概，將近

a rate increase of nearly nine percent
將近 9% 的價格上漲

### 出題重點

**nearly + 數值** 將近⋯

nearly 經常與表示數值的表達形式一起出題。不要與形態類似、意思不同的 near（接近，近的）混淆。

---

<sup>23</sup>**on behalf of**\*\*　○　phr. 代表⋯

The broker received authorization to sell shares on behalf of his client.

該代理商得到授權，代表他的客戶出售股票。

---

<sup>24</sup>**outlook**　○　n. 前景

[ˈaʊtˌlʊk]

同 prospect 前景

The outlook for financial markets is positive.

金融市場的前景看好。

---

<sup>25</sup>**outweigh**　○　v.（價值、重要性等）重於，大過

[aʊtˈwe]

The benefits of the merger outweigh the risks.

合併的利益大過於風險。

---

<sup>26</sup>**pitfall**　○　n. 意想不到的危險，易犯的錯誤，陷阱

[ˈpɪtˌfɔl]

This article explains some of the pitfalls of online trading.

這篇文章解釋了線上交易的一些陷阱。

---

<sup>27</sup>**plummet**　○　v. 暴跌

[ˈplʌmɪt]

同 tumble 暴跌

反 surge, soar, skyrocket
　上漲，急升

The value of the company's stock plummeted.

那家公司的股價暴跌了。

[28]**portfolio**
[美] port`fol₁,o]
[英] pɔːtfóuliəu]

n. 投資組合；文件夾

The advisor suggested to his client to diversify the **portfolio**.
那位顧問建議他的客戶使投資組合多樣化。

[29]**possible**\*
[美] `pɑsəbl]
[英] pɔ́səbl]

派 possibly
   ad. 也許，或許
   possibility   n. 可能性
反 impossible 不可能的

a. 可能的，有可能的

Careful investors take every **possible** measure to prevent losses.
謹慎的投資人採取每個可能的措施來防止虧損。

**出題重點**

區分 **possible**（a. 可能的）和 **possibility**（n. 可能性）的詞性。

[30]**prevalent**\*\*
[`prevələnt]

派 prevail   v. 盛行
   prevalence   n. 普遍
同 widespread 普及的
   popular 有人氣的

a. 普遍的，流行的

Analysts watch the most **prevalent** trends in the market.
分析家們觀察著市場上最流行的趨勢。

**出題重點**

**prevalent : leading**
要區分表示『主導性的』的單字用法差異。

┌ **prevalent** 普遍的
│ 形容一種狀態或慣例等普遍流行。
└ **leading** 先導的，主要的
  表示在一個特定領域中最重要或最出色。

Corruption is a **leading** cause of economic instability in the region.
貪污是那個地區經濟不穩定的主要原因。

[31]**property**
[美] `prɑpətɪ]
[英] prɔ́pəti]

n. 財產

All real estate transactions are liable for **property** tax.
所有房地產交易都必須繳納財產稅。

## 32 rapid**

[ˈræpɪd]

派 rapidly
ad. 快地，迅速地
rapidity  n. 急速，迅速

a. 快的，迅速的

Utility firms have been growing at a **rapid** rate in suburban areas.
公共事業公司在郊外地區以迅速的速度在成長。

### 出題重點

**rapid + rate / increase / decline / growth / changes**
迅速的速度 / 增加 / 減少 / 成長 / 變化
rapid 經常與 rate、increase 等表示速度增減的名詞搭配使用。

## 33 shareholder

[美 ˈʃɛrˌholdə]

[英 ʃɛ́əhóuldə]

n. 股東

**Shareholders** can now gain access to updated financial reports on the company's web site.
股東們現在可以在公司網站上查看最新的財務報告。

## 34 solely*

[美 ˈsollɪ]

[英 sóulli]

派 sole   a. 唯一的
同 exclusively 專門地

ad. 唯一地，單獨地

Their interest was **solely** in foreign investment.
他們只對海外投資感興趣。

## 35 somewhat*

[美 ˈsʌmˌhwɑt]

[英 sʌ́mwɔt]

ad. 稍微，有些

The realtor admitted that the property might be **somewhat** overvalued.
房地產業者承認那個房產可能有點被高估了。

## 36 speculation*

[ˌspɛkjəˈleʃən]

派 speculate   v. 推測

n. 推測

Company shares fell amid growing **speculation** of bankruptcy.
公司的股價在漸增的破產推測中下跌了。

**widespread / growing + speculation** 廣泛普及的 / 漸增的推測
speculation 與 widespread、growing 等形容詞搭配出題。

---

<sup>37</sup>**stability**＊
[㊍ stə`bɪlətɪ]
[㊍ stəbíliti]
㊟ stable　a. 穩定的
　　stabilize　v. 使穩定
㊠ instability 不穩定

n. 穩定，穩定性
Sound economic policies are essential for long-term stability.
穩健的經濟政策對長期的穩定是必要的。

---

<sup>38</sup>**unbiased**＊
[ʌn`baɪəst]
㊂ impartial 無偏見的
㊠ biased 偏向的

a. 不偏不倚的，無偏見的，公正的
The magazine offers unbiased advice on any investment.
這本雜誌在任何投資上都提供了公正的建議。

---

<sup>39</sup>**unprecedented**＊
[ʌn`prɛsə,dɛntɪd]

a. 空前的，前所未有的
US house prices rose an unprecedented 50% in just six months.
美國的房價在僅僅六個月內就漲了前所未有的 50%。

---

<sup>40</sup>**unwillingness**＊
[ʌn`wɪlɪŋnɪs]
㊟ unwillingly
　　ad. 不情願地
㊂ reluctance 勉強，不情願
㊠ willingness 樂意

n. 不情願，不情願的態度
Investors showed an unwillingness to sell off shares.
投資人對於拋售股票表現出不情願的態度。

---

<sup>41</sup>**yield**
[jild]
n. 生產量，利潤

v. 產生（利潤）
Our investments for 2006 yielded over 100% returns.
我們 2006 年的投資產生了 100% 以上的利潤。

---

# ● 24th Day Daily Checkup

請在右邊欄位內找出相對應的意思並用線條連接。

01  inherently
02  stability
03  outlook
04  eventually
05  dividend

ⓐ  前景
ⓑ  股息
ⓒ  本質地
ⓓ  幾乎
ⓔ  穩定
ⓕ  最終

請選擇恰當的單字填空。

06  Spectators look for investments that _____ high returns.
07  Further _____ was avoided by standardizing goods.
08  _____ each candidate carefully before making a decision.
09  The new director was chosen by common _____.

ⓐ yield   ⓑ speculation   ⓒ confusion   ⓓ consider   ⓔ consent

10  The board of directors planned for all _____ risks.
11  The use of the Internet was discouraged since very few sites are _____.
12  The _____ popularity of gyms shows that more people are health conscious.
13  Analysts suggest that purchasing real estate is a sound _____.

ⓐ increasing   ⓑ unbiased   ⓒ consideration   ⓓ foreseeable   ⓔ investment

Answer   1.ⓒ 2.ⓔ 3.ⓐ 4.ⓕ 5.ⓑ 6.ⓐ 7.ⓒ 8.ⓓ 9.ⓔ 10.ⓓ 11.ⓑ 12.ⓐ 13.ⓔ

# 多益滿分單字

## LC

| | | |
|---|---|---|
| at one's disposal | phr. | 供某人使用，供某人支配 |
| be reluctant to do | phr. | 不情願的去做… |
| believe it or not | phr. | 信不信由你 |
| bent | a. | 彎曲的 |
| blame A on B | phr. | 用 B 指責 A |
| call an urgent meeting | phr. | 召集緊急會議 |
| call for some assistance | phr. | 請求幫助 |
| candid opinion | phr. | 坦率之見 |
| challenge | n. / v. | 挑戰 / 挑戰 |
| circumstances | n. | 狀況，環境 |
| comfort | v. / n. | 安慰 / 安慰 |
| compact | a. | 小型的 |
| condolence | n. | 哀悼，弔唁 |
| conjunction | n. | 結合，連接 |
| cutback | n. | 削減 |
| dent | n. | 凹痕 |
| dispatch | v. | 寄送（包裹） |
| distance | n. | 距離 |
| elementary | a. | 基本的，初步的 |
| emergency evacuation | phr. | 緊急疏散 |
| exposition | n. | 博覽會 |
| faithfully | ad. | 忠實地，正確地 |
| fake | a. / n. | 偽造的 / 偽造品 |
| festive | a. | 慶祝的 |
| frustrate | v. | 挫折 |
| get rid of | phr. | 除去… |
| give it a try | phr. | 嘗試 |

| | | |
|---|---|---|
| gratitude | n. | 感謝 |
| grind | v. | 磨;磨碎 |
| have reason to do | phr. | 有理由做… |
| hazardous | a. | 危險的 |
| hostility | n. | 敵意 |
| impair | v. | 損傷 |
| in private | phr. | 祕密地,私下地 |
| in the distant past | phr. | 很久之前 |
| in the vicinity of | phr. | 在…附近 |
| intake | n. | (食物)攝取 |
| joint | a. | 共同的 |
| just between the two of us | phr. | 我們兩個之間的祕密 |
| leaky | a. | (液體等)漏的 |
| lease | n. | 租賃合約 |
| lethargic | a. | 無生氣的 |
| listen to | phr. | 聆聽… |
| loath | a. | 不情願的 |
| look for | phr. | 尋找… |
| lottery | n. | 彩票,樂透 |
| mentor | n. | 導師,輔導員 |
| move in | phr. | (搬家的)入住 |
| of this nature | phr. | 這種的,這類的 |
| on and off | phr. | 斷斷續續地 |
| outlying | a. | 偏僻的,邊境的 |
| pager | phr. | 叩機 |
| pair up with | phr. | 與…搭檔 |
| play a role in | phr. | 在…中扮演一個角色 |
| Please let me know. | phr. | 請通知我。 |
| primary aim | phr. | 主要目的 |
| relaxing | a. | 令人放鬆的 |
| rental car | phr. | 租來的車 |
| self-esteem | n. | 自尊,自負 |
| show off | phr. | 炫耀 |
| soon | ad. | 立即 |
| sponsor | n. | 贊助者 |

| sponsored by | phr. | 由…贊助 |
|---|---|---|
| spot | n. | 場所 |
| stake | n. | 股份 |
| stock market | phr. | 股市 |
| support | v. | 支持 |
| supporting | a. | 支持的，贊助的 |
| tear | v. | 撕 |
| tone | n. | 語調 |
| unconditionally | ad. | 無條件地 |

## Part 7

| accredit | v. | 認可 |
|---|---|---|
| branch office | phr. | 分公司，分支機構 |
| cost analysis | phr. | 成本分析 |
| cover the cost | phr. | 支付費用 |
| deflate | v. | 拉低（物價），通貨緊縮 |
| deflect | v. | 避開（批評），使偏離 |
| deliberately | ad. | 故意地 |
| derision | n. | 嘲笑 |
| detection | n. | 探知 |
| drill for oil | phr. | 探鑽石油 |
| evoke | v. | 喚醒（記憶等） |
| faintly | ad. | 模糊地 |
| fleet | a. | 快速的，敏捷的 |
| free speech right | phr. | 言論自由的權利 |
| freedom | n. | 自由 |
| fund-raiser | n. | 籌款人，資金籌措活動 |
| input | n. | 投入 |
| meet the expenses | phr. | 支付經費 |
| mural | a. | 在牆壁的（畫作等） |
| on a regular basis | phr. | 定期地 |
| on one's own account | phr. | 獨自一個人；為了某人自己的利益 |
| orthodox | a. | 正統的 |

| | | |
|---|---|---|
| pale | a. | 蒼白的 |
| pending | a. | 未決定的；迫近的 |
| pioneer | n. | 開拓者，先驅者 |
| property line | phr. | 地產界線 |
| put money into | phr. | 將錢投資到… |
| put together | phr. | 綜合（部分、要素） |
| real estate | phr. | 房地產 |
| real estate agent | phr. | 房地產經紀人 |
| reexamine | v. | 再檢查 |
| scintillating | a. | 閃爍的；才氣橫溢的 |
| set aside | phr. | 保留 |
| set up a business | phr. | 開創事業 |
| start-up cost | phr. | 創業成本 |
| strength | n. | 力量；長處 |
| take precautions | phr. | 採取預防措施 |
| take steps | phr. | 採取步驟，採取行動 |
| tenure | n. | （土地的）所有權；終身職位 |
| throw away | phr. | 扔掉 |
| throw out | phr. | 扔掉 |
| well-balanced | a. | 均衡的 |
| wipe off | phr. | 除去… |

## 嚴重的交通堵塞也不影響約會
### 交通

天氣晴朗的日子我跟敏兒決定開車去郊外兜風。但是，偏偏在那天，高速公路上出了車禍，**congestion** 很嚴重。時間一點一滴地過去，沒有看到一點 **alleviate** 塞車的跡象，員警為了 **divert** 車流量告訴了我們一條 **detour**。正行駛在那條路上時，在周圍沒有加油站的情況下用完了 **fuel**，排檔還 **malfunction** 了。真是一次難忘的約會。

真是讓人心情很
舒暢的兜風吧。

## 1 alleviate**

[əˈlivɪˌet]

派 alleviation
　　n. 減輕，緩和
同 ease 緩和
反 exacerbate 惡化

**v. 緩和**

The new freeway lane **alleviated** traffic congestion.
新的高速公路緩和了交通堵塞。

### 🏋 出題重點

**alleviate + congestion / concern** 緩和擁塞 / 憂慮
alleviate 經常與 congestion、concern 等名詞搭配使用。

## 2 alternative*

[(美) ɔlˈtɜnətɪv]

[(英) ɔːltɜ́ːnətiv]

派 alternate　v. 輪流發生
　　alternation
　　n. 交替，間隔

**n. 取代，替代方案**

Consider walking to work as a healthy **alternative** to driving.
考慮一下走路上班這種健康的替代方案來取代開車。

**a. 替代的**

Due to a flight cancellation, Samuel selected an **alternative** air carrier.
因為航班取消，Samuel 選擇了一架替代的航班。

### 🏋 出題重點

**a feasible alternative to** 對…可行的替代方案
要記住與名詞 alternative 搭配使用的介系詞 to。

## 3 average

[ˈævərɪdʒ]
　a. 平均的

**n. 平均**

Compared to last year's **average**, road accidents have significantly decreased.
與去年的平均值相比，道路交通事故已大幅減少。

## 4 bear*

[(美) bɛr]

[(英) bɛ́ə]

**v. 攜帶，佩帶**

Vehicles not **bearing** a parking permit will be towed.
未佩帶停車許可證的車輛將會被拖走。

## 5 cite
[saɪt]

派 citation　n. 引用，提及

**v. 引證說明，舉證**

Police **cited** excessive speed as the reason for this crash.
員警引證說明超速是這場車禍的原因。

**出題重點**

**cite A as B** 引證說明 A 是 B
要記住與 cite 一起用的介系詞 as。

## 6 clearly\*\*
[美 ˋklɪrlɪ]
[英 klíəli]

派 clear
　a. 明顯的，明確的
同 evidently
　分明地，明顯地

**ad. 明確地**

A parking pass must be **clearly** displayed.
要明確地出示停車證。

**出題重點**

**speak clearly** 明確地說
**be clearly displayed** 明確出示
clearly 與 speak、display 等動詞搭配出題。

## 7 commute
[kəˋmjut]

n. 通勤
派 commuter　n. 通勤者

**v. 通勤**

Many workers **commute** into the city daily by bus.
許多工人每天搭公車通勤至市區。

## 8 conform
[美 kənˋfɔrm]
[英 kənfɔ́ːm]

派 conformity
　n. 遵守（規則）

**v. 符合，遵守（規則等）**

This automobile **conforms** to American fuel economy standards.
這款汽車符合美國的燃料節約標準。

**出題重點**

**conform to** 符合…（規則等）
要記住與 conform 一起使用的介系詞 to。

9 **congestion**

[kənˈdʒɛstʃən]

派 congest v. 使擁擠

同 traffic jam 交通堵塞

○ n.（交通）擁擠，堵塞

Detour signs were posted in attempts to avoid traffic **congestion** on the highway.

繞道標誌被立起，以試圖避免高速公路的交通堵塞。

10 **designated**★★

[ˈdɛzɪɡ͵netɪd]

派 designate v. 指定
designation
n. 指定，指名

同 appointed
指定的，訂好的

● a. 指定的

Parking is restricted to **designated** spots.

只限於指定的地點停車。

🏃 **出題重點**

**designated + spots / hotels** 指定的地點 / 飯店

designated 與 spot、hotel 等表示場所的名詞搭配使用。

11 **detailed**★★

[ˈdiˈteld]

派 detail n. 細節

● a. 詳細的

**detailed** local maps 詳細的區域地圖

🏃 **出題重點**

**detailed information** 詳細的情報

**explain / know + in detail** 詳細地說明 / 知道

detailed 與 information 搭配出題。有副詞作用的片語 in detail 主要修飾 explain、know 等動詞。

12 **detour**

[美 ˈditur]

[英 díːtuə]

v. 繞道

○ n. 繞道

The express bus had to take a **detour** to avoid heavy traffic.

快捷巴士必須繞道而行以避免塞車。

13 **divert**

[美 dɪˈvɝt]

[英 daivɔ́ːt]

派 diversion n. 轉換

○ v. 使轉向，使改道

Traffic was **diverted** during construction.

施工期間交通被改道了。

## 14 emphatic*

[ɪmˈfætɪk]

派 emphasize v. 強調
emphasis
n. 強調，重點
反 unemphatic 不強調的

**a. 強調的，堅定的**

The representative was emphatic that talks must continue.

那位代表強調會談一定要持續下去。

### 🧑‍🏫 出題重點

**emphatic + about / that 子句** 強調…

emphatic 與介系詞 about 或 that 子句搭配出題。

## 15 equip*

[ɪˈkwɪp]

派 equipment n. 裝備

**v. 配備，裝備**

Newer cars come equipped with emergency kits.

更新的車款出廠配備有緊急用具。

### 🧑‍🏫 出題重點

**equip A with B** 給 A 配備 B

**be equipped with** 配備著…

記住與 equip 一起用的介系詞 with。

## 16 expense**

[ɪkˈspɛns]

派 expensive a. 貴的
同 cost 費用
expenditure 支出

**n. 費用，支出**

Having car insurance is worth the expense.

擁有汽車保險的花費是值得的。

Illegally parked vehicles will be towed away at the owner's expense.

非法停放的車輛將被拖吊並由車主支付拖吊費。

### 🧑‍🏫 出題重點

**at one's expense** 由某人支付

expense 經常以 at one's expense 的形態出題。

## 17 fare*

[美 fɛr]
[英 fɛə]

**n. 交通費**

Bus fares increased in line with gasoline prices.

公車車資隨著油價一起上漲了。

### 👨‍🏫 出題重點

**fare : fee : toll**

要區分表示『費用』的單字用法差異。

— **fare** 交通費

　表示利用公車、火車、船等交通工具時所需的費用。

— **fee** 各種手續費，對無形服務的費用

　用於入場費、聽課費等的各種費用。

　The parking lot's entry **fee** is hiked up for the weekend.
　停車場的入場費在週末會上漲。

— **toll** 通行費

　表示利用道路或橋樑時支付的費用。

　The city voted to double the **toll** for the bridge.
　那個城市投票表決將過橋費上漲為兩倍。

---

[18]**fine**\*

[faɪn]

　a. 優秀的，晴朗的
　同 penalty, forfeit 罰金

**n. 罰金**

Drivers speeding in a school zone are subject to a substantial **fine**.

在學校區域超速行駛的駕駛者會被處以高額的罰款。

### 👨‍🏫 出題重點

**fine : tariff : price : charge**

要區分表示『費用』的單字用法差異。

— **fine** 罰金

　表示違法的時候應交付的費用。

— **tariff** 關稅

　表示通過海關的商品應繳納的費用。

　The government reduced **tariffs** on footwear imports by 25%.
　政府對進口鞋類減少了 25% 的關稅。

— **price** 價格

　表示買東西的時候支付的費用。

　The game comes at a retail **price** of only $129.
　那款遊戲上市的零售價只有 129 美元。

— **charge** 費用，手續費

表示作為一種特定服務的代價所支付的費用。

The guest queried an erroneous **charge** for room service.
那位客人質問了一項錯誤的客房服務費。

---

<sup>19</sup>**fuel**
[ˋfjʊəl]

n. 燃料

Our car ran out of **fuel** on the highway.
我們的車在高速公路上用完了燃料。

---

<sup>20</sup>**gratuity**
[美 grəˋtjʊətɪ]
[英 grətjúːəti]
同 tip 小費

n. 小費，服務費

Taxi drivers expect a **gratuity** of 10%.
計程車司機們期待有 10% 的小費。

---

<sup>21</sup>**malfunction**
[mælˋfʌŋkʃən]
v. 發生故障

n. 故障，機能失常

The car's problems stemmed from a brake **malfunction**.
這輛車的問題導源於煞車失靈。

---

<sup>22</sup>**motivate***
[美 ˋmotə͵vet]
[英 móutivèit]
派 motivated
　a. 激勵的
　motivation
　n. 動機，刺激

v. 給予⋯動機，刺激

Worsening traffic may **motivate** commuters to take the train.
惡化的交通可能會刺激通勤族改搭火車。

🔧 **出題重點**

**highly motivated executive** 充滿動機的經營者
形容詞 motivated 經常與 highly 搭配出題。

---

<sup>23</sup>**normal***
[美 ˋnɔrml]
[英 nɔ́ːməl]
a. 標準的
派 normally
　ad. 正常地，一般地

n. 正常，標準

Disrupted train schedules are expected to return to **normal** tomorrow.
被中斷的列車班次預計明天將恢復正常。

🎯 **出題重點**

**return to normal** 恢復正常

**below normal** 標準以下

考試會考 normal 的慣用形式，要一起記住。

<sup>24</sup>**obstruct**＊

[əbˋstrʌkt]

派 obstruction
n. 阻礙，阻礙物
obstructive  a. 阻礙的
同 block 阻礙

v. 擋住（視線等）；阻隔（道路等）

Passengers must not **obstruct** the driver's view.

乘客不能擋住駕駛人的視線。

The road was **obstructed** by a fallen tree.

這條道路被一棵倒下的樹阻隔了。

<sup>25</sup>**obtain**＊

[əbˋten]

派 obtainable
a. 可到手的

v. 得到，獲得

Visitors need to **obtain** parking permits from the front desk.

訪客需在前面櫃台取得停車許可證。

<sup>26</sup>**official**＊

[əˋfɪʃəl]

派 officially  ad. 正式地
同 formal 正式的

n. 公務員，官員

Transportation **officials** announced plans to construct a city bypass.

交通部官員公布了建設城市外環道的計畫。

a. 官方的

The **official** report showed that automobile accidents have recently increased.

那份官方報告顯示了最近車輛事故已有增加。

<sup>27</sup>**opportunity**＊

[美 ͵ɑpəˋtjunətɪ]

[英 ͵ɔpətjúːnəti]

n. 機會

Our coach tour offers an **opportunity** to explore town in one day.

我們的巴士之旅提供一天內探訪城鎮的機會。

**opportunity to do** 去做⋯的機會

## 28 opposite

[美 'ɑpəzɪt]

[英 ɔ́pəzit]

n. 對立物，對立面

a. 對面的；對立的

**prep. 在⋯對面**

The ticket office is opposite the parking area.

售票處在停車場對面。

### 出題重點

**the opposite of obesity** 肥胖的反面

**be opposite the building** 在那棟建築物對面

opposite 既可以做介系詞，也可以做名詞，要根據文意區分它的用法。要注意，它做名詞的時候與介系詞 of 搭配使用，而做介系詞的時候後面就不能接 of。

## 29 opposition

[美 ,ɑpə'zɪʃən]

[英 ɔ̀pəzíʃən]

派 oppose v. 反對

同 objection 反對，異議

**n. 反對，對抗**

opposition to the compulsory seatbelt policy

反對強制繫安全帶的政策

## 30 permit*

v. [美 pə'mɪt]

[英 pəːmít]

n. [美 'pɝmɪt]

[英 pə́mit]

派 permission n. 許可

　　permissive a. 許可的

同 allow 許可

反 forbid, prohibit 禁止

**v. 許可**

The store permits only shoppers to park in the lot.

那家商店只允許購物的客人利用停車場。

**n. 許可證**

Residents must purchase a parking permit every year.

居民必須每年購買停車許可證。

### 出題重點

**permit : permission**

要區分表示『許可』的單字用法差異。

permit 許可證
表示證明被許可做某事的證書。

permission 許可
表示允許要求或請求的事。
The aircraft requested **permission** to land.
那架飛機請求降落許可。

31 principal
['prɪnsəpl]

a. 主要的
The campaign's principal objectives is to reduce road injuries.
那個活動的主要目的是減少道路交通事故。

32 prominently*
[美 'prɑmənəntlɪ]
[英 prɔ́mɪnəntli]
派 prominent  a. 顯著的
同 noticeably 顯著地

ad. 顯眼地，顯著地，明顯地
Traffic control signs are prominently displayed along the highway.
交通管制標誌明顯地沿著高速公路設置。

33 reserved*
[美 rɪ'zɝvd]
[英 rɪzɔ́ːvd]
派 reserve  v. 預定
reservation  n. 預約

a. 預約的，預定的
reserved parking area 預定的停車場所

🏔 出題重點

**reserved : preserved**
要區分表示『保存的』的單字用法差異。

reserved 預定的
用於為了特定目的而事先預約的時候。

preserved 保存的
防止污染和破壞，保持某種狀態不受到損傷。
Many tourists are attracted to Stewart Island's preserved wildlife habitat.
許多遊客被 Stewart 島受保護的野生動物棲息地所吸引。

## 34 reverse

[美 rɪˋvɝs]

[英 rivə́:s]

n. 相反，背面
v. 使反向，顛覆

○ a. 相反的，顛倒的

Jim accidentally put the truck into reverse gear.

Jim 不小心把卡車的排檔調到了倒車檔。

## 35 securely *

[美 sɪˋkjʊrlɪ]

[英 sikjúəli]

派 secure   a. 安全的
security
n. 安全，安心

◐ ad.（結等）牢固地，穩固地

Passengers are required to fasten seatbelts securely.

乘客們被要求牢固地繫好安全帶。

### 🏋 出題重點

**securely + fastened / attached / anchored**

牢固地繫上 / 貼上 / 下錨停泊

securely 表示事物連接得很牢固的時候，主要修飾 fasten、

attach 等。

## 36 simply

[ˋsɪmplɪ]

派 simple
a. 單純的，簡單的

◑ ad. 僅僅，簡單地

Simply complete the form online to apply for your citywide

Ride Card.

只要在線上填好表格就能申請全市通用的 Ride 卡。

### 🏋 出題重點

**simply too many** 問題就是太多了

**simply complete the form** 只要填好表格就行

**be simply no in one's taste** 只不過不是⋯的品味

simply 主要用在句首，用於強調內容。

## 37 thereafter *

[美 ðɛrˋæftə]

[英 ðèərɑ́:ftə]

同 subsequently 之後

◑ ad. 從那以後

The bus runs every 30 minutes until 6 p.m. and once an hour

thereafter.

那輛公車在 6 點之前是每 30 分鐘一班，之後是每小時一

班。

[38] **tow**

[美 to]

[英 t<u>ou</u>]

v. 拖（車）

All unauthorized vehicles will be towed.

所有未經許可的車輛都將被拖走。

[39] **transportation**

[美 ˌtrænspəˈteʃən]

[英 trænspɔːˈtéiʃən]

派 transport v. 運輸

n. 交通運輸工具

All of the city's major tourist destinations are reachable by public transportation.

城市的所有主要旅遊景點都可以利用大眾交通工具到達。

[40] **vehicle**

[ˈviːkl̩]

n. 車輛，運送工具

All vehicles must be formally registered.

所有車輛都必須正式註冊。

請在右邊欄位內找出相對應的意思並用線條連接。

| | | | | |
|---|---|---|---|---|
| 01 | alternative | | ⓐ | 繞道 |
| 02 | gratuity | | ⓑ | 指定的 |
| 03 | detour | | ⓒ | 明顯地 |
| 04 | malfunction | | ⓓ | 技能失常 |
| 05 | designated | | ⓔ | 服務費 |
| | | | ⓕ | 取代 |

請選擇恰當的單字填空。

06 Buses no longer accept tokens as _____.

07 The _____ on the sidewalks decreased after rush hour.

08 pay a large _____ for illegally sharing files

09 The director voiced an _____ rejection of the contract terms.

ⓐ emphatic  ⓑ fare  ⓒ congestion  ⓓ fine  ⓔ opposite

10 You must _____ authorization before beginning construction.

11 Proper communication between co-workers can _____ work-related stress.

12 Management doesn't _____ employees to take lengthy vacations.

13 a _____ description of the equipment at the facility

ⓐ alleviate  ⓑ motivated  ⓒ permit  ⓓ detailed  ⓔ obtain

Answer 1.ⓕ 2.ⓔ 3.ⓐ 4.ⓓ 5.ⓑ 6.ⓑ 7.ⓒ 8.ⓓ 9.ⓐ 10.ⓔ 11.ⓐ 12.ⓒ 13.ⓓ

# 多益滿分單字

交通

## LC

| across the street | phr. | 穿過街道 |
|---|---|---|
| around the corner | phr. | 在街角處；即將來臨的；附近的 |
| avenue | n. | 街道 |
| be held up in traffic | phr. | 被塞在路上 |
| be towed away | phr. | （車）被拖走 |
| be wearing a helmet | phr. | 戴著安全帽 |
| bicycle rack | phr. | 自行車架 |
| bypass | n. | 旁道，支道 |
| cab | n. | 計程車 |
| car rental | phr. | 租車 |
| car rental agency | phr. | 租車代理店，租車公司 |
| carriage | n. | 車廂 |
| come to a standstill | phr. | 完全停下 |
| cross the street | phr. | 橫越街道 |
| crosswalk | n. | 行人穿越道 |
| driver's license | phr. | 駕駛執照 |
| driveway | n. | 車道 |
| engine | n. | 引擎 |
| ferry dock | phr. | 渡口，渡船碼頭 |
| free parking | phr. | 免費停車 |
| fuel-efficient | a. | 燃料消耗低的 |
| gas line | phr. | 等著加油的車隊；輸油管 |
| gas station | phr. | 加油站 |
| gather speed | phr. | 加速 |
| get a ride | phr. | 搭便車 |
| get lost | phr. | 迷路 |
| get to | phr. | 到達… |

| | | |
|---|---|---|
| give A a ride | phr. | 讓 A 搭便車 |
| have a flat tire | phr. | 爆胎 |
| headlight | n. | 頭燈 |
| heavy traffic | phr. | 繁重的交通，塞車 |
| highway | n. | 高速公路 |
| hold the door open | phr. | 將門頂住保持敞開 |
| land at the dock | phr. | 將船停在碼頭 |
| lane | n. | 車道 |
| lean over the railing | phr. | 靠在欄杆上 |
| license plate number | phr. | 車牌號碼 |
| limousine | n. | 豪華轎車 |
| lock the key in the car | phr. | 把鑰匙鎖在車裡 |
| lunchtime traffic | phr. | 午餐時段的交通流量 |
| main terminal | phr. | 交通總站；主要航廈 |
| make a stop | phr. | 停止 |
| make a transfer | phr. | 換乘（車），轉換 |
| mile | n. | 英哩 |
| mileage | n. | 英哩數 |
| on board | phr. | 在（飛機上、船上） |
| one-way ticket | phr. | 單程車票 |
| ongoing | a. | 進行中的 |
| overnight express | phr. | 夜間快車；夜間快遞 |
| park | v. | 停車 |
| parking garage | phr. | 車庫 |
| pass | v. / n. | 經過 / 通行許可證 |
| passerby | n. | 行人 |
| path | n. | 道路 |
| pathway | n. | 道路 |
| pave | v. | 鋪（路） |
| pay one's fare | phr. | 付某人的車資 |
| pedestrian | n. | 行人，步行者 |
| pull into | phr. | 停進… |
| push one's way through | phr. | 穿過…過去 |
| ride through | phr. | 乘車穿過… |
| road construction | phr. | 道路施工 |

| | | |
|---|---|---|
| road sign | phr. | 道路標誌 |
| scene of an accident | phr. | 事故現場 |
| shortcut | n. | 捷徑 |
| shuttle | n. | 接駁公車 |
| sidewalk | n. | 人行道 |
| station | n. | 車站 |
| stop at a light | phr. | 紅燈停車 |
| stop for fuel | phr. | 停車加油 |
| street sign | phr. | 路標 |
| streetcar | n. | 市內電車 |
| towing service | phr. | 拖車服務 |
| tractor | n. | 牽引機 |
| traffic jam | phr. | 交通堵塞 |
| traffic light | phr. | 紅綠燈 |
| traffic mess | phr. | 交通混亂 |
| traffic report | phr. | 交通報導 |
| tug boat | phr. | 拖船（拖其它船的船） |
| turn around | phr. | 調頭，回轉 |
| unleaded fuel | phr. | 無鉛汽油 |
| walk across the street | phr. | 走路穿越街道 |
| walk over to | phr. | 朝著…走路過去 |
| walk through | phr. | 走路穿過… |
| walking distance | phr. | 步行距離 |
| walkway | n. | 走道 |
| wash the car | phr. | 洗車 |
| wheel | n. | 輪胎 |
| wheelbarrow | n. | 單輪手推車 |

## Part 7

| | | |
|---|---|---|
| abrasion | n. | 擦傷；（機器的）磨損 |
| at full speed | phr. | 全速 |
| building site | phr. | 建築工地 |
| chauffeur | n. | 私人司機 |

| | | |
|---|---|---|
| clear A from B | phr. | 把 A 從 B 移走 |
| collide | v. | 相撞；牴觸 |
| collision | n. | 相撞；（理解，意見）等對立 |
| compact car | phr. | 小型車 |
| congested | a. | （人、交通等）擁擠的，堵塞的 |
| drawbridge | n. | 可從兩邊拉起的開合橋 |
| encounter | v. | （偶然）遇見；遇到（問題） |
| give off | phr. | 排出，發散 |
| hood | n. | （汽車的）引擎蓋；（外套的）頭罩 |
| in the opposite direction | phr. | 在相反的方向 |
| in the same direction | phr. | 在相同的方向 |
| intersection | n. | 交叉路口，十字路口 |
| jaywalk | v. | 蛇行，擅自穿越馬路 |
| move forward | phr. | 向前移動 |
| public transportation | phr. | 大眾交通工具 |
| ramp | n. | 斜坡 |
| refurbish | v. | 翻修，翻新 |
| stand | v. | 站立 |
| standing room | phr. | 站立的空間 |
| standstill | n. | 停止 |
| steering wheel | phr. | 方向盤 |
| traffic congestion | phr. | 交通堵塞 |
| traffic controller | phr. | 交通管制員 |
| verge | n. | （道路）邊界 |

## 開會也解決不了的熱門問題
### 會議

今天下午 convene 了會議，根據 agenda 來尋找一個最近在辦公室內成為重大問題的解決方案。當有一個人提出意見，就有另外一個人強烈地 refute。我 convince 若要 coordinate 會議，只能用 unanimous 的意見結束這次爭論，這樣才能繼續做自己的事。但其他人只是一味地主張自己的意見，最後還是請課長出面讓我們快點做出 consensus。結果，在每個人情緒不佳的狀況下，課長只是 defer 了會議。

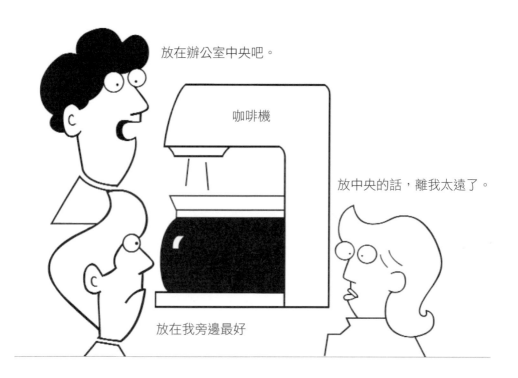

放在辦公室中央吧。

咖啡機

放中央的話，離我太遠了。

放在我旁邊最好

¹ **abbreviate**
[əˈbrivɪˌet]

派 abbreviation
n. 簡寫，縮寫

○ v. 簡略記錄，速記；縮寫

The secretary abbreviated the minutes of the meeting.
祕書速記了會議紀錄。

² **adjourn**
[美 əˈdʒɝn]
[英 ədˈʒɚːn]

○ v.（會議等）休會

The meeting was adjourned after talks ended.
會議在會談結束後休會了。

³ **agenda**\*\*
[əˈdʒɛndə]

● n. 待議事項，議程，議程排定表

Mr. Jones planned the agenda for the stockholders' meeting.
Jones 先生規畫了股東大會的議程。

🧑‍🍳 **出題重點**

**printed agenda** 印出來的議程排定表
**on the agenda** 在議程上的
記住 agenda 的多益出題形式。

⁴ **attention**
[əˈtɛnʃən]

派 attentive　a. 注意的

● n. 注意，注意力

The officials paid attention to the incoming president's formal address.
官員將注意力放在新任總統的公開演講。

🧑‍🍳 **出題重點**

**pay attention to** 將注意力放在…
**call attention to** 喚起他人對…的注意
**catch one's attention** 引起某人的注意
**attentive to** 注意…的
attention 常與 pay、call、catch 等動詞構成片語使用。形容詞 attentive 會與介系詞 to 搭配使用。

## 5 brief*

[brif]

a. 簡潔的，短的

v. 向…簡短說明，作簡報

The manager **briefed** the staff on the policy change.

經理向員工簡短說明了政策的變化。

**🎓 出題重點**

**brief A on B** 向 A 簡短說明 B

要記住與 brief 一起用的介系詞 on。

## 6 coherent

[美 ko'hɪrənt]

[英 kəuhíərənt]

派 coherence

　　n. 結構相符，連貫性

反 incoherent 矛盾的

a.（說話）條理分明的

The **coherent** argument by the workers changed the manager's mind.

工人們條理分明的反對意見改變了經理的想法。

## 7 comment

[美 'kɑmɛnt]

[英 kɔ́ment]

n. 批評，意見

v. 評論

The spokesperson refused to **comment** on the changes.

發言人拒絕對一系列的變化發表評論。

**🎓 出題重點**

**comment about / on** 對…作評論

comment 經常與介系詞 about、on 搭配使用。

## 8 confine

[kən'faɪn]

同 limit, restrict 限制

v. 限制，限定

The discussion was **confined** to the impending merger.

討論主題只限定在即將到來的合併事宜上。

## 9 consensus*

[kən'sɛnsəs]

同 agreement 一致，共識

n. 一致，統一的意見，共識

The general **consensus** seems to be that selling is the best option.

大家似乎都一致認為售出是最好的選擇。

### 出題重點

**general consensus** 普遍的共識

**reach a consensus on** 對…達成共識

consensus 主要受 general 的修飾或者與動詞 reach 搭配出題。

[10] **constraint***

[kən`strent]

派 constrain　v. 限制

n. 限制

Due to time **constraints**, this item wasn't discussed.

由於時間限制，這個項目沒有被討論到。

### 出題重點

**constraint : inhibition**

區分表示『抑制』的單字用法差異。

- **constraint** 限制

形容被一種狀況控制自己想做的事。

- **inhibition** 抑制，壓住（感情）

形容某種行為或欲望被恐懼等的心理壓住。

With training, Roy lost all his **inhibitions** about public speaking.

經過訓練，Roy 消除了所有對公眾發言的恐懼感。

[11] **constructive**

[kən`strʌktɪv]

派 construct　v. 建設
　　construction　n. 建設
反 destructive 消極的

a. 建設性的

Supervisors should give **constructive** criticism to employees.

管理人員應該給予員工具建設性的批評。

[12] **convene***

[kən`vin]

v. 召集（會員），集合開會

The CEOs will **convene** tomorrow to discuss joint investment initiatives.

執行長們明天會聚集開會討論共同出資計畫。

## 13 convince
[kən'vɪns]

派 convincing
a. 有說服力的

v. 使確信，使相信，說服

Ray **convinced** the investors that the scheme was commercially viable.

Ray 說服投資人那個方案有商業上的可行性。

### 出題重點

**convince A of B** 使 A 相信 B

**convince A that 子句** 使 A 相信…

convince 在人物受詞後面加介系詞 of 或 that 子句。

## 14 coordination*
[美 koˈɔrdn̩ˌeʃən]
[英 kəʊɔːdineiʃən]

派 coordinate  v. 協調

n. 協調

Mr. Dane has taken on the **coordination** of the seminar.

Dane 先生在研討會中負責協調。

## 15 defer
[美 dɪˈfɝ]
[英 difɔː]

同 postpone, delay 延期

v. 延期，延後

The registration deadline has been **deferred** for one week.

註冊的截止日期延後了一個星期。

## 16 differ*
[美 ˈdɪfə]
[英 dífə]

派 difference  n. 差異
different  a. 不同的

v. 不一樣，意見不同

Executives **differ** in their opinions on the issue.

管理階層對那個問題有各自不同的意見。

### 出題重點

**differ + in / from** 在…方面不同 / 與…不同

要記住與 differ 一起使用的介系詞 in、from。

## 17 discuss*
[dɪˈskʌs]

派 discussion
n. 討論，論議

v. 討論

He **discussed** the design proposal with his colleagues.

他跟同事討論了這個設計方案。

**出題重點**

**discuss + 受詞** 討論…

要注意，discuss 是及物動詞，後面不加介系詞而直接接受詞。

[18]**disperse**
[美] dɪˋspɝs
[英] dɪpɔ́ːs
[反] assemble 聚集，集合

v.（人們）分散，散開

Everyone **dispersed** immediately following the meeting.
會議結束後，所有人員立即解散了。

[19]**distract*** 
[dɪˋstrækt]
[派] distraction　n. 分心

v. 分散（注意力），干擾

The meeting's participants were constantly **distracted** by noise.
參加會議的人們不斷地被噪音干擾。

[20]**easy**** 
[ˋizɪ]
[派] ease　n. 簡單，容易
easily　ad. 容易地

a. 簡單的，容易的

The decision to close was not **easy** to make.
做出關閉的決定並不容易。

**出題重點**

**easy to do** 容易做…

easy 主要與 to 不定詞搭配出題。

[21]**elaborate**
[ɪˋlæbə͵ret]
a. 用心的，精細的
[ɪˋlæbərɪt]

v. 詳細說明

The marketing director **elaborated** on the new promotion strategy.
行銷主管詳細說明了新的促銷策略。

[22]**emphasis*** 
[ˋɛmfəsɪs]
[派] emphasize　v. 強調
emphatic　a. 強調的
[同] stress 強調

n. 強調，重點

The speaker placed an **emphasis** on economic development strategies.
發言人將重點放在經濟發展策略上。

[23]**faction** *
[ˈfækʃən]

n. 派別，黨派

Two separate **factions** emerged within the advisory committee.
在諮詢委員會內出現了兩個不同的派別。

[24]**give** *
[gɪv]

v. 給予，發表（演講、講課等）

The former president of Gascom will **give** a speech.
Gascom 公司的前任董事長將發表一場演說。

出題重點

**give a speech** 發表一場演說
**give a presentation** 發表一場講座
**give A one's support** 給予 A 某人的支持
考試中會出在 give 的固定片語裡填入 give 的題目。

[25]**hold back** *

phr. 克制，抑制

The speaker asked everyone to **hold back** questions until after the presentation.
演講人請求每個人克制發問直到發表結束之後。

[26]**illegible** *
[ɪˈlɛdʒəbl]
反 legible, readable
（文字）易讀的

a. （文字）難辨認的

The handwritten meeting minutes were totally **illegible**.
這個手寫的會議紀錄完全無法辨識。

## 27 irrelevant*

[ɪˈrɛləvənt]

反 relevant 有關的

○ a. 沒有關係的，無關的

The argument was **irrelevant** to the topic.
那個爭論跟議題無關。

### 🏁 出題重點

**irrelevant : irrespective**

區分表示『無關的』的單字用法差異。

┌ **irrelevant to** 與…無關

irrelevant 表示與某事物沒有關係，與介系詞 to 一起使用。

└ **irrespective of** 不管

irrespective 表示既不影響某事物也不受影響，與介系詞 of 一起使用。

Internet conferencing allows communication **irrespective** of location.
網路會議使不限場地的溝通交流成為可能。

## 28 judge

[dʒʌdʒ]

派 judgment n. 判斷
同 evaluate 評價

○ v. 判斷，評價

The presentation was **judged** by regional managers.
這場發表會是由地區經理評價的。

## 29 mention

[ˈmɛnʃən]

n. 言及

○ v. 提及，提到

Jim **mentioned** his concern about the low attendance levels.
Jim 提到了他對出席率偏低情況的憂慮。

## 30 object

[əbˈdʒɛkt]

n. 目標，物件
[美 ˈɑbdʒɪkt，英 ɔbdʒikt]
派 objection
n. 反對，異議

○ v. 反對

No one **objected** to the CEO's proposal.
沒有人反對總裁的提案。

**object to V-ing** 反對⋯

和 object 一起用的 to 是介系詞，所以後面要接動名詞。注意 to 後面不能用動詞原形。

**31 opponent***

[美 əˋpɑnənt]

[英 əpóunənt]

派 oppose v. 反對⋯
反 proponent 支持者

n. 反對者，對手

a staunch **opponent** of the restructuring plan
一位重組計畫的堅決反對者

**32 organize***

[美 ˋɔrgə,naɪz]

[英 ɔ́ːgənàiz]

派 organization
　　 n. 組織，構成

v. 整理，組織

He took some notes to **organize** his thoughts.
他做了些筆記來整理自己的想法。

**出題重點**

**organize one's thoughts** 整理某人的想法
**organize a committee** 組織委員會
organize 用於整理想法或組織團體的時候。

**33 persuasive****

[美 pəˋswesɪv]

[英 pəswéisiv]

派 persuade v. 說服
　　 persuasion n. 說服
　　 persuasively
　　 ad. 有說服力地
反 unconvincing
　　 沒有說服力的

a. 有說服力的

Her offer was refused despite her **persuasive** arguments.
儘管她的論點很有說服力，她的提案還是被拒絕了。

**出題重點**

1. **persuasive + argument / evidence** 具說服力的論點 / 證據
　 persuasive 和 argument 等表示論點的名詞搭配使用。
2. **persuade 人 to do** 說服某人做⋯
　 動詞 persuade 經常以受詞後面加 to 不定詞的形式使用。

<sup>34</sup>**preside**

[prɪˋzaɪd]

派 president
　　n. 主持人，主席
　　presidency
　　n. 主席職位

○ v. 主持（會議），擔任主席

The chief of human resources will **preside** over the annual staff gathering.

人資部的經理將主持年度員工大會。

### 🔨 出題重點

┌ **a president** 主席
└ **presidency** 主席職位

要區分人物名詞 president 和抽象名詞 presidency 的意思。president 是可數名詞，但 presidency 是不可數名詞，不能加冠詞 a。

<sup>35</sup>**press**

[prɛs]

同 media 大眾媒體

○ v. 按

The speaker **pressed** the button to lower the screen.

演講者按下了按鈕以降下螢幕。

n. 新聞媒體，報章雜誌

The **press** covered the merger talks closely.

新聞媒體對合併會談作了近距離的報導。

<sup>36</sup>**presumably***

[美 prɪˋzuməblɪ]

[英 prizˋjúːməbli]

同 probably 或許

◐ ad. 大概，也許

Some participants will **presumably** arrive late due to the heavy snow.

由於這場大雪，一些參加者也許會晚到。

<sup>37</sup>**refute**

[rɪˋfjut]

派 refutation
　　n. 反駁，駁斥

○ v. 反駁

Geiger did not **refute** the allegations made against him.

Geiger 沒有反駁那些針對自己的指控。

<sup>38</sup>**succinct**
[sʌkˋsɪŋkt]

a. 簡潔的

Her comments on the matter were simple and **succinct** as usual.
她對此問題的評論跟往常一樣簡潔明瞭。

<sup>39</sup>**suggestion**＊
[səˋdʒɛstʃən]
派 suggest v. 提議…

n. 提案，提議

Mr. Kumar made a useful **suggestion** to help improve profit margins.
Kumar 先生提出一項有用的提案來幫助提高利潤。

### 出題重點

**suggestion : proposal**

區分表示『提案』的單字用法差異。

- **suggestion** 提案
  一般的提案，被動針對事情的建議、提案。
- **proposal** 提案，企畫
  一個積極完善的工作提案。
  We translated the business proposal into French.
  我們將那個業務企畫案翻譯成了法文。

<sup>40</sup>**unanimous**＊
[juˋnænəməs]
派 unanimously
ad. 意見一致地

a. 意見一致的，一致同意的

The plans gained **unanimous** support from board members.
那個計畫得到了董事會成員們一致的支持。

### 出題重點

**express unanimous support** 表達一致的支持

unanimous 與 support 等表示支持的名詞搭配出題。

41 **understanding*** ●
[⊕ ˌʌndəˈstændɪŋ]
[⊕ ʌndəstǽndɪŋ]
n. 理解
派 understand　v. 理解
　 understandable
　　 a. 可以理解的

a. 理解的

The negotiator assumed an **understanding** attitude throughout the talks.
協商者整場會談始終表現出理解的態度。

🔺 **出題重點**

┌ **understanding** 理解的
└ **understandable** 可以理解的

要區分字根相同但意思不同的兩個單字。understanding 表示理解對方、包容對方，而 understandable 則表示可以理解別人的行為或心情。

It is **understandable** that the director was so upset.
經理那麼生氣是可以理解的。

42 **uphold** ○
[⊕ ˌʌpˈhold]
[⊕ ʌphóuld]
同 support 支持

v. 支持，贊成

The board **upheld** the decision to terminate the contract
董事會支持了結束合約的決定。

43 **usually*** ●
[ˈjuʒʊəlɪ]
派 usual
　 a. 一般的，平常的

ad. 通常，一般

The meeting is **usually** held each week.
這個會議通常每星期舉行。

🔺 **出題重點**

**usually + 現在式** 通常…
usually 表示通常的事情，多與現在式一起用。

請在右邊欄位內找出相對應的意思並用線條連接。

| | |
|---|---|
| 01 succinct | ⓐ 條理分明的 |
| 02 constraint | ⓑ 詳細說明 |
| 03 coherent | ⓒ 簡潔的 |
| 04 consensus | ⓓ 限制 |
| 05 elaborate | ⓔ 整理 |
| | ⓕ 共識 |

請選擇恰當的單字填空。

06 The advice given to the new employee was _____.

07 The members were _____ in their support.

08 We must _____ customers of the superiority of our products.

09 Employees usually do not _____ comments made by the manager.

> ⓐ unanimous  ⓑ convene  ⓒ convince  ⓓ refute  ⓔ constructive

10 The president ordered the union to _____.

11 The director failed to make any _____ arguments.

12 The delegation is willing to _____ these concerns.

13 Listening to loud music may _____ other employees.

> ⓐ discuss  ⓑ disperse  ⓒ illegible  ⓓ persuasive  ⓔ distract

Answer   1.ⓒ 2.ⓓ 3.ⓐ 4.ⓕ 5.ⓑ 6.ⓔ 7.ⓐ 8.ⓒ 9.ⓓ 10.ⓑ 11.ⓓ 12.ⓐ 13.ⓔ

# 多益滿分單字

會議

## LC

| a large attendance | phr. | 眾多參加者 |
|---|---|---|
| conflict of interest | phr. | 利益衝突 |
| convention | n. | 會議 |
| get an appointment | phr. | 得到會面的機會 |
| get back in touch | phr. | 恢復聯繫 |
| get in touch with | phr. | 與…取得聯繫 |
| give a presentation | phr. | 發表，給予一場發表會 |
| guest speaker | phr. | 應邀演講者 |
| have a discussion | phr. | 討論 |
| have a good relationship with | phr. | 與…有良好的關係 |
| have a meeting | phr. | 開會 |
| have a view | phr. | 有看法 |
| have an argument | phr. | 爭論 |
| keynote address | phr. | 演講的開頭重點提示 |
| keynote speaker | phr. | 主要演講者 |
| let A know | phr. | 讓 A 知道 |
| let me see if | phr. | 讓我看看是否… |
| let me tell you about | phr. | 讓我告訴你關於… |
| listen to the speaker | phr. | 聆聽演講者 |
| make a speech | phr. | 演講 |
| make adjustments | phr. | 調整 |
| make an announcement | phr. | 發表聲明，發佈公告 |
| make an appointment | phr. | 約定會面 |
| make an offer | phr. | 提議 |
| now let's move on to | phr. | 現在讓我們繼續到… |
| pass around | phr. | 傳達… |
| pass out | phr. | 分發… |

| | | | |
|---|---|---|---|
| pay attention to | phr. | 把注意力放在… |
| planning committee | phr. | 計畫委員會 |
| put in an offer | phr. | 送入提案 |
| run a meeting | phr. | 進行會議 |
| run late | phr. | 延誤，到達得晚 |
| set an appointment | phr. | 訂定會面時間 |
| shake hands | phr. | 握手 |
| sit across the table from each other | phr. | 隔著桌子彼此面對面坐著 |
| sit around the table | phr. | 圍著桌子坐 |
| sit beside | phr. | 坐在…旁邊 |
| sit through | phr. | 坐到…的最後 |
| skip the meeting | phr. | 缺席會議 |
| slide presentation | phr. | 利用幻燈片的發表演說 |
| slide projector | phr. | 幻燈片投影機 |
| speak up | phr. | 提高音量 |
| speech | n. | 演講 |
| stare into | phr. | 凝視… |
| symposium | n. | 討論會，座談會 |
| take a look | phr. | 看一下 |
| take a seat | phr. | 坐下 |
| take down | phr. | 記下… |
| take notes | phr. | 記錄 |
| take part in | phr. | 參加… |
| teammate | n. | 隊友 |

## Part 7

| | | | |
|---|---|---|---|
| abridgment | n. | 刪減，有刪減的版本 |
| arrange | v. | 排列；準備，安排 |
| arrange a conference | phr. | 安排會議 |
| be held | phr. | 舉行（活動） |
| be scheduled for | phr. | 預定作為… |
| be supposed to do | phr. | 被要求得做… |
| biweekly | a. / ad. | 隔週的／隔週 |

| brainstorming | n. | 腦力激盪 |
| bring up | phr. | 提出（問題） |
| clash | n. | （意見）衝突，不一致 |
| come to a decision | phr. | 達成決定 |
| come to an agreement | phr. | 達成協議 |
| commissioner | n. | 委員 |
| consulting | a. | 諮詢的 |
| controversial | a. | 有爭論的 |
| counteroffer | n. | 修正提案，修正申請 |
| debate | v. | 辯論 |
| determine | v. | 決定 |
| develop into | phr. | 發展成… |
| distinguished | a. | 出色的，傑出的 |
| elected | a. | 獲選的 |
| elector | n. | 選舉人 |
| express | v. | 表達 |
| get the point | phr. | 理解重點 |
| hand out | phr. | 分發… |
| in conclusion | phr. | 總結，結論 |
| in support of | phr. | 支持… |
| in the middle of | phr. | 在…中間 |
| insist | v. | 主張，堅持 |
| insult | v. | 侮辱 |
| lecture | n. / v. | 演講 / 演講 |
| like a charm | phr. | 效果神奇地，有如魔法般地 |
| listed above | phr. | 以上列舉的 |
| luncheon | n. | 午餐 |
| make a conclusion | phr. | 下結論 |
| make a decision | phr. | 下決定 |
| make a proposal | phr. | 提案 |
| meeting | n. | 會議，會面 |
| moderate a meeting | phr. | 主持會議 |
| monthly | a. | 每月的 |
| off chance | phr. | 僥倖，渺茫的可能性 |
| offer an apology to A | phr. | 向 A 道歉 |

| offer current news | phr. | 提供最新消息 |
|---|---|---|
| official arrangement | phr. | 正式的共識 |
| OJT（on-the-job training） | n. | 實務訓練 |
| ponderous | a. | 笨重的；乏味的 |
| postpone until | phr. | 延期到… |
| presiding | a. | 主持（會議）的 |
| public speaking | phr. | 公開講演，公開演說 |
| put off | phr. | 延期…，延後… |
| question-and-answer | n. | 問答時間 |
| reach a conclusion | phr. | 達到結論 |
| reach unanimous agreement | phr. | 達到一致的同意 |
| reassure | v. | 恢復信心，減少擔心 |
| recess | n. | 休會，休息 |
| reconvene | v. | 重新召集 |
| record | v. | 記錄 |
| report | n. / v. | 報告，報告書 / 報告 |
| seminar | n. | 研究會，研討會 |
| stand up for | phr. | 支持…，擁護… |
| the bottom line | phr. | 底細；底線 |
| to the point | phr. | 針對重點 |
| turn out | phr. | 結果是… |
| vote | v. / n. | 投票 / 投票 |
| weekly | a. / ad. | 每週的 / 每週 |
| without the consent of | phr. | 沒有經過…的同意 |
| write down | phr. | 寫下 |

## 換個立場想一下的研討會
### 員工福利

因為是公司 **host** 的 **annual** 研討會，所以員工必須要 **attend**。在沒有辦法下我也 **enroll** 了以增強勞資關係為 **purpose** 的教育節目。聽完心理學博士有關解決紛爭的 **lecture** 之後，他們說要做一個『立場互換』的角色扮演，要求 **attendee** 們必須一位上司和一位底下員工組成一組，並互換角色。角色扮演比想像中的有趣，提高了員工的 **morale**，非常具有正面的意義。

**1 annual**

['ænjʊəl]

派 annually ad. 每年

○ a. 每年的，年度的

This year's **annual** conference was held in Atlanta.
今年的年度會議是在亞特蘭大舉行的。

### 出題重點

1. **annual growth rate** 年成長率
   **annual conference** 年度會議
   要記住 annual 的出題方式。

2. ┌ **biannual** 每半年的
   └ **biennial** 每兩年的
   biannual 在多益文章中經常出現，跟 twice a year 是一樣的意思。注意不要與 biennial 混在一起。

**2 arise**

[ə'raɪz]

同 happen 發生

○ v. 產生，發生（問題）

A number of employee complaints have **arisen**.
一些員工的抱怨已經產生了。

**3 attend***

[ə'tɛnd]

派 attendance
  n. 參加，出席
  attendant
  n. 待從，服務員
  attendee  n. 參加者

● v. 參加，出席

Staff were encouraged to **attend** weekend software courses.
員工被鼓勵來參加週末的軟體講座。

### 出題重點

**attend : participate**

區分表示『參加』的單字用法差異。

┌ **attend** 參加
│   及物動詞，後面直接加受詞。
└ **participate in** 參加
    不及物動詞，要加介系詞 in 才能接受詞。

Employees **participated** in company-sponsored sporting events.
員工們參加了公司贊助的體育活動。

**4 attendee\***
[əˈtɛndi]

n. 參加者，出席者
**Attendees** must sign up by the deadline.
欲參加者須於截止日期前登記。

**5 chronological\***
[美 ˌkrɑnəˈlɑdʒɪkl]
[英 krɔ̀nlɔ̀dʒikəl]
派 chronology
  n.（事情的）
    年表，年代紀錄
  chronologically
  ad. 按年代順序地

a. 按時間順序的，按年代順序的
This schedule lists events in **chronological** order.
這個行程表按照時間順序排列活動。

🔺 **出題重點**

**in chronological order** 按照時間順序
chronological 經常以 in chronological order 的形態出題。

**6 commence**
[kəˈmɛns]
派 commencement
  n. 開始；畢業典禮
同 begin 開始

v. 開始
The new shifts will **commence** from next week.
新的輪班制度將從下週開始實施。

**7 conference**
[美 ˈkɑnfərəns]
[英 kɔ́nfərəns]

n. 會議，會談
This year's **conference** focuses on developments in banking technology.
今年的會議將重點放在銀行科技的發展上。

**8 conjunction\***
[kənˈdʒʌŋkʃən]

n. 聯合，共同
Enercom gave a seminar in **conjunction** with the local government.
Enercom 與地方政府共同舉辦了一場研討會。

🔺 **出題重點**

**in conjunction with** 與…共同，與…一起
conjunction 經常以固定片語 in conjunction with 的形態出題。

<sup>9</sup> **customize***
[ˈkʌstəmˌaɪz]
同 tailor 使…合適

● v. 使適合使用者的要求，訂做，客製

The company **customizes** employee training programs.
該公司制定了符合員工需要的訓練課程。

<sup>10</sup>**discriminate**
[dɪˈskrɪmɪˌnet]
派 discrimination n. 歧視
反 equalize 使平等

○ v. 歧視

Harold claimed that his employer **discriminated** against him.
Harold 聲稱他的雇主歧視他。

<sup>11</sup>**earn***
[美 ɝn]
[英 ɔːn]
派 earnings
　　n. 收入，收益

● v. 賺（錢）；贏得（評判），獲得

Jane **earns** $3,000 a month
Jane 一個月賺 3000 美元。

He **earned** recognition as a good employee.
他獲得了優秀員工的評價。

　　**出題重點**

**earn : gain**
區分表示『獲得』的單字用法差異。

┌ **earn** 賺（錢），獲得（名聲）
│ 　除了表示獲得名聲，還表示『賺錢』。
└ **gain** 獲得，（經過努力）得到
　　表示獲得人氣或勝利。
　　Ms. Howard **gained** fame as the company's first woman CEO.
　　Howard 女士因是公司第一位女性執行長而獲得了名聲。

<sup>12</sup>**enroll**
[美 ɪnˈrol]
[英 ɪnˈrɔul]
派 enrollment n. 報名參加
同 register, sign up 登記

○ v. 報名參加

Employees must **enroll** in at least one program.
員工們至少須報名參加一個課程。

**enroll in** 報名參加…
要記住與 enroll 一起用的介系詞 in。

---

<sup>13</sup>**entry**
[ˈɛntrɪ]

派 enter　v. 參加
　　entrance
　　n. 入口，入場

n.（競賽等的）參賽者，參加人員
The host organization did not accept late entries.
主辦單位不准遲到的參賽者入場。

**出題重點**

┌ **entry** 參賽者
└ **entrance** 入口

　要區分字根相同、意思不同的兩個單字。

---

<sup>14</sup>**exhibitor\***
[美 ɪgˈzɪbɪtə]
[英 igzíbitə]

派 exhibit　v. 陳列

n.（展覽會的）展示者
**Exhibitors** must register by March for the technology fair.
科技展覽會的參展者必須在三月前登記完畢。

---

<sup>15</sup>**existing\***
[ɪgˈzɪstɪŋ]

派 exist　v. 存在，存有
　　existence　n. 存在

a. 現存的，現行的
The company is restructuring the **existing** benefit package.
公司正在重新調整現行的福利體系。

**出題重點**

**existing + equipment / products** 現有的設備 / 產品
existing 主要修飾 equipment、product 等名詞。

---

<sup>16</sup>**exploit**
[ɪkˈsplɔɪt]

派 exploitation
　　n. 利用，剝削

v. 剝削，不當利用
Foreign nurses were **exploited** by disreputable employment agencies.
外國護士被聲名狼藉的職業介紹所剝削了。

<sup>17</sup>**function***
[ˈfʌŋkʃən]
v. 運行

◯ n. 宴會，活動

The center seats 100 people for private and business **functions**.
那個中心可以容納 100 名人員從事私人或商業活動。

<sup>18</sup>**give in***

◯ phr. 屈服，讓步

Management finally **gave in** to the union's demands.
管理階層最後對工會的要求讓步了。

<sup>19</sup>**honor**\*\*
[美 ˈɑnə]
[英 ɔ́ːnə]
v. 尊敬；讚賞

◯ n. 尊敬；榮譽

a banquet in **honor** of our director's retirement
一場向我們經理的退休表示敬意的宴會

🎓 **出題重點**

**in honor of** 向…表示敬意，為記念…
honor 經常以 in honor of 的形態出題。

<sup>20</sup>**host***
[美 host]
[英 hə́ust]
n. 主辦者，主持者

◯ v. 主辦（大會等）

Wilmar Industries will **host** this year's convention.
Wilmar Industries 公司將主辦今年的大會。

<sup>21</sup>**include***
[ɪnˈklud]
派 inclusion n. 納入
　inclusive
　a. 包括在內的
同 contain 包含
反 exclude 除外

◯ v. 包括

The program **includes** special digital media workshops.
這項教育課程包括特殊數位媒體講習會。

### 出題重點

**include : consist**

區分與『包括』有關的單字用法差異。

- **include** 包括

  include 表示把某物『包括』在一個部分裡，後面直接接受詞。

- **consist of** 由⋯組成

  consist 表示由幾個部分『組成』，和介系詞 of 一起用。

  The Audio Services Division **consists** of four separate departments.

  音訊服務部由四個個別的部門組成。

---

²²**labor\***

[美 ˈlebə]

[英 léibə]

n. 勞動，勞工

The new contract sparked a **labor** dispute.

新合約引發了勞工糾紛。

v. 勞動，做事

workers who **labor** outdoors

在戶外勞動的工人們

²³**leave\***

[liv]

n. 休假

Pregnant women can take a month's **leave** of absence from work.

懷孕的女性可以申請一個月的休假從工作崗位離開。

v. 離開

The sales manager **left** for Singapore.

銷售經理離開這裡去了新加坡。

### 出題重點

**on leave** 在休假中

**leave for + 目的地** 離開現地前往⋯

leave 既可以做名詞，也可以做動詞。要記住與它一起用的
介系詞。

<sup>24</sup>**lecture**＊

[美 ˈlɛktʃə]

[英 léktʃə]

派 lecturer
　 n. 授課者，演講者

n. 講課，演講

The course will offer weekly guest lectures.
該課程將提供每週一次的客座演講。

<sup>25</sup>**morale**＊

[美 məˈræl]

[英 məráːl]

n. 士氣

Employee morale remained high despite rumors of downsizing.
員工的士氣保持高昂，無視於裁員的謠言。

<sup>26</sup>**objective**

[əbˈdʒɛktɪv]

a. 客觀的

派 object　v. 反對
　 objection
　 n. 異議，反對
　 objectivity　n. 客觀性

同 purpose 目的

n. 目的，目標

The learning objectives of the program are outlined in the brochure.
此項計畫的學習目標概述在這本小冊子裡。

### 出題重點

┌ **objective** 目的

├ **objection** 反對

└ **objectivity** 客觀性

　 要區分字根相同、意思不同的單字的意思。

<sup>27</sup>**participant**＊

[美 pɑrˈtɪsəpənt]

[英 pɑːrtísipənt]

派 participate　v. 參加
　 participation　n. 參加

同 attendee，attendant
　 參與者

n. 參與者

Conference participants will be assigned security passes.
會議的參與者將得到安全防護通行證。

## 28 purpose *

[美] `pɜpəs]
[英] pɔ́:pəs]
派 aim 目的

**n. 目的，意圖**

The **purpose** of the training is to familiarize the staff with the new networking system.
那項訓練的目的是讓員工熟悉新的網路系統。

## 29 refer *

[美] rɪ`fɝ]
[英] rifɔ́:]
派 reference
　　n. 推薦函；提及

**v. 參考；提及**

For details regarding salary and benefits, please **refer** to the job posting.
有關薪水和福利的詳細說明，請參閱招聘公告。

He is so influential that the papers have **referred** to him as a co-president.
他的影響力很大，以至於報紙上稱他為第二董事長。

### 🍳 出題重點

**refer to** 參考⋯
**refer to A as B** 把 A 說成 B
refer 主要以片語的形態出現。

## 30 regard **

[美] rɪ`gɑrd]
[英] rigɑ́:d]

**v. 看作，當作**

Workers **regard** prompt salary payment as a basic right.
工人們將及時的薪水支付視為一項基本的權利。

**n. 關心，考慮**

The company showed little **regard** for employee welfare.
那家公司不太關心員工的福利。

### 🍳 出題重點

**regard A as B** 把 A 當作 B
**show little regard for** 幾乎不關心⋯
regard 和介系詞 as 都會在考試中出現。

## 31 registration
[ˌrɛdʒɪˈstreʃən]
派 register v. 登記
同 enrollment 登記

n. 登記
Registration forms can be downloaded from the web site.
登記表可以從網站上下載。

## 32 reimbursement **
[美 ˌriːmˈbɝsmənt]
[英 rìːimbɔ́ːsmənt]
派 reimburse v. 償還

n. 賠償，償還，（代墊金額的）回補
Employees will receive reimbursement for training fees.
員工們將收到教育訓練費用的補貼。

🧑‍🏫 **出題重點**

區分 **reimbursement**（n. 償還）和 **reimburse**（v. 償還）的詞性。

## 33 require *
[美 rɪˈkwaɪr]
[英 rikwáiə]
派 requirement n. 要求
required a. 必須的

v. 要求
Attendees are required to register before June 15th.
參加者被要求在 6 月 15 日之前登記。

🧑‍🏫 **出題重點**

**required documents** 要求的文件
形容詞 required 一般以 required documents 的形態出題。

## 34 respectfully *
[rɪˈspɛktfəlɪ]
派 respect
n. 尊敬，敬意
v. 尊敬
respectful a. 恭敬的

ad. 恭敬地，鄭重地
I must respectfully decline your invitation.
我必須鄭重地謝絕您的邀請。

## 35 responsibility **
[美 rɪˌspɑnsəˈbɪlətɪ]
[英 rispɔ̀nsibíləti]
派 responsible
a. 有責任的

n. 負擔，責任，義務
Conference fees will be paid by Direxco, but dining expenses are the participants' responsibility.
會議費用將由 Direxco 公司支付，但伙食費需參加者自行負擔。

**出題重點**

**environmental and social responsibility** 環境及社會責任
要記住 responsibility 的出題形式。

[36]**result***
[rɪˈzʌlt]

n. 結果
Jobs were lost as a result of the restructuring.
職缺減少是組織重整的結果。

v. 成為（…結果）
His efforts resulted in failure. 他的努力以失敗告終。

**出題重點**

**as a result of** 是…的結果
**result in +** 結果 以…告終
**result from +** 原因 結果來自於…
result 經常以慣用表達形式出題。

[37]**schedule***
[美 ˈskɛdjʊl]
[英 ʃédjuːl]
n. 日程，日程表

v. 預定
Orientation is scheduled for the morning.
新進人員訓練被預定在上午舉行。

**出題重點**

**be scheduled for +** 時間 被預定在…時間
**be scheduled to do** 被預定去做…
schedule 一般以被動語態形式與介系詞 for 或 to 不定詞一起使用。

[38]**tentative***
[ˈtɛntətɪv]
派 tentatively ad. 臨時地
同 temporary 臨時的

a. 臨時的，暫定的
The conference schedule is still considered to be tentative.
這個會議行程仍然被認為是暫定的。

<sup>39</sup>**union**＊
[ˈjunjən]

n. 勞動聯盟，工會

All the employees belong to the labor union.
所有員工都歸屬於工會。

<sup>40</sup>**unused**＊＊
[ʌnˈjuzd]

a. 未用的

Employees can receive payment for unused vacation time.
員工可因未使用的休假而得到報酬。

請在右邊欄位內找出相對應的意思並用線條連接。

01 discriminate
02 reimbursement
03 exploit
04 conference
05 refer

ⓐ 償還
ⓑ 剝削
ⓒ 歧視
ⓓ 參考
ⓔ 參加者
ⓕ 會議，會談

請選擇恰當的單字填空。

06 _____ sick days expire at the end of the year.
07 All brochures should _____ company contact information.
08 The sale won't _____ until after the holidays.
09 The tour gave a _____ history of the company.

| ⓐ tentative | ⓑ unused | ⓒ include | ⓓ commence | ⓔ chronological |

10 Mr. Mills took _____ for the project.
11 The _____ for the conference have been fulfilled.
12 The company will _____ web sites for a small fee.
13 The _____ threatened to strike unless its demands were met.

| ⓐ responsibility | ⓑ union | ⓒ objectives | ⓓ customize | ⓔ enroll |

# 多益滿分單字

## LC

| a letter of gratitude | phr. | 感謝函 |
| --- | --- | --- |
| bonus | n. | 獎金，紅利 |
| boutique | n. | 精品店，流行女裝店 |
| chat | n. / v. | 閒談 / 閒談 |
| childcare | n. | 育兒，保育 |
| clap | n. / v. | 拍手，鼓掌 / 拍手，鼓掌 |
| Curtain is about to rise. | phr. | 即將開幕。 |
| dance troupe | phr. | 舞團 |
| dive into | phr. | 全心投入…，一頭栽進… |
| don't have the nerve to do | phr. | 沒有勇氣做… |
| dress shoes | phr. | 禮服鞋 |
| get an award | phr. | 得獎 |
| get paid | phr. | 拿到薪水 |
| get reimbursed for | phr. | 因…得到賠償，拿回代墊…的錢 |
| give a raise | phr. | 給予加薪 |
| give rewards | phr. | 給予獎勵 |
| going away party | phr. | 送別會 |
| grab | v. | 抓，捏 |
| grateful | a. | 感謝的 |
| hearty | a. | 誠懇的；（食物的量）豐富的 |
| in one's mid 30's | phr. | 在某人的 35 歲前後 |
| in-law | a. | 親戚關係的 |
| it's about time | phr. | 大約是時候 |
| it's no use V-ing | phr. | 即使做…也沒用 |
| job satisfaction | phr. | 工作滿意度 |
| just in case | phr. | 為了慎重起見；以防萬一 |
| keep A up to date | phr. | 使 A 跟上時代 |

| | | |
|---|---|---|
| kindhearted | a. | 親切的 |
| knock off | phr. | 暫停作業，停止工作 |
| know A like the back of one's hand | phr. | 非常瞭解 A，對 A 瞭若指掌 |
| many places to sit | phr. | 很多可坐下的空位 |
| maternity leave | phr. | 產假 |
| miserable | a. | 悲慘的，悲傷的 |
| misuse | n. | 誤用，濫用 |
| mood | n. | 心情，氛圍 |
| nursery | n. | 幼稚園，托兒所；保育 |
| nursing | n. | 看護，看護學 |
| paid leave | phr. | 有薪假 |
| pick up one's paycheck | phr. | 領取某人的薪水 |
| pity | n. | 遺憾，同情 |
| private talk | phr. | 私下的談話 |
| privately | ad. | 私下地 |
| psychological | a. | 心理的 |
| put in some overtime | phr. | 加班 |
| salary | n. | 薪水 |
| sensitivity | n. | 敏感性 |
| shame | n. | 遺憾；羞恥 |
| smoking section | phr. | 吸煙區 |
| surprisingly | ad. | 令人驚訝地 |
| take a vacation | phr. | 休假 |
| take place | phr. | 發生，產生 |
| take some time off | phr. | 休息，不工作 |
| terribly | ad. | 非常，十分 |
| terrific | a. | 優秀的，極好的 |
| the next best | phr. | 僅次於最好的 |
| thrilling | a. | 刺激的，令人興奮的 |

## Part 7

| | | |
|---|---|---|
| be engaged to | phr. | 與⋯訂婚 |
| be required for | phr. | 被⋯所需要 |

| be tired of | phr. | 對…感到厭煩 |
|---|---|---|
| biannual | a. | 一年兩次的 |
| bold | a. | 大膽的，勇敢的 |
| charitable | a. | 慈善的，寬厚的 |
| choreographed | a. | 刻意安排的，精心設計的 |
| citation | n. | 感謝狀，表揚書 |
| commemorate | v. | 記念 |
| cut benefits | phr. | 降低福利，減少獎金 |
| depressed | a. | 沮喪的 |
| distort | v. | 扭曲 |
| extra pay | phr. | 額外獎金 |
| flextime | n. | 自由工作時間制 |
| friendly | a. | 親切的，友善的 |
| fringe benefits | phr. | 額外福利 |
| generosity | n. | 慷慨 |
| generous | a. | 慷慨的 |
| gentle | a. | 溫和的，沉穩的 |
| goodwill | n. | 好意，善意 |
| labor costs | phr. | 勞動成本 |
| labor dispute | phr. | 勞動爭議，勞資糾紛 |
| laugh away | phr. | 用笑來帶過… |
| lively | a. | 有生氣的，活潑的 |
| merit | n. | 優點 |
| nightshift | n. | 夜班 |
| occupational safety and health | phr. | 職場安全及健康 |
| off-peak | a. | 冷清的，淡季的 |
| overtime | n. / a. | 加班 / 加班的 |
| overtime allowance | phr. | 加班津貼 |
| overtime rate | phr. | 加班補貼 |
| paid vacation | phr. | 有薪假 |
| pay increase | phr. | 加薪 |
| pay overtime | phr. | 支付加班費 |
| pension | n. | 養老金 |
| pharmacy | n. | 藥局，藥妝店 |
| pique | n. | 生氣，不愉快 |

| | | |
|---|---|---|
| poorly paid | phr. | 薪水少的 |
| preservation area | phr. | 保護區 |
| recommendation | n. | 推薦 |
| regional allowance | phr. | 特別地區津貼 |
| regular working hours | phr. | 規律的工時 |
| retirement home | phr. | 退休者專用住宅 |
| retirement party | phr. | 退休宴會 |
| retirement plan | phr. | 退休金制度 |
| retirement planner | phr. | 退休金策畫者 |
| sabotage | n. | （防止某計畫成功的）蓄意破壞行動 |
| salary and benefits | phr. | 薪水和福利 |
| salary review | phr. | 薪資調整，薪資檢討 |
| severance pay | phr. | 離職金，遣散費 |
| sheltered housing | phr. | （老人、殘疾人士的）保護機構，收容所 |
| sick leave | phr. | 病假 |
| single mother | phr. | 單親媽媽 |
| spry | a. | 精神好的，活潑的 |
| straightforward | a. | 直率的；簡單的 |
| strong-willed | a. | 意志堅定的 |
| time-off | n. | 缺席，休假 |
| treatment | n. | 待遇，處置 |
| vacation | n. | 休假 |
| welfare | n. | 福利 |
| work environment | phr. | 工作環境 |
| working condition | phr. | 工作條件 |
| yearn | v. | 渴望 |

## 晉升意味著你擁有了濫權的機會
### 人事變動

由於課長這段時間請假，經理 **appoint** 我為代理銷售課長。這不正是我的業績得到了不錯的 **appraisal**，才會這樣 **promote** 我的嗎？哈哈哈…身為課長，我展示了 **skilled** 一面，**radically** 解決了最近在辦公室內成為討論重點的問題。有 **exceptional** 才能的人就是不一樣…好像辦公室的員工也很 **appreciate** 我解決了這個難題。

從現在起，咖啡機就放在我的桌上。

什麼？怎麼能這樣…

¹ **above all*** ○——● phr. 最重要的是

Marcie proved herself to be intelligent, analytical, and **above all**, industrious.
Marcie 證明了她自己非常聰明，具有分析力，並且最重要的是，非常勤勞。

² **appoint** ○——○ v. 指名，任命
[ə'pɔɪnt]

派 appointment
　　n. 任命，指名

President Davis **appointed** Roger as head of Financing.
Davis 董事長任命 Roger 為財務長。

³ **appraisal*** ○——● n. 評價，考核
[ə'prezl]

派 appraise　v. 評價
同 assessment, evaluation
　　評價

Supervisors carry out performance **appraisals** every three months.
管理人員每三個月進行工作考核。

🔔 **出題重點**

**performance appraisals** 工作考核
表示工作考核，與 performance evaluation 意思相同。

⁴ **appreciation*** ○——● n. 感謝
[ə,priʃɪ'eʃən]

派 appreciate v. 感謝

The director gave a short speech to express his **appreciation**.
部門經理做了簡短的演講來表達他的感謝。

⁵ **award*** ○——● n. 獎
[美 ə'wɔrd]
[英 əwɔ́ːd]

The best employee **award** is given every year.
每年都會頒發最佳員工獎。

v. 授予（獎），頒發

The company awards a prize for the most dedicated employee.
公司頒發獎項給最敬業的員工。

**6 characteristic** **
[,kærəktəˈrɪstɪk]
派 characterize
　v. 賦予特色

n. 特徵，特性
an important **characteristic** of effective salespeople
高效率銷售人員的主要特徵

**7 congratulate** *
[kənˈɡrætʃə,let]
派 congratulation
　n. 祝賀

v. 祝賀，恭賀
The CEO personally **congratulated** the assistant on her promotion.
總裁私下祝賀了助理的晉升。

**🏫 出題重點**

**congratulate A on B** 向 A 祝賀 B
要記住與 congratulate 一起用的介系詞 on。

**8 cordially** *
[美 ˈkɔrdʒəlɪ]
[英 kɔ́ːdʒəli]
派 cordial　a. 真心的
同 heartily, sincerely
　真心地

ad. 真誠地，熱誠地，誠摯地
You are **cordially** invited to Brian's retirement party.
誠摯地邀請您參加 Brian 的退休派對。

**🏫 出題重點**

**You are cordially invited to** 誠摯邀請您…
cordially 與 invite 搭配使用，主要以表示邀請的表達在考試中出現。

**9 dedication** **
[,dɛdəˈkeʃən]
派 dedicate　v. 致力於
　dedicated
　a. 奉獻的，專注的
同 commitment 貢獻

n. 奉獻
Mrs. Hayes was recognized for her **dedication** to the company.
Hayes 太太因她對企業的奉獻被表揚了。

**🏫 出題重點**

**dedication to** 對…的奉獻
要記住與 dedication 一起用的介系詞 to。

## 10 delicate*

[ˋdɛləkət]

派 delicacy　n. 敏感

a. 敏感的，需要小心處理的

Human resources deals with **delicate** issues concerning employees.

人事部負責處理有關員工的敏感問題。

## 11 early**

[美 ˋɝlɪ]

[英 ɔ́:li]

ad. 很早

反 late 晚的

a. 提早的

Ms. Jones opted for an **early** retirement.

Jones 女士選擇了提早退休。

### 🎖 出題重點

**early : previous**

要區分表示『時間上早的』的單字用法差異。

- **early** 提早的

　表示時間上比一般時候早。

- **previous** 以前的

　表示以前發生的事情等。

　Her **previous** post was Sales Manager.

　她之前的職位是銷售經理。

## 12 encouragement*

[美 ɪnˋkɝɪdʒmənt]

[英 inkʌ́ridʒmənt]

派 encourage　v. 鼓勵
　encouraging
　a. 激勵人心的

n. 鼓勵

The bonus served as **encourgement** to the employees.

獎金對員工來說是一種鼓勵。

### 🎖 出題重點

區分 **encouragement**（n. 鼓勵）和 **encourage**（v. 鼓勵）的詞性。

## 13 evaluate*

[ɪˋvæljʊˌet]

派 evaluation　n. 評價
同 judge 判斷，評價

v. 評價

Workers' performance should be **evaluated** annually.

員工的表現應該每年接受評價。

## 14 exceptional
[ɪkˈsɛpʃən!]

派 exceptionally
　ad. 特別地
同 remarkable 顯著的

**a. 特別的，例外的，特殊的**

He showed **exceptional** talent in the IT field.
他在 IT 領域表現出了特殊的才能。

### 出題重點
區分 **exceptional**（a. 特殊的）和 **exceptionally**（ad. 特別地）的詞性。

## 15 incompetent*
[美 ɪnˈkɑmpətənt]
[英 inkɔ́mpitənt]

同 incapable 無能的
反 competent 稱職的

**a. 無法勝任的，不稱職的**

**Incompetent** employees are quickly dismissed.
不稱職的員工會很快被解雇。

## 16 lay off
同 dismiss 解雇
反 employ, hire 雇用

**phr. 解雇**

The company **laid off** thirty-five redundant workers.
那間公司解雇了 35 名多餘的工作人員。

## 17 level**
[ˈlɛv!]

同 position 地位

**n.（社會）地位，水準**

Mr. Smith rose to the **level** of head division within a year.
Smith 先生在一年內升到了部門經理的職位。

## 18 nomination
[美 ˌnɑməˈneʃən]
[英 nɔ̀minéiʃən]

派 nominate　v. 提名
　nominee　n 被提名的人
同 appointment 任命

**n. 提名，推薦**

His **nomination** to the board was a surprise.
董事會成員內有他的提名是很讓人驚訝的事。

## 19 participation**
[美 parˌtɪsəˈpeʃən]
[英 paːtìsipéiʃən]

派 participate　v. 參加
　participant　n. 參加者
同 involvement 參與

**n. 參與，參加，加入**

Workers gained valuable knowledge through **participation** in the program.
員工透過參加這個課程獲得了寶貴的知識。

### 出題重點

1. ┌ **participation** 參與
   └ **participant** 參加者

   要區分抽象名詞 participation 和人物名詞 participant。

2. ┌ **increase employee participation** 提高員工的參與感
   └ **depend on the participation of each member**

   取決於各成員的參與

   記住 participation 的出題形式。

---

[20] **performance\***

[美] pə`fɔrməns]
[英] pəfɔ́ːməns]

派 perform
v. 執行，演出
performer n. 演奏者

○ **n. 表現，成果；演奏，表演**

All employees were given bonuses because of the company's outstanding **performance**.

由於公司出眾的表現，所有的員工都拿到了獎金。

The director's welcoming ceremony included a **performance** by string quartet.

部門經理的歡迎會中包括了絃樂四重奏的表演。

### 出題重點

┌ **performance** 表現；演出
└ **performer** 演奏者

　要區分抽象名詞 performance 和人物名詞 performer。

---

[21] **praise**

[prez]

v. 稱讚
同 compliment 稱讚

○ **n. 稱讚**

Mark received **praise** for his outstanding sales record.

Mark 因他傑出的銷售紀錄得到了稱讚。

---

[22] **predecessor**

[美] `prɛdɪˌsɛsə]
[英] príːdisèsə]

反 successor 繼任者

○ **n. 前任者**

The new manager was stricter than his **predecessor**.

新的經理比他的前一任更加嚴厲。

<sup>23</sup>**predict**<sup>*</sup>
[prɪˋdɪkt]
派 prediction　n. 預言
同 forecast 預測

v. 預測
Many predict that the CEO will retire soon.
很多人預測總裁即將退休。

<sup>24</sup>**progress**<sup>*</sup>
[美 ˋprɑgrɛs]
[英 práugres]
v. 進行，使進步
　[prəˋgrɛs]
派 progressive　a. 進展的

n. 進步，進展，進度
Daily reports are good tools for measuring employee progress.
每日報告是評估員工進度的理想工具。

<sup>25</sup>**promote**
[美 prəˋmot]
[英 prəmóut]
派 promotion　n. 晉升
反 demote 降級

v. 晉升；促進
Ms. Wilson was promoted to be the Marketing Director in April.
Wilson 女士在 4 月份晉升為行銷經理。
Managers need to promote better communication among employees.
經理們需要去促進員工間更好的溝通。

<sup>26</sup>**put in for**<sup>**</sup>

phr. 申請⋯
Mr. Drake has put in for a transfer.
Drake 先生申請了調職。

<sup>27</sup>**radically**<sup>*</sup>
[ˋrædɪkḷɪ]
派 radical　a. 根本的

ad. 根本地，徹底地
Several divisions will be radically restructured.
有些部門將被徹底地重組。

<sup>28</sup>**reorganize**
[美 riˋɔrgə͵naɪz]
[英 ri:ɔ́:gənàiz]
派 reorganization
　n. 重組
　( = restructuring )

v. 改組，重組
The marketing team will be reorganized after the merger.
這個銷售團隊將於合併後被重組。

## 29 resignation

[ˌrɛzɪgˈneʃən]

派 resign
　　v. 辭職（= step down）

n. 辭職，辭職書

The company announced the resignation of its offical spokesman.

那間公司宣佈了它們官方發言人的辭職。

### 🔺 出題重點

區分 **resignation**（n. 辭職）和 **resign**（v. 辭職）的詞性。

## 30 reward*

[美 rɪˈwɔrd]

[英 riwɔ́ːd]

派 rewarding
　　a. 有回報的，有益的

v. 回報，回饋

Management plans to reward employees' efforts with wage increases.

管理階層打算用加薪來回報員工的努力。

n. 補償，回報

He was given the job as a reward for achieving his sales quota.

他得到了那個職位作為他達成業績的回報。

## 31 search*

[美 sɝtʃ]

[英 sɔ́ːtʃ]

v. 尋找

n. 探索，搜索，尋找

We are in search of a new president since Mr. Rowles resigned.

自從 Rowles 先生辭職後，我們一直在尋找新的董事長。

### 🔺 出題重點

**in search of** 尋找⋯

search 以 in search of 的固定形式出題。

## 32 serve

[美 sɝv]

[英 sɔ́ːv]

派 service
　　n. 服務，伺候

v. 工作

The Marketing Director will serve as Acting Director of Consumer Relations for now.

行銷經理現在將擔任代理客服經理的工作。

**serve as** 擔任…
考試會出選擇介系詞 as 的題目。

<sup>33</sup>**skilled**＊

[skɪld]

派 skill　n. 熟練；技術

a. 熟練的，有技術的
Several plants are short of skilled workers.
好幾家工廠都缺少有技術的工人。

<sup>34</sup>**stand in for**＊

同 cover for 代替…

phr. 代理…，代替…
Mr. Beardsley will stand in for the CEO until he returns from Europe.
Beardsley 先生將代理執行長直到他從歐洲回來。

<sup>35</sup>**strictly**＊

[ˈstrɪktlɪ]

派 strict　a. 嚴格的
同 severely, sternly
嚴重地，嚴厲地

ad. 嚴格地
International transfer opportunities are strictly limited.
海外調任的機會被嚴格地限制著。

🧍 出題重點

**strictly + limited / prohibited** 嚴格限制的 / 禁止的
strictly 主要與 limit、prohibit 等表示限制的動詞搭配使用。

<sup>36</sup>**transfer**

[美 trænsˋfɝ]

[英 trænsfɔː]

n. 調任

[美 ˋtrænsfɝ，英 trænsfɔː]

v. 轉移；調任，調職
The IT department will transfer the old files to the new server.
IT 部門將把舊的檔案轉移到新伺服器上。
The administrator has been transferred to England.
那位事務官已經被調任到英國了。

**出題重點**

**transfer A to B** 將 A 轉移到 B，將 A 調任到 B
要記住與 transfer 一起用的介系詞 to。

<sup>37</sup>**undoubtedly**\*

[ʌnˈdaʊtɪdlɪ]

ad. 毫無疑問地，肯定地

Jim will **undoubtedly** receive a promotion next year.
Jim 毫無疑問地明年將會得到升遷。

請在右邊欄位內找出相對應的意思並用線條連接。

01 radically        ⓐ   預測

02 predict          ⓑ   根本地

03 undoubtedly      ⓒ   指名

04 promote        ⓓ   毫無疑問地

05 cordially        ⓔ   真誠地

                           ⓕ   晉升


請選擇恰當的單字填空。


06 Completion of the project requires the _____ of all employees.

07 The promotion gave Mr. Ross _____ to work harder.

08 Mr. Crow's _____ for president was welcomed by everyone.

09 A team of analysts has been sent to _____ the property's worth.

> ⓐ evaluate    ⓑ participation    ⓒ encouragement    ⓓ reorganize    ⓔ nomination


10 Her excellent _____ on the project resulted in a raise.

11 His _____ record in sales earned him an executive position.

12 This week, management will be doing _____ of each team leader.

13 The secretary deserved _____ for reaching company sales goals.

> ⓐ exceptional    ⓑ praise    ⓒ performance    ⓓ delicate    ⓔ appraisals

Answer   1. ⓑ 2. ⓐ 3. ⓓ 4. ⓕ 5. ⓔ 6. ⓑ 7. ⓒ 8. ⓔ 9. ⓐ 10. ⓒ 11. ⓐ 12. ⓔ 13. ⓑ

# 多益滿分單字

## LC

| | | |
|---|---|---|
| accost | v. | 搭訕 |
| arm in arm | phr. | 挽著手臂 |
| fire | v. | 解雇 |
| fishing rod | phr. | 釣魚竿 |
| flash | n. | 靈光乍現；閃光 |
| get a promotion | phr. | 獲得晉升 |
| give A an advance | phr. | 給 A 預支薪酬 |
| go downstairs | phr. | 下樓 |
| go out for | phr. | 為了…出去 |
| greenhouse | n. | 溫室 |
| gymnasium | n. | 體育館 |
| knob | n. | （門、抽屜等）圓形把手；旋鈕 |
| ladder | n. | 梯子 |
| language acquisition | phr. | 語言習得 |
| lengthy | a. | （時間）漫長的 |
| microscope | n. | 顯微鏡 |
| move around | phr. | 走來走去 |
| move over one seat | phr. | 移一個座位 |
| move up | phr. | 晉升 |
| newly arrived | phr. | 新上任的 |
| obviously qualified | phr. | 顯然有資格的 |
| only if | phr. | 只有在…的條件下 |
| out of the office | phr. | 不在辦公室 |
| pack up | phr. | 收拾行李 |
| pavilion | n. | 展示館 |
| pay phone | phr. | 公用電話 |
| personnel director | phr. | 人事部門經理 |

| personnel management | phr. | 人事管理 |
| --- | --- | --- |
| plunge | v. | 突然往前並往下掉落 |
| point at | phr. | 指著… |
| rear | n. | 後面 |
| regional director | phr. | 地區經理 |
| retire | v. | 退休 |
| retiree | n. | 退休者 |
| salute | v. | 向…敬禮，向…致敬 |
| scale | n. | 規模 |
| scatter | v. | 使分散；撒 |
| scheme | n. | 計畫，方案 |
| seashore | n. | 海岸 |
| send out | phr. | 送出 |
| senior executive | phr. | 高層幹部 |
| shift manager | phr. | 排班經理 |
| spacious | a. | 寬廣的 |
| spare key | phr. | 備用鑰匙 |
| take early retirement | phr. | 提早退休 |
| take one's place | phr. | 取代某人的職位 |
| take over | phr. | 接管 |
| vice president | phr. | 副董事長 |
| yell | v. | 喊 |

## Part 7

| anniversary celebration | phr. | 週年慶 |
| --- | --- | --- |
| decode | v. | 解讀（暗號），解碼 |
| degrade | v. | 降低（品味、地位等） |
| demote | v. | 降級 |
| demotion | n. | 降級 |
| detective | n. | 偵探 |
| dignitary | n. | 顯貴，要人 |
| dismiss | v. | 解雇 |
| dismissal | n. | 解雇 |

| disorient | v. | 使迷惘 |
|---|---|---|
| empower | v. | 授權 |
| extraordinary feat | phr. | 驚人的成就 |
| forage | v. | 搜尋 |
| go forward | phr. | 前進 |
| gratis | ad. | 免費地 |
| gravel | n. | 礫石 |
| heighten | v. | 提高 |
| helping | a. / n. | 幫助的／（食物）一份 |
| hit the road | phr. | 出發（開始旅行） |
| hurdle | n. | 難題，障礙 |
| immensity | n. | 廣大，巨大 |
| immigrant | n. | 移民 |
| in a circle | phr. | 圓形地 |
| in a negative way | phr. | 負面地 |
| in defiance of | phr. | 反抗… |
| in one's grasp | phr. | 在某人的掌握之中 |
| incumbent | a. | 在職的 |
| inter-department | a. | 部門之間的 |
| job cutback | phr. | 人力縮減 |
| job title | phr. | 工作職稱 |
| mandatory | a. | 義務的 |
| miscellaneous | a. | 不同種類的 |
| named representative | phr. | 指名的代表 |
| new appointment | phr. | 新任 |
| official title | phr. | 正式職稱 |
| on the recommendation of | phr. | 因…的推薦 |
| performance evaluation | phr. | 表現評估 |
| preach | v. | 說教；鼓吹 |
| prime minister | phr. | 總理，首相 |
| provincial | a. | 地方的 |
| push back | phr. | 延遲 |
| reinstate | v. | 使復職 |
| ritual | n. | （正式）儀式，例行公事 |
| rock-climbing | n. | 攀岩 |

| | | |
|---|---|---|
| run for | phr. | 角逐…（職務） |
| safeguard | n. | 防護設施，安全設施，保護條款 |
| scratch | v. | 抓，潦草地塗寫 |
| scuff | v. | 使磨損 |
| shred | v. | 用碎紙機軋碎 |
| speck | n. | 污點，污漬 |
| state | n. / v. | 狀態 / 陳述 |
| substitute A for B | phr. | 用 A 代替 B |
| throughout the day | phr. | 一整天 |
| turn away | phr. | 驅逐，解雇 |
| underestimate | v. | 低估 |
| underpass | n. | 地下道 |
| understaffed | a. | 缺乏人員的 |
| unwind | v. | 解開，放鬆心情 |
| upbeat | a. | 令人振奮的 |
| used car | phr. | 二手車 |
| weaver | n. | 織布工 |
| welcoming remark | phr. | 歡迎詞 |

## 老房子與古典的房子，想法的差異
### 建築、住宅

實習結束後，我按照公司的福利政策搬進了公司提供的 **furnished residence**。我想，這棟房子肯定會很符合公司的形象，房間會很 **spacious**，**drape** 著絲綢窗簾，地板鋪著大理石！結果在大門口見到的警衛跟我說，我要搬進去的房子因為很久 **unoccupied**，通風不好，需要一些 **renovation** ……我跟他說，我比較喜歡帶點古老風格的、古典式的房子。

**1 adjacent**
[ə`dʒesənt]

○ a. 鄰近的

The storage room is **adjacent** to the administrative offices.
倉庫鄰近管理辦公室。

🔺 **出題重點**

**adjacent to** 鄰近⋯
記住與 adjacent 一起用的介系詞 to。

**2 annex**
[`ænɛks]

○ n. 分館，附屬建築物

Our offices are in the **annex**.
我們的辦公室在分館。

**3 arrange**
[ə`rendʒ]

派 arrangement
　　n. 佈置，整理

● v. 佈置，整理

Miranda **arranged** the boardroom furniture in a functional way.
Miranda 把董事會會議室的傢俱佈置得很實用。

**4 community**
[kə`mjunətɪ]

○ n. 社區，共同體

Plans for a new airport were met with strong **community** opposition.
新機場的計畫遇到了社區的強烈反對。

**5 complex**
n. [美 `kɑmplɛks]
　　[英 kɔ́mpleks]
a. [美 kɑm`plɛks]
　　[英 kɔmpléks]
派 complexity　n. 複雜性

● n.（建築等的）綜合體，複合物

The sports **complex** has a swimming pool and tennis courts.
那個綜合體育館有游泳池和網球場。

a. 複雜的

The gate operates by means of a **complex** system.
那道門由一個複雜的系統操作。

## 出題重點

**sports complex** 綜合體育館

注意不要在 complex 的位置錯用 complexity（複雜性）。

---

6 **compulsory**
[kəmˋpʌlsərɪ]

派 compel v. 強迫
compulsion n. 強制
同 obligatory 義務的

**a. 義務的，強制的**

Obtaining permission for home renovations is **compulsory**.

裝修房子之前一定要先得到許可。

---

7 **consist***
[kənˋsɪst]

**v. 構成，組成**

The center **consists** of two conference rooms.

那個中心由兩間會議室構成。

## 出題重點

**consist of** 由…構成

要記住與 consist 一起用的介系詞 of。

---

8 **construction***
[kənˋstrʌkʃən]

派 construct v. 建設
constructive
a. 建設性的
反 demolition, destruction
破壞

**n. 建設，建造**

The **construction** of the bridge is progressing well.

那座橋的建造正順利地進行著。

## 出題重點

**under construction** 建設中的，施工中的

考試中會考介系詞 under。

---

9 **currently***
[美 ˋkɝəntlɪ]
[英 kʌ́rəntli]

派 current
a. 現在的，目前的

**ad. 現在，目前**

The museum is **currently** closed due to reconstruction.

這座博物館由於整修目前關閉中。

### 出題重點

**currently + available / closed** 目前可使用的 / 關閉的
currently 與 available 等與『使用』有關的形容詞搭配使用。

---

<sup>10</sup>**delay**＊
[dɪˋle]
n. 延期，延遲

v. 延期，拖延
The landlord repeatedly **delayed** repairing the roof.
房東不斷拖延修理屋頂的事。

---

<sup>11</sup>**demolish**
[美 dɪˋmɑlɪʃ]
[澳 diˋmɔlɪʃ]
派 demolition
　　n. 破壞，毀壞

v. 拆毀，拆除
The apartments were **demolished** and replaced by a mall.
這些公寓被拆除後由一間購物中心取而代之。

---

<sup>12</sup>**densely**＊
[ˋdɛnslɪ]
派 dense　a. 密集的
　　density
　　n. 密度，稠密度

ad. 密集地，稠密地
**densely** built-up areas 密集建設的地區

---

<sup>13</sup>**describe**＊
[dɪˋskraɪb]
派 description　n. 描寫

v. 描述，描寫，繪製
The architect **described** his design for the building.
那位建築師描述了他對這棟建築的設計。

---

<sup>14</sup>**desirable**＊
[dɪˋzaɪrəbl]
派 desirably　ad. 嚮往地

a. 嚮往的，理想的
Downtown is a **desirable** location for companies.
市中心對企業來說是個理想的地點。

---

<sup>15</sup>**district**
[ˋdɪstrɪkt]
同 area 區域

n. 地區，區域
The business **district** is the most expensive area of city.
該商業區是市內最昂貴的地區。

## 16 drape *

[drep]

n. (-s) 窗簾

○ v. （用窗簾等）裝飾

The decorator draped the living room windows with a silk curtain.

那位裝潢師用絲綢窗簾裝飾了客廳的窗戶。

### 🏛 出題重點

**drape A with B** 用 B 裝飾 A

記住與 drape 一起用的介系詞 with。

## 17 finally **

[`faɪnḷɪ]

派 final a. 最終的
finalize v. 使結束

○ ad. 最後，終於

The vacant lot was finally sold for $1.2 million.

那塊空地最後以 120 萬美元的價格售出。

## 18 furnished

[美 `fɜnɪʃt]

[英 fɔ́ːnɪʃt]

派 furnish v. 配備（傢俱）
furniture n. 傢俱
反 unfurnished
沒有配備傢俱的

○ a. 擺設好傢俱的

furnished studio-type apartments for rent

出租配備有傢俱的套房公寓

## 19 install

[美 ɪn`stɔl]

[英 ɪnstɔ́ːl]

派 installation n. 設置
同 set up 設置

○ v. 設置，安裝

The Internet line will be installed on Monday.

網路線將在星期一安裝。

## 20 insulation *

[美 ˌɪnsəˈleʃən]

[英 ˌɪnsjuléɪʃən]

派 insulate v. 絕緣

○ n. 隔離（熱氣、噪音等）；隔離、絕緣裝置

Adding insulation will probably reduce your gas bills.

增加絕緣裝置將可能能夠減少您的瓦斯費。

## 21 interfere **

[美 ˌɪntəˈfɪr]

[英 ˌɪntəfíə]

○ v. 妨礙，損害

Persistent bad weather interfered with construction progress.

持續的惡劣天氣妨礙了施工進度。

### 出題重點

**interfere with** 妨礙…；損害…
記住與 interfere 一起用的介系詞 with。

---

²²**location**
[美 loˋkeʃən]
[英 ləukéiʃn]
派 locate　v. 位於

○ n. 場所，位置，地點

The bay is a fine location for a house.
那個海灣是適合居住的好地點。

### 出題重點

1. **strategic / perfect / convenient + location**
   策略性的 / 完美的 / 便利的地點
   location 經常與 strategic、perfect、convenient 等形容詞搭配出題。
2. 區分 **location**（n. 場所）和 **locate**（v. 位於）的詞性。

---

²³**maintain**
[menˋten]
派 maintenance
　　n. 維護，保養

○ v. 維護，保養

Tenants must pay fees to maintain the building.
承租人必須付費以維護這棟建築。

---

²⁴**numerous**
[美 ˋnjumərəs]
[英 njúːmərəs]
派 number　n. 數，數字
　　numerously ad. 多數地

○ a. 許多的

The condominium has been rented to numerous families in recent years.
最近幾年這間公寓被許多家庭承租。

---

²⁵**overprice**
[美 ˌovəˋpraɪs]
[英 òuvəpráis]

○ v. 索價過高

After moving in, they found that the house was overpriced.
搬進去後，他們才發現這棟房子買貴了。

## 26 permanent
[美] \`pɜmənət]
[英] pə́ːmənət]

派 permanently
　ad. 永久地
反 temporary 臨時的

**a. 永久的**

Please write your permanent address in the space provided.
請在提供的欄位內填寫您的永久地址。

### 🏋 出題重點

區分 **permanent**（a. 永久的）和 **permanently**（a. 永久地）的詞性。

## 27 premises
[\`prɛmɪsɪz]

**n. 私有區域**

Signs warn trespassers not to enter the premises.
告示牌警告著非法侵入者勿進入這個私有區域。

## 28 presently*
[\`prɛzn̩tlɪ]

派 present
　a. 現在的　n. 現在

**ad. 現在**

The entrance is presently under construction.
入口正在施工中。

## 29 renewal*
[美] rɪ\`njuəl]
[英] rijúːəl]

派 renew
　v. 重建，重新開始

**n. 重建**

The city embarked on an urban renewal project.
這座城市著手了一項都市重建計畫。

### 🏋 出題重點

**a renewal of urban towns** 都市重建
記住 renewal 的出題形式。

## 30 renovation*
[ˌrɛnə\`veʃən]

派 renovate
　v. 整修，翻新
　（= refurbish, remodel）

**n. 整修，翻新**

The archives room will be closed for renovation.
檔案室為了整修即將關閉。

<sup>31</sup>**repair**

[美 rɪˋpɛr]

[英 ripέə]

n. 修理

派 repairable  a. 可修理的

repairman  n. 修理工

○ v. 修理

The plumber **repaired** the leaking pipe.

水電工人修理了漏水的管子。

<sup>32</sup>**residence**\*

[ˋrɛzədəns]

派 reside  v. 居住

resident  n. 居民

◐ n. 住宅，住處

Students usually attend the school closest to their **residence**.

學生們通常到離他們住處最近的學校就讀。

**出題重點**

**an official residence** 官邸

residence 表示『住宅』或『住處』。還表示像 official residence 的重要人物居住的『官邸』。

<sup>33</sup>**restore**\*\*

[美 rɪˋstor]

[英 ristɔ́ː]

派 restoration  n. 復原

◐ v. 復原，恢復

The historic sites were **restored** to their original appearance.

這個歷史名勝恢復成了原來的樣子。

**出題重點**

**restore A to B** 將 A 恢復成 B

記住與 restore 一起用的介系詞 to。

<sup>34</sup>**spacious**

[ˋspeʃəs]

派 spaciously  ad. 寬敞地

同 roomy 寬的，寬敞的

○ a. （空間）寬敞的

The corporate offices are equipped with a **spacious** kitchen area.

公司的辦公室配備有寬敞的廚房。

<sup>35</sup>**structure**

[美 ˋstrʌktʃə]

[英 strʌ́ktʃə]

派 structural  a. 結構上的

◐ n. 建築物，構造體

Palm Towers is one of the largest concrete **structures** in Florida.

Palm Towers 是佛羅里達州最大的混凝土建築物之一。

**36 tenant**

['tɛnənt]

同 leaseholder 承租人
反 landlord 房東，地主

n.（房子等的）承租人，房客

The landlord reminded the tenant to pay his rent.

房東提醒了那位房客繳交他的租金。

**37 unoccupied ★★**

[美 ʌnˈɑkjəˌpaɪd]
[英 ʌnɔ́kjupàɪd]

派 occupy v. 占（地方）
　 occupant
　 n.（房子）居住者
同 vacant 沒人住的
反 occupied
　 居住的，使用中的

a.（房子）空著的，沒人住的

The top floor office has been unoccupied for four months.

頂樓的辦公室已空了四個月。

**38 utility**

[美 juˈtɪlətɪ]
[英 juːtíliti]

派 utilize v. 利用

n. 公共事業；公共設施

Ohio Water was named the best utility company in America.

Ohio Water 被指名為美國最好的公共事業公司。

This property's utility bills are very high.

這棟住宅的公共設施費用非常高。

🛢️ **出題重點**

**utility company**（提供電、瓦斯等的）公共事業公司

**no utilities included** 不包括水電、瓦斯費用

utility 表示水電、瓦斯等公共設施，也表示相應的費用。
要記住出題形式和用法。

**39 urban**

[美 ˈɝbən]
[英 ɔ́ːbən]

反 rural 鄉村的

a. 都市的

Apartment construction in urban areas increased rapidly.

公寓建設在都市地區成長快速。

## 29th Day Daily Checkup

請在右邊欄位內找出相對應的意思並用線條連接。

01 adjacent
02 renovation
03 urban
04 residence
05 utility

ⓐ 鄰近的
ⓑ 公共設施
ⓒ 都市的
ⓓ 密集地
ⓔ 住宅
ⓕ 整修

請選擇恰當的單字填空。

06 The report will _____ the process in detail.
07 Efficiency willl increase once we _____ the new computers.
08 We will _____ this policy despite the many objections.
09 Despite its prime location, the office remained _____.

> ⓐ unoccupied　ⓑ maintain　ⓑ furnished　ⓓ describe　ⓔ install

10 The _____ of the complex is currently underway.
11 The _____ has been designated as a residenial area.
12 The location of the apartment appealed to the _____.
13 The candidate possessed many _____ attributes.

> ⓐ desirable　ⓑ district　ⓒ permanent　ⓓ construction　ⓔ tenant

# 多益滿分單字

## LC

| | | |
|---|---|---|
| a coat of paint | phr. | 外層的塗漆 |
| air conditioning unit | phr. | 空調設備 |
| archway | n. | 拱道，拱門 |
| armchair | n. | 扶手椅，單人沙發 |
| blow up | phr. | 爆炸 |
| brick wall | phr. | 磚牆 |
| building coverage | phr. | 建蔽率（建築物水平投影面積與基地面積的比率） |
| bulldozer | n. | 推土機 |
| cement mixer | phr. | 水泥攪拌器 |
| civil engineer | phr. | 土木工程師 |
| cleanup | n. | 大掃除 |
| community garden | phr. | 社區花園 |
| company housing | phr. | 公司住宅，員工宿舍 |
| courtyard | n. | 庭院 |
| cupboard | n. | 櫥櫃 |
| cut the grass | phr. | 修剪草地 |
| decoration | n. | 裝飾（物） |
| dig with a shovel | phr. | 用鏟子挖掘 |
| doorway | n. | 門口，門道 |
| drain | v. | 排除液體 |
| emergancy exit | phr. | 緊急出口 |
| every hour on the hour | phr. | 每小時整點 |
| floor plan | phr. | （建築物等的）平面圖 |
| front door | phr. | 前門，正門 |
| garage | n. | 車庫 |
| get sanded | phr. | （地板、牆壁等）滲沙 |
| hallway | n. | 走廊 |

| | | |
|---|---|---|
| handrail | n. | （階梯）扶手 |
| heater | n. | 暖爐 |
| heating system | phr. | 暖氣系統 |
| kneel down | phr. | 跪下 |
| landlord | n. | 房東，地主 |
| lean against the fence | phr. | 倚靠柵欄 |
| light bulb | phr. | 電燈泡 |
| light fixture | phr. | 照明設備 |
| lobby | n. | 大廳 |
| lock oneself out of one's house | phr. | 把自己鎖在門外 |
| lodge | v. | 寄宿 |
| make repairs | phr. | 修理 |
| make the bed | phr. | 鋪床 |
| mop the floor | phr. | 拖地 |
| outdoor wall | phr. | 外牆 |
| plug in | phr. | 插上電源 |
| plumber | n. | 水電工人 |
| pole | n. | 柱子 |
| porch | n. | 門廊 |
| private residence | phr. | 私人住宅 |
| put up the curtain | phr. | 掛上窗簾 |
| railing | n. | 欄杆 |
| rebuild | v. | 重建 |
| remodel | v. | 改建 |
| remodeling | n. | 房屋改建 |
| rooftop | n. | 屋頂，樓頂 |
| run the tap | phr. | 打開水龍頭 |
| sandpaper | n. | 砂紙 |
| saw | n. / v. | 鋸 / 鋸 |
| screw | n. / v. | 螺絲釘 / 旋，擰；（用螺絲）固定 |
| staircase | n. | （有欄杆的）樓梯 |
| stairway | n. | 樓梯 |
| stick | n. | 棍；手杖 |
| storage cabinet | phr. | 儲藏櫃 |
| switch on | phr. | （用開關）開啟 |

| symmetrically | ad. | 對稱地 |
|---|---|---|
| tank | n. | （貯水、氣等的）箱，槽 |
| tap | n. | 水龍頭 |
| tear down | phr. | 拆（建築） |
| tile flooring | phr. | 瓷磚地板 |
| tiled | a. | 鋪瓷磚的 |
| undergo renovation | phr. | 整修中 |
| vinyl wallpaper | phr. | 塑膠壁紙 |
| woodwork | n. | （房子的）木工部分 |

## Part 7

| access road | phr. | 通道，幹道支線 |
|---|---|---|
| adjust the light | phr. | 調整光線 |
| architectural work | phr. | 建築工作 |
| arrange the furniture | phr. | 擺設傢俱 |
| ask for directions | phr. | 問路 |
| be arranged on the patio | phr. | 擺設在露台上 |
| be founded | phr. | 設立，成立 |
| berth | n. | （船、火車等的）鋪位；停泊處 |
| built-in | a. | 嵌入的，內建的 |
| cabinet | n. | 櫥櫃 |
| desktop | a. | 桌上型的 |
| detergent | n. | 清潔劑，洗衣劑 |
| do the dishes | phr. | 洗碗 |
| dwell | v. | 居住 |
| faucet | n. | 水龍頭 |
| fire alarm | phr. | 火災警報器 |
| fire extinguisher | phr. | 滅火器 |
| fireplace | n. | 壁爐 |
| fitting room | phr. | 試衣間 |
| fixture | n. | （浴缸、水管等）固定設備 |
| for lease | phr. | 出租（房子） |
| homebuilder | n. | 住宅建商 |

| | | |
|---|---|---|
| homemade | a. | 家裡做的 |
| homeowner | n. | 房東 |
| housekeeping | n. | 家事 |
| housewares | n. | 家庭用品 |
| housing development | phr. | 住宅開發 |
| in error | phr. | 失誤，錯誤地 |
| inhabit | v. | 居住 |
| interior design | phr. | 室內裝潢 |
| lighten | v. | 照亮 |
| live up to | phr. | 不辜負… |
| more than adequate | phr. | 非常適合的 |
| rack | n. | 架子 |
| reinforce | v. | 補強，鞏固 |
| reinforced concrete | phr. | 鋼筋混凝土 |
| scaffolding | n. | （建築基地的）鷹架 |
| sewer | n. | 下水道 |
| shockproof | a. | 防震的 |
| skyscraper | n. | 摩天大樓 |
| space allocation | phr. | 空間分配 |
| space-saving | a. | 節約空間的 |
| vaulted | a. | 拱形的 |
| washing machine | phr. | 洗衣機 |
| water bill | phr. | 水費 |

## 健康和事業，站在選擇的歧路
### 健康

最近連續好幾天加班到深夜，累積了不少的 fatigue，感覺氣力衰退。我跟部長請假去醫院做了 checkup。可能是因為工作太過認真，才會出現這些 symptom。頭暈目眩、消化不良……難道真的很嚴重…？diagnosis 的 physician 也無法很快 prescribe，他用很嚴肅的表情為我診療了很長時間。啊……要減少一點工作量，維持 robust 健康呢？還是為了公司獻上這一生呢？

1 **antibiotic**
[美 ˌæntɪbaɪˋɑtɪk]
[英 ˈæntibaióˌtik]

n. 抗生素
Doctors are concerned about the overuse of **antibiotics**.
醫生們憂心抗生素的濫用。

2 **asthma**
[美 ˋæzmə]
[英 ˈæsmə]

n. 氣喘病
The child was suffering from **asthma**.
那個孩子因為氣喘病很痛苦。

3 **checkup***
[ˋtʃɛkˌʌp]

n. 健康檢查
Yearly general **checkups** are required for public school students.
公立學校的學生每年都要接受一般健康檢查。

4 **chronic**
[美 ˋkrɑnɪk]
[英 krónik]
反 acute 急性的

a. 慢性的
The patient exhibited signs of **chronic** liver disease.
那位患者出現了慢性肝病的症狀。

5 **combination***
[美 ˌkɑmbəˋneʃən]
[英 kɔmbinéiʃən]
派 combine v. 結合

n. 結合，聯合
Vitamin supplements are used in **combination** with other preventative measures.
維他命補給品與其它預防措施一併使用。

🔧 **出題重點**

**in combination with** 與⋯⋯一起，與⋯⋯聯合
combination 以 in combination with 的形式出題。

6 **comprehensive****
[美 ˌkɑmprɪˋhɛnsɪv]
[英 kɔmprihénsiv]
派 comprehend v. 包括
comprehensible
a. 可理解的

a. 綜合的，包括的
a **comprehensive** physical examination
綜合體檢

### 出題重點

┌ **comprehensive** 綜合的
└ **comprehensible** 可理解的
　要區分字根相同、意思不同的兩個單字。

---

7 **conscious**\*\*

[美] `ˈkɑnʃəs`

[英] `kɔ́nʃəs`

派 consciously
　　ad. 有意識地
同 aware 知道的

a. 意識到的，察覺到的

People taking medication need to be **conscious** of the risks.
服藥的人需要意識到這些風險。

### 出題重點

**be conscious of** 意識到⋯，察覺到⋯
要記住與 conscious 一起用的介系詞 of。

---

8 **coverage**

[`ˈkʌvərɪdʒ`]

派 cover　v. 涵蓋，報導

n.（保險）補償範圍；（新聞）報導，採訪範圍

Employees may extend their insurance **coverage** to spouses.
員工可以擴大其保險範圍到自己的配偶身上。

media **coverage** of the epidemic 此傳染病的媒體報導

---

9 **deprivation**

[ˌdɛprɪˈveʃən]

派 deprive　v. 剝奪

n. 剝奪，喪失

Sleep **deprivation** weakens the immune system.
失眠會弱化免疫系統。

### 出題重點

**deprive A of B** 從 A 剝奪 B
記住與動詞 deprive 一起用的介系詞 of。

<sup>10</sup>**deter**

[美 dɪˋtɝ]

[英 ditɔ́:]

派 deterrent
　a. 使斷念的　n. 制止物
　deterrence
　n. 制止，防止

v. 使斷念，制止

Public health advertising may deter unhealthy behaviors.
大眾保健廣告也許能制止對健康有害的行為。

<sup>11</sup>**diagnosis**\*\*

[美 ˌdaɪəgˋnosɪs]

[英 dàiəgnóusis]

派 diagnose　v. 診斷

n. 診斷

The doctor's diagnosis turned out to be wrong.
那位醫生的診斷被證明是錯的。

<sup>12</sup>**dose**

[美 dos]

[英 dóus]

n.（藥的）一次服用量

For acute pain, the recommended dose is 30mg once daily.
針對劇烈疼痛，建議的服用量是每天一次 30 毫克。

<sup>13</sup>**duration**\*

[美 djuˋreʃən]

[英 djuəréiʃən]

n. 持續期間，持續

The duration of the illness may vary from individual to individual.
病狀的持續時間每個人都不一樣。

<sup>14</sup>**eliminate**

[ɪˋlɪməˌnet]

派 elimination　n. 除去
同 remove, get rid of
　除去

v. 除去，排除

The kidneys eliminate wastes from the body.
腎臟可以排除體內的廢物。

<sup>15</sup>**eradicate**

[ɪˋrædɪˌket]

派 eradication
　n. 根除，撲滅
同 root out 根除

v. 根除，撲滅

The World Health Organization resolved to eradicate the disease.
世界衛生組織決心根除此種疾病。

## 16 exposure**
[美 ɪkˈspoʒɚ]
[英 ikspóuʒə]
派 expose　v. 使露出

**n. 暴露**

Prolonged **exposure** to sunlight can cause skin cancer.
長時間暴露在陽光下會引發皮膚癌。

### 出題重點

**exposure to** 暴露在⋯
**be exposed to** 暴露在⋯
exposure 和動詞 exposed 都跟介系詞 to 一起用。

## 17 fatigue
[fəˈtig]

**n. 疲勞**

Too much stress can lead to **fatigue**.
壓力過大會導致疲勞。

## 18 forbid
[美 fɚˈbɪd]
[英 fɔːbíd]

**v. 禁止**

Absolute Pharmaceuticals Inc. **forbids** its employees to smoke.
Absolute Pharmaceuticals 公司禁止它的員工吸煙。

## 19 health
[hɛlθ]
派 healthy　a. 健康的
　healthful
　　a. 對健康有益的

**n. 健康；（社會、機關的）繁榮，健全的狀態**

Brushing after every meal maintains oral **health**.
每餐飯後刷牙可以維持口腔健康。
It's difficult to forecast the future **health** of the insurance industry.
很難去預測保險行業未來的榮景。

### 出題重點

**health insurance** 健康保險
**health benefits of exercise** 運動為健康帶來的好處
**financial health** 財務的穩定
health 除了表示『健康』，還表示社會或機關的『繁榮、穩定的狀態』。

**20 immune**

[ɪˈmjun]

派 immunization
　n. 預防注射

a. 免疫的

A healthy diet strengthens the immune system.
健康的飲食習慣強化免疫系統。

**21 induce**

[美 ɪnˈdjus]

[英 indjúːs]

派 inducement　n. 導致
同 cause 引發

v. 引發

Smoking induces health risks such as lung cancer.
抽菸會引發像肺癌這樣的健康危機。

**22 inhalation\***

[ˌɪnbəˈleʃən]

派 inhale　v. 吸入，吸氣
　（↔ exhale 呼氣）

n. 吸入

Several employees suffered from inhalation of toxic fumes.
好幾位員工因毒氣的吸入而受苦。

**23 insurance**

[美 ɪnˈʃʊrəns]

[英 inʃɔ́ːrəns]

派 insure　v. 納保

n. 保險

Employees are eligible for dental insurance coverage.
員工們符合牙齒保險的補償範圍。

🧑‍🏫 **出題重點**

**insurance company** 保險公司

**insurance policy** 保單

insurance 主要以複合名詞的形式在考試中出現。

**24 join**

[dʒɔɪn]

v. 加入

Employees are encouraged to join the health club.
員工們被鼓勵去加入健身俱樂部。

🧑‍🏫 **出題重點**

**join a club** 加入俱樂部

**join a company** 進公司

記住 join 是及物動詞，後面不加介系詞，直接接受詞。

<sup>25</sup>**medicinal**\*
[mə'dɪsɪn̩l]

派 medicine   n. 藥

a. 藥用的，有療效的

a **medicinal** herb 藥草

<sup>26</sup>**nutrition**
[美 nju'trɪʃən]
[英 njuːˈtríʃən]

派 nutritious   a. 有營養的
nutritionist n. 營養師

n. 營養

Balanced **nutrition** is essential for growing children.
均衡的營養對成長中的孩子是必要的。

<sup>27</sup>**periodically**\*\*
[美 pɪrɪ'ɑdɪklɪ]
[英 pìəriɔ́dikəli]

派 periodic
a. 週期的，定期的

ad. 週期性地，定期地

Free health checkups for all staff members are offered **periodically**.
免費的健康檢查定期提供給所有的員工。

<sup>28</sup>**pharmaceutical**
[美 ˌfɑrmə'sjutɪkl]
[英 fàːməsúːtikəl]

n.（-s）藥

a. 製藥的，藥學的

The **pharmaceutical** company markets children's dietary supplements.
那間製藥公司銷售兒童的營養補給品。

<sup>29</sup>**physician**\*
[fɪ'zɪʃən]

同 doctor 醫生

n. 內科醫生

Mr. Bentley consulted a **physician** about his high blood pressure.
Bentley 先生諮詢了一位內科醫生有關於他的高血壓。

🏥 **出題重點**

- **physician** 內科醫生
- **physics** 物理學

要區分人物名詞 physician 和抽象名詞 physics。physician 在一般情況下指醫生。

<sup>30</sup>**premium***

[ˋprimɪəm]

　a. 頂級的，高級的

n. 保險費

Monthly **premiums** will rise next year.
明年每月的保險費將會提高。

<sup>31</sup>**prescribe***

[prɪˋskraɪb]

派 prescription　n. 處方箋

v. 開藥方，下處方

The doctor **prescribed** a remedy for the cold.
那位醫生針對這個感冒開了處方。

#### 出題重點

**prescribe medicine** 開藥方

**fill a prescription** 填寫處方箋

prescribe 一般接 medicine 等表示藥或治療法的名詞為受詞。另外要記得名詞 prescription 與動詞 fill 搭配使用。

<sup>32</sup>**prevention***

[prɪˋvɛnʃən]

派 prevent　v. 預防
　preventive　a. 預防的
　preventable
　a. 可預防的

n. 預防

Proper nutrition is necessary for the **prevention** of illness.
適當的營養對於疾病的預防是必要的。

<sup>33</sup>**prolonged***

[美 prəˋlɔŋd]

[英 prəlɔ́ːŋd]

派 prolong　v. 延長
　prolongation
　n. 延長，延期

a. 長期的，拖延的

a **prolonged** stay in hospital　長期住院

<sup>34</sup>**reaction***

[rɪˋækʃən]

派 react　v. 反應

n. 反應

Some foods can cause allergic **reactions** in children.
有些食物會引起孩子們的過敏反應。

#### 出題重點

**allergic reactions** 過敏反應

**reaction to + 名詞** 對⋯的反應

<sup>35</sup>**recommend***

[ˌrɛkəˈmɛnd]

派 recommendation
   n. 推薦

v. 勸告，推薦

The counselor recommended that Phillip stop drinking.
那位諮詢師勸告了 Phillip 戒酒。

### 🏋️ 出題重點

1. **be strongly recommended** 強力推薦的

   recommend 經常與副詞 strongly 搭配使用。

2. **on the recommendation of** 根據…的推薦

   在 recommendation 的慣用表達中，考試會出選擇介系詞 on 的題目。

<sup>36</sup>**recovery**

[rɪˈkʌvərɪ]

派 recover  v. 恢復健康

n. 痊癒，恢復

Time is needed to make a complete recovery.
要完全康復需要一段時間。

<sup>37</sup>**relieve**

[rɪˈliv]

派 relief  n. 緩和，減輕
同 ease 減輕
反 aggravate 惡化

v. 減輕

AlphaCough effectively relieves the symptoms of winter colds.
AlphaCough 有效減輕冬季感冒的症狀。

<sup>38</sup>**remedy**

[ˈrɛmədɪ]

同 treatment, cure
   治療，治療法

n. 治療法，藥物

a good remedy for indigestion
一個針對消化不良的有效療法

<sup>39</sup>**robust**

[美 rəˈbʌst]

[英 rəʊbʌst]

同 strong 強的，結實的

a. 結實的，健壯的

The 80-year-old still enjoys robust health.
那位 80 歲的老人還擁有強健的身體。

40 **susceptible**

[sə`sɛptəbl]

反 susceptibility
   n. 敏感性，
      脆弱的情感

○ a. 易被感染的，易受影響的

A weakened immune system makes one susceptible to colds.
一個衰弱的免疫系統使人很容易得到感冒。

### 出題重點

**susceptible to** 易受…的感染
記住與 susceptible 搭配使用的介系詞 to。

41 **symptom**

[`sɪmptəm]

○ n. 症狀

The lawyer exhibited symptoms of a stress disorder.
這個律師出現了壓力失調的症狀。

請在右邊欄位內找出相對應的意思並用線條連接。

01  deter

02  susceptible

03  eradicate

04  induce

05  prescribe

ⓐ  引發

ⓑ  易受影響的

ⓒ  使斷念

ⓓ  根除

ⓔ  慢性的

ⓕ  開藥方

請選擇恰當的單字填空。

06  Mixing medications may cause unwanted _____.

07  Poor _____ can cause a number of related health problems.

08  The _____ were used to treat a number of infectious diseases.

09 Prolonged _____ of oxygen can cause brain damage.

ⓐ deprivation   ⓑ nutrition   ⓒ antibiotics   ⓓ recovery   ⓔ reactions

10  Masks and gloves are worn to limit _____ to toxins.

11  Many health insurance companies require a _____ before initiating coverage.

12  Visual disturbances may be a _____ of eye damage.

13  Research-based _____ companies are searching for new cancer treatments.

ⓐ checkup   ⓑ exposure   ⓒ robust   ⓓ symptom   ⓔ pharmaceutical

Answer   1.ⓒ 2.ⓑ 3.ⓓ 4.ⓐ 5.ⓕ 6.ⓔ 7.ⓑ 8.ⓒ 9.ⓐ 10.ⓑ 11.ⓐ 12.ⓓ 13.ⓔ

# 多益滿分單字

健康

| LC | | |
|---|---|---|
| aging | a. | 年紀漸增的，逐漸老化的 |
| allergic | a. | 過敏的 |
| allergist | n. | 過敏症專科醫師 |
| ankle sprain | phr. | 腳踝扭傷 |
| back injury | phr. | 腰部受傷 |
| be in bad shape | phr. | 情況不好，健康狀態不好 |
| be in good shape | phr. | 情況好，健康狀態好 |
| be on a special diet | phr. | 正在接受特殊飲食療法 |
| be on medication | phr. | 正在接受藥物治療 |
| blood pressure | phr. | 血壓 |
| blood supply | phr. | 血液供給 |
| cancer | n. | 癌症 |
| cavity | n. | 蛀牙的洞 |
| cholesterol level | phr. | 膽固醇含量 |
| cosmetic | a. | 美容的，化妝的 |
| dental record | phr. | 牙科診療紀錄 |
| doctor's appointment | phr. | 與醫生的約診 |
| earache | n. | 耳朵痛 |
| emergency room | phr. | 急診室 |
| emergency supplies | phr. | 急救物資 |
| emotional intelligence | phr. | 情緒智能 |
| eye doctor | phr. | 眼科醫生 |
| eye exam | phr. | 視力檢查 |
| fitness | n. | 健康狀態 |
| get a prescription filled | phr. | 拿到處方箋 |
| get an injection | phr. | 打針，注射 |
| get some exercise | phr. | 做些運動 |

| | | |
|---|---|---|
| gym | n. | 體育館 |
| have one's pulse checked | phr. | 被診脈 |
| have one's vision tested | phr. | 被檢查視力 |
| hearing | n. | 聽力 |
| heart ailment | phr. | 心臟病 |
| heart attack | phr. | 心臟麻痺 |
| heart disease | phr. | 心臟病 |
| injection | n. | 打針，注射，注射劑 |
| insomnia | n. | 失眠 |
| keep in good shape | phr. | 保持健康的身體 |
| lean back | phr. | 往後靠 |
| lose weight | phr. | 減輕體重 |
| on an empty stomach | phr. | 空腹 |
| optometrist | n. | 測定視力者，驗光師 |
| orthopedic | a. | 整形外科的 |
| outpatient clinic | phr. | （給非住院病人看病的）門診部 |
| outpatient surgery | phr. | 門診手術 |
| patient's record | phr. | 患者的醫療紀錄 |
| physical examination | phr. | 體檢 |
| physical therapy | phr. | 物理治療 |
| practitioner | n. | 行醫，執業 |
| sneeze | v. | 打噴嚏 |
| surgery | n. | 手術 |
| surgical | a. | 外科手術的 |
| surgical instrument | phr. | 手術用具 |
| tablet | n. | 藥錠 |
| take effect | phr. | 生效 |
| take medication | phr. | 接受藥物治療 |
| take some medicine | phr. | 服藥 |
| therapy | n. | 治療，療法 |
| toothache | n. | 牙痛 |
| treat | v. | 治療 |
| vaccinate | v. | 打預防針，接種疫苗 |
| vaccination | n. | 疫苗接種 |
| vision | n. | 視力 |

| watch over | phr. | 看護，看守 |
|---|---|---|
| workout | n. | 健身 |

## Part 7

| acute | a. | 劇烈的，急性的 |
|---|---|---|
| athletic skill | phr. | 運動技能 |
| beat | v. | （心臟、脈搏的）跳動 |
| breathable | a. | （空氣）可吸入的；（布料）透氣的 |
| cardiovascular exercise | phr. | 心血管運動，有氧運動 |
| contagious | a. | 接觸性傳染的 |
| cure | n. / v. | 療法 / 治癒 |
| dehydration | n. | 脫水症狀 |
| dementia | n. | 癡呆 |
| diabetes | n. | 糖尿病 |
| dietary | a. | 飲食的 |
| disease | n. | 疾病 |
| donor | n. | 捐贈者 |
| dosage | n. | （藥的）一次服用量 |
| epidemic | a. / n. | 流行性的 / 流行傳染病 |
| exhale | v. | 吐氣 |
| first aid | phr. | 急救 |
| food poisoning | phr. | 食物中毒 |
| genetic research | phr. | 遺傳學研究 |
| geriatric physician | phr. | 老人病治療醫師 |
| germ | n. | 細菌 |
| healing | a. | 康復中的 |
| hiccup | n. | （短促而持續地）打嗝 |
| hold a blood drive | phr. | 舉行捐血活動 |
| hygiene | n. | 衛生 |
| infection | n. | 感染 |
| infectious disease | phr. | 傳染病 |
| influenza | n. | 流行性感冒，流感 |
| inhale | v. | 吸入，猛吃 |

| | | |
|---|---|---|
| leukemia | n. | 白血病 |
| life expectancy | phr. | 平均壽命 |
| life span | phr. | 壽命 |
| limb | n. | 四肢 |
| lung | n. | 肺，肺臟 |
| measles | n. | 麻疹 |
| mumps | n. | 腮腺炎 |
| ointment | n. | 軟膏 |
| organ | n. | （身體）器官 |
| overdose | n. | 藥劑過量 |
| over-the-counter medicine | phr. | 成藥，非處方藥 |
| painkiller | n. | 止痛劑 |
| palpitations | n. | 心悸 |
| paralysis | n. | 麻痺，癱瘓 |
| pediatrician | n. | 小兒科醫生 |
| perspire | v. | 流汗，出汗 |
| pneumonia | n. | 肺炎 |
| pulse | n. | 脈搏 |
| quarantine | n. | 隔離，檢疫 |
| recuperate | v. | 恢復健康 |
| respiratory system | phr. | 呼吸系統 |
| respire | v. | 呼吸 |
| saturated fat | phr. | 飽和脂肪 |
| shoulder blade | phr. | 肩胛骨 |
| sterilize | v. | 殺菌，消毒 |
| stomachache | n. | 胃痛，腹痛 |

## 全新實戰測驗 Test 3

01 The firm's new incentive program has _____ to an improvement in staff productivity and morale.

(A) contributed     (B) relocated     (C) transferred     (D) conformed

02 Although housing is costly, many people believe that the convenience of living in downtown is worth the _____.

(A) waste     (B) expense     (C) migration     (D) entry

03 Eastbound highways were blocked for _____ six hours this morning as road crews tried to clear away snow from last night's storm.

(A) presently     (B) simply     (C) nearly     (D) indefinitely

04 Studies being conducted by researchers at the university could finally _____ the cause of some common psychological conditions.

(A) merge     (B) arise     (C) reveal     (D) expect

05 Ms. Palumbo was recognized during her retirement party last Friday for her years of _____ to the teaching profession.

(A) dedication     (B) appreciation     (C) relation     (D) duration

06 After reading an article on the health benefits of certain foods, Katherine made a _____ effort to change her diet.

(A) compulsory     (B) delicate     (C) conscious     (D) comprehensive

07 According to the consultant's _____ of the firm's problems, the inefficient communication between departments is a serious issue.

(A) legacy     (B) diagnosis     (C) portfolio     (D) emphasis

08 The rapid adoption of smartphone technology has led to Internet use becoming more _____ across large segments of society.

(A) tentative     (B) prevalent     (C) charitable     (D) spacious

Questions 09-11 refer to the following notice.

Dear Laurel Bank Customers:

Please note that, in our effort to _____ provide you with the best service,

09 (A) usually
(B) continually
(C) simultaneously
(D) cautiously

we must periodically shut down our Web site to perform necessary maintenance procedures. Beginning July 1, these measures will take place at regular intervals every Monday morning from 12 A.M. to 4 A.M. During these times, customers will be unable to access any of their _____. As a

10 (A) functions
(B) results
(C) properties
(D) accounts

result, any access to our online payment system will be temporarily unavailable as well. Any scheduled payments that fall on a Monday will be debited at 12 A.M. on Tuesday. Customers who would like to ensure that payments are not _____ for any reason are encouraged to schedule

11 (A) furnished
(B) reserved
(C) overdue
(D) official

their payments for the Sunday before. Thank you.

For more information, please call the bank at 555-2093.

答案&解析 P.552

# NEW TOEIC Vocabulary

# 正確答案和解析

01 (B)   02 (A)   03 (D)   04 (B)   05 (D)   06 (C)   07 (C)   08 (C)   09 (C)   10 (A)   11 (C)

## 01

翻譯　People living near Rockaway Park will greatly <u>benefit</u> from the city council's plan to improve it.
住在洛克威公園旁邊的居民將從市議會的改善計畫中受惠不少。

單字　city council 市議會　improve [ɪm`pruv] 改善　improvise [`ɪmprəvaɪz] 臨時製作
benefit [`bɛnəfɪt] 有益於，受惠　thrive [θraɪv] 興旺　transform [træns`fɔrm] 轉換

## 02

翻譯　The staff members were able to work more <u>efficiently</u> than before thanks to a new groundbreaking scheduling system.
多虧了開創性的新排程系統，員工才有辦法比以往更有效率地工作。

單字　thanks to ~多虧　groundbreaking [`graʊnd,brekɪŋ] 開創性的　efficiently [ɪ`fɪʃəntlɪ] 有效率地
fluently [`fluəntlɪ] 流暢地　abruptly [ə`brʌptlɪ] 魯莽地　immediately [ɪ`midɪɪtlɪ] 即時地

## 03

翻譯　The new company policy requires employees to <u>indicate</u> on work progress report how much time it took them to complete a task.
公司的新政策要求僱員在工作進度報告上指出完成工作花了他們多久時間。

單字　policy [`pɑləsɪ] 政策　require [rɪ`kwaɪr] 要求　progress [prə`grɛs] 進度
complete [kəm`plit] 完成　task [tæsk] 工作　compel [kəm`pɛl] 強迫
demand [dɪ`mænd] 要求　recruit [rɪ`krut] 招聘　indicate [`ɪndə,ket] 指出，表明，指示

## 04

翻譯　Many of the college students who attended talks at the recently concluded career fair in Portland found them highly <u>informative</u>.
很多大學生參加了最近在波特蘭州結束的就業博覽會會談，認為這些會談很富資訊性。

單字　attend [ə`tɛnd] 參加，出席　conclude [kən`klud] 結束　career fair 就業博覽會
respectful [rɪ`spɛktfəl] 值得尊敬的　informative [ɪn`fɔrmətɪv] 富資訊性
equivalent [ɪ`kwɪvələnt] 相等的　respective [rɪ`spɛktɪv] 分別的，各自的

## 05

翻譯　The technical staff member tried a <u>variety</u> of methods for fixing the office network before he finally discovered a solution.
那技術人員在他終於發現解決方案前，嘗試過多種的方法去修正辦公室的網路。

單字　technical [`tɛknɪkl] 技術性的　method [`mɛθəd] 方法
consequence [`kɑnsə,kwɛns] 後果，結果　prospect [`prɑspɛkt] 有前景
segment [`sɛgmənt] 部份　variety [və`raɪətɪ] 多種，多樣

06

翻譯 The <u>advantage</u> of lowering taxes for industries is that it promotes economic growth by attracting more companies to the state.

對於企業來說，減稅的<u>好處</u>是能夠籍著吸引更多公司進入國內來刺激經濟成長。

單字 lower [`loɚ] 減低，降低　industry [`ɪndəstrɪ] 企業；工業；行業
promote [prə`mot] 推動，晉升　economic [͵ikə`namɪk] 經濟上的；便宜的
attract [ə`trækt] 吸引　admission [əd`mɪʃən] 許可　advantage [əd`væntɪdʒ] 好處，優點
privatization [͵praɪvətaɪ`zeʃən] 私有化

07

翻譯 The director was not <u>aware</u> that his appointment had been canceled until he showed up for the meeting and found the room empty.

在那位董事長出席該場會議，並發現會議室空無一人前，他都沒有<u>察覺</u>到他的約會已經被取消了。

單字 director [də`rɛktɚ] 董事長；導演　appointment [ə`pɔɪntmənt]（正式的）約會
show up 出現，出席，露面　legible [`lɛdʒəbl] 清楚的
remarkable [rɪ`markəbl] 卓越的，非凡的　aware [ə`wɛr] 察覺，注意
conditional [kən`dɪʃən] 條件性的

08

翻譯 Experts place the <u>value</u> of the painting at about $2 million, but believe it will sell for much more than that when it is offered at the auction.

專家開出這幅油畫的<u>價值</u>為2百萬元，但相信當它在拍賣會被展示出來，能夠賣出比這還要多更多的價錢。

單字 expert [`ɛkspɚt] 專家　place [ples] 給予～的評價；放置～；下（訂單）
auction [`ɔkʃən] 拍賣（會）　aspect [`æspɛkt] 方面，觀點　degree [dɪ`gri] 程度
value [`vælju] 價值　privilege [`prɪvlɪdʒ] 特權

Questions 09-11 refer to the following e-mail.

To: Lester Grand <l.grand@realprop.com>
From: Sharon Bailey <s.bailey@realprop.com>
Subject: Your request
Date: September 9

Dear Mr. Grand,

I received your request this morning for information about one of our clients.
Unfortunately, the file you are asking for has been marked confidential. Therefore, we will need official authorization first to gain <u>access</u>.

Can you obtain a signed letter of permission from your supervisor? When you do, please submit the original document to me directly. I will have to keep it on file for our records. If you are unable to drop it off, please make arrangements to have it sent to our office.

Once I have the authorization, I can deal with the matter promptly. It should take no more than a few minutes to fulfill your request. Until then, there is little more I can do. I hope you understand. Thank you.

Sincerely,
Sharon Bailey

問題 09-11 請見以下的電子郵件，

收件人：Lester Grand <l.grand@realprop.com>
寄件人：Sharon Bailey <s.bailey@realprop.com>
主旨：你的要求
日期：九月九日

Grand 先生你好：
今天早上我已經收到你的要求，向我們索取一位客戶資料。可惜你要求的檔案被標記為機密，因此我們需要先有正式的授權才能得到使用權。

請問你可以取得有你主管簽名的許可信件嗎？當你拿到後，請把原始文件直接提交給我，我需要將它記錄在案。假如你沒辦法拿過來的話，請安排一下把它寄過來我們的辦公室。

在取得授權後，我就可以迅速地處理這件事情，應該不用花到幾分鐘的時間就可以完成你的要求。但在取得授權前，我沒辦法幫上什麼忙，敬請見諒，謝謝。

Sharon Bailey 謹上

request [rɪ`kwɛst] 要求　unfortunately [ʌn`fɔrtʃənɪtlɪ] 可惜，不幸地
mark [mɑrk] 標記　confidential [͵kɑnfə`dɛnʃəl] 機密的，保密的
authorization [͵ɔθərə`zeʃən] 授權，許可　gain [gen] 取得，獲得　obtain [əb`ten] 取得，獲得
drop off 放下，落下　arrangements [ə`rendʒmənts] 安排
deal with 處理　no more than 不超過，不多於
fulfill [fʊl`fɪl] 達到（目的），履行

09

解析　在空格句中，空格前方出現獲得「正式授權」後能得到的東西，所以要找出適當的單字。選項中最適合的是 (C) access（利用，權限，接近，通道）。

單字　majority [mə`dʒɔrətɪ] 大多數，大部份　　momentum [mo`mɛntəm] 動力
access [`æksɛs] 利用，權限，接近，通道　　impact [ɪm`pækt] 衝擊，影響


10

解析　如果只看空格句，(A) submit 和 (D) lend 都能成為正確答案。但是前方詢問了「是否能得到主管的許可信件」，而後方有「應該將許可信件記錄在案」，因此可以得知是得到許可信件後被要求交出的內容，正確答案是 (A) submit（提交）。

單字　submit [səb`mɪt] 提交　　expand [ɪk`spænd] 擴張　　apply [ə`plaɪ] 申請，應用
lend [lɛnd] 借


11

解析　如果只看空格句，(C) promptly 和 (D) voluntarily 都能成為正確答案。但是後方文章中表示「履行要求只要花幾分鐘的時間」，所以可以得知得到許可信件後只需要幾分鐘就能處理要求事項，因此正確答案是 (C) promptly（即時，迅速地）。

單字　occasionally [ə`keʒənḷɪ] 偶爾，偶然　　consistently [kən`sɪstəntlɪ] 一貫地
promptly [prɑmptlɪ] 即時，迅速地　　voluntarily [`vɑlən͵tɛrəlɪ] 自願地

全新實戰測驗 Test 2　　　　　　　　　　　　　　　　　　　　　p.375

01 (D)　02 (D)　03 (D)　04 (B)　05 (D)　06 (C)　07 (B)　08 (B)　09 (B)　10 (D)　11 (C)

**01**

翻譯　Several building tenants visited the administration office and made <u>complaints</u> about the lack of visitor parking.

一些大廈的租屋房客到管委會辦公室就訪客車位不足作出了投訴。

單字　tenant [ˋtɛnənt] 租屋的住戶，房客

administration [ədˌmɪnəˋstreʃən] 管理，監督　　lack [læk] 缺乏

alliance [əˋlaɪəns] 聯盟　　factor [ˋfæktɚ] 原因　　dispute [dɪˋspjut] 爭論

complaint [kəmˋplent] 投訴

**02**

翻譯　Starting next month, Barry Cole will work on the <u>development</u> of new products for the manufacturing firm's research department.

下個月起，Barry Cole 將會為製造公司的研發部門從事新產品的發展。

翻譯　work on 從事　　manufacturing [ˌmænjəˋfæktʃərɪŋ] 製造，生產

mediation [midɪˋeʃən] 調解，斡旋　　technique [tɛkˋnik] 技術

constituency [kənˋstɪtʃʊənsɪ] 支持者，顧客層；選舉區的全體選民

development [dɪˋvɛləpmənt] 發展

**03**

翻譯　The company asks customers to <u>confirm</u> their orders before payment, to ensure they have requested the correct items.

公司請客戶在付款前先確認他們的訂單，以確保他們買到正確的東西。

單字　payment [ˋpemənt] 付款　　ensure [ɪnˋʃʊr] 確保

request [rɪˋkwɛst] 要求　　correct [kəˋrɛkt] 正確的；更改，改正　　calculate [ˋkælkjəˌlet] 計算

compare [kəmˋpɛr] 比較　　contact [ˋkɑntækt] 聯絡，接觸　　confirm [kənˋfɝm] 確認

**04**

翻譯　The manufacturer hopes to <u>prevent</u> workplace accidents from happening by having all of its employees regularly attend safety training.

廠商希望藉由讓所有的員工定期參加安全培訓來預防工作場所的意外發生。

單字　manufacturer [ˌmænjəˋfæktʃərɚ] 製造商，生產商　　workplace [ˋwɝkˌples] 工作場所

accident [ˋæksədənt] 意外　　safety [ˋseftɪ] 安全　　decline [dɪˋklaɪn] 下降，拒絕

prevent [prɪˋvɛnt] 預防　　refuse [rɪˋfjuz] 拒絕，不允許

oblige [əˋblaɪdʒ] 迫使

05

翻譯　The representative gave an <u>impressive</u> presentation on the machine which led many clients to purchase it.

業務代表針對那台機器作出了一次令人印象深刻的展示報告，吸引了很多客戶購買。

單字　representative [ˌrɛprɪˈzɛntətɪv] 業務代表，代理人
presentation [ˌprizɛnˈteʃən] 展示，介紹；授予　lead [lid] 導致，引導
purchase [ˈpɝtʃəs] 購買　adverse [ædˈvɝs] 不利的，反面的
argumentative [ˌɑrgjəˈmɛntətɪv] 富爭議性的　opposing [əˈpozɪŋ] 相反的
impressive [ɪmˈprɛsɪv] 令人印象深刻的

06

翻譯　The airline <u>adequately</u> compensated the passengers for the canceled flight by providing them with vouchers for future trips.

航空公司利用提供日後搭乘時可使用的抵用券，適當地補償了航班被取消的乘客。

單字　compensate [ˈkɑmpənˌset] 補償，彌補　passenger [ˈpæsndʒɚ] 乘客
provide [prəˈvaɪd] 提供　voucher [ˈvaʊtʃɚ] 現金抵用券；商品兌換券
factually [ˈfæktʃʊəlɪ] 根據事實地　fleetingly [ˈflitɪŋlɪ] 飛逝地，短暫地
adequately [ˈædəkwɪtlɪ] 適當地，充分地　smoothly [smuðlɪ] 順暢地

07

翻譯　The firm is credited with introducing several <u>innovative</u> sales strategies that changed market trend.

該公司因提出了數個創新的銷售策略，改變了市場的趨勢，而為人所稱頌。

單字　credit [ˈkrɛdɪt] 讚揚；信譽；學分　introduce [ˌɪntrəˈdjus] 介紹，引進，提出
strategy [ˈstrætədʒɪ] 策略，戰略　trend [trɛnd] 潮流，趨勢　unlimited [ʌnˈlɪmɪtɪd] 無限的
innovative [ˈɪnoˌvetɪv] 創新的　obsolete [ˈɑbsəˌlit] 過時的；淘汰的
inevitable [ɪnˈɛvətəbl] 無可避免的

08

翻譯　The accountant pointed out a number of <u>inconsistencies</u> in the expenditure reports that contradicted figures printed on the original receipts.

會計師在開支報告中指出了不少不一致之處，與印在原始單據上的數字互相矛盾。

單字　accountant [əˈkaʊntənt] 會計師　point out 指出　expenditure [ɪkˈspɛndɪtʃɚ] 開支
contradict [ˌkɑntrəˈdɪkt] 與...相互矛盾；反駁　figure [ˈfɪgjɚ] 數字　receipt [rɪˈsit] 單據
allowance [əˈlaʊəns] 津貼，補助；零用錢　inconsistency [ˌɪnkənˈsɪstənsɪ] 矛盾，不一致之處
landmark [ˈlændˌmɑrk] 地標，里程碑　disruption [dɪsˈrʌpʃən] 分裂

Questions 09-11 refer to the following article.

At a press conference held earlier this week, popular teen idol Masu Sakamoto announced that he would indeed be collaborating with director Takeshi Ito on the acclaimed filmmaker's next project. In Mr. Ito's film, Mr. Sakamoto will play the role of a man who is on a mission to save the planet from a deadly disease. Mr. Sakamoto made the revelation in part to dispel rumors that negotiations on the contract terms had broken down between Shomi Talent, the agency handling Mr. Sakamoto's career, and Supido Films, Mr. Ito's production company.

"Such reports," Mr. Sakamoto said, "are entirely incorrect. Mr. Ito and I are on good terms and have, in fact, signed a contract. The project has only been slightly delayed because of changes to the script. However, I am confident that production will begin before the year ends."

Read more about this story at www.movienews.jp.

問題 09-11 請見以下的報導。

在本週較早時候所召開的記者招待會上，當紅的青春偶像 Masu Sakamoto 宣佈，證實了他將在備受讚揚的電影製作人 Takeshi Ito 導演的下一部作品中，與導演合作。在 Ito 先生的電影中，Sakamoto 先生所飾演的角色將身負拯救地球脫離致命疾病的重任。Sakamoto 先生披露這個消息，某種程度上是為了消除先前傳出他的經紀公司 Shomi Talent，與 Ito 先生的製作公司 Supido Films 之間合約條件談判破裂的謠言。

Sakamoto 先生說：「那些報導全都是不正確的。我跟 Ito 先生關係良好，而且，事實上，我們已經簽好合約，這個作品只是因為劇本更動而有些延誤。然而，我對製作在年底之前可以開始很有信心。」

想了解更多這個消息，請點擊 www.movienews.jp。

press conference 記者招待會　idol [ˋaɪdl] 偶像　indeed [ɪnˋdid] 確實，真實地
acclaim [əˋklem] 稱讚，好評　filmmaker [ˋfɪlmˏmekɚ] 電影製作人；製片公司
deadly [ˋdɛdlɪ] 致命的　disease [dɪˋziz] 疾病　revelation [ˏrɛvlˋeʃən] 揭示，透露
in part 一部份，某種程度上　dispel [dɪˋspɛl] 驅散，消除　slightly [ˋslaɪtlɪ] 輕微地
script [skrɪpt] 劇本，腳本

09

解析 如果只看空格句，(A) screening 和 (B) collaborating 都能成為正確答案。但是後方句子中出現了「Ito 先生的電影中將有 Sakamoto 先生的演出」，所以可以得知 Sakamoto 先生將在電影中和 Ito 先生一起工作。因此正確答案是 (B) collaborating（共同工作，合作）。

單字 screen [skrin] 放映；遮蔽；選拔　collaborate [kəˋlæbəˏret] 合作
attach [əˋtætʃ] 依附，裝上　inquire [ɪnˋkwaɪr] 查詢

10

解析 在空格句中，空格後方出現「Sakamoto 先生的經紀公司 Shomi Talent 和 Ito 先生的製作公司 Supido Films 公司」決裂的內容，所以要找出適當的單字。選項中最適當的答案是 (D) negotiations（談判）。

單字 notification [ˏnotəfəˋkeʃən] 通知　foundation [faʊnˋdeʃən] 基礎
interpretation [ɪnˏtɝprɪˋteʃən] 詮釋，闡明　negotiation [nɪˏgoʃɪˋeʃən] 談判，協商

11

解析 如果只看空格句，(B) genuine 和 (C) incorrect 都能成為正確答案。空格句的 Such reports（這樣的報導）在第一段最後一句「Sakamoto 先生的經紀公司和 Ito 先生的製作公司間的談判破裂」提及，並且指出「Sakamoto 先生打算消除這個謠言」，因此可以得知報導並非事實，而是謠言。所以正確答案是 (C) incorrect（不正確的）。

單字 defective [dɪˋfɛktɪv] 有缺陷的，不完美的　genuine [ˋdʒɛnjʊɪn] 真的，非偽造的
incorrect [ˏɪnkəˋrɛkt] 不正確的　unique [juˋnik] 獨特的，唯一的

01 (A)　02 (B)　03 (C)　04 (C)　05 (A)　06 (C)　07 (B)　08 (B)　09 (B)　10 (D)　11 (C)

**01**

翻譯　The firm's new incentive program has <u>contributed</u> to an improvement in staff productivity and morale.

公司新推行的激勵方案已經在改善員工的生產力與士氣上貢獻了不少。

單字　incentive [ɪnˋsɛntɪv] 激勵的，刺激性的；獎勵品　improvement [ɪmˋpruvmənt] 改進，改善
productivity [ˏprodʌkˋtɪvətɪ] 生產力　morale [məˋræl] 士氣
contribute [kənˋtrɪbjut] 貢獻　relocate [riˋloket] 重新安置
transfer [trænsˋfɝ] 轉移；調動　conform [kənˋfɔrm] 遵守，符合

**02**

翻譯　Although housing is costly, many people believe that the convenience of living in downtown is worth the <u>expense</u>.

雖然居住費用很貴，但很多人相信住在市區的便利性值得這些開銷。

單字　housing [ˋhaʊzɪŋ]居住供給；住宅（總稱）　costly [ˋkɔstlɪ] 昂貴的，代價高的
convenience [kənˋvinjəns] 便利，方便　downtown [ˏdaʊnˋtaʊn] 市區
worth [wɝθ] 值...；價值　waste [west] 浪費　expense [ɪkˋspɛns] 花費，開銷
migration [maɪˋgreʃən] 遷移　entry [ˋɛntrɪ] 進入；出賽；參賽者

**03**

翻譯　Eastbound highways were blocked for <u>nearly</u> six hours this morning as road crews tried to clear away snow from last night's storm.

今天早上東行的高速公路因道路保養工人需要清理昨晚風暴後的積雪而被封鎖了<u>將近六小時</u>。

單字　eastbound [ˋistˏbaʊnd] 東行的　road crew 道路保養工人；道路養護工程單位
presently [ˋprɛzntlɪ] 目前；不久　simply [ˋsɪmplɪ] 只不過；單純地，簡單地
nearly [ˋnɪrlɪ] 將近，差不多　indefinitely [ɪnˋdɛfənɪtlɪ] 不定地；不明確地

**04**

翻譯　Studies being conducted by researchers at the university could finally <u>reveal</u> the cause of some common psychological conditions.

由這所大學研究員所主導的調查最終能夠揭示出一些常見心理狀態的成因。

單字　conduct [kənˋdʌkt] 引領，主導，指揮，（業務等的）執行　cause [kɔz] 成因，原因
psychological [ˏsaɪkəˋladʒɪkl] 心理（學）上的　merge [mɝdʒ] 合併
arise [əˋraɪz] 產生；升起　reveal [rɪˋvil] 揭示，顯露
expect [ɪkˋspɛkt] 預料，預期

## 05

翻譯　Ms. Palumbo was recognized during her retirement party last Friday for her years of <u>dedication</u> to the teaching profession.

Palumbo 女士對教職多年的奉獻在她週五晚上的榮休派對中獲得了肯定。

單字　recognize [`rɛkəg͵naɪz] 認可，認同　retirement party 退休派對　profession [prə`fɛʃən] 專業
dedication [͵dɛdə`keʃən] 奉獻　appreciation [ə͵priʃɪ`eʃən] 欣賞；賞識　relation [rɪ`leʃən] 關係
duration [djʊ`reʃən] 持續；持續期間

## 06

翻譯　After reading an article on the health benefits of certain foods, Katherine made a <u>conscious</u> effort to change her diet.

在看過一篇文章關於特定食物對健康的益處後，Katherine 也刻意的努力要改變她的飲食習慣。

單字　certain [`sɝtən] 特定的；確信的　effort [`ɛfɚt] 努力　diet [`daɪət] 飲食；飲食習慣
compulsory [kəm`pʌlsərɪ] 義務的，強制性的　delicate [`dɛləkət] 脆弱的，易碎的；敏感的
conscious [`kɑnʃəs] 刻意的，有意識的，有知覺的
comprehensive [͵kɑmprɪ`hɛnsɪv] 廣泛的，綜合的

## 07

翻譯　According to the consultant's <u>diagnosis</u> of the firm's problems, the inefficient communication between departments is a serious issue.

根據顧問就公司問題所作的診斷，部門之間低效率的溝通是個嚴重的問題。

單字　inefficient [ɪnə`fɪʃənt] 低效率的　legacy [`lɛgəsɪ] 遺產，遺物　diagnosis [͵daɪəg`nosɪs] 診斷
portfolio [port`folɪ͵o] 文件夾；投資資產結構　emphasis [`ɛmfəsɪs] 強調

## 08

翻譯　The rapid adoption of smartphone technology has led to Internet use becoming more <u>prevalent</u> across large segments of society.

智慧型手機技術的迅速普及令網路的使用在社會上變得更盛行。

單字　rapid [`ræpɪd] 快速的，迅速的　adoption [ə`dɑpʃən] 採用，採納
tentative [`tɛntətɪv] 試驗性的，嘗試的；暫時性的
prevalent [`prɛvələnt] 流行的，盛行的；普遍的　charitable [`tʃærətəbl] 仁慈的，慷慨的
spacious [`speʃəs] 空間寬敞的

Questions 09-11 refer to the following notice.

Dear Laurel Bank Customers:

Please note that, in our effort to continually provide you with the best service, we must periodically shut down our Web site to perform necessary maintenance procedures. Beginning July 1, these measures will take place at regular intervals every Monday morning from 12 A.M. to 4 A.M. During these times, customers will be unable to access any of their accounts. As a result, any access to our online payment system will be temporarily unavailable as well. Any scheduled payments that fall on a Monday will be debited at 12 A.M. on Tuesday. Customers who would like to ensure that payments are not overdue for any reason are encouraged to schedule their payments for the Sunday before. Thank you.

For more information, please call the bank at 555-2093.

問題 09-11 請見以下的通知,

親愛的 Laurel 銀行客戶:

請注意,在我們努力之下,為了能夠向您持續地提供最佳的服務,我們必須定期地關閉網站進行必要的維護。這些措施將於固定的時間間隔執行,由七月一日起的每個星期一凌晨12時至4時進行。在維護進行期間,客戶將無法用任何帳號登入。也因此,我們的線上繳費系統也將暫時無法使用。任何預約在星期一的繳費將順延至星期二凌晨 12 時扣款。若客戶希望確保繳費不會因任何原因逾期,建議將付款預約提前至星期天前,感謝您。

想要進一步的資訊,請致電555-2093與銀行聯絡。

note [not] 注意　periodically [pɪrɪˋadɪklɪ] 定期地,週期性地
necessary [ˋnɛsəˏsɛrɪ] 必須的,必要的　maintenance [ˋmentənəns] 維護,保養
procedure [prəˋsidʒəˋ] 程序　measure [ˋmɛʒə] 方法,措施
interval [ˋɪntəvl̩] 間距,(時間或空間的)間隔
temporarily [ˋtɛmpəˏrɛrəlɪ] 暫時地　unavailable [ˏʌnəˋveləbl̩] 無法使用的,無法得到的
debit [ˋdɛbɪt] 把...記入借方;從帳戶提出、扣除金額
ensure [ɪnˋʃʊr] 確保

09

解析　在空格句中提及「為了努力提供最好的服務，網站會進行定期關閉」，所以要尋找適當的單字。選項中最適當的答案是 (B) continually（持續地）。

單字　usually [ˋjuʒʊəlɪ] 經常地，慣常地　continually [kənˋtɪnjʊəlɪ] 持續地
simultaneously [saɪml̩ˋtenɪəslɪ] 同時地　cautiously [ˋkɔʃəslɪ] 小心地，謹慎地

10

解析　這是要在文章中尋找線索的題目，段落前方提及「銀行網站將進行定期關閉」，空格後方則說「線上繳費系統也將無法使用」，所以可以得知顧客們在銀行關閉期間無法使用帳號。因此正確答案是 (D) accounts（帳號）。

單字　function [ˋfʌŋkʃən] 功能　result [rɪˋzʌlt] 結果　property [ˋprɑpɚtɪ] 資產
account [əˋkaʊnt] 帳號，帳戶

11

解析　如果只看空格句，(C) overdue 和 (D) official 都能成為正確答案。但是文章前方有「預約在星期一的繳費將順延至星期二凌晨 12 時扣款」的內容，所以可以得知正在勸導如果不想逾期，應該將繳納日提到星期天之前。因此正確答案是 (C) overdue（逾期的）。

單字　furnished [ˋfɝnɪʃt] 被供應的；佈置好的　reserved [rɪˋzɝvd] 被保留的，預定的
overdue [ˋovɚˋdju] 逾期的，未兌現的　official [əˋfɪʃəl] 正式的；公務上的；公務員

235 台北縣中和市中山路二段359巷7號2樓
2Fl., No. 7, Lane 359, Chung-Shan Rd.,
Sec. 2, Chung-Ho, Taipei County, Taiwan, R.O.C

台灣廣廈出版集團

 國際學村

請沿線反摺.裝訂並寄回本公司

讀者資料/ 請親自詳細填寫，以便使您的資料完整登錄

● 姓　名/ _____

● 電　話/ _____

● 地　址/ □□□ _____

● E-Mail/ _____

請沿虛線剪下

感謝您購買這本書！
為使我們對讀者的服務能夠更加完善，
請您詳細填寫本卡各欄，
寄回本公司或傳真至（02）2225-8052，
我們將不定期寄給您我們的出版訊息。

● 您購買的書＿＿＿NOW TOEIC 新多益單字大全【實戰測驗更新版】＿＿＿
● 您 的 大 名＿＿＿＿＿＿＿＿＿＿＿＿＿＿＿＿＿＿＿＿＿＿＿
● 購 買 書 店＿＿＿＿＿＿＿＿＿＿＿＿＿＿＿＿＿＿＿＿＿＿＿
● 您 的 性 別 □男 □女
● 婚　　　　姻 □已婚 □單身
● 出 生 日 期＿＿＿＿年＿＿＿＿月＿＿＿＿日
● 您 的 職 業 □製造業□銷售業□金融業□資訊業□學生□大眾傳播□自由業
　　　　　　　□服務業□軍警□公□教□其他
● 職　　　　位 □負責人□高階主管□中級主管□一般職員□專業人員□其他
● 教 育 程 度 □高中以下（含高中）□大專□研究所□其他
● 您通常以何種方式購書？
　　□逛書店□劃撥郵購□電話訂購□傳真訂購□網路訂購□銷售人員推薦□其他
● 您從何得知本書消息？
　　□逛書店□報紙廣告□親友介紹□廣告信函□廣播節目□網路□書評
　　□銷售人員推薦□其他
● 您想增加哪方面的知識？或對哪種類別的書籍有興趣？
　　＿＿＿＿＿＿＿＿＿＿＿＿＿＿＿＿＿＿＿＿＿＿＿＿＿＿＿＿＿＿
　　＿＿＿＿＿＿＿＿＿＿＿＿＿＿＿＿＿＿＿＿＿＿＿＿＿＿＿＿＿＿
● 通訊地址 □□□＿＿＿＿＿＿＿＿＿＿＿＿＿＿＿＿＿＿＿＿＿＿
　　＿＿＿＿＿＿＿＿＿＿＿＿＿＿＿＿＿＿＿＿＿＿＿＿＿＿＿＿＿＿
● E-Mail＿＿＿＿＿＿＿＿＿＿＿＿＿＿＿＿＿＿＿＿＿＿＿＿＿＿＿
● 聯絡電話＿＿＿＿＿＿＿＿＿＿＿＿＿＿＿＿＿＿＿＿＿＿＿＿＿＿
● 您對本書封面及內文設計的意見
　　＿＿＿＿＿＿＿＿＿＿＿＿＿＿＿＿＿＿＿＿＿＿＿＿＿＿＿＿＿＿
　　＿＿＿＿＿＿＿＿＿＿＿＿＿＿＿＿＿＿＿＿＿＿＿＿＿＿＿＿＿＿
● 您對書籍寫作是否有興趣？　□沒有□有，我們會盡快與您聯絡
● 給我們的建議/請列出本書的錯別字
　　＿＿＿＿＿＿＿＿＿＿＿＿＿＿＿＿＿＿＿＿＿＿＿＿＿＿＿＿＿＿
　　＿＿＿＿＿＿＿＿＿＿＿＿＿＿＿＿＿＿＿＿＿＿＿＿＿＿＿＿＿＿

請沿虛線剪下

國家圖書館出版品預行編目資料

NEW TOEIC新多益單字大全【實戰測驗更新版】
／David Cho著.
--初版.--【新北市】:國際學村, 2013.10
　面;　　公分

ISBN 978-986-6077-69-2（平裝附光碟片）

1. 多益測驗　2. 詞彙

805.1895　　　　　　　　　　　102019548

 臺灣廣廈出版集團
Taiwan Mansion Books Group

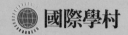 國際學村

# NEW TOEIC 新多益單字大全
# 【實戰測驗更新版】

| | |
|---|---|
| 作者 WRITER | DAVID CHO |
| 譯者 TRANSLATOR | 金蘭 |
| 出版者 PUBLISHING COMPANY | 台灣廣廈出版集團 TAIWAN MANSION BOOKS GROUP |
| | 國際學村出版 |
| 發行人／社長 PUBLISHER／DIRECTOR | 江媛珍 JASMINE CHIANG |
| 地址 ADDRESS | 235新北市中和區山路二段359巷7號2樓 |
| | 2F, NO. 7, LANE 359, SEC. 2, CHUNG-SHAN RD., CHUNG-HO |
| | DIST., NEW TAIPEI CITY, TAIWAN, R.O.C. |
| 電話 TELEPHONE NO | 886-2-2225-5777 |
| 傳真 FAX NO | 886-2-2225-8052 |
| 電子信箱 E-MAIL | TaiwanMansion@booknews.com.tw |
| 網址 WEB | http://www.booknews.com.tw |
| 總編輯 EDITOR-IN-CHIEF | 伍峻宏 CHUN WU |
| 美術編輯 ART EDITOR | 許芳莉 POLLY HSU |
| 製版／印刷／裝訂 | 菩薩蠻／皇甫／明和 |
| 法律顧問 | 第一國際法律事務所　余淑杏律師 |
| 代理印務及圖書總經銷 | 知遠文化事業有限公司 |
| 地址 | 222新北市深坑區北深路三段155巷23號7樓 |
| 訂書電話 | 886-2-2664-8800 |
| 訂書傳真 | 886-2-2664-8801 |
| 港澳地區經銷 | 和平圖書有限公司 |
| 地址 | 香港柴灣嘉業街12號白樂門大廈17樓 |
| 電話 | 852-2804-6687 |
| 傳真 | 852-2804-6409 |
| 出版日期 | 2013年11月二版1刷 |
| 郵撥帳號 | 18788328 |
| 郵撥戶名 | 台灣廣廈有聲圖書有限公司 |

（購書300元以內需外加30元郵資，滿300元（含）以上免郵資）